ein Ullstein Buch

ÜBER DAS BUCH:

Kapitänleutnant Rudolf Steiger, Kommandant von U-Boot 991, stammt aus einer alten Soldatenfamilie. Schon sein Vater hat mit dem Handelsstörer *Vulkan* im Ersten Weltkrieg auf dem Atlantik Angst und Schrecken verbreitet (siehe UB 20857). Der Sohn steht bedingungslos zu seinem Fahneneid, auch wenn ihm angesichts der sinnlosen Durchhaltebefehle und Selbstmordeinsätze gegen alliierte Geleitzüge Zweifel kommen. Aber noch hält er seine erschöpfte Besatzung zusammen: den Ersten Wachoffizier Dietrich, dessen französische Freundin als Kollaborateurin von der Résistance ermordet wird; den entflohenen KZ-Häftling, der unter falschem Namen bei der U-Boot-Waffe untergetaucht ist. Und seinen Stellvertreter, Kapitänleutnant Lehmann, der zum deutschen Widerstand gehört. Fast pausenlos fahren U 991 und seine Flottille Einsätze im Atlantik, und niemand zählt mehr die versenkte Tonnage. Erst nach der Invasion in der Normandie beginnt Steiger zu ahnen, daß er auf verlorenem Posten kämpft. Lehmann übernimmt am Vorabend des Attentats gegen Hitler den U-Boot-Stützpunkt, scheitert aber. Als unter dem Bombenhagel der Alliierten alles in Schutt und Asche sinkt, ist Steigers U-Boot die einzige Hoffnung auf ein Entkommen der letzten Überlebenden.

ÜBER DEN AUTOR:

Alexander Kent kämpfte im Zweiten Weltkrieg als Marineoffizier im Atlantik und im Mittelmeer und erwarb sich danach einen weltweiten Ruf als Verfasser spannender Seekriegsromane. Seine marinehistorische Romanserie um Richard Bolitho machte ihn zum meistgelesenen Autor dieses Genres nach C. S. Forester. Seit 1958 sein erstes Buch erschien (*Schnellbootpatrouille,* UB 20798), hat er über dreißig Titel veröffentlicht, von denen die meisten bei Ullstein vorliegen oder vorbereitet werden. Sie erreichten eine Gesamtauflage von 15 Millionen und wurden bisher in 14 Sprachen übersetzt. – Alexander Kent, dessen wirklicher Name Douglas Reeman lautet, ist aktiver Segler, Mitglied der Royal Navy Sailing Association und Governor der Fregatte *Foudroyant* in Portsmouth, des ältesten noch schwimmenden britischen Kriegsschiffes.

Alexander Kent

Atlantikwölfe

Roman

ein Ullstein Buch

ein Ullstein Buch/maritim
Nr. 22151
Herausgegeben von J. Wannenmacher
im Verlag Ullstein GmbH,
Frankfurt/M – Berlin
Titel der Originalausgabe:
With Blood and Iron
von Douglas Reeman, erschienen bei
Century Hutchinson Ltd., London
Aus dem Englischen
von Walter Klemm

Deutsche Erstausgabe

Umschlagentwurf:
Hansbernd Lindemann
unter Verwendung einer
Farbillustration von Viktor Gernhard

Printed in Germany 1990
Gesamtherstellung:
Ebner Ulm
ISBN 3 548 22151 3

2. Auflage August 1990

Vom selben Autor
in der Reihe der
Ullstein Bücher:

Kanonenboot (20302)
Rendezvous im Südatlantik (20318)
Duell in der Tiefe (20339)
Wrack voraus! (20437)
Die Ersten an Land, die
Letzten zurück (20511)
Unter stählernen Fittichen (20549)
Aus der Tiefe kommen wir (20574)
Ein Schiff soll sterben (20646)
Die Faust der Marine (20715)
Torpedo läuft! (20735)
Freiwillige vor! (20765)
Schnellbootpatrouille (20798)
Feindpeilung steht! (20857)
Der eiserne Pirat (20893)
H.M.S. Saracen (20937)
Feuer aus der See (22043)
Mittelmeerpartisanen (22081)
Die Zerstörer (22219)
Insel im Taifun (22297)

Außerdem 18 marinehistorische
Romane mit Richard Bolitho

CIP-Titelaufnahme
der Deutschen Bibliothek

Kent, Alexander:
Atlantikwölfe: Roman / Alexander Kent.
[Aus d. Engl. von Walter Klemm]. – Dt.
Erstausg., 2. Aufl. – Frankfurt/M; Berlin:
Ullstein, 1990
(Ullstein-Buch; Nr. 22151: Maritim)
ISBN 3-548-22151-3
NE: GT
Vw: Reeman, Douglas [Wirkl. Name] →
Kent, Alexander

Inhalt

Die Figuren dieses Romans sind frei erfunden. Jede Ähnlichkeit mit wirklichen Personen, lebend oder tot, ist unbeabsichtigt und wäre ein Zufall.

Vorwort

Über vierzig Jahre sind vergangen, seit die Schlacht im Atlantik ihren Höhepunkt überschritt und das Zünglein an der Waage sich zugunsten Englands und seiner Verbündeten neigte. Es war eine Schlacht, die gleich nach Kriegsausbruch begann und bis zum allerletzten Schuß andauerte. Sie wurde ständig grimmiger, bis beide Seiten sich in eine solche Wildheit verrannt hatten, daß die alten Kampfregeln über Bord geworfen wurden.

Am Wendepunkt der Schlacht, als die neuen Abwehrwaffen, Radar und die bessere Ausrüstung der Geleitfahrzeuge anfingen, Wirkung zu zeigen, waren die erlittenen Verluste bereits zu hoch. Tausende von alliierten Seeleuten, hunderte von Schiffen und ihre verzweifelt benötigten Ladungen lagen auf dem Grund des gierigen Atlantiks.

Wir, die wir an dieser Schlacht teilnahmen, stellten uns den Feind kaum als ein menschliches Wesen aus Fleisch und Blut vor. Wir fürchteten ihn, weil er unsichtbar blieb, aber trotzdem allgegenwärtig war, und aus dieser Furcht entstand Haß und die Entschlossenheit, gnadenlos zurückzuschlagen.

Jetzt, da die Zeit und das gegenseitige Verständnis diese Erinnerungen besänftigt, wenn nicht sogar geheilt haben, unternehme ich den Versuch, diesen Kampf so zu sehen, wie er sich den Männern darstellte, die wir so lange bekämpft haben: den Besatzungen der deutschen U-Boote.

Vom ersten bis zum letzten Augenblick des Krieges haben sie niemals gezaudert. Als Deutschlands Hoffnungen zerschmettert und die Alliierten bereits auf dem Weg zum Sieg waren, lebten und starben diese Männer weiter nach ihrem eigenen Ehrenkodex. Ihr Motto: »Wir dienen mit Blut und Eisen« bekam eine immer grimmigere Bedeutung.

Dies hier ist nicht die Geschichte der ersten Kriegsjahre, sondern die der späteren, als das Blatt sich bereits gewendet hatte und die Deutschen ebenfalls die Verzweiflung der Einkreisung und der dadurch bedingten Niederlage erlebten, so wie wir sie vorher kennengelernt hatten.

In seinem Vorwort zu dem Buch *U-Boot 977* hat Nicholas Monsarrat seine Ansicht über den Seekrieg folgendermaßen formuliert: ». . . Er ist grausam, heimtückisch und abstoßend unter *jeder* Flagge. Es existiert eine anglo-amerikanische Version, die während des Krieges sehr geschickt verbreitet wurde und besagt, daß die Deutschen

U-Boote einsetzten, die mit geradezu viehischer Brutalität kämpften, wogegen wir lediglich *Submarines* verwandten, die völlig anders und mit wundervollem Heldenmut operierten.« In der Tat, eine äußerst schlaue Version. Aber kann irgend jemand mit diesen Waffen kämpfen, ohne mit der Zeit ihrem verderblichen Einfluß zu unterliegen?

A. K.

Neujahr

Major Fritz Reimann, der Standortkommandeur von St. Pierre, stieg aus seinem requirierten Citroën und sah mit finsterem Blick seinen Fahrer an.

»Warten Sie hier!« Sorgfältig knöpfte er den schweren Uniformmantel über seinem Bauch zu und starrte beinahe haßerfüllt auf den mächtigen Stacheldrahtzaun, der den Eingang zu dem kleinen Hafen versperrte. Allein schon dieser Anblick, zusammen mit den bewaffneten Marineposten, wie überhaupt all diese fremdartigen Neueinrichtungen ärgerten ihn derartig, daß ihm unter der Mütze der Schweiß ausbrach, trotz des eisigen Januarwindes, der vom Golf von Biskaya herüberwehte und ihm den Staub um die blankgeputzten Stiefel wirbelte.

Beinahe über Nacht, so schien es jedenfalls, hatte sich die ruhige Ordnung dieser kleinen französischen Stadt in einen wahren Strudel hektischer Tätigkeit und Organisation verwandelt. Major Reimann drückte das mächtige Doppelkinn fest in seinen Kragen und ging stramm an den grüßenden Posten vorbei. Er hätte wirklich wissen können, was da auf ihn zukam, als man mit dem Bau der beiden U-Boot-Bunker im Hafen anfing. Seine Vorgesetzten hatten ihm zwar gesagt, es wären Reservebunker, die höchstens vorübergehend benutzt würden, jedenfalls drückten sie sich so ähnlich aus, aber wie üblich sagte niemand die Wahrheit. Die Marine war in seinen Bereich eingebrochen, und schon lagen drei U-Boote an einer der beiden langen Steinmolen, während ein weiteres bereits einen der neuen Bunker für Überholungsarbeiten aufgesucht hatte. Natürlich hatte die Marine auch das einzige große Hotel als Hauptquartier beschlagnahmt, und sogar die Schule und mehrere Hafengebäude waren Reimanns Kommando entzogen worden.

Der Major war dreiundfünfzig Jahre alt, sah aber zehn Jahre älter aus. Als Artillerieoffizier hatte er ursprünglich an diesem Abschnitt der französischen Küste die örtliche Verteidigung aufgebaut. Die vier Geschütze auf ihren Betonsockeln, die ihre Rohre hinaus auf die ruhelose Biskaya richteten, waren bisher sein größter Stolz gewesen, und die Stellung als Standortkommandeur bedeutete für ihn den Höhepunkt seiner militärischen Ambitionen. Anders als seine Parteigenossen, die zu Tausenden über das besetzte Europa verstreut waren, war Reimann mit seinem Kommando äußerst zufrieden. Als Folge des mörderischen Schlachtens an der Ostfront hatte man ihm anfangs lediglich

Schuljungen und alte Männer zugeteilt. Jetzt waren die Jungen ebenfalls an der russischen Front eingesetzt, und man hatte ihm nur ältere oder dienstuntaugliche Soldaten gelassen, die aber genau wie er selbst durchaus zufrieden damit waren, hier in Ruhe den Krieg zu überleben, abseits der eigentlichen Kampfgebiete.

Am Ende der Küstenstraße blieb er stehen und blickte hinunter auf den kleinen Hafen. Die Bucht wurde auf jeder Seite durch einen Hügel geschützt, die beide bis hinunter zu dem schmalen Strand reichten und sich dann zu verlieren schienen in den Schichten schwarzer Felsen auf der windgepeitschten Außenküste. Neben einem dieser Hügel bildeten die neu errichteten U-Boot-Bunker eine häßliche Narbe aus Beton, die trotz der darüber ausgebrachten Tarnnetze noch so deutlich zu erkennen waren, daß die Wut wieder in ihm hochstieg.

Er hatte mehrmals mit dem Divisionsstab telefoniert und sich beschwert, hatte es aber dann aufgegeben, als man ihm mit unverhohlener Schadenfreude zu verstehen gab, daß der neue Marinekommandeur des Stützpunkts ein Vetter des Generals sei.

Reimann warf einen Blick hinauf zu den weißgetünchten Wänden des Hotels und fluchte leise vor sich hin. Vetter oder nicht, er würde es ihm noch zeigen!

Nach zehn wütend mit Warten verbrachten Minuten wurde er im Hotel schließlich in einen großen, langgestreckten Raum geführt, dessen breite Fenster einen Ausblick auf die gesamte Bucht und die aufgewühlte See gewährten. Überall roch es nach frischer Farbe, und Reimanns Ärger verwandelte sich in grimmige Eifersucht, als er die riesigen Karten bemerkte, die zwei Wände und den großen Tisch bedeckten, sowie die zahlreich darin steckenden bunten Fähnchen. All das machte ihm seine eigene Unterlegenheit schmerzhaft deutlich.

Hinter einem riesigen Schreibtisch saß der einarmige Marineoffizier und musterte ihn mit leisem Lächeln. Reimann bemerkte die vier goldenen Streifen auf dem einen Ärmel sowie die Orden und Ehrenzeichen, vor allem jedoch spürte er die Arroganz, die von dem Mann ausging.

Kapitän zur See Hans Bredt schob dem dicken, kahlköpfigen Major seine silberne Zigarettenschachtel hin und trommelte dann mit seinen zierlichen Fingern auf die Löschpapierunterlage. Natürlich erkannte er sofort die Aufsässigkeit des Majors, lächelte aber noch immer. Bredt hatte genau wie Reimann seine augenblickliche Kommandierung erhalten, weil er nicht mehr für den Fronteinsatz tauglich war; aber im Gegensatz zum Major war er von der Wichtigkeit seiner Stellung überzeugt. Mit seinen knapp vierzig Jahren, dem blonden Haar und dem runden, jugendlichen Gesicht schien er für den Rang eines Kapitäns zur See noch zu jung. Hätte Reimann ihn jedoch sorgfältiger beobachtet, dann wäre ihm sicherlich die Skrupellosigkeit in Bredts unruhigen Augen nicht entgangen. Aber so bildete er sich noch ein paar Minuten lang ein, er sei weiterhin Standortkommandeur von St. Pierre.

Mit seiner gutturalen Stimme schilderte er weitschweifig die Stadt und ihre Vorzüge. Er vergaß auch nicht, die Schwierigkeiten zu erwähnen, die er hier überwunden hatte, und vor allem den hohen Stand der Verteidigungsbereitschaft. Die Ankunft der U-Boote würde dies nun alles ändern. St. Pierre würde bestimmt die Angriffe der Royal Air Force zwischen Brest und Lorient auf sich ziehen. Das wiederum würde den Unwillen der französischen Einwohner hervorrufen, was letzten Endes einige Hitzköpfe dazu bringen konnte, sich in dieser bisher so friedlichen Stadt der Résistance anzuschließen.

Bredt lauschte der gekränkten Stimme des Majors und wunderte sich über dessen Dummheit. Er selbst war zunächst Kommandant eines U-Bootes gewesen und hatte innerhalb von sechs Monaten dreißigtausend Tonnen feindlichen Schiffsraums versenkt, hatte vier Auszeichnungen erhalten und einen Arm verloren. Voller Stolz erinnerte er sich dieses Triumphes, und jeder Monat, der verstrich, stärkte noch seine Überzeugung, daß dies die schönste Zeit seines bisherigen Lebens gewesen sei.

»Ich kann Ihnen versichern, mein lieber Major, daß ich alles tun werde, was in meiner Macht liegt, um die Dinge hier so zu lassen, wie sie jetzt sind. Ich habe nicht die geringste Absicht, die Aufmerksamkeit der feindlichen Luftwaffe auf uns zu ziehen, zumal dies eine erhebliche Unterbrechung der Arbeiten am Stützpunkt bedeuten würde. Aber dieser Krieg dauert bereits vier Jahre, und es könnten noch weitere zehn dazukommen. Im Lauf dieser langen Zeit werden zwangsläufig einige Veränderungen stattfinden.« Jetzt ließ er ein wenig Sarkasmus in seinen Ton einfließen. »Ich bin sicher, daß dann sogar das Heer begreift, von welchem Nutzen wir hier sind.« Er zeigte auf die Wandkarten. »Unsere U-Boote beherrschen den gesamten Atlantik. In diesem Augenblick versenken unsere Männer feindliche Schiffe, die Kanonen und Panzer an die russische Front bringen, wo sie eingesetzt werden, um unsere Kameraden umzubringen. Aber der Preis dafür ist hoch. Für unsere U-Boote gibt es keine Ruhe, und wenn sie im Hafen sind, benötigen sie sofortige Wartung.« Hier gestattete er sich ein leichtes Lächeln. »Auch die Besatzungen brauchen eine gewisse Zerstreuung, um ihre Energie wieder aufzuladen.« Stirnrunzelnd schob er den Aktendeckel über den Tisch. »Dies ist eine Liste der Dinge, die ich in der Stadt requirieren werde.«

Purpurrot im Gesicht sprang Reimann auf. »Sie müssen meine Situation verstehen! Der Bürgermeister und alle anderen Einwohner in führenden Positionen erwarten von *mir* Weisungen! Es ist unrecht, mir Ihre Probleme aufzuzwingen!«

Reimann fuhr herum, als der schneidende Ton einer dritten Stimme zu vernehmen war. Er hatte Bredt so intensiv beobachtet, daß ihm der andere Offizier entgangen war, der bis zu diesem Augenblick in einem tiefen Sessel vor dem Fenster gelehnt hatte.

»Wenn Sie nicht in der Lage sind, Major, dieses lausige Nest unter Kontrolle zu halten, dann können wir auch einen geeigneteren Mann als Sie finden!«

Bredt hüstelte. »Major Reimann, darf ich Sie mit Fregattenkapitän Rudolf Steiger bekannt machen? Er ist der neue Flottillenchef. Auf See ist er also mein Stellvertreter.« Er lächelte, als er Reimanns Verwirrung bemerkte. »Gewissermaßen mein anderer Arm!«

Reimann war im Begriff, die letzte Selbstbeherrschung zu verlieren, als der andere Offizier vom Fenster herantrat, so daß der zurückweichende Schatten sein Gesicht freigab. Der Major war normalerweise ein Mann ohne jede Phantasie, aber jetzt spürte er sofort die Gefahr, die von diesem Fregattenkapitän auszugehen schien. Er war groß und hatte die breiten Schultern und die schlanke Taille eines Athleten. Das Gesicht unter dem kurzen, schwarzglänzenden Haar wirkte völlig gleichmütig, aber die eiskalten grauen Augen und der harte schmale Mund vermittelten den Eindruck großer Willensstärke und Konzentration. Wie eine Katze, dachte Reimann, aber eine Wildkatze.

Bredt unterbrach seine Gedanken. »Ich nehme an, daß Sie schon von Fregattenkapitän Steiger gehört haben? Er ist eins unserer U-Boot-Asse. Neben seinen anderen Aufgaben wird er eines der hiesigen U-Boote kommandieren.«

Steiger wandte dem Major den Rücken zu und trat wieder ans Fenster. Das grelle, von der See reflektierte Licht erhellte sein gleichmütiges Gesicht mit der großen weißen Narbe, die sich von der linken Schläfe bis zum äußeren Augenwinkel hinzog. Ohne sich umzudrehen, sagte er über die Schulter: »Heute ist Neujahr, Major Reimann. Wir leben nun im vierten Kriegsjahr, und doch gibt es Leute wie Sie, die noch nichts davon gespürt haben!«

Wütend wandte Reimann sich an Bredt. »Wie können Sie ihm erlauben, so mit mir zu sprechen? Welches Recht hat er dazu?«

Bredt zündete sich eine Zigarette an. »Jedes Recht, Reimann. *Er* ist Frontkämpfer! Er trägt nicht nur die Uniform, sondern er weiß auch, wie der Krieg wirklich ist; bald wird er wieder auf Feindfahrt gehen.«

»Wenn ich ein wenig jünger wäre . . .«

Steiger schnitt ihm das Wort ab. »Mein Gott, wie oft habe ich diese Worte gehört: Wenn nur . . . Vielleicht . . . Wenn ich die Möglichkeit hätte . . . Sobald die Leute mir etwas vorjammern von der Sinnlosigkeit des Krieges, dann sage ich ihnen, daß nur ihr Gejammer sinnlos ist!«

Major Reimann riß sich zusammen. »Ich muß gehen und die Küstenbatterien inspizieren.«

Steiger lachte kurz auf. »Sehen Sie sich lieber die Straße an, Reimann!« Er drehte sich um und weidete sich an der ärgerlichen Verwirrung des anderen. »Ihre Kanonen sind auf die See gerichtet; aber wenn der Feind angreift, wird er über die Straße kommen!«

Wütend schlug Major Reimann die Tür hinter sich zu.

Bredt zog an seiner Zigarette und fragte mit gerunzelter Stirn: »Sind Sie nicht zu hart mit ihm ungesprungen, Rudi? Ich hatte schon mit so vielen von seiner Art zu tun, daß er mich nicht mehr im geringsten aufregt.«

Steiger tat, als hätte er ihn nicht gehört. »Diese verdammten Kerle klammern sich mit aller Kraft an ihre eingebildete Macht!« Er schüttelte sich. »Wann übernehme ich *U 991*?«

»Es läuft heute nacht ein. Nach dreimonatiger Feindfahrt im mittleren Atlantik, wie Sie wissen.«

Steiger unterbrach ihn: »Und der Kommandant ist tot. Sehr bequem.«

»Er kam ums Leben, als das Boot vor vier Tagen von einem Flugzeug angegriffen wurde. Ich habe alle diesbezüglichen Funksprüche gesehen.«

Langsam sagte Steiger: »Ich kannte den Kommandanten aus Lorient, Korvettenkapitän Mahnke. Als mein eigenes Boot versenkt wurde, war mir irgendwie klar, daß ich seins übernehmen würde. Mit ihm ging es ständig abwärts, er war kein guter Kommandant. Jetzt ist er tot und nur noch ein weiterer Name auf unserer Gefallenenliste.«

Bredt musterte ihn vorsichtig, es war jedoch keinerlei Bitterkeit in Steigers Stimme zu spüren. »Sie ändern sich auch niemals, Rudi. Ich habe noch nie erlebt, daß Sie sich über irgend etwas aufgeregt hätten.«

Steiger blickte durch das nasse Fenster hinüber zum nächstgelegenen Hügel. Eine Reihe kleiner, windgebeugter Bäume stand auf dem Hang und sah aus wie eine Gruppe zerlumpter Flüchtlinge auf dem Weg zum Gipfel.

»Wie wird meine Flottille eingesetzt? Als Einzelkämpfer?«

Bredt lehnte sich zurück und starrte trübsinnig auf die Karte. Die farbigen Linien, die feindliche Geleitzugwege und Einsätze der Aufklärer darstellten, liefen auf die britische Küste zu wie Arterien, die sie ja auch waren.

»Nein, Rudi, diese Flottille ist für etwas Besseres bestimmt. Seit Jahren haben wir unsere U-Boote in den größeren Häfen wie Brest, Lorient und St. Nazaire massiert. Von dort liefen sie aus und zerstreuten sich, wurden durch Flugzeug- oder andere Sichtmeldungen an ihre Ziele herangeführt, die sie dann in Wolfsrudeln angriffen. Aber die Verluste sind zu schwer. Indem wir jetzt die Stützpunkte dezentralisieren und kleinere Gruppen bilden, können wir unsere eigenen Bewegungen und die Einsatzgebiete besser kontrollieren.« Er hüstelte. »Natürlich stehen uns nur zusammengewürfelte Besatzungen zur Verfügung. Alle Boote Ihrer Flottille erhalten Besatzungen aus Einheiten, die aufgelöst wurden.«

»Versenkt«, korrigierte Steiger gleichmütig.

»Auf alle Fälle sind sie für die acht Boote neu aufgestellt worden. Der Deckname Ihrer Gruppe ist *Meteor.*«

Steiger hörte Bredt zu, der die Rolle der neuen U-Boot-Basis St. Pierre beschrieb, und blickte dabei hinaus auf die Weite des Golfs von Biskaya. Der Atlantik war das umbarmherzigste Schlachtfeld der ganzen Welt. Er fragte sich, was er bei seinem neuen Kommando vorfinden würde und wie Mahnke gestorben war. Er war auf dem Rückweg von einer ergebnislosen Feindfahrt gewesen, hatte alle Torpedos verschossen, konnte aber keine Versenkung melden. Jeder an Bord hatte wohl nur daran gedacht, heil nach Hause zu kommen. Verächtlich kräuselte Steiger die Lippen. Gerade unter diesen Umständen war ein U-Boot besonders verwundbar. Ausgeliefert dem plötzlichen Beschuß eines unsichtbaren Flugzeugs, das im Sturzflug aus den Wolken oder aus der Sonne herabstieß, dem Rasseln der Maschinenwaffen; der verzweifelt gegebene Tauchbefehl kam dann häufig zu spät. Zumindest war es für Mahnke zu spät gewesen.

Er hörte Bredt fragen: »Ihr letztes Boot ist auf eine Mine gelaufen?«

Geistesabwesend nickte er. »In der Nordsee. Wir waren zu fünft auf der Brücke mit den Ausguckleuten. Ich sah die Mine, die plötzlich vor unserem Bug tanzte, und hatte gerade noch Zeit, sie als eine unserer eigenen zu erkennen.«

»Pech. Ist wohl vertrieben.«

Steiger hörte nicht mehr auf Bredts Stimme. Worte, Worte, Worte! Sie waren nicht nötig bei Männern, die wußten, was draußen auf See vorging. Dem Augenblick des Sichtens folgte sofort ein blendender Blitz. Er konnte sich nicht an eine Explosion oder ein anderes Geräusch erinnern, außer natürlich an die Schreie, die durch das Brükkensprachrohr zu ihm herauf drangen, bevor sie erstickt und schließlich endgültig zum Schweigen gebracht wurden, als das Boot unter ihm wegsackte. Er und die Ausguckposten wurden herausgeschleudert, wobei zwei Seeleute durch den Detonationsdruck ums Leben kamen. Ein Schnellboot zog die Überlebenden an Bord und fuhr dann noch mehrmals durch den großen Ölfleck. Aber die beiden benommenen Seeleute und ihr Kommandant blieben die einzigen Überlebenden. Er erinnerte sich, daß er auf den ständig größer werdenden Ölfleck und auf ein einsames Rettungsfloß gestarrt und dabei gedacht hatte: So sieht es also aus, wenn du stirbst!

»Aber auch dabei hatten Sie wieder Glück, Rudi.«

Steiger drehte sich um. »Ja, denn ich bin noch am Leben.«

Bredt zeigte auf die Wandkarte. »St. Pierre ist der erste von vielen neuen Stützpunkten, die wir errichten werden. In einem Jahr wird die U-Boot-Produktion verdoppelt sein. Der Feind wird dann nicht mehr wissen, welche Geleitzugwege er noch einschlagen soll.«

Zum ersten Mal lächelte Steiger. »Verdoppelt? Ich wäre schon zufrieden mit der Erhaltung dessen, was wir jetzt haben.«

»Wieviel Tonnage haben Sie bisher versenkt, Rudi?«

Steiger hob die Schultern. »Ich hab's vergessen. Zweihunderttausend Tonnen, glaube ich.« Er übersah die neidische Bewunderung in Bredts Gesicht. »Darüber denke ich nicht nach, mich interessiert nur das jeweilige Schiff vor meinem Sehrohr.«

Ein Telefon schrillte, und Bredt hob rasch ab. Sein Gesicht wurde steif und förmlich, während er lauschte. Dann legte er auf und sagte: »Ihr Boot ist von unserer Luftaufklärung gemeldet worden. Es wird in einer Stunde einlaufen. Sie werden rasch wieder eine einsatzfähige Waffe daraus machen, ja?«

Ruhig musterte ihn Steiger. »Ein U-Boot ist für mich immer eine Waffe. Ein Soldat, der im Schlamm liegt, sollte nicht über das Gewehr nachdenken, das er in Händen hält. Er sollte nur wissen, wie er es abfeuern muß. Genauso geht es mir mit einem U-Boot.«

Bredt musterte aufmerksam das Gesicht seines Gegenübers. Er hatte schon viele U-Boot-Kommandanten kennengelernt, manche prahlten, manche redeten absichtlich beiläufig, wieder andere hinterließen überhaupt keinen Eindruck. Aber Steiger gehörte zu keiner dieser Kategorien. Er schien regelrecht nach U-Boot zu riechen, und hatte all das an sich, was einen U-Boot-Kommandanten ausmachte, der es geschafft hatte, trotz ständigen Fronteinsatzes zu überleben. Er dachte an all die hervorragenden U-Boot-Kommandanten, die gefallen waren wie Günther Prien und Jochen Mohr, und auch an Otto Kretschmer, der jetzt in Gefangenschaft saß. Bewegt betrachtete er seinen leeren Ärmel. Vielleicht wäre ich ebenso erfolgreich gewesen wie sie, dachte er; aber jetzt bin auch ich nur noch Erinnerung. Er merkte, daß Steiger ihn lächelnd musterte.

»Grämen Sie sich nicht, daß Sie nicht mehr dabei sind«, sagte der Kapitän beinahe sanft. »Sie haben mehr geleistet als die meisten anderen. Falls Sie Ihren Auftrag hier gut erfüllen, reicht das wirklich.«

Bredt stand auf und schritt durch den Raum. »Wenn ich doch nur wieder auf See sein könnte!«

Schweigend beobachtete ihn Steiger. Zu gefühlvoll, dachte er. Der Mann hatte Glück, daß er mit dem Verlust eines Armes davongekommen war. Laut sagte er: »Seit die Briten ihr Radar so enorm weiterentwickelt haben, ist unser Leben im Atlantik erheblich härter geworden.«

Bredt kehrte zu seinem Stuhl zurück. »Trotzdem werden wir sie schlagen.«

»Natürlich werden wir das; aber es gehört mehr dazu als früher. Wir müssen unseren Neulingen vor allem Aggressivität beibringen. Noch vor einem Jahr funktionierte die Taktik des Wolfsrudels, aber der feindliche Geleitschutz ist jetzt bedeutend besser und stärker. Es ist ja schon lebensgefährlich geworden, nur aufzutauchen und bei Überwasserfahrt die Batterien zu laden. Mit ihrem Radar scheinen sie U-Boote regelrecht zu riechen.«

»Dafür haben wir doch jetzt den neuen Schnorchel, der ein Aufladen der Batterien bei Sehrohrtiefe ermöglicht.«

Ungeduldig hob Steiger die Schultern. »Sehr gut auf dem Papier, aber fast nutzlos im Seegang. Wenn Sie ihn selbst auf Feindfahrt ausprobieren könnten, würden Sie Ihre Meinung bald ändern.« Er sah den verletzten Ausdruck Bredts und bereute seine Bemerkung sofort. Dann jedoch sagte er sich, wenn Bredt nicht imstande war, seine Vergangenheit zu vergessen und sich auf seine neue Aufgabe zu konzentrieren, verdiente er es nicht besser. Dieses Gerede machte ihn gereizt und kribbelig. Seine Narbe fing wieder an zu jucken, und unwillkürlich hob er die Hand und massierte sie. Sie hatten damals drei Tage lang einen britischen Tanker belauert, ihn mit ihren letzten beiden Torpedos angegriffen und waren dann näher herangegangen, um ihn mit Geschützfeuer zu erledigen. Aber obwohl der Tanker bereits in hellen Flammen stand und langsam sank, waren ein paar Fanatiker noch an ihr kleines Geschütz geeilt und hatten das Feuer erwidert. Ein Geschoß war auf dem U-Boot detoniert, und einer der weißglühenden Stahlsplitter hatte Steiger gebrandmarkt. Der namenlose britische Seemann mußte, als der Tanker in der brennenden See kenterte, noch gesehen haben, wie der U-Boot-Kommandant fiel. Was hatte er wohl dabei empfunden?

Unvermittelt sagte Bredt: »Die englischen Zeitungen haben Ihnen wieder einmal einen Artikel gewidmet. Wie gefällt es Ihnen, als Kriegsverbrecher bezeichnet werden? Die Briten behaupten, daß Sie völlig skrupellos kämpfen.«

Steiger hob die Schultern. »Mein Vater pflegte zu sagen, das einzige Verbrechen, das man im Krieg begehen könne, sei, diesen zu verlieren.«

Er stand auf, und Bredt spürte die verborgene Kraft, die von diesem Mann auszugehen schien. Ihm war bekannt, daß Steiger dreißig Jahre alt war, aber er hätte auch erheblich älter sein können. Es hieß, der Dienst auf U-Booten sei sein Lebensinhalt. Er besaß kaum Freunde, und von diesen wußten nur ein paar Näheres über ihn. Er war zur Legende, zum Symbol des mörderischen U-Boot-Krieges geworden.

»Ich gehe jetzt in meine Unterkunft. Würden Sie es mich bitte wissen lassen, sobald mein Boot in Sicht kommt?«

»Natürlich, Rudi. Soll ich den anderen Kommandanten, die schon hier sind, etwas von Ihnen sagen?«

Steiger rieb sich das Kinn. »Nur daß sie ihre Männer anständig gekleidet an Land lassen sollen. Es ist mir gleichgültig, wie sie auf See herumlaufen, aber hier in Frankreich repräsentieren wir die deutsche Marine. Ich lasse nicht zu, daß sie aussehen wie eine Bande Piraten.«

»Ist das denn so wichtig?«

Steiger blieb an der Tür stehen, seine grauen Augen blickten plötzlich lebhaft. »Wenn Sie wollen, daß ein Mann tapfer kämpft, müssen Sie zuerst dafür sorgen, daß er stolz ist. Und zwar nicht stolz auf irgendwelche patriotischen Parolen, sondern stolz auf sich selbst!«

Bredt schüttelte den Kopf. »Sie werden sich nie ändern, Rudi. Haben Sie denn keine Angst?«

Langsam überzog ein Lächeln Steigers Gesicht, als erinnere er sich an etwas lange Vergangenes. »Ja, aber nur vor Mißerfolgen. Dadurch ist der Tod völlig nebensächlich geworden.«

Die Tür schloß sich hinter ihm. Bredt blieb reglos sitzen und starrte auf seine Wandkarten mit den bunten Papierfähnchen.

Steiger schlug den Mantelkragen hoch, als er die volle Stärke des steifen Westwinds zu spüren bekam. Jenseits der beiden steinernen Hafenmolen wurde die offene See zu weißen Schaumkämmen aufgepeitscht. Sonst war die vorherrschende Farbe ein düsteres Grau. Von der tosenden Brandung bis zu dem unsichtbaren Horizont schien die gesamte Küste zu einem einzigen bedrohlichen Muster zu verschwimmen. Die tiefhängenden Wolken jagten hinter den Brechern her, als wollten sie auch noch ihr Gewicht in diesen Ansturm werfen, so daß sich Gischt und Sprühregen vermischten.

Auf dem Vorland konnte Steiger keinen einzigen Menschen ausmachen, obwohl er den Eindruck hatte, daß ihn viele Augen aus den kleinen Häusern im Hafengebiet und aus den Betonbettungen der Geschütze beobachteten.

Unerwartet grell stach ein grünes Licht durch den Dunst, und Steiger beschleunigte den Schritt. Aus einem Schuppen schob sich eine Gruppe Seeleute in Ölzeug und trabte ohne Begeisterung zu dem leeren Liegeplatz, während der Offizier bis zum letztmöglichen Augenblick im Schutz des Schuppendachs wartete.

Steiger ging an ihnen vorbei, ignorierte ihren müden Gruß und starrte über den Steinwall hinweg auf die graue See, wo sich eine wohlvertraute Form abzeichnete.

Regen und Gischt liefen ihm von der weißen Mütze in den Kragen, aber unbewegt sah er zu, wie das U-Boot seinen scharfen Steven zwischen die beiden Molenköpfe schob und zielstrebig in das ruhigere Hafenwasser vordrang. Er bemerkte, wie das Boot mit der Fahrt herunterging; sein erfahrener Blick entdeckte den schleimigen Algenbewuchs, der sich während des dreimonatigen Einsatzes gebildet hatte, sowie die Narben der Einschläge auf Vorschiff und Kommandoturm; er sah lustlose Matrosen an Vor- und Achterleinen stehen und eine kleine Gruppe Offiziere auf der Brücke.

Steiger stellte fest, daß die rote Hakenkreuzflagge halbmast gesetzt war. Oben brausten zwei Meserschmittjäger mit ihrem heiseren Dröhnen über den Hafen, die schwarzen Balkenkreuze an ihren kurzen Tragflächen waren einen Augenblick gut zu erkennen, bevor die Maschinen abdrehten und über See verschwanden. Steiger sah einen Offizier auf der Brücke zu den beiden Flugzeugen hinaufblicken, wobei die Besorgnis auf seinem übermüdeten Gesicht deutlich zu erkennen war. Über den sich rasch verengenden Streifen aufgewühlten Wassers schien er jetzt Steiger zu entdecken und blickte ihm fragend entgegen. Dann, als das Boot an die Pier manövrierte, wandte er sich ab und rief den wartenden Matrosen etwas zu.

Die Schrauben wühlten im Rückwärtsgang das Heckwasser auf, Wurfleinen schlängelten sich hinüber zu den Seeleuten an Land. Spring und Vorleine folgten, und als das Boot gegen die Fender stieß, bebte es nur kurz und lag dann still. Lediglich ein dröhnender Generator sandte weiterhin seinen blauen Dieseldunst über das Achterschiff.

Langsam ging Steiger über die Mole zurück. Seine neue Besatzung drängte bereits an Land und trat vor dem Boot an, das jetzt vom Stützpunktpersonal übernommen wurde. Eifrige Unteroffiziere riefen Namen auf und hakten sie auf ihren feucht gewordenen Listen ab. Schließlich standen die Männer stramm, machten rechts um und marschierten in Richtung der Gebäude neben den neu errichteten Bunkern. Sie würden für die Dauer der Liegezeit im Hafen ihre Unterkünfte sein. Kein einziger von ihnen blickte hinüber zur Stadt, und als der führende Unteroffizier kommandierte: »Die Augen links!« und die Leute grüßend an Steiger vorbeimarschierten, erschienen ihm ihre Gesichter wie tot.

Wie beiläufig legte Steiger die Hand an die Mütze, bemerkte aber jede Einzelheit der vorbeiziehenden Matrosen: die ihm so wohlbekannte Blässe, das ungekämmte Haar und die struppigen Bärte, die abgewetzten Lederjacken und salzverkrusteten Stiefel. Er unterschied auch die jungen, unerfahrenen Gesichter, die aber jetzt alt wirkten, von denen der älteren U-Bootfahrer. Aber selbst diese machten einen niedergeschlagenen Eindruck.

Als nächstes kamen drei Offiziere an ihm vorbei. Der schlanke, den er auf der Brücke gesehen hatte, mußte der Erste Wachoffizier Heinz Dietrich sein; die anderen beiden waren wahrscheinlich der Navigations- und der Torpedooffizier. Der Leitende Ingenieur blieb offensichtlich noch an Bord. Wie die meisten seiner Zunft war er wohl nicht willens, seine kostbaren Maschinen ohne weiteres den Werftleuten zu überlassen.

Steiger wandte sich ab und schritt eilig seinem Hotel zu. Es bestand kein Grund, Dietrich schon in dem Augenblick anzusprechen, da er gerade erst von Bord ging. Er hatte die Besorgnis auf dem

Gesicht des jungen Oberleutnants bemerkt – und noch etwas anderes. Schuldgefühl? Angst? Er war sich nicht sicher. Auf keinen Fall traute Steiger seinen ersten Eindrücken.

Er ging am Hotel vorbei und blickte noch einmal zurück zum U-Boot. Schon wurden Stromkabel an Bord gegeben, und Gestalten in Ölzeug kletterten über die schmalen Decks. Die Nummer 991 hob sich deutlich von der dunklen Beplattung ab, und Steiger bemerkte auch die vollbusige Seejungfrau, die in Lebensgröße auf die Vorderseite des Turms gemalt war. In den Händen schwang sie eine große Axt und starrte mit blauen Augen nach vorn zum Bug, wo die Torpedos auf den Feuerbefehl warteten.

Das Boot war zwei Jahre alt, und somit war die Seejungfrau wahrscheinlich noch ein Vermächtnis des ersten Kommandanten. Steiger bohrte die Hände tief in die Taschen seines Mantels und schritt mühsam über den sandigen Weg, der am neuen Stacheldrahtzaun entlangführte. Als die Seejungfrau auf den Turm gemalt worden war, dachte er, hatte der Krieg im Atlantik gerade seinen Höhepunkt erreicht, der Feind verlor mehr Schiffsraum, als er ersetzen konnte. Es war die Glanzzeit des U-Boot-Krieges. Kapellen spielten beim Auslaufen, Blumen und Eiserne Kreuze grüßten die Heimkehrer. Aber jetzt hatte der Krieg auf See eine neue Phase erreicht, und beide Seiten kämpften mit kompromißloser Verzweiflung, wobei Pardon weder gewährt noch erwartet wurde.

Ständig wurden neue Waffen entwickelt, denen sofort entsprechende Abwehrwaffen auf der anderen Seite folgten. In der Theorie wurden angeblich unfehlbare Taktiken ausgearbeitet, zu deren Erprobung in der Praxis keine Zeit blieb. Wegen des ständigen Zeitdrucks wurde von den Kommandanten, die im Atlantik kämpften, immer mehr und mehr verlangt. Von einem Auslaufen zum anderen wurden die Aussichten auf gesunde Rückkehr geringer. Bei etwas Glück kam man mit einer ernsten Warnung davon; hatte man keins, so fiel man. Jetzt, dachte er, da ich ein Boot verloren habe, selbst aber noch am Leben bin, bleibt mir statistisch gesehen vielleicht etwas mehr Zeit. Bei diesem Gedanken lächelte er und stellte zugleich fest, daß er das Ende des Drahtzauns erreicht hatte.

Auf der anderen Seite sah er französische Arbeiter, die einen alten Lastwagen mit Holz beluden. Hier war alles friedlich und ruhig, weil der Krieg diese kleine Stadt bisher verschont hatte. Er erinnerte sich an Major Reimanns wütendes Gesicht und seine hervorgesprudelten Beschwerden. Erstaunlich, wie viele Reimanns es noch gab, die sich einbildeten. wenn alles nur so bliebe wie bisher, würde der Krieg eines Tages von allein enden.

Er fragte sich, wie wohl die anderen sieben U-Boot-Kommandanten mit diesem neuen Stützpunkt und mit Bredt zufrieden waren. Er hatte mindestens einen Freund unter den sieben: Alex Lehmann, mit dem er sowohl in Kiel als auch in Lorient zusammengewesen war, ein ruhiger und zuverlässiger Mann.

Er betrat das Hotel, wo ihm eine Ordonnanz den nassen Mantel abnahm. Ein paar Stewards in weißen Messejacken schürten das Feuer im Kamin und schlossen zur Verdunkelung die Fensterläden. Aus einem Zimmer drang Klavierspiel und gedämpfte Unterhaltung. Das Hotel hatte seine frühere Funktion völlig verloren, war aber trotzdem voll fröhlicher Betriebsamkeit.

Eben bevor die letzten Fensterläden geschlossen wurden, erhaschte Steiger noch einen Blick auf die See. Unter dem dunklen Himmel mit den schwarzen Wolken wirkte sie drohend und grausam. Wie immer wartete sie. Niemals wurde sie des Spiels müde, das sie alle mit ihr begonnen hatten.

Steiger seufzte und stieg die Treppen zu seinem Zimmer hinauf.

Oberleutnant Heinz Dietrich stand bewegungslos in der Mitte des großen Lagezimmers. Er trug seine ölfleckige Lederjacke und hatte die Mütze unter den Arm geklemmt. Die Müdigkeit überschwemmte ihn in Wellen wie die Wirkung einer Droge. Alle Einzelheiten des Raumes schienen vor seinen Augen zu verschwimmen, so daß er seine ganze Aufmerksamkeit auf den Schreibtisch und den einarmigen Kapitän dahinter richten mußte. Schweigend wartete er, während Bredt das verschmutzte Logbuch und das Bündel Sichtmeldungen durchblätterte. Draußen heulte der Sturm von der Biskaya herein und rüttelte wild an den geschlossenen Fensterläden. Dietrich blickte hinunter auf Bredts gepflegten Kopf und kämpfte gegen die Unsicherheit, die ihm dessen Schweigen verursachte. An der gegenüberliegenden Wand sah er sein Bild in einem großen goldgerahmten Spiegel: eine schlanke Gestalt mit einem drei Monate alten Bart, der die Jugendlichkeit des Gesichts noch zu unterstreichen schien. Sein Haar war lang und blond und paßte nicht zu den kalten Augen, die aus dem Spiegel zurückblickten.

Bredt räusperte sich und sagte ohne aufzublicken: »Das scheint soweit in Ordnung zu sein, Oberleutnant Dietrich. Kapitän Mahnke stand also mit Ihnen auf der Brücke, als das Flugzeug angriff und er getroffen wurde. Dann tauchte das Boot?«

»Jawohl, Herr Kapitän.« Dietrich starrte weiterhin über dem Kopf des Kapitäns in den Spiegel.

»Die Ausguckleute waren schon unten?«

»Ja. Ich hatte Alarmtauchen befohlen. Das Boot wurde bereits geflutet.«

Bredt trommelte mit seiner zierlichen Hand auf der Schreibtischplatte herum. »Wieso haben Sie das Flugzeug nicht rechtzeitig gesichtet?«

Zum ersten Mal begegneten sich ihre Blicke, und Bredt spürte die unverhohlene Feindseligkeit des jungen Offiziers.

Als wiederhole er eine auswendig gelernte Lektion, antwortete Dietrich: »Es herrschte schwerer Seegang. Wir waren eine Stunde vorher aufgetaucht, zum Aufladen der Batterien. Es war dunkel und dicht bewölkt. Infolge des schlechten Wetters funktionierte unser Radar nicht, und das Toben des Sturms muß das Geräusch des anfliegenden Flugzeugs übertönt haben.«

»Woraus schließen Sie das?«

»Niemand meldete es«, antwortete Dietrich dickköpfig. »Ich drückte auf den Tauchalarmknopf und ließ die Brücke räumen. Der Kommandant blieb noch oben und wurde von einer Maschinengewehrgarbe niedergemäht.«

Bredt trommelte weiter auf die Tischplatte. »Das Flugzeug aber sah Sie rechtzeitig, nicht wahr?«

Dietrich starrte wie gebannt auf die Karte an der gegenüberliegenden Wand. Natürlich sah uns der Tommy, du Idiot! dachte er. Er hatte uns auf dem Radarschirm, beleuchtete uns mit seinen Scheinwerfern, und wir hatten nur Glück, daß er keine Wasserbomben mit sich führte. Laut antwortete er: »Es schaltete seine Scheinwerfer ein, Herr Kapitän.«

»Ich verstehe.« Rasch blickte Bredt auf. »Warum blieb Kapitän Mahnke so lange auf der Brücke?«

Dietrich straffte sich. Dies war der gefährlichste Augenblick. »Er schrie laut, Herr Kapitän. Ich glaube, er stand unter starkem Druck.«

Angriffslustig stieß Bredt das Kinn vor. »Druck? Meinen Sie, daß er nicht merkte, was vorging?«

»Jawohl, Herr Kapitän.«

»Aber er war Ihr Kommandant!«

Dietrich schluckte. Als ob das einen Unterschied machte.

Als Bredt sich wieder den Berichten zuwandte, schwankte Dietrich ein wenig und versuchte verzweifelt, Mahnkes verzerrtes Gesicht zu vergessen, das in dem blendenden Scheinwerferlicht geradezu gespenstisch gewirkt hatte. Wieder hörte er das Brausen des Sturms und das Dröhnen der angreifenden Maschine.

Mahnke hatte *ihn* angebrüllt, hatte ihm eine Beleidigung nach der anderen ins Gesicht geschrien. All die aufgestaute Wut und Enttäuschung über die ergebnislose Feindfahrt war aus ihm herausgebrochen, so daß er außerstande schien, sich zu bewegen. Mahnke mit seinem fetten, ungesunden Gesicht und den vorquellenden Augen. Dietrich hätte vorher nicht geglaubt, daß er einen Menschen so sehr hassen könnte. Er erinnerte sich an die laute, höhnische Stimme, die jählings in einen Schmerzensschrei überging, als die Geschosse funkensprühend vom stählernen Schanzkleid absprangen, ihn trafen und zu Boden warfen. Donnernd entwich die Luft bereits aus den Satteltanks, und das Vordeck verschwand schon unter Wasser; aber Dietrich stand noch immer wie hypnotisiert vor dem Mann, der jetzt zu seinen Füßen wimmerte. Der Mann, der versucht hatte, ihn seelisch zu zerbrechen, und der ihn vernichten würde, wenn sie erst wieder im Hafen waren. In einem einzigen Augenblick hatte er sich in eine winselnde Kreatur verwandelt, die jetzt verzweifelt Dietrichs Stiefel umkrallte.

Als er schließlich durch die Luke sprang und nach dem Verschlußrad griff, kam das Wasser schon in Sturzbächen hinter ihm her. Zuvor jedoch hatte er Mahnkes starren Blick und klauenartige Finger gesehen, als dieser begriff, daß er ihn absichtlich zurückließ.

»Sie würden also sagen, daß der Kommandant zu schwer verwundet war, um gerettet zu werden?« Bredts Stimme zerrte Dietrich wieder in die Wirklichkeit zurück.

»Jawohl, Herr Kapitän.« Er antwortete mit fester Stimme, spürte aber, wie ihm das Herz gegen die Rippen hämmerte. Als sie am nächsten Morgen auftauchten, lag Mahnkes Leichnam noch auf der Brücke, gehalten durch einen der stählernen Sicherheitsgurte. Dietrich starrte endlose Sekunden lang auf die nasse, gedunsene Masse nieder, die einst der mächtige Mann gewesen war, der gedroht hatte, ihn zu vernichten. In dem schlüpfrigen Ölzeug war nur ein einziges Einschußloch, er hätte also gerettet werden können und wäre wahrscheinlich am Leben geblieben. Zusammen mit einem Ausguckposten rollte er die Leiche über Bord. Sein Geheimnis behielt er für sich.

»Ihr neuer Kommandant ist Fregattenkapitän Steiger.«

»Jawohl, Herr Kapitän.« Dietrich hatte Steiger schon auf der Mole erkannt. Wer bei der U-Boot-Waffe kannte nicht ihn und seinen Ruf?

Jetzt war also Mahnke verschwunden, und Steiger würde sofort alle Fehler oder Versäumnisse finden; dieser Ruf ging ihm voraus.

»Also gut, Oberleutnant Dietrich. Sie können den Leuten Landurlaub geben. Die Ständigen Befehle erhalten Sie morgen, wenn Sie Kapitän Steiger durch das Boot führen. Dies muß eine erstklassige Flottille werden, und ich bin nicht gewillt, auch nur die geringste Nachlässigkeit zu dulden! Deutschland verlangt gerade jetzt von jedem Offizier das Äußerste, besonders aber von der U-Boot-Waffe!«

Dietrich spürte, daß sich die Müdigkeit wie ein Stahlband um seinen Schädel legte. Dieser verdammte Idiot ließ ihn die ganze Zeit stehen wie einen Rekruten. Er hörte das ständig lauter werdende Heulen des Windes, und es machte ihn ganz krank. Ihre kurze Verschnaufpause im Hafen würde bald vorbei sein, und dann waren sie wieder draußen im Atlantik. Mit Mahnke war es schon schlimm genug, aber der Mann war ein Feigling gewesen. Steiger jedoch würde sie bis zum Umfallen antreiben.

»Darf ich wegtreten, Herr Kapitän?« fragte Dietrich heiser.

»Ja, aber besichtigen Sie erst die Unterkünfte Ihrer Leute, bevor Sie ins Hotel gehen. Der Dienst geht immer vor, Oberleutnant!«

Dietrich schlug die Hacken zusammen und verließ den Raum. Irritiert starrte Bredt die beiden Ölflecken auf dem neuen Teppich an, die die Stiefel des jungen Offiziers hinterlassen hatten; dann trat er an seine Wandkarte. Sorgfältig zog er das letzte Fähnchen aus seiner Position im Atlantik und steckte es zu den übrigen der neuen Flottille.

U 991

Das schwach erleuchtete Café lag in einer Ecke des kopfsteingepflasterten Marktplatzes und schien sich haltsuchend gegen das Nachbargebäude zu lehnen. Es bestand aus einem einzigen großen Raum, auf dessen einer Seite sich eine Empore befand, zu der ein paar Stufen hinaufführten. Dort standen mehrere kleine runde Tische. Im Raum war das Summen der Unterhaltung und Gelächter zu hören, und eine unbewegliche Wolke blauen Rauches hing wie Seenebel unter den geschwärzten Deckenbalken. Ein dicker grauhaariger Mann saß neben der Küchentür, hatte die Augen vor Konzentration geschlossen und quetschte ein großes Akkordeon, dessen Musik jedoch kaum den Lärm der Unterhaltung übertönte.

Der Tabaksqualm wogte einen Augenblick durcheinander, als die

Tür von der Straße geöffnet wurde und ein Windstoß die dicken Verdunklungsvorhänge bewegte. Als drei Marineoffiziere eintraten, legte sich eine so plötzliche Stille über den dichtbesetzten Raum, daß die Töne des Akkordeons jetzt laut klangen wie Fanfarenstöße.

Die drei blaugekleideten Gestalten schritten durch die schweigende Menge und dann die wenigen Stufen hinauf zur Empore. Dort war nur ein einziger Tisch frei, und ein ältlicher Kellner mit langer Schürze versuchte besorgt, ihn zu verteidigen, als sich die Offiziere mit schweigender Entschlossenheit näherten.

»Tut mir leid, m'sieu«, der Kellner war sich der Blicke bewußt, die ihn von allen Seiten beobachteten, »aber dieser Tisch ist reserviert.«

Karl Hessler, der Torpedooffizier von *U 991*, hob seine buschigen Augenbrauen und musterte ihn finster. Dann nickte er seinen beiden Gefährten zu und ließ sich schwerfällig am Tisch nieder. Seine breitschultrige, untersetzte Gestalt auf dem Stuhl wirkte wie ein Felsblock.

»Aber, m'sieu!« Hilflos wedelte der Kellner mit seiner nicht ganz sauberen Serviette über den Tisch.

Ruhig sagte Hessler: »Stehen Sie gefälligst stramm, wenn Sie mit einem deutschen Offizier sprechen! Wir möchten einen guten Champagner und später vielleicht einen Cognac. Haben Sie verstanden?« Mit strengem Blick aus tiefliegenden Augen starrte er den Kellner an.

Der Mann stammelte etwas und verschwand im Qualm. Langsam schwoll die Unterhaltung im Café wieder an.

Franz Lüth, der Leitende Ingenieur, beugte sich über das Geländer und blickte hinunter auf die dichtgedrängten Gestalten. Er konnte keinen einzigen Deutschen entdecken und grunzte zufrieden. Sein hagerer Körper wirkte wie verloren in der Uniform, und das melancholische Gesicht mit den traurigen braunen Augen hätte einem Priester gehören können. »Hier ist es richtig.« Er beendete seine sorgfältige Prüfung der Anwesenden und wandte sich wieder an seine Kameraden. »Man könnte wirklich annehmen, wir seien auf Urlaub.«

Hessler grunzte ungeduldig. »Diese verdammten Franzmänner! Wenn sie mich übers Ohr hauen wollen, werden sie's noch bereuen! Ich habe nicht die ganze Zeit im Atlantik Blut geschwitzt, um dann von ihnen hier wie ein unerwünschter Gast behandelt zu werden!«

Lüth lächelte. »Vielleicht sind ihnen die Opfer nicht ganz klar, die du zu ihrem Wohl gebracht hast.«

Günther Resch, der Navigationsoffizier, fuhr sich mit der Hand über sein spärliches Haar. Er war ein dicklicher junger Mann, seine fahle, ungesunde Haut war zerkratzt nach der ungewohnten Rasur. »Also, ihr beiden! Könnt ihr nicht endlich mal aufhören, euch zu streiten?« Er trank gierig, als der Kellner vorsichtig ihre Gläser füllte. Halb zu sich selbst sagte er: »Drei Monate habe ich auf diesen Augenblick gewartet.«

Hessler stürzte den Champagner mit einem Schluck hinunter. Dann schob er dem Kellner das Glas erneut hin. »Kribbelwasser!«

Lüth fuhr sich mit der Zunge über die trockenen Lippen. »Ausgezeichnet. Möglicherweise haben sie ihn erst heute morgen zusammengepanscht, aber trotzdem schmeckt er ausgezeichnet!«

Schließlich waren zwei Flaschen geleert, ohne daß viele Worte gewechselt wurden. Langsam schien der Raum kleiner zu werden, und die fremden Stimmen verschwammen.

Lüth fragte: »Nun, was haltet ihr von Rudolf Steiger?«

»Ich kannte ihn bereits.« Trübsinnig starrte Hessler durch die verqualmte Luft. »In Cuxhaven war es. Er war damals erst Oberleutnant, aber mir war klar, daß er Großes leisten würde.«

»Das kann er auch, mit seinem Hintergrund«, warf Resch verdrießlich ein. »Bei seiner Abstammung von wer weiß wie vielen Generationen von Marineoffizieren ist das kaum überraschend!«

Hessler lachte böse. »Du redest genau wie ein verdammter Amateur! Im Frieden spöttelt ihr über die Aktiven, und wenn ihr selbst zum Einsatz geholt werdet, seid ihr eifersüchtig auf sie, weil ihr selber nutzlos seid.«

»Vergiß nicht, Karl, ich war bei der Handelsmarine.« Reschs Augen brannten vor Entrüstung. »Die besten Navigationsoffiziere kommen alle von dort.«

»Klar, ihr hattet ja den ganzen Tag nichts anderes zu tun als in den Himmel zu glotzen. Dabei lernt mit der Zeit jeder die Navigation!«

Lüth grinste träge. »Wir sind erst zwei Tage im Hafen, aber unser neuer Kommandant hat in dieser Zeit schon jeden Zentimeter des Bootes genau inspiziert. Mich hat er mit Fragen nur so bombardiert. Mehr als einmal hat er mich dabei in die Enge getrieben.«

Bedrückt sagte Resch: »In drei Tagen müssen wir schon wieder auslaufen, das ist nicht fair. Früher ging es nie so schnell.«

»Diesmal ist es anders«, sagte Hessler zuversichtlich. »Es wird bestimmt nur ein kurzer Einsatz, um festzustellen, wie die Zusammenarbeit der Boote funktioniert. Das ist wirklich keine schlechte Idee.«

Lüth gähnte. Der Champagner zeigte bereits Wirkung, er hatte das Gefühl, als seien seine Beine aus Gummi. »Auf jeden Fall finde ich diesen Stützpunkt gemütlich. Ich freue mich schon aufs Wiederkommen!«

Hessler hob die Hände, und Lüth hatte den Eindruck, daß sie aussahen wie zwei rote Krebse.

»Richtig, Franz.« Hessler sprach irgendwie zu laut. »In zwei Wochen wird bestimmt schon ein niedliches Betthäschen hier auf mich warten.«

Lüth merkte, wie sich sein Gesicht zu einem unkontrollierbaren Grinsen verzerrte, aber das kümmerte ihn nicht mehr. Es war immer dasselbe nach einem harten Einsatz, er ließ sich gehen, vielleicht mehr als jeder andere an Bord. Schließlich unterstanden ihm die Maschinen und die Elektromotoren des Bootes, er war verantwortlich für schnelles Tauchen oder Auftauchen unter allen Bedingungen, es blieb ihm also keine Zeit zum Nachdenken oder Angsthaben. Gefühle waren nach dem Einlaufen dran, und das Trinken war dabei sein bestes Heilmittel. Dieser kleine Hafen hier konnte viel mehr bieten als große Städte wie Lorient und Brest, die noch dazu ständigen Luftangriffen ausgesetzt waren. Hier konnte man Spaziergänge machen und nachts in sauberen Betten schlafen, ohne den nervenzermürbenden Fliegeralarm. Und auf See waren sie bei Kapitän Steiger bestimmt besser aufgehoben als bei Mahnke, der sie halb verrückt gemacht hatte mit seinen beleidigenden Tiraden. Der arme Heinz Dietrich hatte als Erster Offizier die volle Wucht dieser Angriffe ertragen müssen, er war gewissermaßen der menschliche Puffer für die übrige Besatzung gewesen. Selbst in Gegenwart von Mannschaftsgraden hatte Mahnke ihn beschimpft und verflucht. Einmal, als Lüth wegen irgendwelcher Befehle zur Kommandantenkammer gegangen war, hatte er Mahnke schreien gehört: »Die werden in Deutschland überrascht sein, was ich denen alles über Sie erzähle!« Mit kreideweißem Gesicht war Dietrich aus der Kammer gestürzt. Er war genau so weiß wie in der Nacht, als Mahnke fiel.

Mit unsicherer Hand schenkte Hessler den letzten Rest Champagner ein. Dann stand er rülpsend auf. *»Ruhe!«* Seine grobe Stimme dröhnte in dem großen Raum wie ein Kanonenschuß, und ein Meer von Gesichtern drehte sich ihm zu. Hessler hob sein Glas. »Erheben Sie Ihre Gläser und trinken Sie mit uns auf die U-Boot-Waffe!« Doch alle blieben starr sitzen, und niemand bewegte sich, bis der alte Akkordeonspieler aufsprang und hinausrannte. Da lachte jemand nervös auf, worauf Hesslers Gesicht blutrot vor Wut wurde. Mit einem Schlenker seines dicken Handgelenks schleuderte er die leere Flasche quer durch den Raum, so daß sie an der gegenüberliegenden Wand krachend zersplitterte. Hessler tropfte der Schweiß von seinem kurzgeschnittenen Haar. »Jetzt trinkt, ihr verdammten Franzmänner!« Becher, Gläser und Kaffeetassen wurden gehoben, und Hessler trank seinen letzten Schluck mit einem zufriedenen Grunzen. »Dann gehen wir auch brav wieder an Bord«, verkündete er grinsend.

Als sie durch einen hastig freigemachten Durchgang zwischen den stehenden Franzosen zur Tür strebten, bemerkte Lüth leise: »Du verstehst dich wirklich darauf, Karl, die deutsche Kultur hier in Frankreich publik zu machen.«

Verblüfft sah Hessler ihn an. »Klar verstehe ich mich darauf!«

Lüth fröstelte, als ihm der Atlantikwind mit voller Wucht ins Gesicht peitschte. Hessler war ein guter Kamerad im Gefecht, aber künftig würde er doch lieber allein an Land gehen, dachte er.

Noch lange, nachdem sie den Marktplatz überquert hatten, herrschte Stille in dem Café.

Die Morgendämmerung, die noch vor wenigen Minuten nichts weiter als ein hellgrauer Fleck über den Hügeln gewesen war, schob sich jetzt langsam auf die triefenden Wellenbrecher zu und glitzerte matt auf dem sturmgepeitschten Wasser.

Steiger wickelte sich den weißen Seidenschaal um den Hals und vergrub die Schultern tiefer in seinem steifen Ledermantel. Es war seltsam, wie fremdartig sich seine Uniform anfühlte. Alles war neu und ungewohnt, keine Berührung rief alte Erinnerungen in ihm wach. Er verbannte den Gedanken an seine eiserne Seekiste mit all den wohlbekannten Kleidungsstücken. Die lag jetzt zusammen mit seiner alten Besatzung auf dem Grund der Nordsee. Es war nicht sehr tief, wo das Boot seine letzte Ruhestätte gefunden hatte. Nicht wie draußen im Atlantik, wo der ungeheure Druck der Wassermassen ein sinkendes U-Boot wie eine Blechdose zusammenpreßte und die Besatzung in der Dunkelheit einen raschen Tod starb. Nein, in seinem alten Boot waren sicherlich einige Abteilungen heil geblieben, Stahlsärge für die Männer, die auf ihren Posten eingeschlossen wurden.

Scharf blickte er auf, als das Deck unter seinen Füßen gleichmäßig zu vibrieren begann. Das graue Licht wurde stärker, und er konnte schattenhafte Gestalten ausmachen, die sich unten auf dem Vorschiff bewegten. Er erkannte jetzt auch das Eis, das sich auf den Stahltrossen gebildet hatte. Nach einer Hafenliegezeit von weniger als einer Woche mußte das Boot bereits wieder in den Atlantik auslaufen. Seine sechs

Bugrohre waren mit neuen Torpedos geladen, ebenfalls das eine am Heck. Die glänzenden Reservetorpedos lagen in ihren Halterungen, bereit zum Nachladen, und das lange Rohr des 10,5-Zentimeter-Geschützes auf dem Vorschiff war nicht mehr mit schleimigen Algen bedeckt, sondern mit einer dicken, bläulichen Schicht Öl und Staufferfett.

Die Festmacher tauchten ins Wasser und strafften sich wieder. Steiger sah die Leute auf dem Anleger ungeduldig hin und her trippeln. Offenbar konnten sie es kaum erwarten, die Leinen loszuwerfen; sie wollten das U-Boot endlich loswerden und zurückkehren zu ihrem friedlichen Leben.

Für Steiger war es eine strapaziöse Woche gewesen, da er eine Doppelrolle spielen mußte, sowohl als Flottillenchef an Land wie als Kommandant seines neuen Bootes. Er hatte die anderen Kommandanten zusammengerufen, hatte viele Besprechungen mit Kapitän Bredt gehabt und verschiedentlich auch mit dem Stab in Lorient telefoniert. Der Betrieb hatte ihm keine Zeit für private Gedanken gelassen, und das war gut so. Nun war er froh, das Land endlich verlassen zu können. Als das Boot gegen die Fender drückte und die wohlbekannten Befehle über das schmale Deck gerufen wurden, spürte er, daß der Druck von ihm genommen und durch freudige Erregung ersetzt wurde, wie sie ein erfahrener Jäger empfinden mochte, der er ja auch war.

Er bedauerte lediglich, daß er nicht mehr Zeit gehabt hatte, seine Offiziere und Mannschaften näher kennenzulernen. Wenn sie ihr Einsatzgebiet erreicht hatten, würde sich dafür keine Gelegenheit mehr bieten. Er erinnerte sich an das Gesicht seines Ersten Wachoffiziers, als sie am Vorabend über die windumtoste Mole zu dem dort vertäuten U-Boot gegangen waren. Dietrich hatte einige Fragen zu den Übungen gestellt, durch die die Flottille zusammenwachsen sollte, als Steiger ihn unterbrach: »Sie können es ebensogut schon jetzt erfahren: Wir haben neue Befehle bekommen, die Flottille soll ohne weitere Verzögerung bei Morgengrauen auslaufen.«

Er erinnerte sich auch an das Donnern der Brandung auf den Felsen und an den ruhigen Tritt eines in der Nähe auf und ab gehenden Postens. Er hatte die ungläubige Bestürzung bei dem jungen Offizier gespürt und auch gemerkt, wie diese in Empörung umgeschlagen war.

»Aber, Herr Kapitän, das ist ungerecht! Wir sind alle müde und erschöpft. Es ist ein Wahnsinn, uns nach so kurzer Zeit schon wieder hinauszuschicken!« Dietrich hatte sich Steiger zugewandt, so daß er dessen Augen erkennen konnte, die in dem blassen Gesicht wie Feuer brannten.

»Das sind meine Befehle, Oberleutnant Dietrich!« Steiger sprach zwar ruhig, aber sein Ton entbehrte jeglicher Milde. »Und solange ich das Kommando habe, werden Befehle ohne Fragen ausgeführt!«

Dietrich ließ die schmalen Schultern hängen. »Dann werden der Besatzung schlimme Fehler unterlaufen. Fast alle sind neu an Bord. Es war hart genug für sie bei ihrem ersten Einsatz, aber der letzte Kommandant war wenigstens ...« Er zögerte, und Steiger ergänzte leise: »Ängstlich? Wollten Sie das sagen?«

Dietrich wandte sich ab, um sein Gesicht zu verbergen, und Steiger fuhr gleichmütig fort: »Mahnke war bereits U-Boot-Fahrer, bevor Sie überhaupt in die Marine eintraten. Als Deutschland sich mühsam auf diesen unvermeidlichen Krieg vorbereitete, waren es Mahnke und viele andere wie er, die uns die bitter benötigte Atempause verschafften. Wäre er schon damals in den ersten Kriegstagen gefallen, sein Name würde heute mit Ehrfurcht genannt.« Er hob die Schultern und schloß: »So aber starb er zu spät.«

Dietrich antwortete halberstickt: »Er war ein sehr harter Mann, und es war schwierig, unter ihm zu dienen, Herr Kapitän.«

»Zu hart vielleicht, um sich zu beugen. Statt dessen zerbrach er.« Als sie vor dem Boot standen und hinunterblickten, fügte Steiger noch hinzu: »Jeder Mann an Bord wird bei diesem Einsatz seinen eigenen privaten Kampf austragen, aber wir beide, Sie und ich, können uns nur einen einzigen Kampf leisten: den gegen unsere Feinde. Vergessen Sie das nicht, Oberleutnant.«

Jetzt auf der vibrierenden Brücke fiel Steiger diese kurze Unterhaltung wieder ein und auch das, was er mit den anderen Offizieren besprochen hatte. Kapitän Mahnkes Torheit hatte ihm die Arbeit erschwert. Die Offiziere waren nicht mehr eine verschworene Gruppe, sondern isoliert, mutlos, vielleicht sogar feige.

Nun erkannte er Kapitän Bredt, der in der Morgendämmerung wie eine Gestalt aus der Geschichte aussah. Der leere Ärmel, den er mit solchem Stolz trug, wirkte jetzt eher mitleiderregend. Bredt hatte beabsichtigt, die acht Besatzungen eine Stunde vor Auslaufen antreten zu lassen, so daß er noch zu ihnen sprechen konnte. Steiger aber hatte lediglich erwidert: »Sie werden alles tun, was ich befehle. Das ist genug.«

Seltsam, wie gefügig Bredt diese Zurückweisung aufgenommen hatte. Immerhin war er Kapitän zur See und Chef der gesamten Operation hier. Aber Steiger kannte auch seine Schwäche: Er brauchte eine Stütze für seine Autorität, Rang und Dienststellung waren nicht genug, waren es niemals bei Männern wie ihm. Obgleich Bredt sich eisern an seinen U-Bootfahrer-Stolz klammerte, war ihm doch klar, daß er nicht länger dazugehörte. Für die Männer, die jetzt auf den U-Booten fuhren, war er nichts anderes als einer von vielen Stabsoffizieren. Bei ihnen zählte niemand außer ihrem eigenen Kommandanten und Admiral Dönitz. Jeden dazwischen mußte man eben tolerieren.

Ein grauer Rumpf glitt vorbei, die geringe Bugwelle ließ das Deck unter Steiger schwanken. Das war Alex Lehmanns Boot. Jetzt waren sie alle draußen bis auf ihn selbst. Jählings fiel ihm ein, wie hager und übermüdet sein alter Freund ausgesehen hatte. Er war äußerst wortkarg geworden und sprach nicht einmal von seiner Frau, die er wenige Tage nach der Hochzeit wieder alleingelassen hatte. Steiger runzelte die Stirn. Es war falsch von jedem Offizier, in Kriegszeiten zu heiraten, aber bei einem U-Boot-Kommandanten schiere Torheit. Ablenkungen konnten tödliche Folgen haben, und da Boot und Besatzung vom scharfen Blick und der richtigen Lagebeurteilung des Kommandanten abhingen, sollte ihm ein Privatleben eigentlich verboten werden.

Ein Sprachrohr quietschte, und der Bootsmannsmaat neigte den Kopf, um zu lauschen. »Zentrale meldet seeklar, Herr Kapitän!« Die Augen des Mannes leuchteten weiß in dem trüben Licht, als er seinen Kommandanten ansah. »Auch der Maschinenraum meldet klar!«

»Gut. Alle wasserdichten Türen schließen.« Selbst hier in St. Pierre durfte er nicht auf die üblichen Vorsichtsmaßnahmen verzichten. Eine abgetriebene Mine, ein schlecht geführtes französisches Handelsschiff, alles konnte einem langsam der Hafenausfahrt zustrebenden U-Boot zum Verhängnis werden.

Er hängte sich den Riemen seines Glases um und stieg auf die Gräting im Vorderteil der Brücke. »Maschine Achtung! Heckleine los!«

Ein schwaches Klatschen war zu hören und dann das Getrappel von Füßen, als die Männer die Stahltrosse rasch an Bord holten, bevor sie sich in der Schraube verfangen konnte. Steiger spürte die frische Brise im Gesicht und beobachtete mit zusammengekniffenen Augen, wie sie den Bootskörper vom Anleger wegtrieb. Zu langsam! Stirnrunzelnd dachte er daran, daß dies ja ein größeres und schwereres Fahrzeug war als sein letztes Boot. »Steuerbord langsame Fahrt voraus!« Das Boot erschauerte, als die Schraube auf der dem Anleger abgewandte Seite mit rhythmischer Bewegung das ruhige Wasser aufzuwühlen begann. Zögernd fing das Boot an, sich vorwärtszubewegen. Die Spring hob sich tropfend aus dem Wasser und spannte sich wie eine Bogensehne. Während der überhängende Steven von diesem Zügel festgehalten wurde, drehte sich das Heck allmählich von der Pier weg.

Steiger merkte, daß sein Mund trocken war, und sprach besonders barsch. »Steuerbord stopp! Los vorne!« Er sah die hin und her flitzenden Männer und die kräftige Gestalt von Oberleutnant Hessler, der sie antrieb. Bald würde er sie alle persönlich kennen, aber zuerst mußten sie zu einer wirklichen Besatzung zusammenwachsen. Dann würden sich die einzelnen Charaktere herausschälen, die schwachen und die starken, die zuverlässigen und die Schmeichler.

»Alle Leinen los, Herr Kapitän!« Hesslers grobe Stimme übertönte mühelos das Grollen der Diesel.

»Beide langsame Fahrt zurück!«

Das Wasser schoß in zwei mächtigen Strömen unter dem spitzen Heck hervor, als die beiden Schrauben den langen grauen Rumpf rückwärts zur Mitte des Hafens zogen. Steiger blickte achteraus. Die Stadt wurde jetzt langsam sichtbar, die niedrigen Dächer troffen vor Nässe.

Weit genug. Die enge Hafenausfahrt lag jetzt genau vor dem Bug, und er konnte die weißen Kämme der mächtigen Brecher draußen und die dunklen Felsen darunter ausmachen. »Beide langsame Fahrt voraus, Steuerbord zehn!« Das Boot stampfte leicht in seinem eigenen Schraubenstrom und drängte sich dann vorwärts, seinem Element entgegen.

Steiger warf einen kurzen Blick auf den Tochterkompaß. »Recht so, steuern Sie zwo-sechs-fünf!«

Er spürte die gleichmäßige Drehung des Bootes, das sich auf seinen ersten Kurs einsteuerte. Wenigstens ein guter Gefechtsrudergänger, dachte er.

Er stellte fest, daß die Leinenkommandos auf der Mole angetreten waren, auch Bredt war noch als winzige Gestalt zu erkennen; er hatte die Hand zum Gruß erhoben. Steiger berührte den Schirm seiner weißen Mütze und verbannte dann das Land aus seinen Gedanken.

Die Hafeneinfahrt schien sich bei ihrer Annäherung zu verbreitern, die beiden felsigen Landzungen öffneten sich wie die Arme eines Kindes, das in der Wanne sein Spielzeugschiff entläßt. Da lag er vor ihnen, der Golf von Biskaya, ein Teil des Atlantiks, ihres Jagdgebietes.

Er duckte sich nicht, als der erste Gischt über den Kommandoturm peitschte. Auf seinen Lippen schmeckte er das Salz. Über ihren Köpfen flogen bereits zwei Möwen, schossen laut schreiend herab und kreisten um die Periskopsäulen und die feuchte, schlaff herunterhängende Flagge.

Diesmal stand sie nicht auf halbmast. Ein U-Boot hatte seinen Kommandanten, ein Kommandant sein U-Boot verloren. Aus beiden Verlusten war Neues entstanden. »Beide Maschinen halbe Fahrt voraus! Zwo-sieben-null steuern!« Der scharfe Steven bohrte sich tief in die ersten anrollenden Brecher und zerschnitt sie mit kalter Verachtung. Die gebrochenen Roller donnerten auf beiden Seiten des schmalen Rumpfes entlang und vereinigten sich am Heck mit dem schäumenden Kielwasser. Ganz leicht legte sich das Boot bei der geringen Kursänderung über. Die erhöhte Geschwindigkeit trieb es schneller vorwärts, den anstürmenden Wogen entgegen.

Auf der kleinen Brücke waren die vier Ausguckposten auf Position; ihre Gläser in die Ferne gerichtet, suchten sie den verschwommenen Horizont ab. Hinter dem Turm stand das Vierlingsgeschütz mit seinen vier Rohren und trug gegen den Gischt noch immer seinen Bezug. Aber die Magazine waren geladen und die Geschützführer bereit, den Blick auf die niedrige Wolkendecke gerichtet.

Ein Signalgast holte die Flagge nieder und tuchte sie sorgfältig auf, so daß nur ein leuchtend rotes Bündel übrigblieb.

Steiger packte den Rand des Brückenkleides, als sich ein besonders schwerer Brecher vor ihnen auftürmte; es war, als ritte er das U-Boot wie ein Schlachtroß. Er sah zu, wie der Signalgast mit der zusammengerollten Flagge schnell durch die ovale Luke schlüpfte und im Bootsinnern verschwand. Auf dem bockenden Vorschiff arbeiteten noch immer Matrosen, stellten sicher, daß alles seefest gezurrt war und klar für das erste Tauchen.

Steiger preßte die schmalen Lippen zusammen. Das Boot war jetzt fertig und einsatzbereit. Ein Strahl wäßrigen Sonnenlichts stach kurz durch die niedrige Wolkendecke und erleuchtete die graue Linie des Horizonts. Er beobachtete ihn mit der gespannten Aufmerksamkeit des passionierten Jägers.

Während das U-Boot mit westlichem Kurs in den Golf hinausstampfte, mühten sich die Seeleute noch immer auf dem schmalen Eisendeck des Vorschiffs ab. Ihre Seestiefel rutschten auf den nassen Decksplatten, und mit ihren Handschuhen packten sie die frisch eingefetteten Stahltrossen mit aller Kraft; gelegentlich warfen sie jedoch einen Blick auf Oberleutnant Hessler, der sich übellaunig auf die schmale Reling stützte und ins vorbeiströmende Wasser starrte.

Max König blinzelte, als ihm ein unerwartet vor dem Bug aufsteigender Gischtschleier ins Gesicht peitschte, und wischte sich die Lippen mit dem Handrücken ab. Wie die meisten in seiner Nähe arbeitete er langsam, um den Zeitpunkt so weit wie möglich hinauszuschieben, an dem er in das dumpfe Schweigen des verschlossenen Bootsrumpfes hinabsteigen mußte. Er blinzelte durch den Gischt hinüber zu einem verschwommenen grauen Gebilde nördlich von ihnen. Das mußte Belle Ile sein, dachte er, die »schöne Insel«. Grinsend zeigte er seine starken Zähne, zufrieden darüber, daß er dieses neuerworbene Wissen all den anderen Dingen hinzufügen konnte, die er seit seinem Einsteigen auf dem U-Boot gelernt hatte.

Achteraus verschwand das Land in der Dunkelheit, und er stieß einen tiefen Seufzer der Befriedigung aus. Was für Gefahren auch vor ihnen liegen mochten, hier war er unter Freunden. Sein neues Leben hatte vor drei Monaten begonnen, bei der vorigen Feindfahrt. Seine Ungeschicklichkeiten und Fehler galten als normal bei einer Besatzung, die fast ganz aus unerfahrenen Rekruten bestand. Die überlasteten Offiziere waren gern bereit, sie ihm wegen seines guten Willens und seiner unerschütterlichen Ruhe zu verzeihen. Was sonstwo auch geschah, er war jetzt Max König, gehörte zur U-Boot-Waffe und somit zu Deutschlands Elite.

Das Zischen des aufgewühlten Wassers hüllte ihn ein wie Musik, und er ließ seine Gedanken zurückschweifen ins Frühjahr 1943. Er erinnerte sich an die Schmerzen in seinen zerschundenen Händen, als er Trümmerschutt wegschaufelte, wobei sein leerer Magen gegen den Gestank verbrannten Fleisches revoltierte, der überall in der Luft hing. Es war in Hamburg, aber es hätte auch in jeder anderen Großstadt Deutschlands sein können. Täglich wurden die armseligen Insassen des Konzentrationslagers auf Lastwagen verladen und dorthin gefahren, wo ihre Arbeit gebraucht wurde. Selbst nach sechs Monaten dieser entsetzlichen Einsätze war er erstaunlicherweise noch immer kräftig. Sechs Monate der Erniedrigung, der ständigen Verhöre und Schläge hatten ihn nicht zerbrochen.

Eines Tages wurden sie in aller Herrgottsfrühe zur Marinebasis geschickt. Es war noch dämmrig, nur winzige Flecken blauen Himmels schimmerten ab und zu durch die Rauchschwaden über der zerbombten Stadt. Das Barackenlager war von einer Bombenreihe getroffen worden, und die langen Holzbauten standen in hellen Flammen.

Wie Roboter waren die Gefangenen blind durch Qualm und Feuersbrunst gestolpert, während sich die SS-Wachen in sicherer Entfernung hielten. Es war eine unwirkliche Welt. Als er eine Zeitlang allein in der Dunkelheit der Brandruinen gearbeitet hatte, fand er einen Mann, der eingezwängt unter einem angekohlten Dachbalken lag. Er schien noch zu leben, obwohl seine kräftigen Glieder hilflos herabhingen, während er mit schreckgeweiteten Augen auf das gnadenlos näher rückende Feuer starrte.

Als er sich über den Verschütteten beugte und den mit schwacher Stimme gemurmelten Worten lauschte, starb der Unglückliche. Blitzartig kam dem KZ-Häftling ein Gedanke. In verzweifelter Eile fing er an, dem Toten die zerfetzte Uniform abzustreifen. Mit zitternden Fingern steckte er nach einem kurzen Blick hinein dessen Papiere und Soldbuch wieder in die Taschen der Uniformjacke. Dann stieg er aus seiner gestreiften Sträflingskleidung und stand einen Augenblick nackt im wirbelnden Qualm, aus dem noch immer Schreie ertönten. Aber niemand kam in seine Nähe. Vor Anstrengung keuchend zog er dem Toten Hose und Stiefel aus, schlüpfte selbst hinein und warf sich dessen Jacke über. Dem Leichnam die weite KZ-Kleidung und die großen Schuhe mit den dicken Holzsohlen anzuziehen, machte ihm nur geringe Mühe. In wenigen Augenblicken hatte sich der tote Max König in einen großen und kräftigen jungen Mann verwandelt. Jetzt mußte er nur noch eines tun: Er biß die Zähne zusammen und drückte sich mit seinem vollen Gewicht gegen das Ende des rotglühenden Balkens. Schmerzen zu ertragen hatte er im KZ gelernt, und so hielt er seinen Arm so lange gegen die Glut, bis seine tätowierte Erkennungsnummer ausgebrannt war.

Es war ein verzweifelter Plan, der nur im Hirn eines zum Äußersten getriebenen Menschen entstehen konnte. Wäre einer von der Gestapo oder ein Mitgefangener, der ihn kannte, in Sichtweite gekommen, alle Schmerzen wären vergebens gewesen. So aber fanden ihn Matrosen, die sich einen Weg durch Qualm und Glut gebahnt hatten, bewußtlos am Boden liegen. Kaum einen Blick warfen sie auf den halbverbrannten Leichnam in der schwelenden Gefangenenkleidung, sondern zogen sich eiligst mit dem von ihnen geretteten vermeintlichen Kameraden zurück.

Er erwachte in einer schweigenden, unwirklichen Welt weiß bezogener Betten, und noch einmal kam ihm der Zufall zu Hilfe. Jedes Bett wurde dringend benötigt, und der verwundete Rekrut mit der tiefen, aber nicht gefährlichen Brandwunde am Arm wurde bald entlassen.

Drei Wochen danach war er auf dem Weg zu einem Ausbildungslager in Cuxhaven. Jeder Tag brachte ihm neue Ungewißheiten und Angst, aber der strenge Dienst verhinderte seine Entdeckung. Mit der Zeit gewöhnte er sich an den Gedanken, in Sicherheit zu sein. Es kamen auch keine Briefe für ihn, jenseits der Kasernenmauern schien Max König absolut kein Eigenleben zu besitzen. Als Freiwillige für die U-Boot-Waffe gesucht wurden, hatte er die Gelegenheit sofort ergriffen, womit er die letzte Verbindung zur Außenwelt kappte. Die Spezialausbildung fand überwiegend im besetzten Frankreich statt, weit entfernt von allen Konzentrationslagern und von Deutschland.

Oberleutnant Hesslers barsche Stimme schnitt wie ein Messer durch seine Erinnerungen. »Beeilen Sie sich gefälligst! Oder bilden Sie sich ein, wir machen eine Vergnügungsreise?«

Lächelnd eilte König zum Kommandoturm. Selbst Hesslers Grobheit war sanft im Vergleich zu den Wachen des Konzentrationslagers, und die Enge seiner neuen Welt gab ihm ein Gefühl endgültiger Geborgenheit.

Er warf einen Seitenblick auf die große Gestalt vorn auf der Brücke, als er die Luke erreichte. Das war Kapitän Steiger, von dessen Taten er gelesen hatte, bevor er von der Gestapo verhaftet wurde. Es hieß, er sei ein As unter den U-Boot-Kommandanten, ein wirklicher Held, nicht nur von der NS-Propaganda hochgespielt. Wie konnte der Mann so kämpfen – für dieses Deutschland mit all seiner Skrupellosigkeit und Brutalität?

Als König am unteren Ende der Leiter angekommen war, sah er seinen neuen Freund Horst Jung aus Lübeck, einen ehemaligen Boxer mit zertrümmerter Nase, mit einem Becher dampfender Suppe in der Hand auf ihn warteten. Max König nahm sie gern, und seine strapazierten Nerven entspannten sich. Dies hier war die Wirklichkeit, alles andere waren nur Erinnerungen, denen er nicht länger trauen konnte.

Steiger ließ das Glas sinken und beobachtete die beiden Jagdflugzeuge, die ganz niedrig über das Kielwasser des Bootes hinwegflogen und dann zur Küste hin abdrehten. In ein paar Sekunden waren ihre Silhouetten im Dunst verschwunden, der die französische Küste bereits einhüllte. Und wieder war die See ringsum vollkommen leer.

Er stützte seine Ellbogen auf die Brückenreling und sah zu, wie der Bug in jedem Wellental verschwand und dann mit schraubenartiger Bewegung wieder auftauchte. Hinter sich hörte er die Ausguckposten mit den Füßen scharren und unter sich das Stampfen der beiden Diesel. Durch die offene Luke drang der wohlbekannte U-Boot-Geruch, eine Mischung aus gekochtem Kohl und Dieselöl, aus Schweiß und muffiger Feuchtigkeit. Er dachte an seine erste Fahrt auf einem kleinen Küsten-U-Boot in der Ostsee und an die sorgenfreie Atmosphäre dort an Bord, die derjenigen auf einer großen Yacht ähnelte. Vor dem Krieg hatten sie oft englische Häfen aufgesucht, wo sie von der Royal Navy gastlich aufgenommen wurden. Aber trotz der lauten Sprüche von Kameradschaft und freundschaftlicher Rivalität hatte stets eine gewisse Spannung zwischen ihnen geherrscht, als wüßten beide Seiten insgeheim, daß ein Krieg fast unvermeidlich war. Die Engländer konnten niemals gewinnen, dachte er, trotz all ihrer Bundesgenossen und ihrer mächtigen Flotte. Ihr Fehler war übermäßiges Selbstvertrauen, und dieses Gefühl der Überheblichkeit entsprang ihrer Tradition und dem Bewußtsein ihrer zahlreichen früheren Siege.

Er fragte sich, was wohl sein Vater zu diesem Krieg gesagt hätte. Am Anfang seiner Laufbahn hatte er den Ruhm seines Vaters und den der langen Reihe seiner Marinevorfahren beinahe als störend empfunden. Es kam ihm so vor, als sei sein Vater Repräsentant einer im neuen Deutschland als gefährlich angesehenen Schicht, als ein Angehöriger der privilegierten Klasse, der sogenannten »Plutokraten«. Dabei wußte er nur zu gut, welche Leiden sein Vater durchgemacht hatte. Er selbst war gerade elf Jahre alt, als dieser, der große Felix von Steiger, am Ende des Ersten Weltkriegs aus britischer Gefangenschaft entlassen worden war. Er erinnerte sich noch genau an die Erschütterung, die er beim Anblick der schwächlichen und kränklichen Gestalt empfand, die einst Bewunderung, ja sogar Furcht verbreitet hatte. Sein Vater hatte einen Hilfskreuzer befehligt und den Krieg gegen die feindlichen Nachschublinien in den Südatlantik getragen, bis er schließlich von einem britischen Kreuzer besiegt worden und schwerverwundet in britische Gefangenschaft geraten war.* Sein kleiner Sohn Rudolf war deshalb von einem einfachen, gutmütigen Onkel erzogen worden. Seine Mutter war ein Jahr vorher gestorben, und das große Haus, in dem die Familie seit Generationen am Ufer des Plöner Sees gelebt hatte, stand lange Zeit leer und verlassen.

Er erinnerte sich mit Bitterkeit daran, daß dieses Haus dann von einem dicken Münchner Bankier gekauft wurde und daß die Kaufsumme kaum ausreichte, um die Schulden abzudecken, die der Familie erwachsen waren, während sein Vater für Deutschlands Überleben

* Siehe *Feindpeilung steht!*, Ullstein Buch Nr. 20857

gekämpft hatte. Die Jahre, die dem Zusammenbruch folgten, standen noch deutlich vor seinen Augen. Sie waren ihm Warnung, aber auch Ansporn, als seine eigene Karriere bei der Marine begann, nachdem sich das neue Deutschland aus den Trümmern des Ersten Weltkriegs, aus Korruption und Anarchie erhoben hatte.

Sein Vater war bis zum Ende den alten Ehrbegriffen der Marine treu geblieben. Selbst nach der Meuterei der Matrosen und den schrecklichen Tagen, als die rote Flagge über den Straßen Kiels wehte und er kaum genügend Brot für sich und seinen Sohn auftreiben konnte, hatte er seinen Glauben an Ehre und Tradition nicht verloren. Für ihn stand fest, daß Deutschlands ehemalige Feinde nicht seelenruhig zusehen würden, wie der von ihnen besiegte tapfere Gegner in rote Schmach und Schande versank. Auch stand sein wacher Geist den neuen Führern Deutschlands und ihren ehrgeizigen Plänen oft kritisch gegenüber.

Rudolf Steiger hatte lange gesucht, bis er seines Vaters Orden und Ehrenzeichen, die dieser in der schlimmsten Notzeit verkauft hatte, wiederfand und ihm zurückgeben konnte. Seine Freude darüber war jedoch nichts gegen den Stolz, den er in den Augen seines Vaters gesehen hatte, als er als Offiziersanwärter von der Marine angenommen worden war. Noch jetzt lächelte er bei dieser Erinnerung. Während des Ersten Weltkriegs hatte sein Vater den U-Boot-Krieg verachtet. Er pflegte zu sagen, damit habe der Haß der Welt auf Deutschland begonnen. So seien auch die neutralen Länder in den Krieg getrieben worden. Was hätte er wohl empfunden, wenn er noch gesehen hätte, daß sein Sohn diese so schmerzlich erworbenen Erkenntnisse in den Wind schlug?

Rudolf Steiger hatte alle Verbindungen zu seiner Vergangenheit gekappt und auch das Adelsprädikat abgelegt, mit dem er geboren war. Er hatte keine Familie, nichts konnte ihn von seiner unerschütterlichen Absicht abbringen, seinem Land nach bestem Wissen und Gewissen zu dienen.

Auf den großen Schulschiffen, die noch unter Segeln fuhren, hatte er gelernt, Hunger und harte Disziplin zu ertragen. Die ständige sinnlose Schinderei brachte ihn dazu, sich kritisch mit seiner eigenen Zukunft zu befassen. Er hatte unter zahlreichen Offizieren gedient, die ihm auf die eine oder andere Weise ihren Stempel aufgedrückt hatten. An die guten dachte er mit Bewunderung und kritischer Anerkennung. Aber selbst die schlechten Offiziere fanden einen Platz in seiner Erinnerung, wenn auch nur, um ihm als Warnung zu dienen.

Er rief sich den ersten Monat des Krieges ins Gedächtnis. Damals hatte er als junger Wachoffizier auf einem U-Boot in der Nordsee Dienst getan. Sie hatten einen kleinen Frachter angegriffen und waren aufgetaucht, während dessen Besatzung in die Rettungsboote ging. Er erinnerte sich noch genau an das Gefühl der Schutzlosigkeit, als das U-Boot unruhig in dem öligen Wasser rollte, dicht neben dem schwer beschädigten Schiff, dessen stabiler Rumpf einfach nicht sinken wollte. Der U-Boot-Kommandant hatte ruhig gewartet, bis die verängstigten Engländer sich in den Booten freigepullt hatten, bevor er den vernichtenden Torpedo abfeuerte. Ein Jahr später kam dieser Kommandant bei einer ähnlichen Tat der Menschlichkeit ums Leben. Ein Flugzeug war aus den Wolken herabgestoßen und hatte das wartende U-Boot mit seinen Bomben versenkt. Steiger fragte sich oft, was dieser Kommandant im letzten Augenblick wohl gedacht hatte. Ob er sich an seine eigenen Worte erinnerte, mit denen er seinerzeit auf die Besorgnis des jungen Offiziers reagiert hatte? »Auch im Krieg muß man sich immer an die Regeln halten. Daran führt kein Weg vorbei.« Als er sich wieder einmal nach diesem Grundsatz richtete, hatte ihn der Tod ereilt. Aber deshalb war er keineswegs ein Held. Eher konnte man ihn als Verräter ansehen, dachte Steiger, als einen Mann, der ein U-Boot und dessen Besatzung seinen persönlichen Prinzipien geopfert hatte. Der Krieg war alles andere als ein sportliches Spiel, und Steiger hatte stets entsprechend gehandelt.

Eine Stimme unterbrach sein Brüten, und als er sich umdrehte, sah er Dietrich neben sich stehen. Das Gesicht des Ersten Wachoffiziers wirkte jetzt ruhiger, ja beinahe resigniert.

»Boot ist klar zum Tauchen, Herr Kapitän.« Dietrichs Blick schweifte kurz über den Horizont, aber seine hellen Augen blieben dabei völlig ausdruckslos. »Ich habe die neuen Vorräte überprüft, alles ist ordnungsgemäß verstaut.«

Steiger nickte. Das erste Tauchmanöver nach dem Hafen gab immer Grund zur Besorgnis. Mit vollen Treibstofftanks, zusätzlicher Ausrüstung und Munition hatte sich die Trimmlage des Bootes meist beträchtlich verändert. »Gut, Heinz, in fünf Minuten tauchen wir.«

Dietrich schien überrascht über Steigers beiläufigen Gebrauch seines Vornamens, und Steiger wiederum fragte sich, was sein Vorgänger Mahnke bloß aus diesem Boot und seiner Besatzung gemacht hatte.

»Wie lange sind Sie schon Erster Wachoffizier?«

»Etwas über ein Jahr, Herr Kapitän.«

»Und im Atlantik waren Sie zweieinhalb Jahre?«

Dietrich nickte, und Steiger sah, wie er in seinen ledernen Fäustlingen die Hände ballte.

»Sie sollten möglichst bald ein eigenes Boot bekommen.«

»Das hoffe ich, Herr Kapitän.« Die Antwort kam so vorsichtig und ausweichend, daß Steigers Zweifel sich noch verstärkten. Er hatte bemerkt, daß Kapitän Mahnkes vertrauliches Logbuch fehlte, dieses handschriftlich geführte Notizbuch, in das die U-Boot-Kommandanten persönliche Bemerkungen über Fehler am Boot oder über die Fähigkeiten ihrer Offiziere einzutragen pflegten. Da diese Eintragungen stets sofort gemacht wurden und nicht erst nach reiflicher Überlegung, wurden sie vom Stab als äußerst wertvoll angesehen bei der Beurteilung der Offiziere. Es wurde angenommen, daß Mahnke sein persönliches Logbuch in der Tasche gehabt hatte, als er fiel.

Steiger runzelte nachdenklich die Stirn. Jeder Erste Offizier war sonst eifrig auf Beförderung und ein eigenes Kommando bedacht; jede Verzögerung bei dem ihm vermeintlich zustehenden Recht mußte ihn ärgern, es sei denn, er war ein Feigling oder völlig ungeeignet. Beides schien auf Dietrich keinesfalls zuzutreffen, daher war seine reservierte Antwort um so überraschender.

Steiger warf einen Blick auf seine Armbanduhr. »Brücke räumen!« Er drückte den Deckel des Sprachrohrs zu und beobachtete, wie die Ausguckposten sich durch die enge Luke zwängten. Dietrich warf einen letzten Blick über das leere Deck und folgte ihnen nach unten.

Steiger atmete noch einmal tief durch und genoß den friedlichen Augenblick. Hiernach würde es nie wieder ein so gemütliches Tauchmanöver geben, mit so geruhsamer Vorbereitung. Künftig würde jedes ihrer Manöver durch unmittelbar drohende Gefahr diktiert werden.

Er beobachtete die Möwen, die immer noch hoffnungsvoll über dem glänzenden Walrücken des Rumpfes kreisten, und fragte sich, ob die übrigen Boote der Flottille auf ihren vorgesehenen Positionen waren. Er fragte sich auch, welcher Kommandant den ersten Feindkontakt melden und damit die anderen zum gemeinsamen Angriff herbeirufen würde, wer wohl als erster zu kneifen versuchte, wenn ihm die Gefahr für einen Einsatz zu groß erschien. Er zog eine Grimasse, hängte sich den Riemen seines Glases um und glitt die Leiter im Kommandoturm hinunter. Die Diesel waren bereits durch die Elektromotoren ersetzt, und er spürte die erwartungsvolle Spannung in der Zentrale.

Ich mache mir Gedanken über die Fähigkeiten meiner Leute, und sie machen sich bestimmt Sorgen über meine Person, dachte er. Vielleicht glauben sie, ich hätte beim Verlust meines letzten Bootes einen Schock erlitten? Er schlug den Lukendeckel über seinem Kopf zu und drehte schnell das Verschlußrad. Vielleicht habe ich das wirklich? Wie kann man das rechtzeitig erkennen, bevor es zu spät ist?

Er sprang die letzten paar Sprossen in die Zentrale hinunter. »Fluten!« Seine Stimme hallte laut durch den Raum, wo die Männer hinter den Bedienungsrädern der Tiefenruder kauerten, den Blick ruhig auf den Tiefenanzeiger gerichtet, und wo Resch, der Navigationsoffizier, sich mit konzentriertem Gesicht über den Kartentisch beugte, während er rasch mit Stechzirkel, Parallellineal und Bleistift arbeitete.

»Fluten!« Lüth wiederholte den Befehl in sein Sprechgerät, während er die Anzeigentafel beobachtete, auf der die farbigen Lämpchen alle »klar zum Tauchen« anzeigten.

Steiger stand mit gespreizten Beinen im Mittelpunkt der vollbesetzten Zentrale, den Arm um eins der eingefahrenen Sehrohre gelegt. Sein Kopf reichte fast bis zur Decke. »Auf neunzig Meter gehen!« Er hörte Lüth bestätigen.

»Fünf, vier, drei, zwei – beide!« Lüth reckte den mageren Hals, um seine Leute zu beobachten, als sie wie der Blitz an die entsprechenden Ventile eilten.

Langsam atmete Steiger aus, selbst überrascht von seiner Anspannung. Die Lichter auf der Anzeigetafel flackerten und verrieten, daß die entsprechenden Ventile geöffnet waren und das Wasser donnernd in die Ballasttanks auf beiden Seiten des Rumpfes schoß.

»Eins!« Lüth gab den Befehl zum Öffnen des letzten Ventils ganz achtern. Das U-Boot vibrierte wie ein gut gestimmtes Instrument, als die Nadeln der Tiefenanzeiger anfingen, sich hinter ihren Schaugläsern zu drehen. Zehn Meter, fünfzehn Meter, zwanzig Meter, vierzig ... Das Deck neigte sich gehorsam. Steiger sah kleine Schweißperlen auf dem blassen Gesicht Dietrichs glänzen, der hinter dem Gefechtsrudergänger stand, einem kleinen, wieselflinken Mann aus Essen, der das Rad fest gepackt hielt und auf seinen Kreiselkompaß starrte, als hasse er ihn.

Ein Mann im Gang hinter der Zentrale stieß einen unterdrückten Schrei aus, als es in der Bordwand neben ihm scharf krachte. Sofort schnauzte Hessler: »Was paßt dir denn nicht? Nicht jeder wird in einem Metallsarg begraben, der mindestens fünfundzwanzig Millionen Mark wert ist!«

Tiefer und tiefer glitt das Boot. Sechzig Meter, siebzig Meter, achtzig Meter ... Mit angespannten Gesichtern drehten die Tiefenrudergänger an ihren Rädern, ihr keuchender Atem beschlug die Gläser der Anzeigegeräte wie Nebel. Doch allmählich kam das Boot zur Ruhe, und während Lüth seine gelassenen Befehle erteilte, hörte Steiger, wie die Ventile geschlossen und das Wasser bereits von vorn nach achtern gepumpt wurde, um die Abwärtsbewegung aufzufangen.

»Boot liegt auf neunzig Meter Tiefe, Herr Kapitän!«

Steiger nickte und lauschte mit halbem Ohr dem Summen der Telefone und Sprachrohre, die ihre Meldungen vom einen Ende des Bootes zum anderen durchgaben. Die Männer ringsum und auch die außer Sichtweite in den anderen Abteilungen kannten ihre Aufgabe ganz genau, hielten jedes einzelne Stück der Ausrüstung so funktionsbereit wie am Tag des Einbaus. Das galt von ganz vorn, wo die Torpedos in ihren Rohren warteten, durch den engen Mittelgang, auf dessen beiden Seiten die Munitionsmagazine, die Schalttafeln, Kühl- und andere Vorratsräume, der Funkraum und die Wohnräume der Mannschaften lagen, bis zur Zentrale und Kombüse, zu den Batterieräumen und dem Diesel- und Elektromotorenraum im Achterschiff und endlich bis ganz achtern zum letzten Torpedorohr, dem »Stachel im Schwanz«. Jeder Kubikzentimeter war vollgepackt mit Drähten, Anzeigegeräten, Rohren und Schaltern. Jedes Kabel war Teil eines Blut- und Nervensystems, das wiederum verbunden war mit dem Kopf, dem Hirn, den Augen und Ohren des Kommandanten.

Dietrich kehrte von seinem Kontrollgang durchs Boot zurück und meldete: »Alles gesichert und in Ordnung, Herr Kapitän!«

Lüth ließ sein Handtelefon sinken. »Boot korrekt getrimmt, Herr Kapitän!«

»Gut. Gehen Sie wieder auf zwanzig Meter.« Steiger wandte sich an Resch. »Neuer Kurs null-neun-null, und sagen Sie dem Funkraum, er soll sofort jeden Funkspruch melden, den er beim Auftauchen empfängt!«

»Zwanzig Meter, Herr Kapitän!«

Steiger saß rittlings auf dem kleinen Metallhocker, der in der Mitte der Zentrale festgeschraubt war, und ließ die Hände auf den Periskopgriffen ruhen. »Vierzehn Meter!«

Schweigend wartete er, während Lüth das Auftauchen bis zur Sehrohrtiefe kontrollierte, dann gab er mit dem Daumen das Zeichen zum Ausfahren der glänzenden Stahlröhre.

Er bückte sich tief, die Stirn fest gegen das Gummipolster gepreßt, und beobachtete, wie die wirbelnden grünen Schatten vor der Linse sich in Silber und dann in Hellgrau verwandelten, bis die Spitze des

Periskops schließlich die Oberfläche durchbrach. Nun sah er wieder den niedrigen, so feindlich wirkenden Himmel und die mächtigen Brecher, die über das suchende Auge mit schweigender Wut hinwegbrausten und es blendeten. Ein rascher Rundblick und eine kurze Überprüfung des Luftraums: keine Schiffe, keine Flugzeuge. Er ließ die Periskopgriffe einrasten und stand auf, während das Rohr wieder in seinen Schacht hinunterzischte.

»Auftauchen! Flakbedienung und doppelte Ausguckposten aufziehen!« Er drehte sich zu Dietrich um, als das Schweigen im Boot sich in geschäftiges Treiben verwandelte. »Hämmern Sie den Ausguckleuten die Wichtigkeit ihrer Aufgabe ein. Es ist durchaus möglich, daß die Engländer uns nicht sofort aus der Luft angreifen, aber sie können uns an der Oberfläche festnageln und in der Nähe wartende Kriegsschiffe herbeirufen. Also sorgen Sie dafür, daß wir sie zuerst sehen!«

Er wartete einen Augenblick, bis das Luk geöffnet war und die Diesel wieder ihr Stampfen aufgenommen hatten. Gierig atmete er die frische salzige Luft ein, dann ging er nach vorn in seine winzige Kammer. Die Besatzung war von Tauchstationen weggetreten und machte jetzt eifrig Platz, um ihn durchzulassen.

Er zog den Vorhang seiner Kajüte zu und warf sich auf die Koje. Er hatte vor den anderen seine wahren Gefühle verborgen, so wie er das gewohnt war und schon unzählige Male geübt hatte; aber sich selbst konnte er nicht täuschen. Sein Herz hatte schneller geschlagen, und sein Mund war trocken geworden, als das Boot zum ersten Mal tauchte. Mit einem ungeduldigen Seufzer rollte er sich auf die Seite und schloß die Augen.

Oben auf der schwankenden Brücke starrten die Ausguckposten und der wachhabende Offizier angestrengt zum Horizont. Auf ihrer winzigen Stahlinsel waren sie umgeben von den ungeheuren, sturmgepeitschten Weiten des Atlantiks, der sich so gleichgültig wie immer verhielt. Unter dem Kommandoturm im grauen Rumpf des Bootes arbeiteten die über vierzig anderen Besatzungsmitglieder eifrig oder warteten auf das Unvermeidliche.

Der Geleitzug

Heinz Dietrich packte den Messevorhang, als das Deck unter seinen Füßen ein weiteres Mal so stark rollte, daß ihm fast schlecht wurde. Seit über einer Woche waren sie jetzt auf See, und das Wetter hatte sich ständig weiter verschlechtert. Oben im schwankenden Kommandoturm hatte sich Dietrich wenigstens auf die heranrollenden Brecher konzentrieren, seinen Körper entsprechend versteifen können. Das hatte ihm geholfen, seine Gedanken von anderen Dingen abzulenken, und die quälenden Stunden schneller vorbeigehen lassen. Über ihren Köpfen war der Himmel so dunkel, daß die graue See im Vergleich dazu beinahe freundlich wirkte. Während sich das Boot unermüdlich in die weißgekrönten Wellen bohrte, wunderte sich Dietrich über die vollständige Leere des Atlantiks.

Er blinzelte ins schwache Licht der matten Glühbirnen, zog sich an einem Spind entlang bis zu dem schrägliegenden Tisch und stützte sich darauf. Sein Gesicht war salzverkrustet und steif vom Rauhreif, der jetzt abtaute, und er hatte ein Gefühl, als säße trockener Sand in seinen Augen.

Stöhr, ein Torpedogast, der gleichzeitig als Messesteward fungierte, steckte den Kopf durch den Vorhang und sah Dietrich fragend an. »Eier mit Speck, Herr Oberleutnant?« Er wartete, während der Erste Offizier überlegte. »Wir haben auch noch ziemlich gutes Frischbrot«, fügte er hinzu.

Dietrich schüttelte den Kopf. »Nur Tee, Stöhr. Aber mit Zitronensaft.«

Der Nebenvorhang wurde aufgezogen, und Lüth steckte den zerzausten Kopf durch die Öffnung. »Bringen Sie *mir* den Speck und die Eier, Stöhr! Und ein dickes Stück Brot!« Blinzelnd sah er Dietrich an und rieb sich die Augen. »Was ist los? Wo sind wir?«

Dietrich gähnte ausgiebig, daß seine Kiefergelenke knackten. »Wir steuern noch immer Südwestkurs, und die Nachmittagswache ist soeben aufgezogen.« Er nahm den großen Becher mit Tee entgegen und drückte ihn gegen seinen aufgestützten Arm.

Lüth packte strahlend seinen vollen Teller und lehnte sich mit einem Seufzer der Genugtuung zurück. Während er eifrig kaute, sagte er: »Tja, Heinz, wir bekommen noch immer das beste Essen in ganz Deutschland! Ich wette, dein Bruder an der Ostfront würde unsere Verpflegung schätzen, meinst du nicht?«

Dietrich umklammerte seinen Becher mit solcher Kraft, daß ein Emaillesplitter vom Rand absprang. »Er ist tot.«

Mit einem Ruck setzte sich Lüth auf, das flüssige Fett lief ihm über das stoppelbärtige Kinn. »Tot? Mein Gott, Heinz, das tut mir aber leid! Ich wußte ja nicht . . .« Die Stimme versagte ihm, als er in Dietrichs erschüttertes Gesicht blickte.

»Ich möchte nicht darüber sprechen.« Unbeweglich starrte Dietrich in seinen Tee. Rings um ihn knarrte und ächzte das Boot bei jedem Überholen, und die Tonhöhe der Diesel änderte sich mit jedem Vorstoß in die stürmischen Seen. Er erinnerte sich mit plötzlichem Abscheu an Kapitän Mahnkes kleine Schweinsaugen, als dieser ausgerufen hatte: »Ich weiß alles über Ihren Bruder! Er war ein verdammter Feigling!« Dabei hatte er mit seinem Notizbuch vor Dietrichs Gesicht herumgewedelt. »Erschossen wegen Feigheit vorm Feind, nicht wahr? Erschossen als fahnenflüchtiger Verräter!«

Minutenlang hatte er ihn mit schriller Stimme angeschrien, aber Dietrich verschloß sich vor diesen Beleidigungen. Albert war tot. Er sah ihn noch vor sich, den schmalbrüstigen Gelehrten, der sich immer ein wenig amüsiert hatte über seines jüngeren Bruders Begeisterung für die Marine. Albert Dietrich hatte die Wandlung Deutschlands einfach nicht zur Kenntnis genommen, hatte sich weiterhin völlig auf seine isolierte Welt in der Universität konzentriert. Er hatte alte Sprachen studiert, während Heinz sich mit den Geheimnissen der Navigation und der Bedienung von Handfeuerwaffen abmühte. Albert diskutierte lieber über Ereignisse, die sich vor mehr als zweitausend Jahren abgespielt hatten, während sein Bruder sich auf einen Krieg vorbereitete, der alle vorangegangenen wie Kinderspiele erscheinen ließ.

Dietrich wußte schon damals, daß sein Bruder nie ein richtiger Soldat werden würde, und es war ihm noch heute schleierhaft, wie er überhaupt den Rang eines Oberleutnants erreicht hatte. Aber eins stand für ihn fest: Albert war kein Feigling. Er hatte mit Verwundeten in Lorient gesprochen, die von der Ostfront gekommen waren. Diese hageren, verstümmelten und vor der Zeit gealterten Männer hatten wie beiläufig russische Namen erwähnt, die Dietrich völlig unbekannt waren. Sie erzählten davon mit der Ungezwungenheit langer Vertrautheit. Hier war ein Bataillon völlig aufgerieben worden, dort hatten sie zurückweichen müssen, weil ihnen die Munition ausgegangen war und sie schon seit Tagen nichts mehr zu essen hatten. Kurze Sätze, Bruchstücke waren es, aus denen sich Dietrich ein Bild formte vom letzten Aufenthaltsort seines Bruders auf Erden. Kapitän Mahnke hatte von Alberts Hinrichtung erfahren, sich aber keine Mühe gegeben, seinem Ersten die schreckliche Nachricht zu ersparen oder durch sein Verständnis zu mildern. Heinz Dietrich zitterte jetzt noch vor hilfloser Wut, wenn er sich die gemeinen Drohungen vergegenwärtigte, die Mahnke ihm ins Gesicht geschleudert hatte. Er stand damals für ein eigenes Kommando heran, aber das mußte er wegen dieser Schande in seiner Familie nun vergessen.

Er knirschte mit den Zähnen, als er an Steigers beiläufige Fragen nach seiner Karriere dachte. Vielleicht wußte sonst noch niemand etwas von Albert? Vielleicht war in dem Notizbuch, das er mit Mahnke über Bord geworfen hatte, bisher die einzige schriftliche Aufzeichnung gewesen?

Ich muß weg von diesem Boot, dachte er, weg von allen, die mir verfängliche Fragen stellen.

Leise sagte Lüth: »Er ist nicht allein gestorben. Hoffentlich kommt sein Opfer nicht zu spät.«

Dietrich legte den Kopf auf die Arme. Nein, nicht allein, dachte er. Jetzt liegt er dort draußen in Schnee und Eis, zusammen mit Millionen anderer. Wen kümmert es noch, wer von ihnen tapfer kämpfend oder wer feige gestorben ist? Für alle ist es zu spät.

Mahnke hatte ihm gedroht: »Warten Sie, bis wir nach Deutschland zurückkommen!« Dann wollte er Dietrichs Namen in den Schmutz ziehen, und sei es nur, um seine eigene Schwäche zu bemänteln. Ich bin froh, daß ich ihn umgebracht habe, dachte Dietrich.

Franz Lüth blickte hinunter auf die gebeugte Gestalt und wunderte sich. Er mochte Heinz Dietrich gern, obwohl er nicht wußte, warum. Der oft völlig erschöpfte Erste war ein ruhiger, aber unnahbarer Mann und trotz seiner Freundlichkeit in der Messe eigentlich immer nur Zuhörer. Jetzt schien er so beladen mit innerer Qual und Spannung, daß Lüth sich fragte, wie es mit ihm weitergehen solle.

Seufzend drehte er sich in seiner Koje auf den Rücken. Sie waren eben alle schon viel zu lange in ununterbrochenem Einsatz. Bei der Enge an Bord reizte einen die geringste unangenehme Angewohnheit des anderen. Sie mußten sich alle sehr zusammennehmen, damit nicht offener Streit ausbrach.

Das Schrillen der Alarmglocken schnitt wie ein Rasiermesser in seine Gedanken. Im nächsten Augenblick hatte er den Kojenvorhang aufgerissen und drängte sich durch die rennenden Gestalten, ohne zu wissen, was los war.

Steiger verkeilte sich fester in einer Ecke seiner kleinen Kammer und drückte die Knie gegen den Klapptisch, der mit Bolzen am Schott befestigt war. Er starrte auf den Stapel Karten und abgegriffener Seehandbücher nieder und unterdrückte ein Gähnen, wobei sein stoppeliges Kinn am hohen Rollkragen des Pullovers scheuerte. Alles war feucht und schmutzig, und die kalte Luft schien ihm noch stärker nach Diesel zu stinken als üblich. Das Boot rollte und stampfte in der hochgehenden See, ihre Geräusche klangen jedoch fern und gedämpft wie Brandung in einer geschützten Bucht. Lediglich die starken Bewegungen erinnerten ihn daran, daß sein Boot noch immer aufgetaucht fuhr und dadurch ständig der Gefahr des Entdecktwerdens ausgesetzt war.

Wie er richtig vermutet hatte, war eine Woche auf See ausreichend gewesen, um die Schranken der Anonymität niederzureißen; schon hatte jedes Gesicht für ihn eigenen Charakter und Persönlichkeit. Jetzt konnte er einen Mann beobachten, ihm einige Augenblicke zuhören und daraus auf dessen Fähigkeiten schließen. Die meisten seiner Entdeckungen waren nicht gerade ermutigend. Die Mannschaftsgrade, größtenteils neu auf dem U-Boot, schienen unsicher, und ihr letzter Einsatz hatte ihnen mehr geschadet als genützt. Auf alle Fälle hatte er sie nicht zu einer wirklichen Gemeinschaft zusammengeschweißt.

Er besah sich den mit dünnen Bleistiftstrichen auf der Karte eingetragenen Kurs zu ihrer augenblicklichen Position hundert Meilen westlich von Kap Finisterre. Ein kleiner Geleitzug aus Versorgungsschiffen, unterwegs von Gibraltar nach England, sollte sich ihrem Einsatzgebiet nähern. Ein Funkspruch vom Stab besagte, daß diese Schiffe bereits vor Lissabon erfolglos von U-Booten angegriffen worden waren. Gereizt schürzte Steiger die Lippen. Er konnte sich sehr gut das heftige Abwehrfeuer vorstellen, das die grauen Wölfe dort von den Engländern zu spüren bekommen hatten. Gibraltar und seine Ansteuerungen waren schon für viele deutsche U-Boote zum Friedhof geworden, aber trotzdem wurden immer wieder neue in dieses Gebiet geschickt. Vor ein paar Jahren waren solche Angriffe eine Leichtigkeit gewesen. Er selbst hatte sich beinahe im Schatten des Felsens an einen Geleitzug herangepirscht und mehrere wertvolle Versorgungsschiffe versenkt. Es war zum Verrücktwerden, daß in Lorient und sogar in Berlin Stabsoffiziere saßen, die einfach nicht die Wende in der Strategie des Gegners zur Kenntnis nehmen wollten. Admiral Dönitz hatte sie wohl erkannt, aber auch er mußte sich nach den höheren Stäben richten.

Bestimmt hatte Dönitz recht damit, die U-Boot-Waffe in alle Seegebiete ausschwärmen zu lassen. Es wäre Selbstmord gewesen, sie gegen die geschlossenen Abwehrreihen der alliierten Flotten nur in einer beschränkten Anzahl von Zielgebieten einzusetzen. Die feindlichen Nachschublinien bis zum Zerreißen zu belasten, das mußte schließlich zum Endsieg führen.

Er straffte sich unwillkürlich, als ein Befehl in die Zentrale gerufen und wiederholt wurde. Ich muß mich entspannen! dachte er. Jedes fremde Geräusch scheint für mich eine Drohung oder eine Doppelbedeutung zu enthalten. Aber es war doch so, daß jeder Tag, jede Stunde eine neue Gefahr bringen konnte, ein weiteres schweres Hindernis, das überwunden werden mußte, so daß er nie dazu kam, sich auf seinen Lorbeeren auszuruhen. Er lief gewissermaßen auf dünnem Eis Schlittschuh, und damit mußte er leben.

Ein Nerv in seinem Gesicht zuckte, als die Alarmglocken schrillten. Er sprang auf, seine Hände griffen automatisch nach Glas und Pistole, obwohl es ihm widerstrebte, ständig eine Mauser bei sich zu tragen; ihr Gewicht erinnerte ihn immer daran, wie es ihn behindern würde, wenn seinem Boot etwas zustieß.

In der Zentrale herrschte bereits gespanntes Schweigen, nur die Lichter der Anzeigetafeln flackerten unruhig. Die Elektromotoren erwachten heulend zum Leben, und das Deck neigte sich nach vorn, als das Boot dem Drängen der Tiefenruder nachgab.

Günther Resch, der Navigationsoffizier, kam nach den Ausguckleuten durch das Turmluk gepoltert, das windgerötete Gesicht unsicher und gespannt. Einen Augenblick stand er in seinem tropfenden Lederzeug unschlüssig herum, seine Basedowaugen wanderten vom Tiefenanzeiger zum Rudergänger; dann sah er Steiger und meldete rasch: »Zerstörer, Herr Kapitän! Peilung Rot fünf-null!« Zögernd fuhr er fort: »Ich glaube, es ist ein Spanier. Jedenfalls sieht er nicht aus wie ein Engländer.«

»Vierzig Meter, Herr Kapitän!« rief Lüth. Ungeduldig biß sich Steiger auf die Lippen. Resch war ein nervöser Narr, aber es war jetzt zu spät, ihm auseinanderzusetzen, was er alles falsch gemacht hatte. Kein Zerstörer konnte bei diesem Wetter ein U-Boot ausmachen. Mit seinem tiefliegenden Rumpf und dem schlanken Kommandoturm, der sich kaum zwischen den grauen Seen abhob, war sogar Radar nutzlos.

Kläglich fügte Resch hinzu: »Entfernung etwa viertausend Meter.«

Steiger schluckte seinen Ärger. Resch hatte bei ihm bereits einen ungünstigen Eindruck hinterlassen. Er war ein Maulheld, und seine Nerven schienen so überreizt zu sein, daß er Schwierigkeiten hatte, sein Verhalten zu kontrollieren. Weil Resch Tauchen angeordnet hatte, war nun eine neue Entscheidung erforderlich. Wenn sie zu lange getaucht fuhren, konnten sie den Kontakt mit dem erwarteten

Geleitzug verpassen. Falls sie aber auftauchten, würden sie möglicherweise die Aufmerksamkeit dieses neugierigen Spaniers erregen, der dann ihre Position verraten konnte.

Mühsam beherrscht sagte Steiger: »Denken Sie künftig daran, keinen Tauchbefehl zu geben, außer wenn die Entfernung so gering ist, daß man Sie entdecken würde.« Vergebens suchte er nach Begreifen in den Augen des Navigationsoffiziers. »Wir müssen so lange aufgetaucht bleiben wie nur möglich!«

Resch schlug die Augen nieder und biß sich auf die Lippen wie ein schmollendes Kind. Steiger gab Lüth ein Zeichen: »Sehrohrtiefe!« Er wartete und fühlte sich einsam. Es war so schwierig, sich auf die gestellte Aufgabe zu konzentrieren, wenn er sich nicht einmal auf seine Offiziere verlassen konnte. Hätte er doch nur etwas mehr Zeit für ihre Ausbildung gehabt!

»Vierzehn Meter, Herr Kapitän!«

Er hockte sich mit gespreizten Beinen hin und wartete auf das Periskop. Aber der grobe Seegang vereitelte jede Suche nach dem Zerstörer, und Steiger merkte, daß er die Griffe des Sehrohrs mit voller Kraft gepackt hielt, um seine Wut zu beherrschen.

»Gehen Sie ein wenig höher, Lüth!« Er preßte die Stirn gegen das Gummipolster und schwang das Periskop in einem langsamen Bogen herum, während das U-Boot sich in dem schweren Seegang hob. Der Rumpf war nicht mehr verborgen, sondern lag jetzt für jedermann sichtbar auf dem bewegten Wasser. Steiger knirschte mit den Zähnen. Es sah einem blöden Spanier ähnlich, hier herumzuschnüffeln. Vielleicht kam er aus Vigo mit irgendeinem sinnlosen Auftrag. Er erstarrte, als sich die niedrige graue Form in die meist überflutete Linse schob und dann im Fadenkreuz verharrte.

»Sehrohr einfahren! Auf zwanzig Meter gehen!«

Er blieb sitzen und drehte einen Knopf seiner Jacke zwischen den Fingern. Gepreßt sagte er: »Resch, Sie sind ein Idiot! Dies ist kein Spanier, sondern ein englischer Geleitzerstörer!«

Reschs teigiges Gesicht wurde noch grauer. »Ich – ich verstehe nicht, Herr Kapitän! Vier Schornsteine ... Der ist zu alt, dachte ich ...«

Die Stimme versagte ihm, als Steiger ihn barsch unterbrach: »Es ist einer der alten amerikanischen Zerstörer, die den Engländern 1940 überlassen worden sind. Jeder Narr sollte ihre Silhouette inzwischen kennen!« Laut rief er in die stillschweigende Zentrale: »Für Nachlässigkeit gibt es keine Entschuldigung! Und ich werde sie auch nicht dulden!«

Er merkte, daß seine Hände zitterten, und schob sie in seine Jackentaschen. »Ändern Sie Kurs auf eins-acht-fünf!« Er strich Reschs beleidigtes Gesicht und das Entsetzen der anderen aus seinem Gedächtnis und konzentrierte sich ganz auf das Bild, das sich zögernd in seinem Kopf formte. Der Zerstörer steuerte ziemlich genau Nord. Vielleicht befand er sich auf dem äußersten rechten Flügel des noch unsichtbaren Geleitzugs. Denn es war unwahrscheinlich, daß ein so altes Schiff allein fahren würde. Andererseits ... Doch es war zwecklos; sie mußten auftauchen und riskieren, entdeckt zu werden. Für jedes U-Boot war das Durchbrechen der Oberfläche ein gefährlicher Augenblick. Aber für den Fall, daß nur sie allein den Geleitzug gesichtet hatten, mußten sie die übrigen Boote der Gruppe Meteor benachrichtigen.

»Auftauchen!« Das Kommando zerriß die Stille in der Zentrale, und mit Genugtuung beobachtete er die Erregung, die wie ein eisiger Wind durch den überfüllten Raum fuhr.

Ohne jede Eile trat er zur Leiter und stieg auf die unterste Sprosse. Über die Schulter sagte er: »Oberleutnant Hessler, machen Sie alle Rohre schußfertig!« Er merkte, daß Dietrich ihn über den Kopf des Rudergängers hinweg beobachtete. »Heinz, sagen Sie dem Funker, er soll sich klarhalten!«

Er sah zu, wie die Nadeln auf den Tiefenanzeigern rotierten, und zog sich die Leiter hinauf. Zwanzig Meter, vierzehn, zehn – er drehte das Verschlußrad und drückte mit der Schulter gegen den Lukendekkel. Eisiges Wasser ergoß sich über seinen Hals und die aufwärts gewandten Gesichter der sprungbereiten Ausguckleute unter ihm. Rasch kroch er durch die Luke. Seine Seestiefel rutschten auf den noch überfluteten Decksplatten aus, während das auf der Brücke gefangene Wasser durch die Speigatten strömte und der Bootskörper sich in den dunklen Wellentälern aufrichtete wie ein angreifender Hai.

Ohne sich um den Sturm und den ihm ins Gesicht peitschenden Gischt zu kümmern, hob er das Glas über die Brückenreling. Dort war er, gut frei an Backbord, jetzt auf fast konvergierendem Kurs: ein uralter Zerstörer. Er vollführte schwindelerregende Bewegungen im schweren Seegang, seine vier schlanken Schornsteine schwangen wie Metronome hin und her. Steiger lächelte freudlos. Er hatte gehört, daß diese alten Zerstörer für die ruhigeren Gewässer des Pazifiks konstruiert und für den winterlichen Atlantik ungeeignet waren. Überladen und kopflastig durch zusätzliche Ausrüstung und Bewaffnung, waren sie hier fehl am Platz. Sie hatten große Mühe, überhaupt schwimmfähig zu bleiben.

Vorsichtig beobachtete er den vorlichen Sektor durch sein Glas und war sich der Aufmerksamkeit der Ausguckposten in seinem Rücken bewußt. Dann erstarrte er wie ein Vorstehhund. Über dem mit weißen Brechern bedeckten Horizont konnte er in direkter Linie mit dem Bug des U-Bootes ganz schwach etwas sich Bewegendes, Lebendiges ausmachen. Das war nicht nur ein Schiff, sondern mehrere. Sein erfahrener Blick blieb an den teils überfluteten Formen hängen, obwohl ihm die Tränen über die Wangen liefen, weil der nadelscharfe Gischt seine Haut regelrecht zu durchbohren schien. Kein Zweifel: Das war der Geleitzug! Er sah aus wie eine Reihe von Handelsschiffen mitten in einer Wende auf ihrem Zickzackkurs. Ihre unregelmäßigen Formen verschmolzen einen Augenblick zu einer einzigen, als sie ihre Drehung beendeten. Falls ihr Generalkurs konstant blieb, würden sie ihm genau vor den Bug laufen.

Über das Zischen des Wassers hinweg rief er: »Geleitzug recht voraus! Entfernung fünftausend Meter!« Er wartete ungeduldig, während ein Bootsmaat diese Informationen wiederholend in das Sprachrohr rief. »Wir greifen aufgetaucht an. Der Funker soll Gruppe Meteor informieren und Position, Kurs und Geschwindigkeit des Geleitzugs durchgeben.«

Dann wandte er seine ganze Aufmerksamkeit wieder dem Zerstörer zu, der schon viel näher stand. Sein niedriger Rumpf wurde von der See ständig überspült und glitzerte, wenn er in ein neues Wellental rollte. »Ändern Sie Kurs, gehen Sie zwanzig Grad mehr nach Steuerbord!« Es bestand keine Notwendigkeit, die Gefahr unnötig herauszufordern.

Steiger empfand beinahe überschwengliche Freude, als sein Boot drehte und sich von dem Geleitzerstörer, dem »Wachhund«, etwas entfernte. Der erfolglose Angriff der anderen U-Boote vor Gibraltar hatte doch etwas genützt. Danach hatten die Engländer offenbar fast alle ihre Geleitfahrzeuge hinter dem Konvoi plaziert – für den Fall, daß diese Boote abermals angreifen sollten. Sie rechneten nicht damit, daß eine weitere Gruppe vor ihnen lauerte.

Das Sprachrohr neben ihm schnarrte. »Drei Boote von Gruppe Meteor melden verstanden, Herr Kapitän! Sie gehen in Angriffsposition. Das nächste wird den Geleitzug in einer halben Stunde erreichen.«

Steiger nickte. Zu diesem Zeitpunkt mußte er selbst bereits mit Erfolg angegriffen haben oder . . .

»Äußerste Kraft voraus!« Dies war ganz und gar nicht der Zeitpunkt für Pessimismus. Das Boot war allein *ihm* überantwortet, und sein Schicksal war unlösbar mit seinem eigenen verknüpft, im Guten wie im Bösen.

Aufmerksam lauschend und mit wachen Sinnen stand Dietrich im Mittelpunkt der Zentrale. Äußerlich wirkte er völlig ruhig. Als jedoch der Strom von Peilungen, Entfernungsmeldungen und Befehlen an die Torpedowaffe heruntergerufen und zur Auswertung an den Koppeltisch weitergegeben wurde, spürte er, wie sein Herzschlagrhythmus sich dem wilden Stampfen der Dieselmotoren anpaßte. Er stellte sich den Kommandanten oben auf der engen Brücke vor, das Gesicht fest in das Gummipolster des Zielfernrohrs gepreßt – ein starkes Fernglas, das für jeden Überwasserangriff aufgebaut wurde – und im Geiste jede mögliche Kurs- und Geschwindigkeitsänderung des fernen Feindes in Erwägung ziehend.

Oberleutnant Hessler kauerte vor seiner Torpedoschalttafel und preßte die eine Muschel des Kopfhörers unter den Rand seiner Mütze; so wartete er mit ausdruckslosem Gesicht auf die Klarmeldungen seiner Männer an den Torpedo-Ausstoßrohren.

Endlich kamen die erwarteten Durchsagen: »Rohr eins bis sechs – fertig!« Hessler grunzte und legte seine Schalthebel um. Die Bugtüren waren jetzt geöffnet und die Aale bereit zum Ausstoß. Von achtern kam eine weitere Meldung: »Rohr sieben – fertig!« Alle Schalter zeigten jetzt nach unten.

Dietrich fragte sich, ob Resch wirklich geglaubt hatte, der Zerstörer sei ein Spanier, oder ob er nur nicht riskieren wollte, näher heranzugehen, um ihn genau zu identifizieren. Er hatte den Navigationsoffizier nie gemocht, war aber bisher bereit gewesen, dessen Verdrossenheit zu akzeptieren. Steiger hatte Reschs Ausreden sofort durchschaut; es war Dietrich völlig klar, daß der N. O. für den Kommandanten nun erledigt, daß aber auch dessen Vertrauen zu den anderen Offizieren seither beeinträchtigt war.

Die Gebläse und Kompressoren heulten wie wild, und Lüth blinzelte rasch seinem Assistenten zu, einem derben Maschinenmaat namens Richter. »Gleich geht's los! Gleich sind wir mitten zwischen den Tommies!«

Richter zwang sich zu einem Grinsen. »Hoffentlich bringen wir's rasch hinter uns!«

Lüth warf einen Blick hinüber zu Dietrich. »Die Chinesen haben ein Sprichwort: Von allen sechsunddreißig Möglichkeiten ist Weglaufen immer die beste!«

Richter lachte, aber Dietrich rief barsch: »Schluß mit dem Geschwätz! Behalten Sie solche Bemerkungen künftig für sich!«

Lüth wurde rot und wandte seinen Blick wieder den Anzeigegeräten zu. Es war sonst nicht Dietrichs Art, die anderen Offiziere in Gegenwart von Mannschaftsgraden abzukanzeln.

Dietrich rieb sich die schmerzenden Augen. Das eben war bestimmt nur eine zufällige Bemerkung von Lüth gewesen. Oder wußten sie schon das mit seinem Bruder? Er stellte sich vor, daß Steiger genau wie Mahnke fallen würde und er selbst das Kommando übernehmen müßte; diesmal jedoch nicht auf dem Heimweg, sondern *jetzt*, in einem Augenblick, da sich der Feind gerade im Fadenkreuz befand. Er spürte, wie ihm Galle in die Kehle stieg, und sah verzweifelt hinüber zu den Männern, die sich mit leeren Gesichtern über ihre Skalen beugten.

Hessler drückte seinen Kopfhörer fester gegen das Ohr und nickte. »Verstanden. Ziel in Rot vier-fünf, Entfernung viertausend. Torpedogeschwindigkeit dreißig Knoten, Lauftiefe sieben Meter!« Mit seiner groben Stimme wiederholte er diese Angaben, während Dietrich ihn wie hypnotisiert beobachtete. Niemals lernst du einen Menschen wirklich kennen, dachte er, bevor du ihn nicht im Kampf erlebt hast. Die Landausflüge mit ihrer kurzen, erzwungenen Fröhlichkeit bedeuteten überhaupt nichts. Nur dies hier war die Wirklichkeit. Die feschen Uniformen, Goldlitzen und Ordensschnallen waren hier ebenso eine Farce wie an der Ostfront. Menschen wurden zu wilden Tieren, die nach Verstecken suchten oder nach der Chance zum Töten.

Hessler konzentrierte sich unerschütterlich auf seine Torpedos. Zwar würde Steiger von der Brücke aus feuern, aber Hessler schien das überhaupt nicht zu stören. Jeder andere Torpedo-Offizier hätte gedacht, daß der Kommandant ihm nicht genug vertraute.

»Rohr eins bis vier klar zum Feuern!«

»Ist klar!« Hessler bemerkte Dietrichs starren Blick und hob gleichmütig die Schultern.

»Feuer!« Das Boot taumelte, als der erste Aal vorn aus seinem Rohr sprang. Im Abstand von gut einer Sekunde folgten die nächsten drei, während Lüths Männer eifrig Wasser nach vorn pumpten, um den plötzlichen Gewichtsverlust auszugleichen. Es waren genügend Fälle bekannt, in denen der Bug eines U-Bootes sich im Augenblick des Feuerns aufgerichtet hatte; bei der jetzigen Geschwindigkeit von achtzehn Knoten hätte sie das für die nächsten entscheidenden Augenblicke völlig hilflos gemacht.

»Hart Steuerbord!« In den Sprachrohren prasselte und quietschte es, aber über allem hörte man Steigers scharfe Stimme klar und unpersönlich Befehle geben.

»Zielwechsel! Rohr fünf und sechs klar zum Feuern!« Die Leute am Entfernungsmeßgerät riefen die letzten Werte durch, heiser vor Erregung. »Peilung Grün null-fünf ... Entfernung unverändert!« Die Tiefe der Torpedos war so eingestellt, daß sie unter den Feindschiffen durchliefen und von ihrem Magnetfeld gezündet wurden.

Dietrich spürte eiskalten Schweiß auf dem Gesicht und biß die Zähne zusammen. Sein Blick streifte den Gefechtsrudergänger und die beiden Leute an den Tiefenrudern. Sie saßen gespannt da und warteten auf den Augenblick des Tauchbefehls. Es konnte nicht mehr lange dauern. Der Zerstörer mußte das U-Boot doch längst erfaßt haben! Wie konnte Steiger so selbstsicher seine Ziele im Fadenkreuz halten, obwohl der Augenblick ihrer Entdeckung immer näher kam?

Jetzt war ein hohles Dröhnen zu hören, unmittelbar gefolgt von einer zweiten Detonation. Hessler warf den Kopf zurück und lachte aus vollem Hals. »Ein Treffer! *Zwei* Treffer, gut gemacht!«

Dietrich versuchte zu lächeln, aber sein Gesicht war wie eingefroren.

»Feuer!« Die beiden nächsten Torpedos flitzten aus ihren Rohren, und wieder schlugen die Herzen der Männer schneller, während die glitzernden Aale durchs Wasser schossen und auf den ihnen eingegebenen Kurs schwenkten.

Wieder erbebte der Rumpf, seine Stahlplatten schienen das Echo wie eine Erinnerung festzuhalten. Der Lärm der fernen Detonationen war so unpersönlich wie der Donner eines Gewitters hinter den Bergen. Aber Dietrich konnte sich vorstellen, was sie bedeuteten: Erst kam der große weiße Wasservorhang, der von jedem getroffenen Schiff aufstieg, dann der ungeheure Druck, der den Schiffsrumpf aufriß wie der Wolf den Bauch eines erbeuteten Hasen. Dann kamen die Flammen über den winzigen, ameisengleichen Figuren, die vor den Detonationen und dem Feuer zu flüchten versuchten; später sah man die Rettungsboote im Wasser dümpeln und über allem das einst so stolze Schiff, das sich erst aufrichtete und dann kenterte, häßlich geworden im Todeskampf.

Der Funker rief: »Da sendet einer! ›Deutsches U-Boot – werde angegriffen ...‹« Er wartete einen Augenblick. »Keine weiteren Signale!« schloß er.

Hessler blickte hinüber zu Resch an seinem Kartentisch. »Schade, daß er keine Zeit mehr hatte, seine genaue Position zu funken. Das hätte *dir* Arbeit erspart!«

Der Navigationsoffizier schien nichts zu hören; er starrte nur seinen Bleistift an, den er wie einen Talisman in der Hand hielt.

Die Alarmglocken schrillten, und Lüths Männer sprangen an ihre Kontrollgeräte. »Fluten! Alarmtauchen auf neunzig Meter!« Schon purzelten die Ausguckposten die Leiter herunter; in ihrer glänzend schwarzen Gummikleidung wirkten sie wie Seehunde, die sich in einem Netz verfangen hatten. Der Lukendeckel schlug zu, während gleichzeitig die Motoren aufheulten, auf äußerste Kraft gingen und den Bootskörper in das aufgewühlte Wasser trieben, so daß sich die Flossen der Tiefenrunder darin festbissen und den Bug steil abwärts drückten.

Steiger klammerte sich unten an die Leiter. »Alle Schotten dicht – Wahrschau, Wasserbombenangriff!« Ein Nerv zuckte in seiner Wange, als er das Zuschlagen der wasserdichten Türen in dem nach vorn geneigten Boot hörte.

Abwärts . . . abwärts! Vierzig Meter, achtzig, neunzig. Das Boot wirkte schwer und manövrierunfähig, als es auf ebenen Kiel getrimmt wurde. In diesen großen Tiefen knarrte und stöhnte jede Stahlplatte und jede Niete, das Licht flackerte auf den gespannten Gesichtern der Elektriker, die bereitstanden, um jeden eventuell ausfallenden Stromkreis sofort zu überbrücken. Der Lärm der Motoren war zu einem leisen Brummen reduziert, aber über den Geräuschen des strapazierten Bootskörpers und ihrem keuchenden Atem hörten alle noch ein weiteres Geräusch. Es machte den Eindruck, als habe es nichts mit dem Krieg zu tun. Ein ferner Dampfzug konnte es sein, vielleicht auch ein Motormäher. Der Horchgast nahm rasch seinen Kopfhörer von den Ohren. »Zerstörer in ganz geringer Entfernung! Geräusche von sechs schnellaufenden Schrauben!«

Das Dröhnen der rasenden Propeller kam rasch näher. Ruhig befahl Steiger: »Steuerbord zwanzig!« Er sah zu, wie sich die polierten Speichen des Rades bewegten. Der ohrenbetäubende Lärm war jetzt genau über ihren Köpfen. »Mitschiffs, recht so!« Der Rudergänger beugte sich tiefer über das Rad, seine Augen glitzerten im Widerschein der Kompaßbeleuchtung.

Dietrich hielt den Atem an und zählte die Sekunden. Die Zerstörer waren über sie hinweggebraust. Ihre Wasserbomben mußten bereits geworfen sein und fielen jetzt durch das graue Wasser zu ihnen herunter.

Das Munitionsmagazin für die Hauptwaffe des U-Boots lag vor der Zentrale, eben außerhalb des starken Kollisionsschotts, und als die ovale Tür zugeschlagen und die Vorreiber fest angezogen wurden, warf Max König rasch einen Blick auf seine Kameraden. Die meisten gehörten zur Geschützbedienung wie er selbst. Ihren Gesichtern sah man die

Spannung und Besorgnis an, als sie intensiv lauschten. König fragte sich, was wohl geschehen würde, wenn der Bootskörper aufgerissen wurde.

Horst Jung saß unten auf den Stahlgrätings, die kräftigen Beine vor sich ausgestreckt. Sein faltiges Boxergesicht wirkte entspannt und ruhig, und die Narben und Falten in seiner rauhen Haut verliehen ihm eine Art trauriger Würde. Er stieß König an und deutete auf die Bordwand. »Halte dich frei von den Außenwänden, mein Junge. Wenn die Wasserbomben in der Nähe detonieren, kann es dir das Rückgrat brechen.«

Er sagte das zwar nur zu König, aber die anderen Männer rückten ebenfalls von dem tropfnassen Stahl ab, gehorchten schweigend der Warnung des erfahrenen Seemanns. Gespannt lauschten sie den Schraubengeräuschen über ihren Köpfen, und König fragte sich, wie er wohl auf die Bomben reagieren würde. Auf der vorigen Feindfahrt hatten sie keine ernsthafte Beschädigung erlitten; offenbar war Kapitän Mahnke nie sehr nahe an die Ziele herangegangen. Bei Steiger war das anders.

»Sie sind über uns!« Alle blickten nach oben, als könnten sie die stählernen Decks mit Blicken durchdringen.

Die erste Wasserbombenreihe detonierte mit ohrenbetäubendem Donnern, anscheinend genau längsseits. Das Boot taumelte und legte sich scharf auf die Seite, so daß die verdutzten Seeleute abwärts rutschten und an der Bordwand einen unordentlichen Haufen bildeten. Bevor sie sich wieder aufrichten konnten, detonierte eine weitere Wasserbombe mit einem einzigen Krachen, das so gewaltig war, daß die Bordwand sich nach innen zu stülpen schien.

König drückte die Hände auf die Ohren, als er den Schmerz spürte, der sich wie mit glühenden Nadeln in seinen Schädel bohrte. Er sah, daß einige seiner Kameraden in Schmerz oder Todesangst an Deck hin und her rollten. Im grellen Licht erkannte er Blut, das aus Nasen, Ohren und Schnittwunden sickerte.

Eine weitere Reihe Wasserbomben und dann noch eine ... Ihre Welt hatte sich in ein enges, schreckliches Inferno verwandelt, das sich rund um sie schüttelte und aufbäumte, während sie einander in wachsendem Entsetzen anstarrten.

Obermaat Hartz, der Geschützführer, klammerte sich an einen Feuerlöscher und fluchte wütend: »Ruhe dort drüben! Haltet gefälligst den Mund, verdammt noch mal!«

Das Licht ging so plötzlich aus, als hätte eine unsichtbare Hand am

Schalter gedreht. Einige Augenblicke saßen sie da wie versteinert, bis die Notbeleuchtung aufflackerte. Sie waren mit Farbsplittern und Schmutzflocken bedeckt, die von der Wucht der Detonation losgerissen worden waren.

Außenbords war jetzt ein gedämpftes zweimaliges Klicken zu hören, und König spürte, wie ihn Brechreiz überkam. Jung hatte ihm erzählt, daß man bisweilen bei einer Wasserbombe, die dicht am Boot ihre Einstelltiefe erreichte, die Initialzündung im Innern hören konnte. Das war das Klicken! Während er noch krampfhaft überlegte, was er tun sollte, detonierten die beiden Wasserbomben wie eine einzige. Das Boot machte einen gewaltigen Satz, geriet außer Kontrolle und wälzte sich auf die Seite. Wieder gingen alle Lichter aus, und König lag in einem Haufen keuchender und sich aneinander festkrallender Gestalten, die ihm den Atem nahmen, während seine Ohren taub wurden von dem Schreien, Rufen und dem Gepolter losgerissener, fallender Gegenstände.

Eine Faust packte ihn in der Dunkelheit, und Horst Jungs heisere Stimme schien ihm direkt ins Ohr zu rufen: »Hier, halt dich fest, Max! Das Boot geht auf Tiefe!«

Ein schwerer Körper fiel über Königs Rücken, und eine andere Stimme schrie: »Verdammt, wir werden bei lebendigem Leibe zerquetscht!«

König versuchte, seine Rückenmuskeln zu entspannen, während die anderen sich bemühten, auf die Beine zu kommen, jedoch nur, um von einer weiteren Detonation wieder zu Boden geworfen zu werden. Das Boot war bereits sehr tief gewesen, und wenn es jetzt noch weiter abwärts gedrückt wurde oder ganz außer Kontrolle geriet, mußte die Sicherheitsgrenze bald überschritten sein. Tausende von Tonnen Wassergewicht würden den Rumpf plattdrücken wie eine Briefmarke, langsam und erbarmungslos, bevor die See eindringen und ihren Todeskampf beenden konnte.

Ein Telefon schnarrte, und er hörte den Obermaat fluchen, als er sich durch die stockdunkle Abteilung tastete. Der Strahl seiner Stablampe flackerte auf verzerrten Gesichtern und weiß leuchtenden Augäpfeln, dann hatte er das Telefon erreicht. Er riß es aus seiner Halterung, als sich das Deck gerade wieder in einen geradezu irrsinigen Winkel legte und der gesamte Stahlkörper dröhnte wie ein riesiges Ölfaß.

»Magazin hier! Jawohl, Herr Kapitän! Alles in Ordnung, Herr Kapitän!« Er hängte ein, und gleichzeitig ging auch das Licht wieder an.

Obermaat Hartz zog sich mühsam über das Deck, das Gesicht wutverzerrt. »Herhören, ihr Flaschen! Untersucht den Rumpf auf Lecks und ersetzt sofort alle zerbrochenen Birnen!« Er wischte sich die Lippen. »Wir sind noch nicht erledigt. Uns schaffen sie nicht so schnell!«

Der kleine Krüger von der Geschützbedienung kroch unter dem Menschenhaufen hervor und warf sich gegen die stählerne Tür. Er hämmerte mit den Fäusten gegen das graue Metall, bis Blut aus seiner aufgeplatzten Haut quoll. »Laßt mich hier raus! Um Christi willen, laßt mich frei!« schrie er.

Horst Jung richtete sich auf und versetzte Krüger einen kräftigen Schlag gegen das Kinn. Es war nur ein einziger Schlag, aufwärts gerichtet und sehr hart. Mit einem erstickten Schrei rollte der Unglückliche auf den Rücken und blieb liegen.

Der Obermaat nickte kurz. »Gut gemacht!«

Jung warf König einen Blick zu, der noch immer auf den Decksplanken lag. »Das mußte ich tun«, erklärte der ehemalige Boxer. »So was kann eine Panik auslösen, und dann wird es hier unten wirklich unangenehm.«

König setzte sich auf und stellte dabei fest, daß das Deck jetzt ruhig lag. Es folgten noch mehrere Detonationen, aber nach den bisherigen schienen sie ihm fern und unbedeutend.

Auf einmal hörten sie das gräßliche Geräusch reißenden Metalls. Jung sagte knapp: »Irgendwo zerbricht ein versenktes Schiff.«

König unterdrückte seine Übelkeit. »Lieber Gott, und ich dachte schon, das sind wir!«

Obermaat Hartz blickte angewidert zu ihm hinunter. »Für den lieben Gott haben wir später noch Zeit genug!«

Der Lautsprecher am Schott knatterte und erwachte dann mit lautem Brummen zum Leben. Fasziniert lauschten sie, warteten auf die Verkündung ihres weiteren Schicksals.

Aber Hesslers barsche, unverwechselbare Stimme befahl lediglich: »Rohr eins bis sechs nachladen! Alle Abteilungen Schäden melden!«

König zog sich in die Höhe und lehnte benommen an der kalten Stahlwand. In all diesem Durcheinander bereitete der Kommandant bereits den nächsten Angriff vor!

Jung sprach mit dem Obermaat, dem einzigen erfahrenen Mann außer ihm. »Das ist der Nachteil bei den U-Booten: immer nur Arbeit und kein Vergnügen!«

Hartz lachte. »Und diese Blödmänner hier unten machen es einem auch nicht leichter!«

Jung blinzelte seinem Freund König zu. »Mit der Zeit werden sie's schon lernen.«

Hartz eilte zu dem schon wieder summenden Telefon. »Ich wette drei gegen eins, daß sie diese Zeit niemals kriegen!«

In der Zentrale jenseits der Stahltür klammerte sich Steiger ans Periskop und wischte sich den Schweiß aus den Augen. Seine Hand fuhr dabei über die Narbe auf seiner Stirn, und sie kam ihm vor wie ein alter Freund.

Dietrich sagte dumpf: »Keine Schäden gemeldet, Herr Kapitän!«

»Sehr gut.« Steiger ging durch die Zentrale zum Kartentisch. Seine Stiefelsohlen knirschten auf den Glasscherben der zahlreichen Armaturen und Lampen, die bei den letzten beiden Detonationen zerbrochen waren. Diesmal war es wirklich knapp gewesen. So knapp, wie er es noch niemals erlebt hatte. Dann verbannte er diesen Gedanken. Die Angst konnte warten.

»Auf Sehrohrtiefe gehen! Rohr eins bis sechs klar zum Feuern!« Er übersah Dietrichs weißes Gesicht und den Widerstand, der in der Luft hing wie Gas. »Wir sind hier, um einen Geleitzug anzugreifen, meine Herren, und nicht, um faul auf dem Hintern zu sitzen wie . . .« Sein Blick fiel auf Resch. »Wie ein Haufen Spanier, zum Beispiel!« Überraschenderweise rief das ein rauhes Gelächter hervor. Immerhin, dachte Steiger, ein kleiner Funke in einem naß gewordenen Feuer. Langsam sagte er: »Das war keine schlechte Leistung. Aber es muß noch viel besser werden!«

»Vierzehn Meter, Herr Kapitän!« Lüths Stimme klang wieder ganz normal.

»Sehrohr ausfahren!« Steiger bückte sich und wartete. Keine schlechte Leistung, hatte er ihnen gesagt. In Wirklichkeit waren sie jämmerlich gewesen. Aber konnte er die Männer dafür tadeln? Er hatte immer den Standpunkt vertreten, daß ein U-Boot so gut oder so schlecht war wie sein Kommandant.

Steiger hielt den Atem an, als die Linse verstohlen die windgepeitschte Oberfläche durchbrach. Er sah Schwaden pechschwarzen Qualms, orangefarbene Flammen und das frenetische Gestammel von Morselampen.

Ein Zerstörer zeigte ihm genau das Heck. Also hatte er richtig geschätzt. Ein Kommandant mußte immer recht haben, *immer*. Der Schweiß sickerte ihm in die Augen, während er auf den davondampfenden Zerstörer starrte. Mit großer Anstrengung drehte er das Periskop weiter.

Im Fadenkreuz zeigte sich jetzt ein schnell fahrender Frachter wie in einem riesigen Spinnennetz. Mit leiser Stimme befahl Steiger: »Rohr eins, zwei und drei klar zum Feuern.« Er mußte weitermachen. Aber angenommen, er beging doch mal einen Fehler? Nicht dran denken.

»Feuer!«

Mann über Bord

Die Morgenwache ging zu Ende, trotzdem war von der Dämmerung noch nicht das geringste zu erkennen. Franz Lüth, L. I.* von *U 991*, saugte an seinen fast erfrorenen Wangen und klammerte sich ans stählerne Brückenkleid. Seine behandschuhten Finger rutschten auf der dünnen Schicht aus Eis und Rauhreif ab, sein nach Schlaf verlangender Körper schwankte mit den unangenehmen Bewegungen des Bootes; ab und zu mußte er sich blitzschnell ducken, um einem über die Brücke gepeitschten Gischthagel zu entgehen. Der Wind hatte inzwischen Sturmstärke erreicht und durchdrang mühelos die dreifache Kleidungsschicht an seinem hageren Körper. Trotz des für ihn ungewohnten Wachegehens auf offener Brücke begrüßte Lüth diese Neuerung, weil er so endlich mal Gelegenheit bekam, dem rollenden, stampfenden, stinkenden Rumpf unter seinen gespreizten Beinen zu entgehen. Kapitän Steiger fuhr das Boot bei jedem Wind und Wetter möglichst lange aufgetaucht. Das frühere Wachegehen in der muffigen, abgestandenen Luft endloser Tauchfahrten gehörte der Vergangenheit an.

Seit drei Wochen befanden sie sich jetzt auf See, und jeder Tag hatte neue Belastungen gebracht, die fast bis zur Zerreißprobe gingen.

Zwei Wochen waren seit Steigers Angriff auf den Geleitzug vergangen, und Lüth mußte sich anstrengen, um sich noch an den genauen Ablauf der Dinge zu erinnern. Nach der Angriffsserie hatte er sich schwach und elend gefühlt, schwitzte am ganzen Körper, und seine Muskeln schienen ihm den Dienst zu verweigern. Steiger fuhr Angriff auf Angriff, jedesmal beantwortet mit ganzen Teppichen von Wasserbombenwürfen und begleitet von hektischen Kurs-, Geschwindigkeits- und Tiefenänderungen, wobei der überbeanspruchte Rumpf in allen Verbänden krachte.

* Leitender Ingenieur

Sie waren aufgetaucht mitten durch den Geleitzug gefahren und hatten drei Frachter sowie einen Zerstörer torpediert, der gerade eins ihrer anderen U-Boote jagte. Noch mehr Treffer waren erzielt worden, aber in dem Durcheinander von brennenden Schiffen, hochgehender Munition und angreifenden Zerstörern war niemand imstande, genaue Ergebnisse festzuhalten. Am nächsten Tag hatten sich die U-Boote neu formiert, und während die Reste des Geleitzugs weiterdampften, hatten sie ihre eigenen Verluste gezählt. Lediglich fünf der insgesamt acht U-Boote hatten den Konvoi erreicht und angegriffen. Davon wurde eins vermißt, während zwei weitere schwerbeschädigt nach St. Pierre zurückhinkten. Jetzt waren sie also nur noch fünf und mußten daher ihre Dwarslinie erheblich strecken, so daß der Abstand zwischen je zwei Booten nun mehr als vierzig Meilen betrug. Indessen fegten die Januarstürme mit unverminderter Stärke über die graue See und türmten die langen Atlantikroller zu immer größerer Höhe auf.

An Bord von *U 991* blieb jedoch wenig Zeit für Grübeleien oder gar Verzweiflung. Der Kommandant hatte Offiziere wie Mannschaften pausenlos angetrieben, bis sie bereits beim Ertönen seiner Stimme zu fluchen begannen. Er wechselte die Mannschaftsgrade bei ihren Tätigkeiten regelmäßig aus, so daß jetzt der Torpedogast auf Ausguck stand und die Heizer sich mit Munition und Seemannschaft abmühten. Lüth wurde in den Wachturnus der Brücke eingespannt, während Oberleutnant Hessler im Maschinenraum herumstrich, wo er den Obermaschinisten mit Fragen überhäufte. Auf diese Weise wurde erreicht, daß jeder Mann im Notfall auch die Funktion eines anderen übernehmen konnte.

Lüth drückte das stachelige Kinn tiefer ins feuchte Handtuch. Steiger kümmerte sich nicht um ihre Erbitterung oder ihren Haß, hielt dies wohl für die einzige Möglichkeit, sie zu einer geschlossenen Besatzung zusammenzuschweißen. Während der letzten vierzehn Tage hatten sie einen kleinen Geleitzug und ein einzeln fahrendes Handelsschiff angegriffen. Letzteres war ein neutraler Schwede gewesen, aber Steiger hatte kühl geäußert: »Er weiß genau, daß er hier verbotenes Gebiet durchfährt. Also muß er mit Beschuß oder Versenkung rechnen.«

Wenigstens hatte er den Schweden Zeit gelassen, in die Boote zu gehen, bevor er auf die Wasserlinie ihres Dampfers feuern ließ. Zwanzig Granaten waren nötig gewesen, um das Schiff zu versenken, denn das Zielen vom rollenden Bootskörper aus erwies sich als äußerst schwierig. Danach änderte das U-Boot Kurs und beschleunigte seine Geschwindigkeit, während die Rettungsboote in der stürmischen See zurückblieben.

Lüth fragte sich, ob Steiger überhaupt Zeit fand, an das Schicksal der in den offenen Booten hilflosen Schiffbrüchigen zu denken. Aus seiner steinernen Miene konnte man nie auch nur die geringsten Schlüsse ziehen, und schon deshalb fürchtete ihn die Besatzung. Dabei war er nicht wie Mahnke ein Polterer oder Tyrann. Er schien sich auf niemanden, nur auf sich selbst zu verlassen, und durch sein eigenes unermüdliches Beispiel trieb er alle anderen bis an den Rand der Erschöpfung.

Einer der Ausguckposten meldete heiser: »Das an Backbord voraus sieht aus wie der Beginn der Morgendämmerung, Herr Oberleutnant.«

Lüth rieb sich die schmerzenden Augen und starrte gebannt den Silberstreifen unter den schwarzen Wolken an. Das mußte die Dämmerung sein, der Beginn eines neuen Tages und einer neuen Suche.

Bald konnte er sich für ein paar Stunden in die Koje legen. Bei dieser Vorstellung entglitten ihm bereits die Gedanken. Ihm fiel der kleine Ostseedampfer ein, auf dem er als Dritter Ingenieur gefahren war. Mit langsamer Regelmäßigkeit hatte das Schiff die Holzhäfen von Schweden, Norwegen und Dänemark abgeklappert, und Lüth hatte unbeschwert darauf gewartet, daß der alte Leitende Ingenieur sich zur Ruhe setzen oder sterben würde, was für ihn die Beförderung bedeutet hätte. Sein Vater war tot, aber seine Mutter und seine drei Schwestern lebten in Emden, weit genug entfernt von den Russen und allem Anschein nach auch nicht allzu vielen Bombenangriffen ausgesetzt. Lüth kam es vor, als bestünde sein Familienleben lediglich aus Briefen, zuerst auf dem Holzdampfer in der Ostsee, jetzt auf dem U-Boot. Kürzlich jedoch hatte er ihnen endlich mal ein paar luxuriöse Geschenke aus Frankreich und Holland schicken können, Dinge, die es in Deutschland nicht mehr gab. Er hoffte, daß seine nur noch aus Frauen bestehende Familie sich seither nicht mehr so viele Sorgen um ihn machen würde. Zu Hause hörten sie ohnehin kaum Neuigkeiten, die ihnen Anlaß zu Besorgnis gaben. Im Gegenteil, die Nachrichten strahlten stets sieghaften Optimismus aus, auch wenn es in den Straßen von Verwundeten und verkrüppelten Soldaten wimmelte und Nacht für Nacht feindliche Bombergeschwader über den Himmel dröhnten.

Lüth dachte viel nach; es beunruhigte ihn, daß der Krieg die Wahrheit offenbar abgeschafft hatte. Als er einmal Dietrich gegenüber eine entsprechende Äußerung machte, erhielt er zur Antwort: »Im Krieg ist Moral wichtiger als Wahrheit!« Bei dieser Erinnerung lächelte Lüth still vor sich hin. Der arme Heinz. Er war noch so jung und hatte seine geringe Lebenserfahrung nur bei der Marine erworben. Er hatte gelernt, Befehlen zu gehorchen und seine Pflicht zu erfüllen, Vorgesetzte zu respektieren und den Feind zu hassen. All das war sehr ordentlich, aber für Lüth widerwärtig und unakzeptabel.

Schuldbewußt fuhr er zusammen, als Dietrich aus dem Halbdunkel erschien, um ihn abzulösen. »Alles ruhig?« Ohne die Antwort abzuwarten, fuhr er fort: »Gut, geh nach unten und stopf heiße Würstchen in dich hinein, das wird dich wieder aufwärmen.« Als die Ausguckposten halb erfroren nach unten stolperten, um Platz für ihre Ablösungen zu machen, fügte Dietrich ruhiger hinzu: »Tut mir leid, daß ich mich in der letzten Zeit dir gegenüber so schlecht benommen habe, Franz.« Er blickte nach vorn. »Ich hatte eine ganze Menge im Kopf und mußte das erst verarbeiten.«

Lüth zog seinen Südwester fester. »Ich hab's nicht eilig mit dem Frühstück. Warum erzählst du mir nichts davon?«

Die Geräusche der See drangen jetzt stärker herauf, und Dietrich spürte, daß Verbitterung und Jammer in ihm hochkamen wie eine Flutwelle. Für den Bruchteil einer Sekunde zog die starre, abwehrende Maske wieder über sein Gesicht, aber beim Ton von Lüths ruhiger Stimme brach diese Abwehr zusammen.

Er hielt den Blick abgewandt und trat so dicht an ihn heran, daß die Ausguckposten ihn nicht hören konnten. »Mein Bruder wurde wegen Feigheit vorm Feind erschossen«, begann er.

Steiger trat in seine Kammer und hängte die schwere Stablampe weg, mit der er alle schwer zugänglichen Ecken und Winkel achtern vom Maschinenraum inspiziert hatte. Das Boot legte sich verschiedentlich bis zu einem Winkel von achtzig Grad über, und eine besonders heftige Bewegung traf ihn unerwartet, so daß er durch die kleine Kammer flog und mit dem Kopf voran auf der Koje landete. Langsam zog er die Beine nach und lag mit dem Gesicht nach unten auf den rauhen Decken. Sein übermüdeter Körper verlangte dringend nach Ruhe, aber selbst im Zustand der Erschöpfung lauschte er noch auf Geräusche außerhalb seines hin und her schwingenden Vorhangs. Sein Hirn blieb wachsam und bereit zum sofortigen Eingreifen bei Alarm. Bei diesem schlimmen Wetter war es völlig unmöglich, Körper oder Geist zu entspannen. Er rollte sich ruhelos auf den Rücken und dachte über das neutrale Schiff nach, das er versenkt hatte. Seltsam, wie die Männer ihn angesehen hatten, als er Befehl gab, das Geschütz auf den schwedischen Frachter zu richten. Anscheinend bedeutete ihnen eine Flagge als Symbol noch immer etwas. Ihr Horizont reichte eben nicht weiter. Trotz der Erschöpfung lief eine Welle des Ärgers durch seinen Körper. Ob sie sich einbilden, daß ich diese Dinge nur zur Befriedigung eines blöden persönlichen Ehrgeizes tue? Wer konnte es wagen, sich in diesem Krieg noch als neutral zu bezeichnen? Die Schweden saßen selbstzufrieden und sicher in ihrem sterilen Land, trieben Handel mit beiden Seiten und wurden reich dabei. Dieser alleinfahrende schwedische Frachter hatte wahrscheinlich illegale Ladung für die Engländer an Bord gehabt. Er betastete seine Narbe und fragte sich, warum er überhaupt den Versuch machte, das Versenken dieses Schiffes vor sich selbst zu rechtfertigen. Alles war Krieg, da gab es keine Atempause. Während der drei Wochen auf See hatte er die entmutigte Besatzung zu einem Team zusammengeschweißt, auch wenn es nur der Haß auf ihn war, der sie verband. Er hatte ihnen keinen Augenblick der Ruhe gegönnt und sie nicht geschont, so daß ihnen gar keine Zeit für Angst blieb. Während dieser drei Wochen hatte er gewissermaßen den Acker vorbereitet, um jetzt ernten zu können. Aber nun hatte das Boot selbst angefangen, Schwächen zu zeigen, wahrscheinlich als Folge der letzten Wasserbombenangriffe. Als er vorhin durch die achterlichsten Räume des engen Rumpfes gekrochen war, hatte er deutlich das ungleichmäßige Schlagen der Steuerbordschraube gehört. Lüth hatte lediglich die Schultern gezuckt, als traue er nicht länger seinem eigenen Urteil. Ein Schraubenflügel war möglicherweise verbogen, vielleicht war es aber auch eine Beschädigung der äußeren Schraubenwelle. Auf keinen Fall durfte er es ignorieren. Bisher beeinträchtigte es weder Steuerung noch Ölverbrauch, aber das Geräusch selbst war entnervend genug. Jedes feindliche Ortungsgerät konnte es sofort einpeilen, gleichgültig, wie langsam die Maschinen liefen. Und wenn sie wieder einmal mit Wasserbomben eingedeckt wurden, konnte weiterer Schaden dazukommen. Wenn doch nur der Sturm abflauen wollte! Dann hätten sie auftauchen und abwechselnd Schwimmer über Bord schicken können, um die beschädigten Teile zu überprüfen.

Genau wie das Boot brauchten auch seine Männer neue Energie und Erholung. Aber während die Kräfte der Zerstörung ständig verbessert und verstärkt wurden, nahm die Kraft der Kämpfer täglich weiter ab, geschwächt durch die wachsende Beanspruchung. Große

Versorgungsboote waren gebaut worden, um die kämpfenden U-Boote auf See mit Brennstoff und Nachschub zu versorgen, so daß ihre Einsatzzeit verdoppelt werden konnte. Dadurch wurde der Zeitverlust, der durch die Rückkehr zur Brennstoff- und Ausrüstungsergänzung entstand, auf ein Minimum reduziert. Aber wie sollten die Leute diese doppelt so langen Einsätze aushalten? Und von wie vielen Kommandanten konnte man erwarten, daß sie ständig so wachsam blieben wie Wölfe, mit denen man sie oft verglich?

Die meisten größeren Boote waren neuerdings mit »Schnorcheln« ausgerüstet, so daß sie getaucht fahren und dabei doch ihre Diesel benutzen konnten. Damit waren sie zwar vor den suchenden Augen des Radars sicher, aber wie sollten andererseits die Besatzungen gesund bleiben, wenn sie niemals frische Luft atmen, niemals das Tageslicht oder den Sternenhimmel sehen konnten? Nach ein paar Tagen Schnorchelfahrt hatte Steiger beobachtet, daß sich seine Männer in lebende Leichname mit fahler, beinahe durchsichtiger Haut verwandelten.

Deswegen mußte der Krieg bald gewonnen werden. Deutschland besaß zwar die Mittel dazu und seine Soldaten den notwendigen Mut, aber auch sie waren nur Menschen. Wenn der Krieg sich noch jahrelang hinschleppte, würde allmählich doch die Materialüberlegenheit der Alliierten den Ausschlag geben.

Er stutzte, als er merkte, daß eine Gestalt im Türrahmen stand. Es war Obermaschinist Richter, das ölverschmierte Gesicht von Sorge gefurcht.

»Oberleutnant Lüth bittet darum, die Steuerbordmaschine stoppen zu dürfen, Herr Kapitän.« Er trat einen Schritt zurück, als das Boot heftig überholte und ein Stapel Bücher wie von unsichtbarer Hand aus dem Regal geschleudert wurde.

Steiger schwang die Beine über den Kojenrand und schluckte trokken. Sein Magen fühlte sich übersäuert an, er brauchte mehr Zeit zum Ausruhen und Nachdenken. Statt dessen fragte er scharf: »Ist es wieder diese Schraube?«

Richter nickte. »Die Welle schlägt jetzt so stark, daß die Stopfbuchse irreparabel beschädigt werden könnte, wenn wir noch länger aufgetaucht fahren.«

Steiger seufzte. Bei diesem rauhen Seegang konnten sie das Boot mit nur einer Schraube nicht auf Kurs halten. Getaucht wäre die Welle zwar sicherer, aber das Schraubengeräusch würde den Feind anlocken wie eine Funkbake. Er stand auf. »Also gut. Sagen Sie dem wachhabenden Offizier, er soll auf Tauchstationen antreten lassen. Wir gehen auf neunzig Meter und stellen dann die Steuerbordmaschine ab.« Scharf sah er den Mann an. »Aber heute nacht tauchen wir wieder auf, komme was wolle, Richter. Dann müssen ein paar Leute außenbords gehen und den Umfang der Beschädigung feststellen.«

Richter nickte. »Jawohl, Herr Kapitän.« Er befeuchtete sich die Lippen und blieb halb abgewandt stehen. »Oberleutnant Lüth meint, daß Sie vielleicht zum Stützpunkt zurückkehren werden, Herr Kapitän?«

Steiger knöpfte sich das Jackett zu. »Aber Oberleutnant Lüth hat nicht das Kommando, stimmt's?«

Richter warf nur einen Blick auf Steigers unnachgiebigen Mund, dann eilte er von dannen. Als er sich seinen Weg durch die dichtgedrängten, neugierigen Gestalten bahnte, fragte er sich, mit welcher Begeisterung sie wohl den Gedanken an ein kaltes Bad im Atlantik aufnehmen würden. Steigers eiskaltes Gesicht fiel ihm ein, und er mußte trotz seiner Besorgnis lächeln. Bei Steiger wußte man wenigstens, woran man war. Nicht im Grab, aber verdammt nahe dran!

»Alles auf Tauchstation!« rief er.

Die Seeleute im vorderen Mannschaftsraum drängten sich um ihre schmalen Hängetische und lehnten sich haltsuchend eng aneinander. Der Mannschaftsraum lag vor dem Schott zur Zentrale, zwischen dem Magazin und der großen Schalttafel. Um Platz für das Abendessen zu machen, hatten sie die schmalen Kojen hochgeschlagen, während die Ersatzhängematten, in denen der Dosenproviant lagerte, so festgezurrt waren, daß sie den Männern am Tisch nicht gegen den Kopf schlugen.

Max König wischte mit einem Brotrest seine Emailleschüssel sauber. Es war bereits stockig, aber geröstet und in die fette Sauce getaucht, half es trotzdem gegen Hunger und Kälte. Nur mit halbem Ohr hörte er der Unterhaltung seiner Kameraden zu. Weil er jedes Wort sorgsam überlegte, hatte er es bisher geschafft, alle Fallgruben zu vermeiden, in die er sonst durch seine falsche Identität hineingestolpert wäre. Er war Max König, ehemaliger Druckergehilfe, genau wie es in seinen Papieren stand. Jener andere Mann, der geschlagene und gequälte KZ-Häftling, war bei dem Luftangriff umgekommen. Er existierte nicht mehr.

Max fand seine neue Rolle akzeptabler als erwartet, weil seine Vergangenheit so tot war wie jener Gefangene; so tot wie Gisela, das Mädchen, das er hatte heiraten wollen. Er ballte die Fäuste in den Taschen, als sich ihr Bild wieder in seine Gedanken schlich. Als Student war er der kommunistischen Partei beigetreten, jedoch mehr spaßeshalber und vor allem, um Gisela zu besänftigen.

An seinem letzten Tag im KZ hatte die Gestapo Gisela in den Raum gebracht, in dem er vernommen wurde. Er hätte alles eingestanden, jedes Verbrechen, aber er war dazu nicht imstande, weil er wirklich nichts wußte. Er hatte gebettelt und gekämpft, zu verzweifelt, um zu begreifen, daß die Gestapo entschlossen war, das zu vollenden, was sie begonnen hatte, unabhängig von allem, was er sagte.

Sie zogen das Mädchen aus und banden es auf einem Tisch fest. Ihr langes blondes Haar leuchtete in dem grellen Licht, und vor dem Hintergrund der schwarzen SS-Uniformen wirkte ihre Haut wie Marmor.

Der Offizier hatte ihn immer wieder ins Gesicht geschlagen. »Gestehen Sie!« hatte er geschrien. »Nennen Sie uns die Namen der Männer, die zu Ihrer Einheit gehören!« Aber er konnte nicht, er hatte lediglich an ein paar Zusammenkünften teilgenommen und Flugblätter verteilt. Von der aktiveren Organisation der kommunistischen Partei wußte er nicht das geringste.

Die Männer am Tisch hatten sich über Gisela gebeugt mit etwas, das wie Klaviersaiten aussah, an deren Enden Angelhaken befestigt waren. Er konnte sich nicht erinnern, wie lange es gedauert hatte. Zweimal hatte er die Besinnung verloren, und der Anblick der sich windenden nackten Gestalt auf dem Tisch war ihm dadurch gnädig erspart geblieben. Doch mit kaltem Wasser und Schlägen brachten sie ihn immer wieder zu sich, und der Alptraum ging weiter. Giselas Schreie übertönten seine eigene Stimme und das Gelächter der Folterer. Als sie schließlich starb, kippten sie ihren verstümmelten Leichnam vom Tisch auf den blutigen Boden zu seinen Füßen. Das Mädchen, das mit ihm durch Feld und Wald gewandert war, das gelacht hatte über seine angeblich spießbürgerliche Erziehung, das er mehr geliebt hatte als alles auf der Welt, war tot. Danach war er völlig gefühllos geworden, selbst die Schimpfworte und Schläge, mit denen sie ihn zurück in seine Zelle trieben, schienen ihn nicht zu berühren. Er wartete nur noch darauf, verrückt zu werden oder zu sterben; statt dessen gewann er im Lauf der Zeit eine innere Stärke, über die er sich selber wunderte und die er noch immer nicht verstehen konnte.

Horst Jung, der Boxer, kippte den letzten Rest Tee hinunter und knallte mit einem zufriedenen Rülpsen den Becher auf den Tisch. »Gutes Essen und frische Luft! Was kann sich ein Mann mehr wünschen?« Er warf einen Blick auf seinen Freund. »Und in was für tiefe Gedanken bist du versunken, Max?«

König zwang sich zu einem Lächeln. Er fühlte sich überrumpelt und wurde ganz blaß, als er merkte, daß die anderen ihn ansahen. »Ich glaube, ich werde seekrank.«

Ein paar Männer lachten schadenfroh, und der winzige Funke Mißtrauen war erloschen. Seltsam, daß sogar die unbedeutendsten Ereignisse auf einem U-Boot gefährlich werden konnten. Irgendeine sorglose Äußerung oder Handlung hing einem Mann mehrere Tage lang an, bis richtiger Streit daraus wurde.

Richards, gerade erst achtzehn und der Jüngste an Bord, nickte ernst und blickte zur Decke. »Wenn wir auftauchen, müssen ein paar von uns über Bord und nach der Steuerbordschraube sehen. Vielleicht melde ich mich freiwillig.« Herausfordernd sah er sich um; auf seinem runden Kindergesicht waren noch nicht die geringsten Spuren von Bartwuchs zu sehen, und die anderen verspotteten ihn dafür unbarmherzig. An Bord hieß er allgemein *Moses*, ein Name, der immer dem jüngsten Mitglied der Besatzung gegeben wird, und konnte sich Dinge erlauben, die jedem anderen als Frechheit angerechnet worden wären.

»Ja, *du* meldest dich, Moses!« Michael, ein ehemaliger Polizist, nickte grimmig. »Dann kriegen wir hoffentlich ein bißchen Ruhe in der Messe!«

Schultz, ein spindeldürrer ehemaliger Fotograf aus Frankfurt, seufzte laut: »Mein Gott, bin ich froh, wenn wir erst wieder an Land sind, ob in Frankreich oder sonstwo. Ich möchte nur endlich wieder sicheren Boden unter den Füßen spüren!«

Michael fragte höhnisch: »Sicher? Heutzutage bist du nirgendwo sicher!«

Jung schob sich eine Käserinde zwischen die Zähne und knurrte: »Warte, bis du so lange im Dienst bist wie ich. Ein paar kleine Wasserbomben, und schon jammert ihr alle nach eurer Mama!«

Niemand widersprach dem Boxer mit der zertrümmerten Nase, also fuhr Jung beinahe träumerisch fort: »Als ich bei Kriegsausbruch auf einem kleinen U-Boot fuhr, hatten wir einen Kommandanten, gegen den war Kapitän Steiger noch ein Heiliger. Wir waren in Cuxhaven stationiert.« Er machte eine Pause, weil er merkte, daß König wieder in seine trüben Gedanken versunken war. »Kennst du Cuxhaven, Max?«

König riß sich zusammen und nickte. »Ja. Vor dem Krieg war ich dort bei einer Regatta.«

Michael beugte sich vor, sein Polizistengesicht war argwöhnisch. »Ich denke, du bist Druckergehilfe gewesen? Regatten sind doch nur was für die Reichen!«

König geriet in Panik. Aber dann hörte er, wie Jung den Expolizisten gereizt unterbrach: »Jedenfalls, bei Kriegsausbruch war ich . . .«

Moses beugte sich vor. »Welcher Krieg war das?« fragte er höflich.

Die müden Gesichter ringsum brachen in Gelächter aus, und König zwang sich ebenfalls zum Lachen. Das eben war sehr knapp gewesen. Seine Wachsamkeit durfte niemals nachlassen. Als er aufblickte, sah er, daß Michael ihn mit seinen scharfen Polizistenaugen noch immer nachdenklich betrachtete.

Der Lautsprecher erwachte zum Leben. »Achtung! In zehn Minuten klar zum Auftauchen! Geschützbedienung antreten!«

Die Gesichter der Männer wurden sofort besorgt, als sie Tisch und Teller verstauten. König knöpfte seine Öljacke zu und blieb an der Tür neben Jung stehen. »Nimm dich vor diesem Michael in acht. Der sieht aus wie ein Spitzel«, sagte der Exboxer leise.

Verdutzt sah König ihn an. »Ich hab' nichts zu verbergen.«

Jung hob die Schultern, die Augen in den Falten seines zerschlagenen Gesichts verborgen. »Kann sein, kann sein auch nicht. Heutzutage macht das keinen großen Unterschied, nicht wahr?« Ein paar Sekunden sah er König prüfend an, dann schlurfte er mit den anderen auf Station.

Dietrich zog sich durch das ovale Luk auf die Brücke und nahm die dunkle Brille von den Augen. Trotz dieser Vorsichtsmaßnahme dauerte es einige Zeit, bis er sich an die völlige Dunkelheit gewöhnt hatte. Der Sturm, der das Wachegehen zur Qual gemacht hatte, war abgeflaut, aber von einer starren Kälte abgelöst worden, wie sie in nördlichen Gewässern die Nähe von Eisbergen ankündigt. Die hohen, weißgekrönten Seen hatten sich in eine runde schwarze Dünung verwandelt.

Das Boot lag gestoppt und rollte unangenehm. Sein Gieren wurde nur dürftig gemildert durch den groben Seeanker aus Segeltuch, den Hesslers Trupp am Bug ausgebracht hatte. Gelegentlich hob sich das spitze Heck ganz aus dem Wasser, dann glänzten seine Flossen in dem grün phosphoreszierenden Meeresleuchten, was die Schutzlosigkeit des aufgetauchten Rumpfes noch hervorhob. Doppelte Ausguckposten starrten in die Dunkelheit, schattenhafte Gestalten stolperten übers Deck, während Befehle in unnatürlichem Flüsterton erteilt wurden. Durch die offene Luke hörte Dietrich das Stammeln von Morsezeichen aus dem Funkraum.

Gespannt packte er den Handlauf des Brückenkleides, als er sah, daß die ersten Stablampen eingeschaltet wurden und ein kleiner Trupp der besten Schwimmer über Bord stieg und sich von dem stampfenden, rollenden Bootsrumpf abstieß. Die Körper waren nur sichtbar wegen ihrer unförmigen Schwimmwesten und dünnen Sorgleinen, durch die sie mit dem Boot verbunden blieben. Sie schwammen im Halbkreis um das Steuerbord-Achterschiff, und dann sah Dietrich noch zwei Leute, die ihnen direkt vom Heck aus folgten. Ihre wasserdichten Stablampen waren unheimlich grell, verblaßten aber, als die beiden unter den Rumpf getaucht waren. Nach wenigen Sekunden wurden sie wieder an Bord geholt, und zwei andere nahmen ihren Platz ein. Als die ersten beiden halb erfroren nach unten verschwunden waren, kam Steiger auf die Brücke und gesellte sich zu Dietrich.

»Diesmal hatten wir noch kein Glück, Heinz.« Seine Stimme verriet weder Enttäuschung noch Spannung.

Dietrich fuhr zusammen, als ein Lichtstrahl die See durchbrach und direkt in den Himmel leuchtete. »Verdammt! Jeder halbblinde Pilot könnte uns jetzt sehen!«

Steiger hob die Schultern. »Bei Tag wäre es noch schlimmer; dann wären wir jedem zufällig vorbeikommenden Schiff ausgeliefert.«

»Wenn wir zum Stützpunkt zurückfahren, können wir den Schaden im Handumdrehen reparieren lassen«, beharrte Dietrich dickköpfig auf seiner Ansicht.

»Wir müssen zumindest einen Versuch machen, Heinz. Jede Stunde im Hafen wäre vergeudet und hilft dem Feind.«

Zwei weitere triefnasse Männer vom Maschinenpersonal stolperten nach unten, und Steiger rief ihnen zu: »In der Zentrale steht Schnaps für euch bereit! Gut gemacht!« Leise fuhr er fort: »Wir sind nicht allein, Heinz. Alex Lehmann steht irgendwo in unserer Nähe.«

Dietrich schluckte. Welchen Nutzen hätten sie von Lehmanns oder eines anderen Kommandanten Anwesenheit, wenn ein Zerstörer aus der Dunkelheit heranpreschte?

An Deck war ein lauter Ruf zu hören, und Lüth rannte zum Fuß des Kommandoturms. »Sie haben es gefunden, Herr Kapitän!« Sein emporgewandtes Gesicht sah in der Dunkelheit aus wie ein großes Ei. »Ein Flügel ist glatt abgerissen und ein anderer so angebrochen, daß er auch bald abscheren wird.«

Jetzt mußten sie wohl oder übel umkehren, dachte Dietrich. Selbst Steiger konnte es nicht riskieren, mit nur einer Schraube die Feindfahrt im Atlantik fortzusetzen.

Nach kurzem Überlegen sagte Steiger: »Gut, L. I. Lassen Sie die Taucher an Bord kommen und das Oberdeck räumen. Melden Sie mir, wenn die Backbordmaschine klar ist zum Anspringen.« Er wandte sich an Dietrich. »Geben Sie einen Funkspruch an den Stützpunkt, Heinz, daß wir aus unserem Einsatzgebiet zurückkehren. Und informieren Sie Alex Lehmann, daß er das Kommando über Gruppe Meteor übernehmen soll.«

»Oder über das, was von ihr noch übrig ist«, fügte Dietrich hinzu. Er erschrak, als Steiger herumfuhr und ihn gegen die Periskopsäule drückte.

»Das habe ich gehört!« Steiger packte Dietrichs Öljacke und drehte sie in seiner Faust, bis die Brust des Ersten eingezwängt war wie von einem Stahlband. »Wollen Sie bitte zur Kenntnis nehmen, Heinz, daß wir weiterkämpfen werden, auch wenn nur noch ein einziges Boot in der Gruppe oder der gesamten U-Boot-Waffe übrig ist! Sie können nicht im geringsten ermessen, welche Anforderungen der Krieg an einen Kommandanten stellt!« Ein paar Sekunden lang schwankten sie wie zusammengekettet; die Ausguckposten standen wie angewurzelt. Ein wenig ruhiger fügte Steiger hinzu: »Wenn Sie selbst erst ein Boot kommandieren, werden Sie ...«

Er brach ab, als ein Ausguck schrie: »Flugzeug, Herr Kapitän! An Backbord querab!«

Steiger fuhr herum wie ein verwundeter Hirsch, die Faust noch immer in Dietrichs Öljacke vergraben. Ganz schwach, aber bald deutlicher ertönte das tiefe Brummen von Flugzeugmotoren über der ruhigen See.

»Auf Tauchstationen! Brücke räumen!« befahl Steiger. Und als die Männer zur Luke sprangen, rief er den paar Gestalten zu, die sich unten noch auf dem schwankenden Deck festhielten: »Macht, daß ihr runterkommt, aber schnell!«

Die Elektromotoren erwachten summend zum Leben, und Dietrich stellte zu seiner Beruhigung fest, daß Lüth demnach schon in der Zentrale war. Aber das Boot lag noch immer reglos in der Dünung, und Steiger rief hinunter: »Oberleutnant Hessler! Was in drei Teufels Namen machen Sie noch? Scheuchen Sie endlich diese Männer nach unten!«

Hesslers rauhe Stimme übertönte mühelos das Dröhnen des kreisenden Flugzeugs. »Ein Mann hängt unten fest, Herr Kapitän! Seine Sorgleine hat sich am Ruder vertörnt!«

Dietrich schnappte nach Luft. Jetzt waren sie völlig hilflos. Ein armer Teufel war dort unter Wasser gefangen, und sein halberfrorener Körper verhinderte nun sogar das Starten ihrer letzten Schraube.

Erschreckt blickten die Leute an Deck auf, weil eine am Fallschirm hängende Leuchtgranate hoch über ihnen explodierte. Während sie geblendet über das Wasser spähten, sahen sie alle das Aufspritzen von Gischt, als ein U-Boot in der Ferne tauchte, und auch einen Augenblick das reflektierte Licht am Bauch eines riesigen Bombers, der gerade durch die niedrigen Wolken stieß.

Dietrich stammelte: »Wir können nicht warten! Wir kommen sonst alle um!«

Steiger starrte ihn an und rief dann Hessler zu: »Kappen Sie die Sorgleine und kommen Sie nach unten!« An Dietrich gewandt, fügte er hinzu: »Nein, wir können nicht warten. Wieder einmal ist die Zeit zu knapp!«

Die Schraube begann wie wild zu mahlen, die Luft zischte aus den Ventilen, während das U-Boot seine Schnauze im Wasser vergrub, um dem blendenden Lichtschein und dem Aufbrüllen der Motoren des herabstoßenden Flugzeugs zu entgehen. Vier Bomben detonierten mit betäubendem Krachen neben ihnen in der glänzenden See. Mit einem enttäuschten Bellen zog der Bomber hoch und drehte ab, um zu seiner fernen Basis zurückzukehren.

Die Leuchtgranate erlosch schließlich, als sie das Wasser berührte, und der einsame Schwimmer, der seine Schreie und Bitten zum leeren Nachthimmel hinaufrief, war bald verschluckt von der ungeheuren Weite.

Beschuldigungen

Steiger trat dichter an das große Fenster, das fast die gesamte Seite von Kapitän Bredts stattlichem Dienstzimmer ausfüllte, und starrte geistesabwesend zum Hafen hinunter. Nichts schien sich verändert zu haben während des Monats, den sie auf See gewesen waren, und doch spürte er irgendwie, daß alles anders war. Durch die hohe Wolkendecke schimmerte wäßriges Sonnenlicht und erweckte die Illusion von Wärme.

Am vorhergehenden Morgen hatte er mit seinem beschädigten U-Boot eingedockt, und jetzt lag es geborgen in einem der tiefen Bunker und wurde vom Werftpersonal repariert. Die grauen Rümpfe der anderen U-Boote lagen an den Molen, und er konnte die ameisengleichen Gestalten der Seeleute und Mechaniker erkennen, die sich in scheinbarem Durcheinander auf den Decks hin und her bewegten. Es war gerade Niedrigwasser, und der zerklüftete steinerne Unterbau der Molen zeigte eine glitzernde Wasserlinie von grünbraunem Bewuchs, der in scharfem Gegensatz stand zu dem klaren Silber der dahinterliegenden See.

Er wandte den Kopf und beobachtete die Artilleristen auf einem der hohen Flaktürme, die mit ihren Geschützen einem Flugzeug folgten, das auf die Stadt niederstieß. Soldaten exerzierten vor den Hafengebäuden, und der vor ihnen hermarschierende Unteroffizier wirkte aus dieser Entfernung ein wenig lächerlich.

Hinter seinem Rücken spürte Steiger das unsichere Schweigen der sechs anderen U-Boot-Kommandanten seiner Gruppe. Sie saßen teilnahmslos in einem Halbkreis um Bredts leeren Schreibtisch, jeder versunken in seine eigenen Gedanken. Vor der hellen Tapete, den farbigen Karten und dem protzigen neuen Teppich sahen sie blaß und unwirklich aus, und Steiger runzelte ärgerlich die Stirn. Als er über Funk seine Absicht zur Rückkehr mitteilte, hatte Kapitän Bredt sofort die gesamte Gruppe zurückgerufen oder »was davon noch übrig war«, wie Dietrich richtig, aber unvorsichtig bemerkt hatte. Mit wenigen Stunden Abstand waren die fünf Boote zum Stützpunkt zurückgekehrt und hatten sich hier mit den beiden vereinigt, die wegen dringender Reparaturen bereits vorher in den Hafen gehinkt waren. Ein Boot fehlte. Achselzuckend tat Steiger den Verlust ab. Heutzutage war so etwas unvermeidlich, und bei einer neuen Gruppe, die zum ersten Mal zusammen operierte, hätte es wesentlich schlimmer kommen können. Er versuchte, sich an den gefallenen Kommandanten zu erinnern, Kapitänleutnant Karl Schubert, aber sein Bild war bereits verblaßt und undeutlich.

Die Tür ging auf, und Kapitän Bredt trat munter ein, begleitet von einem älteren Fregattenkapitän, der ihn bei der Verwaltungsarbeit unterstützte.

Steiger drehte sich um und nahm Haltung an, während die anderen Offiziere ruckartig aufstanden. Wieder einmal war Steiger betroffen von dem Unterschied zwischen den Offizieren, die an Land arbeiteten, und denen, die draußen ums Überleben kämpften. Bredt in seiner makellosen Uniform stellte seine betonte Munterkeit und die übliche schmollende Mißbilligung zur Schau, wobei sein rundes Gesicht glänzte, als habe er soeben eine heiße Dusche genommen. Steiger verglich ihn mit den zerknitterten Gestalten ringsum, die ihre Uniformen in aller Eile aus den feuchten Metallspinden geholt hatten. Übermüdet und hohlwangig musterten sie Bredt mit offenem Groll.

Bredt setzte sich und bedeutete den anderen, seinem Beispiel zu folgen. Ein Schatten des Unmuts zog über sein glattes Gesicht, als Steiger am Fenster stehenblieb. Doch dann räusperte er sich und begann wieder auf seine fleckenlose Löschblattunterlage zu trommeln, wobei ihm sieben rotgeränderte Augenpaare aufmerksam zusahen.

Steiger verspürte das heftige Verlangen, laut aufzulachen.

»Nun, meine Herren«, begann Bredt, »so endet also unser erster Einsatz. Ich bin der Meinung, daß wir ganz gut abgeschnitten haben, aber ich werde gleich näher auf die Einzelheiten eingehen.«

Steiger sah, daß Alex Lehmann ihn von der anderen Seite her betrachtete und die Augenbrauen wie zu einer ironischen Frage hob. Bredts Ausdrücke *unser* und *wir* hatten Bewegung in die kleine Gruppe gebracht, und einige Kommandanten musterten ihn mit unverhohlenem Spott.

Bredt runzelte böse die Stirn. »Ein Boot jedoch ist nicht zurückgekehrt. Das ist eine sehr ernste Sache und gereicht Ihnen allen zur Schande!«

Lehmann machte Miene, sich zu erheben, aber Steiger bedeutete ihm, sitzenzubleiben. Die Augen im Schatten verborgen, sagte er ruhig: »Mit Verlusten mußte gerechnet werden. Schubert ist unser erster Gefallener.«

Steinern musterte ihn Bredt, aber Steiger meinte ein triumphierendes Aufblitzen in seinen hellen Augen zu sehen.

»Sie sind offensichtlich über Schubert nicht im Bilde?«

Steiger zwang sich zur Ruhe. Bredt hatte sich während des Monats ihrer Abwesenheit völlig verändert. Er war jetzt selbstsicher und keineswegs mehr so kompromißbereit wie vorher. Er hatte sich sogar geweigert, Steiger nach dessen Rückkehr allein zu sprechen, hatte stattdessen alle Kommandanten zu sich bestellt und ihm hierüber lediglich eine Mitteilung zukommen lassen. Doch Steiger war die seltsamen Methoden von Vorgesetzten gewohnt und sogar froh darüber, daß jetzt eine klare Trennungslinie zwischen ihm und Bredt bestand.

Der Kapitän schlug krachend mit der Faust auf den Tisch. »Schubert hat sich ergeben!« Er sah sie alle der Reihe nach an, bis sein Blick endlich auf Steiger fiel. Schneidend fuhr er fort: »Die Schande und Erniedrigung, die er über Sie alle gebracht hat, wird nur schwer zu tilgen sein!«

Die Kommandanten rückten unruhig auf ihren Stühlen hin und her, und einige sahen einander so argwöhnisch an, als wittere jeder im anderen einen möglichen Überläufer und Verräter.

»Ich werde natürlich die nötigen Schritte unternehmen, damit sich eine derartige Schmach nicht wiederholt! Ich habe dem Hauptquartier den Verrat gemeldet und von dort den Befehl erhalten, daß Schuberts Personalakte sowie seine Auszeichnungen vernichtet werden. Seine Familie wird von seiner Tat unterrichtet!«

Steiger fragte sich, was Schubert wohl zu diesem Schritt getrieben hatte. Er stand beim Angriff auf dem rechten Flügel, somit war es unwahrscheinlich, daß er von den Geleitfahrzeugen besonders scharf aufs Korn genommen worden war. Es sah eher so aus, als sei die Übergabe freiwillig und wohlvorbereitet erfolgt. Das war natürlich unerhört, solcher Defätismus konnte sich mit Windeseile wie eine Seuche ausbreiten. Steiger erinnerte sich an Dietrichs Erleichterung, als sie die Rückfahrt angetreten hatten. Auch Reschs unverkennbare Angst und das Widerstreben der Besatzung bei jedem neuen Angriff fielen ihm wieder ein. War die U-Boot-Waffe mit einem Mal stumpf geworden? Nur mit halbem Ohr hörte er Bredts eintönigem Wortschwall zu, aber ihm war klar, daß dessen Beschimpfungen den Schaden nur noch vergrößern konnten.

Plötzlich merkte er, daß sein Zorn auf Bredt nur eine Entschuldigung für ihn selbst war. Schuberts Kapitulation hatte ihn tiefer getroffen, als er sich eingestanden hatte, und da sie Bredt ein neues Übergewicht verlieh, fühlte er sich persönlich verraten.

Bredt steigerte sich immer mehr in seine selbstgerechte Empörung: ». . . und ich kann Ihnen gegenüber nicht genug die Wichtigkeit Ihrer Aufgabe betonen! Mehr Anstrengung, mehr Aggressivität und nicht ständiges Nachdenken über die Konsequenzen, das ist die Strategie, die wir jetzt brauchen!«

Steiger sah vorsichtig seine Kameraden an, um ihre Reaktion zu beobachten. Sein Freund Alex Lehmann saß kerzengrade, das schmale, empfindsame Gesicht blaß vor Ärger. Busch und Wellemcier, die beiden Kommandanten, die mit ihren beschädigten Booten nach dem ersten Angriff zum Stützpunkt zurückgekehrt waren, starrten trübsinnig auf den Teppich, als fühlten sie sich mitschuldig. Otto Kunhardt, ein blauäugiger Fanatiker mit über hunderttausend Tonnen versenktem Schiffsraum, blickte Bredt empört an. Ludwig und Weiss hatten Steiger den Rücken zugewandt, aber er merkte ihre Verbitterung an ihrer zusammengesunkenen Haltung. Jeder dieser Männer war bereit, beim nächsten Einsatz sein und seiner Besatzung Leben zu opfern, und sei es in sinnlosem Heldentum zum Beweis dafür, daß er besser war als von Kapitän Bredt behauptet. Vorsichtig betastete Steiger seine Narbe. »Die Aufgabe der U-Boot-Waffe ist es in erster Linie, feindlichen Schiffsraum zu versenken. Dabei haben wir bereits mehr erreicht als irgendeine andere Offensivwaffe in unserer Geschichte. Wir wissen es, und der Feind weiß es. Der Feldzug des Afrikacorps schlug fehl, nicht wegen der überwältigenden Erfolge der Alliierten, sondern wegen des rücksichtslosen Einsatzes britischer Unterseeboote gegen unsere Versorgungslinien zwischen Italien und Libyen. Ähnlich erging es am Anfang des Krieges den Engländern, die ihre Stellungen in Norwegen nicht halten konnten, weil ihre Großkampf- und Versorgungsschiffe von unseren U-Booten dezimiert wurden.« Er hob den Blick und sah Bredt direkt an. »Selbst die Geleitzüge nach Nordrußland werden von uns beeinträchtigt. Hätten wir mehr U-Boote in Norwegen und könnten wir sie auf den langen Nachschubwegen nach Murmansk einsetzen, würden bald weniger deutsche Soldaten an der Ostfront durch amerikanische Panzer, Flugzeuge und Raketen ums Leben kommen!«

Bredt stand auf, um sich die Aufmerksamkeit der Zuhörer zu sichern, aber diese hatten sich bereits Steiger zugewandt. Es waren zwar alles bekannte Tatsachen, aber aus Steigers Worten konnte sich jeder Kommandant mit plötzlicher Klarheit ein Bild von seiner eigenen Rolle in diesem weltweiten Kriegsgeschehen machen.

»Die Wichtigkeit der U-Boot-Waffe erkenne ich an!« Bredt starrte schmollend zu Steiger hinüber. »Aber ich kann auch sehr gut beurteilen, wenn verschiedene Kommandanten es mitunter an Loyalität und Pflichtbewußtsein fehlen lassen.« Nervös zupfte er am Aufschlag seiner Jacke herum. »Der Großadmiral hat mich wissen lassen, daß ich zum Stellvertretenden Verteidigungschef dieses Sektors ernannt werden soll, zusätzlich zu meinen Pflichten als Einsatzleiter der Flottille; Sie ersehen daraus, wie sehr mich eine derartige Schmach persönlich betrifft!«

Steiger seufzte. Der Stützpunkt war erst seit zwei Monaten einsatzbereit, aber schon zeichnete sich das übliche Muster ab. Bredts Beförderung machte ihn blind gegenüber der eigentlichen Aufgabe, die er zu erfüllen hatte. Das Hauptquartier hielt ihm den Posten des Stellvertretenden Verteidigungschefs hin wie dem Esel eine Möhre. Der Posten war völlig bedeutungslos, nichts weiter als eine zusätzliche Spore am Stiefel dieses Mannes. Da es keinen Chef der Verteidigung für den Sektor gab, konnte es auch keinen Stellvertreter geben. Man hatte dem Großadmiral möglicherweise geraten, diese bedeutungslose Funktion einzuführen, um den Ehrgeiz seiner örtlichen Kommandeure anzuspornen. Aber Steiger wußte genau: Mochte es hier oder da einen erfolgreichen Offizier davor bewahren, faul und nachlässig zu werden, so hatte es doch auf einen Mann wie Bredt genau die falsche Wirkung. Er würde nun alles riskieren, um sich auf jeden Fall diesen begehrten Titel zu sichern.

Während Gruppe Meteor auf See gewesen war, hatte er bereits seinen Stab erheblich aufgestockt und den Papierkrieg mehr als verdoppelt.

Bredt fuhr jetzt fort: »Ich habe Ihren Berichten entnommen, daß Sie sich alle beim Einsatz der Schnorchel zurückgehalten und dadurch erheblich stärker der Entdeckung durch Radar ausgesetzt haben.«

Lehmann stand auf, das übermüdete Gesicht leichenblaß. »Wenn wir diese verdammten Atemröhren benutzen, wird in halbgetauchtem Zustand unsere Geschwindigkeit auf sechs Knoten reduziert, Herr Kapitän. Denn sobald wir mit der Fahrt höher gehen, besteht die Gefahr, daß dieses blöde Ding abreißt. Bestenfalls füllt es das ganze Boot mit Abgasen, und wenn es in eine hohe Welle taucht, muß man damit rechnen, daß das gesamte Maschinenpersonal erstickt!«

Bredt hob die Faust und schlug so heftig auf seinen Schreibtisch, daß ein Lineal dicht am Kopf des ältlichen Fregattenkapitäns vorbeiflog.

»*Ruhe!* Ich habe nicht die Absicht, mir defätistische Reden anzuhören!« Seine Stimme wurde schrill, Schweißperlen glitzerten auf seinem jetzt dunkelroten Gesicht. »Ich will keine Ausreden, Lehmann, ich will Erfolge! Der Führer duldet weder Schwäche noch Ungehorsam!« Er sah plötzlich Steiger an. »Und was war mit diesem Mann, den Sie außenbords verloren haben?«

Kühl erwiderte Steiger: »Ich mußte ihn zurücklassen, denn ich konnte nicht Boot und Besatzung wegen eines einzelnen aufs Spiel setzen.«

Bredt lächelte gehässig. »Dann muß ich wohl Ihren Bericht noch mal genau durchlesen, denn ich glaube, ich habe da etwas übersehen.«

Steiger hörte das überraschte Atemholen der anderen, hielt aber seinen Ärger unter Kontrolle. »Wenn Sie der Meinung sind, Herr Kapitän, daß ich anders hätte handeln sollen, dann ist dies ein Fall fürs Kriegsgericht.«

Verblüfft starrte Bredt ihn an, aus seinen hellen Augen sprach Mißtrauen. »Wieso das?«

»In dem Fall werde ich Großadmiral Dönitz selbst aufsuchen und eine eingehende Untersuchung verlangen!«

Es war der älteste Trick der Welt, und Steiger empfand keine Genugtuung, als er beobachtete, wie der Ärger auf Bredts Gesicht sich in Bestürzung und Furcht verwandelte. Er hatte seinen schwachen Punkt dazu benutzt, die Selbstachtung der anderen Kommandanten wieder herzustellen. Andererseits aber war ihm klar, daß er jetzt in Bredt einen unversöhnlichen Feind hatte.

Dieser setzte sich und wedelte nervös mit der Hand. »Die Besprechung ist beendet, Sie sind alle entlassen. Ich habe noch viel zu tun.« Rasch warf er Steiger einen Blick zu. »Ich denke, wir können unser kleines Mißverständnis vergessen, nicht wahr? Nichts soll uns bei der Erfüllung unserer Aufgaben stören.«

Steiger nahm seine salzverkrustete Mütze und nickte kurz. »Nichts in der Welt könnte das jemals schaffen, Herr Kapitän.« Der Blick seiner kalten grauen Augen ruhte einen Augenblick auf dem leeren Ärmel des älteren Offiziers. »Bei meiner Pflichterfüllung wird mein Urteil niemals durch persönliche Gefühle beeinträchtigt werden.«

Noch lange, nachdem alle Bredts Dienstraum verlassen hatten, stand dieser schweratmend an seinem Schreibtisch. Dann nahm er eins der zahlreichen Telefone ab und wartete ungeduldig auf die Meldung der Vermittlung.

»Geben Sie mir den Standortkommandeur!« Unverwandt starrte er sein Spiegelbild an, bis Major Reimanns fette Stimme ertönte. Dann sagte er aalglatt: »Die U-Boot-Besatzungen werden für die nächsten Tage Landurlaub erhalten, Major. Ich möchte nicht, daß Ihre Streifen diesen Leuten gegenüber besondere Nachsicht walten lassen.« Er malte sich die Überraschung und das Vergnügen auf dem Schweinchengesicht des Majors aus. »Sagen Sie Ihren Streifenführern, daß sie keinerlei Disziplinlosigkeit oder Unordnung in der Stadt dulden dürfen!« Dann legte er auf. In seinem Gesicht stand ein leises Lächeln des Triumphes.

Auf halbem Weg zum Gipfel des Hügels, der die Nordseite von St. Pierre schützte, hielt Steiger an und zwang sich zu ruhigem und tiefem Atem. Der Aufstieg dauerte länger als erwartet, aber er fühlte sich bereits wohler dank der scharfen Luft.

Alex Lehmann blieb keuchend ebenfalls stehen. »Ein Spaziergang mit dir ist geradezu ein Gewaltmarsch, Rudi!« beschwerte er sich atemlos.

Steiger lächelte und warf einen Blick auf die grauen Dächer der Stadt. »Ich wollte lediglich bessere Aussicht auf den Ort haben. Es ist immer gut zu wissen, was man verteidigt.«

Vor den beiden Kommandanten lag der weite Golf von Biskaya, dessen weiße Wellenkämme in der Ferne mit dem dunstigen Horizont verschwammen. Ein kleines Vorpostenboot kroch langsam auf die Hafeneinfahrt zu, und bei jedem Rollen leuchtete sein Unterwasserschiff auf. Es war einst die Yacht eines französischen Millionärs gewesen, und die graue Farbe konnte die Schönheit seiner schlanken Linien nicht überdecken.

Gleichgültig musterte Lehmann das Boot. »Wann zum Teufel hört das alles endlich auf, Rudi?«

Steiger hob die Schultern. »Nächstes Jahr oder vielleicht schon morgen. Das ist nicht unsere Sorge.«

Lehmann lachte bitter auf. »Ich beneide dich. Du bist deiner Sache immer so sicher, gerätst niemals auf Abwege oder läßt dich entmutigen.«

»Der Krieg als Ganzes ist zu ungeheuerlich, als daß ein einzelner ein Urteil darüber abgeben könnte.«

»Jetzt sprichst du schon wie Bredt!« Lehmann nahm die weiße Mütze ab und strich sich das schweißnasse Haar aus der Stirn. »Wie dieser Mann mir auf die Nerven geht! Ich wünschte von Herzen, daß *du* hier das Oberkommando hättest anstelle dieser Pfeife!«

Nachdenklich sah Steiger ihn an. »Das habe ich aber nicht, also rede nicht so unüberlegt. Wenn ich es hätte, würde wahrscheinlich *ich* dir auf die Nerven gehen. Jedes Kommando fordert Neid und Verachtung heraus, das solltest du wissen.«

»Typisch Rudi! Alles sauber in deinem Sinn geordnet. Ich hoffe nur, daß du noch genauso denkst, wenn wir erst den Krieg verloren haben.«

Steiger fuhr so heftig herum, daß seine Stiefel im nassen Gras quietschten. »Sag das nicht noch einmal! Du bist mein Freund, aber ich erwarte, daß du dich trotzdem an deine Verantwortung erinnerst. Wir werden niemals geschlagen werden, es sei denn durch eigene Schwäche und Dummheit!«

Vielsagend hob Lehmann die Schultern. »Deine Ansicht, Rudi. Jedenfalls werden die Alliierten nicht hier mit ihrer Invasion beginnen; es ist viel wahrscheinlicher, daß sie durch Holland und Belgien marschieren.« Er zeigte mit dem Arm nach Norden. »Was ich dort an Verteidigungsanlagen gesehen habe, lädt regelrecht dazu ein.«

Langsam stieg Steiger weiter zum Gipfel, von Lehmanns sorgloser Offenheit bestürzt. Wer nie die Möglichkeit einer Niederlage in Betracht zog, war ein gefährlicher Narr, aber Lehmanns Worte klangen tatsächlich so, als würde er eine Niederlage geradezu willkommen heißen. Möglichst gleichmütig fragte er: »Hast du von deiner Frau gehört?«

Lehmann nickte. »Sie will bald mal herkommen; das wäre dann das erste Mal seit fast zwei Jahren.« Lachend fügte er hinzu: »Ich bin wirklich nur dem Namen nach verheiratet!«

Steiger blieb mit einem Ruck stehen. »Sie kommt hierher? Das ist doch nicht möglich!«

Lehmann steckte die Hände tief in die Taschen und musterte seinen Kameraden. »Natürlich ist das möglich. Mein Bruder ist beim Stab des Heerestransportkommandos in Paris und hat es bereits für sie arrangiert. Alles ist möglich, wenn du Verbindungen hast.« Als er Steigers abweisendes Gesicht bemerkte, fuhr er rasch fort: »Ich weiß, wir dienen mit Blut und Eisen, Rudi. Aber bald wird nur noch das Blut übrigsein!« Haßerfüllt starrte er auf den grauen Atlantik. »Ich liebe Deutschland ebenso wie du und bestimmt mehr als viele andere von uns. Aber ich möchte dieses irrsinnige Blutvergießen beenden, dieses stupide Opfern von Menschenleben – bis hin zur völligen Vernichtung! Ich möchte leben und mit dem Wiederaufbau beginnen, nicht hilflos geopfert werden wie ein Ochse im Schlachthaus!«

»Wie kannst du einem Kompromiß das Wort reden? Entweder wir gewinnen – oder wir verlieren. Etwas anderes gibt es nicht!« Steiger bemerkte, daß er schrie.

Lehmann blieb so ruhig, als wäre eine Kollision zwischen ihnen unvermeidlich. »Deutschland steckt zwischen den Backen einer ungeheuren Zange. Wir haben an der Ostfront den Rückzug angetreten, Italien und Nordafrika sind verloren, und die Streitkräfte des Heeres sind so dünn über ganz Europa verteilt, daß sie nicht viel tun können, wenn die Tommies mit ihren amerikanischen Freunden über den Kanal setzen. Sie werden Brückenköpfe halten und sich neu gruppieren, während die verdammten Russen vom Osten her ständig tiefer nach Deutschland vordringen. Es wäre wirklich gescheiter, wenn wir uns mit den Engländern verbünden und gemeinsam Front gegen die Russen machen würden.«

»Du bist total verrückt! Wenn ein anderer das gesagt hätte, würde ich ihn mit eigenen Händen erwürgen! Es ist Verrat, was du hier verkündest!«

Lehmann spreizte die Hände. »Die Engländer sind ein verwandtes Volk, das weißt du so gut wie ich. Wenn wir so weiterkämpfen, sind wir am Ende alle total fertig. Es muß doch auf beiden Seiten vernünftige Menschen geben, die das Gute in unseren Ländern retten wollen. Alle Welt wartet nur auf eine Geste, aber sie müßte von uns kommen. Wir haben durch unsere Siege überall Furcht verbreitet, nun lauern unsere Gegner in der Dunkelheit und warten auf unseren Sturz. Noch sind wir stark, also müssen wir handeln. Wenn wir erst schwach sind, werden wir bald das volle Ausmaß der Niederlage zu schmecken kriegen. Aber das haben wir uns dann selbst zuzuschreiben.«

Mit äußerster Anstrengung beherrschte sich Steiger. »Du hast unrecht! Egal, was deine Privatansichten sein mögen, du hast zuallererst deine Pflicht gegenüber Deutschland zu erfüllen. Dein Fahneneid schließt alles andere aus. Wenn die Engländer unsere Bundesgenossen wären, würde ich mit ganzer Kraft auf ihrer Seite kämpfen. Aber sie sind unsere Feinde und werden das auch immer bleiben. Da führt kein Weg daran vorbei!«

»Wie einfach das alles klingt, Rudi«, antwortete Lehmann. »Du bist nur für dich selbst verantwortlich, hast keine Familie, keine sonstigen Verpflichtungen, nur deinen Ehrenkodex. Du wendest jeder Schwäche den Rücken und ignorierst jede andere Meinung, wenn sie mit deiner nicht übereinstimmt. Du bist für die Marine geboren, während ich als Sohn eines Gemüsehändlers dankbar war für die Chance, die sich mir bot, als das neue Deutschland entstand. Was wirst du nach dem Krieg tun, wenn du dann noch lebst? Ich sehe deinem Gesicht an, daß du über diese Frage noch nicht nachgedacht hast. Nun, *ich* habe das aber, und ich möchte weiterleben. Meine Eltern sind letztes Jahr bei den großen Bombenangriffen auf Hamburg umgekommen, und mein jüngerer Bruder ist in Libyen gefallen; ich habe eine Frau, die mir nahezu fremd ist, und einen Bruder, der wie wir auf den Tod wartet.« Er machte eine Atempause und blickte traurig in Steigers starres Gesicht. »Ich sagte vorhin, daß ich dich beneide, aber das stimmt nicht. Ich bedaure dich. Wenn du erst die Wahrheit erfährst, wirst du entdecken, daß auch deine Einsamkeit dich nicht gefeit macht gegen das Leiden der anderen. Aber hoffentlich bin ich dann nicht mehr dabei, wenn du das herausfindest.«

Er machte auf dem Absatz kehrt und eilte blindlings den Hügel hinunter. Steiger blickte der blaugekleideten Gestalt nach, die kleiner und kleiner wurde, das Gesicht bleich vor empörter Überraschung.

Besonders ärgerte ihn, daß er nicht die richtigen Worte gefunden hatte, um Lehmann zum Schweigen zu bringen. Obwohl er immer einsam gewesen war, hatte er noch nie über seine Einsamkeit nachgedacht. Diese Erkenntnis wirkte alarmierend auf ihn, und zum ersten Mal im Leben fand er für seine Unruhe keine Erklärung.

Dietrich lehnte sich im Fond des requirierten Citroën zurück und sah träge zu, wie die Bäume draußen vorbeijagten. Der junge Marinefahrer am Steuer bog mit beiläufigem Schwung von der Hauptstraße in den Weg nach St. Pierre ein.

Den größten Teil des Tages hatte Dietrich mit einem Auftrag von Kapitän Bredt in St. Nazaire verbracht, froh darüber, daß er auf diese Weise seine Kameraden eine Weile meiden konnte. Er fragte sich, was Lüth und die anderen jetzt wohl taten. Resch saß wahrscheinlich betrunken in seinem Zimmer, und Lüth strich vermutlich um das im Dock liegende U-Boot herum. Er war noch geschockt über den Tod des Tauchers, weil er zu seinem Maschinenpersonal gehört hatte.

Oberleutnant Hessler hatte Dietrich aufgefordert, mit ihm an Land zu gehen, in ein neues, bisher noch nicht offiziell eröffnetes Bordell am anderen Ende der Stadt, in dem die französischen Mädchen besonders ansehnlich sein sollten. Dietrich war jedoch nicht auf den Vorschlag eingegangen. Er wußte, daß er bei Frauen Anklang fand, war aber bisher zu scheu gewesen, um mit Mädchen Kontakt aufzunehmen. Während der Wagen jetzt über das Kopfsteinpflaster holperte, fragte er sich, ob seine Entscheidung richtig gewesen war. Vielleicht war ein Bordell für den Anfang am besten. Vielleicht hätte er den nagenden Kummer über den Tod seines Bruders dort für kurze Zeit vergessen können.

Als sie die Stadt erreichten, spielte er einen Augenblick mit dem Gedanken, vor dem großen Café haltzumachen, aber als er an die feindlichen Gesichter der Franzosen dachte, verwarf er den Plan sofort.

Alles war so unwirklich, es gab praktisch nichts mehr, an das man sich halten konnte. In St. Nazaire hatte er Gerüchte über eine alliierte Invasion gehört, von schweren Bombenangriffen auf deutsche Städte und steigenden Verlusten in Rußland. Aber das kam ihm alles so fern vor, so unverständlich, als wären sie hier bereits abgeschnitten und von der Heimat vergessen.

Als sie um eine scharfe Kurve bogen, bemerkte er eine kleine erregte Gruppe am Straßenrand und erkannte die Stahlhelme und Brustplaketten der Militärpolizei, einen Unteroffizier und drei Mann.

In der Mitte der Gruppe lag ein grauhaariger Franzose auf den Knien, daneben eine junge Frau.

Dietrich wartete, bis der Wagen zum Stehen gekommen war, und sprang dann heraus. Er wußte nicht, was hier vorging oder was er tun sollte, aber seine aufgestaute Spannung trieb ihn mit der Wucht einer Sprungfeder aus dem Wagen.

Die Soldaten schwiegen, und der Unteroffizier, der am Arm des Mädchens gezerrt hatte, ließ los und salutierte. Sein ärgerliches Gesicht wurde dunkelrot, er wirkte irgendwie schuldbewußt.

»Was geht hier vor?« Dietrichs Stimme wurde noch schärfer, als er die Tränen des Mädchens entdeckte. Es war blaß und sehr hübsch, und während der Unteroffizier mit seiner Erklärung herausrückte, half es dem alten Mann auf und starrte mit bebendem Mund Dietrich an.

»Wir gehen hier Streife, Herr Oberleutnant, und dieser alte Narr weigerte sich, uns zu zeigen, was er in seinem Sack . . .«

»Er *lügt*!« Die Stimme des Mädchens zitterte, aber ihre gute deutsche Aussprache machte großen Eindruck. »Sie haben uns angehalten, weil sie Langeweile hatten! Dann haben sie das hier gesehen!« Sie streckte ein Bein vor, und Dietrich bemerkte erst jetzt, daß es verkrüppelt war und in einem Eisengestell steckte. »Sie machten ihre Witze darüber! Diese Grobiane konnten sich wohl nicht vorstellen, daß jemand von uns dummen Franzosen Deutsch versteht. Und als mein Vater protestierte, schlugen sie ihn nieder!« Vor Zorn liefen ihr Tränen über die Wangen. »Aber ich erwarte nicht, daß Sie mir glauben, schließlich sind Sie ja auch Deutscher!« schloß sie.

Der Unteroffizier bekam bei diesen Worten sofort wieder Oberwasser. »Haben Sie das gehört, Herr Oberleutnant? So eine Unverschämtheit!«

»Schweigen Sie! Tun Sie Ihren Dienst und benehmen Sie sich wie Soldaten, nicht wie Tiere!«

Der Unteroffizier errötete vor Wut. »Das werde ich Major Reimann melden! Ich habe schließlich meine Befehle, Herr Oberleutnant!«

Jaher Ärger durchfuhr Dietrich wie ein Feuerstoß. Der Trotz des jungen Mädchens angesichts der offensichtlichen Brutalität dieser Streife weckte sein Mitleid. Militärpolizei wie diese hatte deutsche Soldaten in Rußland exekutiert, war möglicherweise verantwortlich für den Tod seines Bruders.

»Und ich bringe Sie wegen Ihrer Frechheit zur Meldung! Männer wie Sie braucht man jetzt an der Ostfront; ich werde Ihre Versetzung dorthin beantragen!«

Der Unteroffizier salutierte stramm und gab seinen Leuten ein Zeichen. Seine Wut war plötzlich verpufft, und ohne ein weiteres Wort marschierten die vier Soldaten hastig in Richtung Stadt davon.

Dietrich hob den Sack auf und reichte ihn dem alten Mann. Den erstaunten Blick des Mädchens meidend, sagte er: »Ich entschuldige mich für das Benehmen dieser Streife. Hoffentlich haben Sie Verständnis dafür, daß sich solche Dinge in jedem Land ereignen können.«

»Ich danke Ihnen, M'sieu.« Der Mann nickte ernst und betrachtete mit seinen offenbar schwachen Augen Dietrichs Eisernes Kreuz. »Es war Glück, daß Sie vorbeikamen.«

»Darf ich Sie nach Hause bringen?« Die junge Frau hatte veilchenblaue Augen, und ihre Haut wirkte schneeweiß unter dem kastanienbraunen Haar.

Rasch antwortete sie für ihren Vater: »Das ist nicht nötig, Herr Oberleutnant. Wir sind Ihnen dankbar, aber durchaus in der Lage, allein heimzugehen.«

Zum ersten Mal lächelte der alte Mann. »Ich bin Louis Marquet, und dies ist meine Tochter Odile. Ich bin Uhrmacher in St. Pierre. Wir kommen jetzt gut allein zurecht, danke.« Als er das enttäuschte Gesicht des jungen Offiziers bemerkte, fügte er hinzu: »Aber wir freuen uns jederzeit über Ihren Besuch.« Mit einem Nicken wandte er sich zum Gehen. Die junge Frau sah noch ein paar Sekunden in Dietrichs Gesicht und folgte dann ihrem Vater.

Dietrich trat zu dem wartenden Wagen, sah ihr nach und glaubte, ihr mühsames Hinken am eigenen Leibe zu spüren. Am liebsten wäre er ihr nachgegangen, auch wenn er nur Zorn und Verachtung dafür geerntet hätte.

Mit einem Seufzer stieg er schließlich ein und sagte zum breiten Rücken des Fahrers: »Weiter! Es ist nicht nötig, diesen Zwischenfall zu melden.«

Der Fahrer grinste innerlich, äußerlich jedoch war ihm nichts anzumerken. »Natürlich nicht, Herr Oberleutnant!«

Eine Schande für die Uniform

Der lange, auf drei Seiten offene Schuppen hallte wider von scharfen Kommandos, als die sieben U-Boot-Besatzungen auf ihre Plätze marschierten. Ihre Stiefel scharrten laut über den Boden, während sie auf dem feuchten Zement ein offenes Viereck bildeten. Die Kommandanten und ihre Offiziere warteten schweigend hinter einem abgestellten Torpedotransporter, bis die Besatzungen stillstanden.

Draußen vor dem Schuppen tobte der Märzwind über den Hafen und peitschte das Wasser auf. Die Februarkälte war durch kurze, heftige Stürme oder dichten Nebel abgelöst worden. Auch jetzt, während Gruppe Meteor auf ihren Kommandeur wartete, kreisten die Möwen hoch oben am farblosen Himmel als sicheres Zeichen für ein weiteres Auffrischen des Windes. Zwei kleine Minensuchboote strebten in den Schutz der Steinmolen, ihre rostigen Bordwände kontrastierten stark zu den frischgestrichenen grauen Rümpfen der U-Boote in ihrer Nähe.

Rudolf Steiger betrat den Schuppen von der anderen Seite, wobei sich seine hohe Gestalt einen Augenblick scharf vom glitzernden Horizont abhob. Seine weiße Mütze leuchtete vor den dunkelblauen Reihen, die bei seinem Eintritt stillstanden. Ein wenig verlegen kletterte er auf den Transportkarren und wartete geduldig, bis jede Besatzung von ihrem Bootsmann gemeldet war. Nur mit halbem Ohr lauschte er den vertrauten Meldungen und scharfen Kommandos, sein Gesicht blieb so unbeweglich wie eine Maske.

Wie anders doch die Seeleute jetzt nach ein paar Wochen im Hafen aussahen, dachte er. Die Farbe war in ihre Gesichter zurückgekehrt, die ungewohnten Ausgehuniformen und die kecken Schiffchen verliehen der Veranstaltung etwas Friedensmäßiges. Aber in zwei Stunden würde sich das alles geändert haben. Dann steckten die Männer wieder in ihren schmutzigen Lederjacken, eingesperrt wie hilflose Tiere in die stählernen Hülsen der Boote, auf Gnade oder Ungnade jeder Laune des Krieges ausgeliefert.

Schweigen lag über dem Schuppen, so daß man die fernen Hafengeräusche mit plötzlicher Deutlichkeit vernahm: das Rasseln der Winden, den schrillen Schrei der Möwen und das Zischen der Brandung.

Rudolf Steiger blickte kurz hinüber zu den beiden Hügeln an der Hafeneinfahrt. Wie vertraut sie ihm inzwischen geworden waren, mit ihren windzerzausten Bäumen und den hohen häßlichen Flaktürmen! Selbst die Stadt hatte Profil gewonnen. Aus verstockten Franzosen waren Bekannte geworden, und abweisende Restaurants und Cafés waren jetzt kleine gemütliche Zufluchtsorte für landhungrige Seeleute, die abends hoffnungsvoll durch die engen Gassen zogen.

Steiger hob den Kopf und versuchte, die Außenwelt zu vergessen.

»Kameraden!« Seine Stimme klang hohl unter dem Dach. »Wir alle haben die wohlverdiente Ruhepause genossen. Aber nun wird es wieder Zeit, unseren Beitrag zu dem Kampf auf See zu leisten!« Es waren nur wenige Worte, aber sofort spürte er die Unsicherheit in den dichtgeschlossenen Reihen. »Anschließend begebt ihr euch geradewegs zu euren Booten und macht sie seeklar. Mit der Abendtide laufen wir aus, damit wir bei Morgengrauen bereits gut frei von der Küste sind.« Er ließ den Blick über die aufwärts gewandten Gesichter wandern und fragte sich, was wohl die Offiziere hinter ihm dachten. Kapitän Bredt hatte Steiger als wirksamen Puffer zwischen sich und ihnen benutzt und dabei jeden einzelnen durch seine Launen vor den Kopf gestoßen. An einem Tag war er ausfallend und beleidigend, am nächsten Morgen dann verbindlich, aber ausweichend, als sei die Gruppe Meteor für ihn vollkommen unwichtig.

Aber die vor ihnen liegende Operation war geradezu erschreckend in ihrem Umfang und ihrer Bedeutung und erforderte das Äußerste an exakter Planung. Der deutsche Nachrichtendienst, dessen Agenten auch in Irland arbeiteten, hatte von einer ständigen Zunahme der alliierten Schiffahrt im Bristolkanal berichtet. Dies waren keine normalen Feindbewegungen und auch nicht die üblichen Schiffstypen. Nach monatelanger Beobachtung hatten die Agenten festgestellt, daß die Alliierten in den dortigen ruhigen Gewässern eine Invasion probten. Mit Truppentransportern, Landungsschiffen für Panzer und Lastwagen, Öltankern, kurz mit all den Fahrzeugen, die für eine Landung und einen Großangriff auf deutsches Territorium benötigt wurden.

Eine andere U-Boot-Gruppe war von Norwegen in Marsch gesetzt worden und näherte sich bereits dem stark geschützten Manövergebiet vor der irischen Küste. Gruppe Meteor sollte von Süden aus angreifen, nachdem sie das riesige Minenfeld passiert hatte, das die Zufahrtswege zum Bristolkanal und zur Irischen See sicherte. Nur diese zwei U-Boot-Gruppen wollte man einsetzen, damit nichts den Argwohn des Feindes erregte und seinen Gegenangriff herausforderte, bevor die Boote ihre Zielgebiete erreicht hatten. Jedes U-Boot war gründlich überholt und mit den allerneuesten akustischen Torpedos ausgerüstet worden. Es war ein kühner Plan, und wenn er Erfolg hatte, würden die Alliierten die Invasion für weitere Monate aufschieben müssen. Zeitgewinn war für Deutschland lebenswichtig. Im Sommer konnten die deutschen Heeresgruppen die abbröckelnde Ostfront wieder festigen und die geplante Gegenoffensive starten. Und diesmal würde es kein Zögern und keine Mißverständnisse geben. Wenn die deutschen Truppen ein zweites Mal vor den Toren Moskaus standen, würden sie die Russen mit ihren neuen Waffen und wiedererlangter Zuversicht hinwegfegen.

Steiger erinnerte sich an die Gesichter der anderen Kommandanten, als er ihnen die Unternehmung erklärt hatte. Sehr viel hing davon ab, wie jeder einzelne diesen umfangreichen Einsatzbefehl in einfache, von den Besatzungen leicht zu verstehende Worte faßte. Die sieben Boote würden zunächst Westkurs steuern, dann nach Norden fahren und dabei die ganze Zeit getaucht bleiben und die verhaßten Schnorchel benutzen müssen. Steiger hatte deutlich die Ablehnung in den Gesichtern seiner Offiziere bemerkt, als er ihnen diesen Punkt auseinandersetzte. Die Gruppe würde also spätestens im Mai zurückkehren, wo ihr dann ein ausgedehnter Urlaub gewährt werden sollte.

Steiger sah über den mit weißen Schaumkronen bedeckten Hafen hinweg, der Blick seiner grauen Augen war jedoch in weite Ferne gerichtet. »Wenn wir zurückkehren, sind die Knaben unter Ihnen zu Männern geworden und die Männer zu Helden! Sorgen Sie dafür, daß niemand seine Pflicht vergißt und Schande über unseren Namen bringt!«

Er trat zurück, und das Schweigen ringsum wirkte so spröde wie Eis. Ich bin jetzt ganz allein, dachte er. Selbst Lehmann meidet meine Nähe. Mit plötzlichem Ärger schloß er die anderen aus seinen Gedanken aus. Deshalb war er überrascht, als ein großer, grauhaariger Bootsmann von Alex Lehmanns Boot vortrat, die Mütze in der kräftigen Faust. »Drei Hurras für unseren Kapitän Steiger! Er wird es den Tommies schon zeigen!«

Donnernde Hurrarufe dröhnten durch den Schuppen, zuerst ein wenig unsicher, dann aber so machtvoll, daß sie die einsame Gestalt auf dem Transportkarren völlig einhüllten. Die blauen Reihen schwankten und brachen schließlich auseinander, als die Männer mützenschwingend auf Steiger zuströmten, mit vor Erregung und Begeisterung bewegten Gesichtern.

Dieser wandte sich um und blickte seine Offiziere an. Er spürte, daß es in ihren Köpfen genauso arbeitete wie in seinem eigenen. Sie wußten nur zu gut, daß Worte hier nicht ausreichten, dennoch starrten sie ihn an, als sahen sie ihn zum ersten Mal.

Er schob sich durch die hurrarufenden Seeleute, die Schultern taub von den Schlägen eifriger Hände.

Alex Lehmann bemerkte Steigers betroffenes Gesicht, als er an ihm vorbeikam, und fragte sich, ob der Chef schließlich nicht doch genauso ein Mensch war wie sie alle. Oberleutnant Dietrich beobachtete Steiger mit etwas wie Ehrfurcht, seine Kehle war vor Bewegung wie zugeschnürt. Natürlich hatte der Kommandant recht, Deutschland war wichtiger als ihre kleinen Differenzen, stärker als der kleinliche Verrat einzelner. Es war, als habe Steiger ihm plötzlich die Augen geöffnet, so daß er den Tod seines Bruders jetzt ruhiger und ohne Bitterkeit akzeptieren konnte. Selbst hier, in St. Pierre, konnte sich noch alles ändern. Da war zum Beispiel dieses französische Mädchen. Sobald Gruppe Meteor ihren Einsatz erledigt hatte, würde es einen langen Urlaub geben; ein Urlaub, der diesmal vielleicht ein Versprechen für ihn enthielt. Sein jugendliches Gesicht war plötzlich voller Hoffnung.

Die Masse der blaugekleideten Seeleute drängte sich aus dem Hafenschuppen zu den wartenden U-Booten. Inzwischen hatte das Stützpunktpersonal die Seesäcke mit dem Privatbesitz der Besatzungen vor jeder schmalen Stelling aufgestapelt, und der Artillerieoffizier des Stützpunkts überprüfte zum letzten Mal die langrohrigen Decksgeschütze auf jedem Boot. Grimmige Erwartung lag in der frischen Luft.

Max König hockte sich auf einen abgenutzten Steinpoller und starrte hinab auf *U 991*. Seine Kameraden warteten, bis die Leute vom Werftpersonal die steile Gangway heraufgestiegen waren.

Krüger, der Mann, der beim letzten Wasserbombenangriff durchgedreht hatte, schluckte heftig und wischte sich mit dem Handrücken über die Lippen. »Meinst du, daß dieser Einsatz sehr schlimm wird?« Er fuhr zusammen, als die anderen aus ihren Gedanken aufschreckten und zu ihm hinüberblickten. »Ich – ich meine, aus Steigers Worten ging doch hervor, daß etwas ganz Besonderes geplant . . .«

Er verstummte kläglich, als Horst Jung knurrte: »Für dich immer noch ›Kapitän‹ Steiger!«

Horchgast Braun, ein früherer Kellner aus Leipzig, blickte auf seine gepflegten Hände und sagte leise: »Ja, diesmal wird's etwas ganz Großes! Sie haben sich gewaltig angestrengt, um uns in Form zu bringen.« Gefühllos grinste er in Krügers gespanntes Gesicht. »Also führ nicht wieder ein solches Theater auf wie beim letzten Mal, klar?«

Horst Jung nahm seine Pfeife aus dem Mund und rieb ihren warmen Kopf an seiner Nase. »Der Kommandant wird uns schon richtig führen, Kameraden. Ich kenne seine Laufbahn bei der Marine, und habe auch alles über seinen Vater gelesen. Wenn irgendeiner die Chance hat, durchzukommen, dann sind *wir* es!«

Moses Richartz pustete seine rosigen Backen auf. »Ganz recht, Väterchen, erzähl uns noch mehr davon!«

Jung schob sich blinzelnd die Pfeife wieder in den Mund. »Halt die Klappe, du Grünschnabel!«

Max König hörte nur mit halbem Ohr zu. Der warme Druck ihrer

Körper, ihre Kameradschaft tat ihm wohl. Aber dann mußte er an Steigers steinernes Gesicht denken, als er zu ihnen gesprochen hatte. Niemand konnte diesem Mann wirklich hinter die Maske sehen.

Bootsmaat Schmidt, ein schmallippiger Mann, der ständig ärgerliche Verstimmung zur Schau trug, schob sich durch die Reihen der Seeleute. »Los, ihr Faulenzer! Macht, daß ihr an Bord kommt, und zieht gleich euer Seepäckchen an!« Dann bemerkte er Krüger und rief ihm zu: »Du kannst das bequeme Leben an Land vergessen, du Muttersöhnchen. Diesmal müssen wir wirklich was leisten!«

Krüger blinzelte nervös. »Das war nur ein einziger Augenblick, ich . . .«

»Ruhe!« brüllte Schmidt direkt in Krügers Gesicht. »Noch ein einziges Wort, und du kriegst ein paar Strafwachen!«

König hörte sich selbst sagen: »Er ist wieder in Ordnung! Wir hatten alle ziemliche Angst während des Angriffs.«

Schmidt fuhr herum, sein sonst so blasses Gesicht wurde puterrot. »Sie sprechen gefälligst nur, wenn Sie gefragt werden, *Herr* König! Ich kenne deine Sorte, ihr seid die geborenen Unruhestifter! Sieh dich in Zukunft vor, denn ich werde ein Auge auf dich haben!« Wütend zeigte er auf den Stapel Seesäcke. »Bringt jetzt gefälligst dieses Zeug an Bord! Und führt euch nicht auf wie eine Herde Landarbeiter!« Geräuschvoll polterte er die Gangway hinunter, sein Nacken leuchtete knallrot über dem engen Kragen.

König seufzte und versuchte, sich zu entspannen.

Jung schüttelte den Kopf, er schien mit sich selbst uneins. Schließlich meinte er: »Zumindest ist er ein guter Seemann, Max.«

Müde hob König die Schultern. »Wie kommt es eigentlich, daß sich dieser Typ in Deutschland immer wieder durchsetzt? Es scheint, daß er zu nichts anderem heranwächst, als einmal Unteroffizier zu werden. Er ist so verdammt dumm, daß er an niemandem ein gutes Haar lassen kann, der mehr weiß als er!«

Damit hob er seinen Seesack auf. »Aber ich kann es nicht ertragen, wenn Menschen erniedrigt werden.«

Dies sagte er mit solcher Heftigkeit, daß Jung ihn interessiert musterte. »Du bist wirklich ein seltsamer Vogel, Max. Ganz anders als wir übrigen.«

Eine Gestalt gesellte sich zu ihnen, und König straffte sich unwillkürlich. Es war Michael, der ehemalige Polizist, das Gesicht noch gedunsen von seinem Besäufnis in der vorigen Nacht. Er wartete, bis die meisten die Gangway hinabgestiegen waren, dann sagte er wichtigtuerisch: »Ich muß für den Ersten hinüber zum Hauptquartier. Oberleutnant Dietrich gibt mir oft solche Aufträge, weil ich weiß, wie wichtig Disziplin ist.« Als niemand antwortete, wandte sich Michael an König: »Übrigens habe ich gerade einen alten Freund von dir getroffen.«

König bückte sich tief über seinen Seesack. Es war also passiert, und natürlich war es Michael, der seine erste Verteidigungslinie durchbrach. Gleichmütig fragte er: »Oh, wen denn?« Doch während er auf die Antwort wartete, schlug sein Herz wie wild. Vielleicht war Michael früher bei der Gestapo gewesen? Vielleicht hatte er sein Geheimnis längst herausgefunden und spielte nur noch Katz und Maus mit ihm?

»Er hieß Fromm und brachte Fernschreiben aus Lorient. Zufällig sah er unsere Besatzungsliste, deutete sofort auf deinen Namen und fragte, ob du neu an Bord bist. Als ich ihm sagte, daß du derjenige bist, der damals aus dem Feuer in den Baracken gerettet wurde, war er sehr interessiert. Er kennt dich anscheinend von früher.« Michael machte eine Atempause. »Er will dich auf alle Fälle wiedersehen.«

König hob langsam den Blick, aber Michaels Gesicht verriet nicht das geringste. Es war ebenso ausdruckslos wie sein eigenes, dabei aber äußerst wachsam. Vielleicht hatte Michael ja gar keinen Verdacht, sondern war nur von Natur aus neugierig.

»Fromm, sagst du?« König sprach völlig ruhig. Wenn Michael wirklich ein Spitzel war, hatte er den Namen möglicherweise nur erfunden. »Ich bin mir nicht sicher. Seit dem Brand ist es in meinem Kopf manchmal ein bißchen neblig, ich hatte eine Weile das Gedächtnis verloren.«

Jung rieb sich die klobigen Hände. »Warum läufst du nicht noch mal rasch hinüber zum Hauptquartier, Max? Dietrich hätte bestimmt nichts dagegen, es würde doch nur ein paar Minuten dauern.« Er grinste zufrieden über seinen Vorschlag. »Vielleicht bringt es ja eine Menge schöner Erinnerungen für dich zurück.«

König schüttelte den Kopf. »Nein, ich besuche ihn, wenn ich in Lorient bin. Im Augenblick denke ich nur an unseren Einsatz.«

Michael nahm seinen Seesack auf. »Du wirst ihn sehen, wenn wir zurückkommen, König. Fromm ist nämlich zum hiesigen Stützpunkt versetzt worden.«

Vorsichtig schritt König die Gangway hinunter, aber in seinem Hirn wirbelte es. Natürlich hatte immer die Möglichkeit einer Entdeckung bestanden, aber nachdem nun schon mehrere Monate vergangen waren, rechnete er eigentlich damit, daß seine neue Identität ihn retten würde. Und jetzt war da eine Gestalt aus Max Königs wirklicher Welt aufgetaucht und hatte alles in Frage gestellt. Unwillkürlich warf er einen letzten Blick zurück zum Land und spürte kalten Schweiß auf seiner Stirn. Eins ist sicher, dachte er, niemals kriegen sie mich lebend in dieses Lager zurück! Bei erster Gelegenheit muß ich hier verschwinden.

Steiger blieb mitten in seinem kleinen Zimmer stehen und sah sich noch einmal darin um. Wahrscheinlich war es vom Hoteldirektor in Friedenszeiten als Büro benutzt worden und daher mit spartanischer Einfachheit ausgestattet. Ein Schreibtisch, ein schmales Metallbett, zwei Stühle und ein langer Wandschrank bildeten das gesamte Mobiliar. Da das Gebäude sich auf der einen Seite an einen der beiden Hügel lehnte, fiel nur wenig Licht durch das vergitterte Fenster, so daß der Raum noch zellenartiger wirkte. Geistesabwesend blickte er den hohen Ledersack an, der fertig gepackt auf dem Bett stand. Alles, was sein eigenes Leben und möglicherweise das seiner Männer betraf, lag darin: Tagebuch, Logbücher, Seekarten, alle berichtigt und auf den neuesten Stand gebracht. Dazu ein paar persönliche Dinge, aber nur wenige. Es war wirklich so, als sei sein gesamtes Leben schön ordentlich in diesem Sack verpackt. Er besaß keine einzige Fotografie. Nichts im Zimmer würde einem eventuellen Nachfolger auch nur den geringsten Hinweis auf seine Identität geben, falls er nicht zurückkehren sollte. Im Wandschrank hingen seine neuen Uniformen, aber auch diese waren steif und ungetragen. Ihn schauderte, und er musterte unwillkürlich sein Gesicht in dem schmutzigen Wandspiegel: Fregattenkapitän Rudolf Steiger, Kommandant von *U 991*. Nichts sonst zählte. Er griff nach seinem langen ledernen Brückenmantel, hielt aber inne, als jemand heftig an die Tür klopfte.

Ein Melder stand in der Türöffnung, die Hände an die Hosennaht gelegt, den Blick über Steigers rechte Schulter gerichtet.

»Kapitän Bredt läßt Sie bitten, Herr Kapitän, gleich zum Wagenpark zu kommen.«

Eine von Steigers wenigen Schwächen war die, daß er sich auf jedes Auslaufen gern sorgfältig vorbereitete. In den Stunden davor war er lieber allein, um nachzudenken und seine Pläne noch einmal zu überprüfen. Ärgerlich runzelte er die Stirn. Jetzt aber ließ Bredt ihn zu sich kommen wegen irgendeiner Kleinigkeit, die sicherlich überhaupt nichts mit diesem Einsatz zu tun hatte! Er seufzte und griff nach seiner Mütze.

»Was ist denn los? Wissen Sie es?«

Der Bote entspannte sich ein wenig und sah Steiger endlich ins Gesicht. »Ja, Herr Kapitän, ich habe gehört, daß einer von der U-Boot-Besatzung gefunden worden ist.«

»Gefunden?« Er begriff. Ein Mann von *U 891* war vor zwei Tagen verschwunden, und Kapitänleutnant Willy Ludwig, der Kommandant, hatte ziemlich trübe geäußert, er könne möglicherweise desertiert sein; anscheinend war er jetzt endlich gefunden worden. Pech für ihn.

»Jawohl, Herr Kapitän. Er ist tot!« Der Bote schluckte, als sich Steigers Gesicht verfinsterte.

»Hier, bringen Sie diesen Seesack auf mein Boot und geben Sie dem Ersten Wachoffizier Bescheid.« Er drückte dem Mann den Ledersack in die Fäuste und schritt rasch den Korridor entlang.

Drei Minuten später saß er neben Bredt in dessen Dienstwagen.

»Es scheint, dieser Seemann hat sich erhängt, Steiger«, berichtete der Standortkommandeur. »Es war wohl alles zuviel für ihn. Ein aus Lorient kommender Bus hat den Leichnam entdeckt. Oder vielmehr haben ein paar französische Waldarbeiter dem Busfahrer gewinkt, und als er hielt, ihn gebeten, den Stützpunkt zu informieren.«

Bredt verfiel wieder in Schweigen, und Steiger besah sich die großen Bäume, die auf beiden Seiten des Wagens vorbeirasten. Bredt erweckte den Eindruck, als sei dies alles nur ärgerlich. Warum hatte er dann aber darauf bestanden, sofort dort hinzufahren, wo der unglückliche Seemann den Tod gefunden hatte? Er warf Bredt einen Seitenblick zu und fragte sich, was dieser wohl wirklich dachte. Äußerlich schien er so beherrscht wie immer, aber Steiger kannte ihn inzwischen zu gut, um sich auf den ersten Eindruck zu verlassen.

Als sie um die nächste Kurve bogen, sah Steiger den langen grauen Bus neben einem Baum parken, während der Fahrer sich mit einigen Soldaten unterhielt. Von drin blickten die Passagiere, größtenteils Militärpersonen, ungeduldig durch die beschlagenen Fenster, und ein Dienstwagen des Heeres stand weiter hinten auf der Straße, ebenfalls von Soldaten umgeben. Steiger zog eine Grimasse, als er Reimanns füllige Gestalt mit wichtiger Miene auf sich zuschreiten sah.

Er grüßte Bredt korrekt, aber seine Schweinsäuglein blinzelten nur einmal kurz hinüber zu Steiger. Dieser zerrte wieder einmal an einem Knopf seines Mantels, wie er es öfter tat, wenn er nervös war. Eine innere Stimme warnte ihn, daß die Angelegenheit nicht so einfach war, wie Bredt sie darstellte.

»Dort drüben ist er.« Reimann ging ihnen voraus, seine Stiefel knirschten durch nasses Buschwerk und verfilztes Unterholz.

Soldaten standen bedrückt um die stille Gestalt herum, die unter einem großen Baum lag. Seine Marineuniform war vom Regen der vergangenen Nacht durchweicht, und das blonde Haar klebte an dem gräßlich entstellten Gesicht. Eine dünne Leine lag noch um den Hals. Das andere Ende hing von dem ausladenden Ast herab, von dem die Soldaten den Toten abgeschnitten hatten.

Angewidert blickte Bredt in das geschwärzte Gesicht. »Er hat den Weg gewählt, den er für den bequemeren hielt, wie? Ich werde ihn durch einen Mann vom Stützpunkt ersetzen müssen. Dieser verdammte Narr!«

Reimann scharrte mit den Füßen und sah von einem Offizier zum anderen. »Der Kerl ist eine Schande für die Marine!«

Steiger war neben dem Leichnam niedergekniet, seine Augen wurden schmal, als er das gestreckte Tau näher betrachtete.

»Dieser Mann wurde *ermordet*!« Bei seinen Worten entstand plötzliche Unruhe. »Er war ein Berufsseemann, aber sehen Sie sich an, wie diese Schlinge geknotet ist. Kein Seemann würde einen derartigen Hausfrauenknoten fabrizieren, schon gar nicht für seinen Selbstmord.«

Rasch fuhr er mit den Händen in die Taschen des Toten und spürte dabei die steifen, kalten Gliedmaßen unter seinen suchenden Fingern. Schließlich sah er auf. »Leer! Ermordet und ausgeraubt!« Sein Blick wurde hart, seine grauen Augen glänzten in dem trüben Licht wie nasse Steine. »Ein armer Seemann, allein und hilflos, wurde hier überfallen und aufgehängt. Und Sie wagen es, von Selbstmord und Schande zu sprechen!« Er merkte an ihren verlegenen Gesichtern, daß sowohl Bredt als auch Reimann über den Mord bereits im Bilde sein mußten.

Der Major winkte die Soldaten außer Hörweite. »Ich kann Ihnen versichern, daß wir eingehende Untersuchungen . . .« fing er an, aber Bredt unterbrach ihn. Seine hellen Augen funkelten ungeduldig.

»So ist es bequemer, Steiger. Wir können die Untersuchungen später in aller Ruhe beenden, wenn Ihre Gruppe ausgelaufen ist. Dann bestehen bessere Aussichten, den Schuldigen zu fassen.«

Steiger stand auf und sah seinen Vorgesetzten fest an. »Aber wenn ich mich Ihrer Meinung angeschlossen hätte, wäre dieser Mann als Feigling verscharrt worden! Er wurde wahrscheinlich von der Résistance umgebracht, und das ist erst der Anfang, wenn Sie nicht sofort etwas dagegen unternehmen!«

Reimann hob hilflos die Hände. »Sie verstehen das nicht. Wenn wir großen Wind darum machen, haben wir in kürzester Zeit SS und Gestapo hier!«

Verächtlich sah Steiger ihn an. »Und natürlich wollen wir das nicht. Denn die würden möglicherweise feststellen, daß Ihre Kontrolle über dieses Gebiet gleich null ist! Daß die Männer Ihrer Garnison hier so satt und zufrieden sind, daß sie nicht nur ihre Pflicht vergessen, sondern sogar die Tatsache, daß sie deutsche Soldaten sind!«

Bredt trat einen Schritt vor, in seinem Gesicht arbeitete es heftig. »Nehmen Sie sich zusammen, Steiger! Dies hier war keine berechnete Sabotage, sondern nur eine Gewalttat, die überhaupt nichts mit Widerstand gegen uns zu tun hat. Was sollte ich denn auch unternehmen? Die halbe Einwohnerschaft der Stadt als Geiseln verhaften? Den Bürgermeister und seine Familie auf einen bloßen Verdacht hin erschießen lassen?«

Steiger blieb unbeeindruckt. »Wenn nötig, ja! Ich habe dies auf uns zukommen sehen, seit die U-Boote hier in St. Pierre liegen. Es war lediglich eine Frage der Zeit, bis die Résistance ein Zeichen setzen würde, auch wenn Major Reimann es nicht wahrhaben will. Und ich bin nicht der Ansicht, daß ein einzelner, verängstigter Mann, der von Franzosen ermordet und aufgehängt wurde, für uns bedeutungslos ist. Wenn wir nicht sofort handeln, werden wir bald mehr davon zu spüren bekommen, *sehr viel mehr*!«

»Ich bin darauf vorbereitet!« Reimann sah Bredt an, als erwarte er von ihm Unterstützung.

»Natürlich sind wir vorbereitet«, fügte Bredt aalglatt hinzu. »Ich werde die Untersuchung selbst leiten.«

Steiger bückte sich und nahm die U-Boot-Spange von der Jacke des Toten ab. Einen Augenblick sah er sie an und steckte sie dann in die Tasche. »Ich werde sie seinem Kommandanten geben, damit sie zusammen mit seinen Sachen nach Hause geschickt wird. Wenigstens seine Familie braucht nicht zu wissen, wie wenig wir uns um unsere tapferen Kämpfer kümmern!« Ohne die anderen noch eines Blickes zu würdigen, zwängte er sich durch die Büsche zurück auf die Straße.

Bei seinem Auftauchen kam Leben in die Gruppe um den Bus. Steiger fragte den Fahrer: »Fahren Sie jetzt zum Stützpunkt in St. Pierre?«

»Ja, Herr Kapitän. Soll ich Sie mitnehmen?« Der Mann war keineswegs neugierig, weshalb ein Offizier mit drei Ärmelstreifen den

Bus benutzen wollte statt des bequemeren Dienstwagens. Der starke Dieselmotor erwachte hustend zum Leben. Als der Bus sich in holprige Bewegung setzte, bemerkte Steiger Bredt und Reimann, die ihm noch immer aus dem Gestrüpp heraus nachsahen.

Wie gleich doch die beiden sind, dachte er angewidert. Reimann mit seiner engstirnigen Dummheit ist schon schlimm genug, aber Bredt ist dermaßen erschüttert wegen der nun schlechteren Aussichten auf Beförderung, daß er vor der wirklichen Gefahr die Augen schließt. Nun, sie sollen sich vorsehen, dachte er. Noch ein solches Vorkommnis, und ich gehe direkt zu Dönitz.

Er fuhr herum, als eine Frauenstimme neben ihm fragte: »Möchten Sie nicht lieber hier sitzen, Herr Kapitän? Es ist ja sonst alles besetzt.«

Steigers bittere Gedanken hielten ihn zunächst noch gefangen, deshalb starrte er ein paar Sekunden nur verständnislos die junge Frau an, die ihn von ihrem Sitz aus mit ernstem Interesse musterte. Er warf einen raschen Blick auf die anderen Passagiere – Zivilangestellte, Urlaubsrückkehrer, Melder und dergleichen. Dann ließ er sich neben sie sinken. Sofort spürte er ihre Nähe und roch ihr verführerisches Parfüm. Sein Ärger, der ihn in den Bus getrieben hatte, verflog rasch. Am meisten jedoch beeindruckte ihn die offene Art, in der sie ihn betrachtete. Sie war sehr hübsch und trug das pechschwarze Haar hochgesteckt wie eine glänzende Krone. Der Regenmantel über ihrem Kleid war zerknittert, ihre kurzen Stiefel waren schlammbespritzt.

»Ich muß mich wegen meines Aussehens entschuldigen, aber ich bin seit drei Tagen unterwegs.« Sie zeigte auf die bewaldete Umgebung. »Die französischen Transportmittel sind so unpünktlich, deshalb war ich dankbar, daß ich für den letzten Rest der Reise einen deutschen Wehrmachtbus erwischte.«

Sie warf einen Seitenblick aus dem Fenster, und Steiger konnte sie voll ansehen. Sie war etwa fünfundzwanzig, trug einen Trauring und hatte kleine, wohlgeformte Ohren; der Hals, von dem grauen Regenmantel fast verdeckt, war schlank und glatt.

Plötzlich wandte sie sich ihm wieder zu und starrte ihn mit weit aufgerissenen braunen Augen verblüfft an. »Wie dumm von mir!« Ihr Gesicht schien freudig von innen her zu leuchten, aber Steiger glaubte, noch etwas anderes zu entdecken. Nervosität? Verlegenheit? »Jetzt erkenne ich Sie erst! Sie sind Rudolf Steiger! Oft genug habe ich Ihr Foto in den Zeitungen gesehen, und natürlich hat Alex, mein Mann, häufig von Ihnen geschrieben!«

»Alex Lehmann?« Trotz aller Vorsicht klang seine Stimme unsicher.

»Ja. Ich besuche ihn. Er hat irgendeine Unterkunft für mich organisiert, und ich habe nicht die leiseste Ahnung, wie die aussieht.« Wieder lachte sie. »Aber alles ist besser, als allein in Kiel zu sitzen!«

»Vielleicht haben Sie recht.« Mühsam beherrschte er sich. In ein paar Stunden sollte Gruppe Meteor auslaufen, und bisher hatte sich nichts so abgewickelt wie geplant. Erst der tote Seemann als Vorzeichen kommender Gefahren, und jetzt diese Frau hier. Er erinnerte sich an Lehmanns ernstes Gesicht, als sie auf dem Hügel gestritten hatten. Mit einer Frau wie dieser konnte Lehmann es sich allerdings leisten, auf ihn herabzusehen.

Gepreßt sagte er: »Ich bin überzeugt, daß Alex alles tun wird, um es Ihnen behaglich zu machen.« Unmittelbar danach bedauerte er seine Worte. Möglicherweise kam Lehmann von ihrem Einsatz gar nicht rechtzeitig zurück, bevor sie nach Deutschland zurückkehren mußte. Oder er kam überhaupt nicht mehr zurück.

Langsam rollte der Bus vor dem Rathaus aus. Zwei Seeleute, die zur Stabskompanie gehörten, salutierten höflich vor der jungen Frau und nahmen ihr Gepäck in Empfang. Steiger biß sich auf die Lippen. Es war wirklich alles arrangiert, genau wie Lehmann gesagt hatte: eine völlig andere Welt als seine eigene. Obgleich Lehmann denselben Gefahren entgegenging wie er selbst, durfte er doch Hoffnung hegen und Trost schöpfen in Gedanken an diese junge Frau.

Schwere Regentropfen klatschten gegen den Bus, und Frau Lehmann schlug den Kragen ihres Mantels hoch. »Wie freue ich mich jetzt auf ein heißes Bad – das heißt, wenn die Franzosen hier so etwas zu bieten haben.«

Plötzlich sah Steiger ihren hellen jungen Körper vor sich, wie er völlig entspannt in der dampfenden Abgeschlossenheit eines Badezimmers ruhte; das schwarze Haar war nicht mehr brav aufgesteckt, sondern hing über ihre glatten Schultern und Brüste.

Schon wandte sie sich ab, und ihm fiel ein, daß Lehmanns Boot als letztes auslaufen sollte. Bestimmt konnte sein Kommandant noch für eine Weile an Land gehen. Zweifellos war auch das bereits arrangiert. Einen Augenblick dachte er daran, die Reihenfolge des Auslaufens zu ändern, fand aber keinen Trost in diesem Gedanken und verwarf ihn sofort wieder. Statt dessen salutierte er steif und starrte hinab in ihr aufwärtsgewandtes Gesicht.

»Ich hoffe, Sie finden alles so vor, wie Sie es sich wünschen. Vielleicht sehen wir uns später wieder?«

Sie lächelte und trat beiseite, als der Bus sich langsam in Bewegung setzte. »Ich denke schon.« Aber sie schien ihn bereits vergessen zu haben. »Es war mir ein Vergnügen, Kapitän Steiger.«

Der Regen wurde heftiger, und die wenigen Mitreisenden verschwanden in den nächstgelegenen Gebäuden. Steiger sah ihr nach, als sie über den Platz schritt, und hoffte vergeblich, daß sie sich noch einmal umdrehen und eine letzte Bemerkung machen würde. Ein Sanitätswagen rasselte über den Platz, und Steiger erkannte in dem Fahrer einen der Männer, die er soeben neben der Straße gesehen hatte. Der tote Seemann wurde gebracht.

Für ihn gab es noch eine Menge zu tun; müde blickte er auf seine Armbanduhr und zog eine Grimasse. Es war lediglich eine Stunde her, seit er sein Zimmer verlassen hatte. Nur eine Stunde, aber nichts schien ihm mehr so wie vorher.

Wie auf dünnem Eis

Oberleutnant Dietrich stützte sich mit den Ellbogen auf und versuchte, sich auf die Karte vor ihm zu konzentrieren. Die Schwenklampe über seinem Kopf warf warmes gelbes Licht auf den vibrierenden Tisch und vermittelte die Illusion von Wärme und Geborgenheit. Immer wieder mußte Dietrich den Kopf schütteln, um seine Schläfrigkeit zu vertreiben.

Er starrte auf die eingetragenen Peilungen nieder, auf die Lotungen und Tiefenangaben und vor allem auf ihren eigenen Kurs, den eine dünne Bleistiftlinie bezeichnete. Ihre augenblickliche Position lag, soweit sich das feststellen ließ, etwa hundert Meilen südlich vom Fastnet Rock. Nördlich von ihnen lag Irland und im Osten die vorspringende Küste Englands.

Zwei Wochen lang hatte sich das U-Boot zu dieser Position geschlichen, ein Weg von achthundert Meilen, der normalerweise in fünf Tagen zurückgelegt werden konnte. Aber da sie ständig den verhaßten Schnorchel benutzen mußten und nicht auftauchen durften, hatte sich die Fahrt so lange hingezogen, daß die müden und benommenen Wachgänger jedes Gefühl für Zeit und Entfernung verloren. Lediglich durch einen Blick auf die Karte, den einzigen Nachweis ihrer Fahrstrecke, konnte Dietrich sich ein Bild machen. Und immer noch dröhnten die Dieselmotoren vor Anstrengung, das Boot auf Sehrohrtiefe steuerfähig zu halten, während sie durch den ausgefahrenen Schnorchel Luft ansaugten. Über ihren Köpfen tobte ein ausgewachsener Sturm, der sie während der ganzen Fahrt mit Ausnahme der ersten beiden Tage begleitet und das Wachegehen zu einem Alptraum gemacht hatte. Jeden Tag hatte der Kommandant das Boot für ein paar Stunden in eine Tiefe tauchen lassen, in der seine Männer wenigstens in Ruhe essen, die nassen Kleider wechseln und in einen kurzen Erschöpfungsschlaf sinken konnten. Die übrige Zeit trieb er das Boot knapp unter der Oberfläche weiter, schonte die Batterien und wartete auf den nächsten Funkspruch vom fernen Hauptquartier, der vielleicht alles abblasen würde.

Immer wieder verschwand der halb aufgetauchte Rumpf unerwartet unter einer See, die sich wie ein Berg darüberwälzte, und dann war für eine kurze Zeit der Schnorchel überflutet. Sofort wurde dann kostbare Innenluft in die immer hungrigen Dieselmotoren gesaugt, und die Männer rollten stöhnend herum, die Hände auf die Ohren oder um die Kehle gepreßt, weil in ihrer Umgebung ein tödliches Vakuum entstand. Hastig wurden dann die Elektromotoren angeworfen und die Diesel abgestellt, während der Wachhabende alles daransetzte, um das Boot wieder auf die richtige Tiefe zu bringen. Ein paar Minuten später wiederholte sich die Qual von neuem.

So ging es immer weiter, bis jeder Offizier nur noch an das Ende seiner Wache denken konnte, wenn er abgelöst werden und ein paar Stunden Ruhe in seiner Koje finden würde. Die Stimmung wurde immer gereizter; wenn ein Mann zu spät zur Ablösung kam, auch nur ein paar Sekunden, schlug ihm offener Haß entgegen. Die wenigen Wochen im Hafen kamen allen nur noch wie ein ferner Traum vor.

Beim Schlucken spürte Dietrich den widerlichen Geschmack des Dieselqualms im Mund. Wie lange konnte dieser Sturm noch anhalten? Vielleicht wurde seinetwegen der ganze Einsatz abgeblasen, dann konnten sie zum Sützpunkt zurückkehren und besseres Wetter abwarten. Das Hauptquartier hatte Gruppe Meteor bereits zahllose Kursänderungen befohlen. So krochen also die sieben Boote, weit auseinandergezogen durch das entsetzliche Wetter, in einem zweihundert Meilen großen Rechteck langsam hin und her, versuchten ihre Batterien aufzuladen und sich von den bekannten Geleitzugwegen fernzuhalten. Der Stab dachte offensichtlich, daß die Briten ihre Landemanöver wegen des Sturms verschoben hätten, und wartete auf neue Informationen von den Agenten. Und was war mit Gruppe Bruno? fragte sich Dietrich. Sie sollte jetzt die Südostecke Irlands umrundet haben und sich im geschützteren Seegebiet des St.-Georg-Kanals befinden. Gruppe Meteor mußte Höchstfahrt laufen, um rechtzeitig im

Angriffsgebiet einzutreffen, dazu aber eins der größten Minenfelder durchqueren, das die Briten jemals gelegt hatten.

Ihn schauderte, und er leckte sich die trockenen Lippen. Der Sturm hatte die Gefahr keineswegs verringert. Viele Minen mußten losgerissen und vertrieben sein, blieben aber trotzdem scharf, und ihre losen Stahltrossen lauerten nur darauf, sich um die Schrauben passierender U-Boote zu wickeln.

Er hörte, wie Oberleutnant Hessler den Rudergänger verfluchte, als das Boot sich in einer saugenden Unterwasserströmung überlegte, und fragte sich, ob der Torpedooffizier ebenfalls mit Angst an die nahe Zukunft dachte. Wenn der Angriff nach Plan ablief, so war das schon schlimm genug, aber wenigstens hatten sie danach Ruhe. Dieses ewige Warten jedoch ging ihnen allen auf die Nerven und war viel schlimmer.

Er legte das Gesicht in die Hände und schloß die Augen. Sorgsam und konzentriert stellte er sich das französische Mädchen vor, bis es wie ein kleines Porträt vor seinem inneren Auge stand: Odile Marquet. Zwei Tage nach dem Zwischenfall auf der Straße hatte er den kleinen Uhrmacherladen aufgesucht. Er hatte die sichtliche Schadenfreude im Gesicht des Vaters ignoriert, als dieser ihm erklärte, seine Tochter sei nicht zu Hause. Dabei glaubte er zu fühlen, daß sie ganz in seiner Nähe war, vielleicht durch den wollenen Vorhang im Hintergrund des Ladens alles mit anhörte. Er hatte eine kurze, höfliche Unterhaltung auf französisch mit dem grauhaarigen Uhrmacher geführt, der dabei ernsthaft nickte oder unverbindlich antwortete. Sobald das Gespräch stockte, wurde es sofort vom Ticken der zahllosen Uhren abgelöst, die sie wie Zuschauer von den Regalen ringsum beobachteten.

Dietrich hatte noch einen zweiten Besuch gemacht und war dabei vom Uhrmacher zu einem Glas Wein eingeladen worden. Diesmal hatte er mehr Glück. Odile war da, saß neben ihrem Vater und hielt die veilchenblauen Augen meist von Dietrichs eifrigem Gesicht abgewandt; ihre schneeweiße Haut ließ sie noch zerbrechlicher und entrückter erscheinen.

Als Dietrich sich verabschiedete, hatte Louis Marquet ihm die Hand auf den Arm gelegt und leise gesagt: »Sie ist verbittert darüber, daß sie mir im Laden nicht helfen kann. Ich wünschte, sie würde irgendwo eine leichte Arbeit finden.«

Durch Zufall hatte Dietrich gehört, daß Bredt eine wachsende Zahl französischer Büroangestellter für seinen Stab brauchte. Er sagte es dem Uhrmacher und seiner Tochter, die daraufhin neue Hoffnung schöpften. Als er zwei Tage später in dem kleinen Werftbüro am Hafen zu tun hatte, begegnete er dort Odile, die ihn zum ersten Mal freundlich anlächelte.

In ihrer natürlichen Art hatte sie gesagt: »Das war sehr nett von Ihnen, Herr Oberleutnant. Tut mir leid, daß ich Sie zuerst so schlecht behandelt habe. Aber ich hoffe, Sie werden das verstehen. Es ist der Krieg.«

Das Büro war voller Leute, trotzdem hatte Dietrich Odiles Hand genommen, die sie auch nicht zurückzog, als er sie zart drückte; sie hatte ihn nur überrascht mit ihren großen Augen angesehen.

Wenn er jetzt zurückdachte, während das U-Boot dröhnend von einem Wellental ins andere taumelte, so schien es ihm noch immer unglaublich, wie gut sie sich verstanden hatten. Dietrich wußte nur zu gut, was die Franzosen von einer jungen Frau sagten, die mit einem deutschen Offizier befreundet war. Es konnte für Odile gefährlich werden. Auch Dietrichs Offizierskameraden würden anzügliche Bemerkungen machen. Eine französische Gräfin ließen sie noch durchgehen, auch ein Mädchen im Bordell, aber daß er sich ernstlich mit jemandem wie Odile Marquet anfreundete, die noch dazu verkrüppelt war, würden sie wohl kaum verstehen.

Deshalb trafen sie sich heimlich in einem kleinen Café außerhalb der Stadt, an der einsamen Straße zur Nordküste. In diesen Tagen vor dem Auslaufen hatte Dietrich wirkliches Glück kennengelernt, wenn sie dann durch Dunkelheit und Regen zurück zur Stadt gingen, Arm in Arm, ohne viele Worte. Er ging langsam, hörte dabei auf das metallische Klicken ihrer eisernen Beinstütze, und wenn bei jedem Hinken ihr Körper gegen den seinen stieß, schlug sein Herz heftig.

Eine Hand riß ihn aus seinen Träumen. Hessler knurrte: »Zum Teufel, wo ist dieser verfluchte Resch? Er hat doch jetzt Wache!«

Dietrich rieb sich stöhnend die Augen. »Ist es denn schon Morgen?«

Hessler kratzte sich das unrasierte Kinn. »Wer weiß das hier unten so genau?«

Max König lag in seiner schmalen Koje, das Gesicht nur ein paar Zentimeter von der Decke über ihm entfernt. Unten um den Hängetisch saßen andere Freiwächter und spielten ohne rechte Begeisterung Skat. Ihre abgenutzten Karten rutschten auf dem blankgescheuerten Tisch davon, sooft das Boot mit unregelmäßiger Beharrlichkeit rollte.

Steif drehte sich König um und blickte zu ihnen hinunter. Den meisten sah man die Beanspruchung an, und Müller, der ehemalige Sargtischler, war ziemlich grün vor Seekrankheit. Jung saß behäbig am Kopfende und glich mühelos die heftigen Bootsbewegungen aus; sein Gesicht war vor Konzentration so gespannt, daß die kleinen Augen fast ganz darin verschwanden. Das graue Haar stand von seinem quadratischen Schädel ab wie eine Bürste.

Braun, der Horcher, fuhr zusammen, als Wasser gegen den Bootsrumpf donnerte und die Drahtaufhängung des Tisches summte, als wäre sie plötzlich zum Leben erwacht. »Was für ein Sturm! Trotzdem würde ich lieber aufgetaucht fahren, dann hätten wir wenigstens frische Luft.«

Jung hustete tief und schmerzhaft, dann hob er gleichgültig die Schultern. »Es ist immer dasselbe zu dieser Jahreszeit. Wenn der März vorbei ist, wird es besser.«

Schultz, der ehemalige Fotograf aus Frankfurt, kratzte sich trübsinnig das stoppelbedeckte Kinn und musterte angeekelt die stählernen Bordwände. »U-Boote! Was für schwimmende Särge!«

Müller mußte heftig schlucken und drückte beide Hände auf den Magen, als eine See ihn hart gegen die Tischkante warf. »Wenigstens haben die Tommies uns fürchten gelernt.«

Überrascht starrte Jung ihn an und stieß ein Lachen aus, das aber in der stickigen Luft sofort wieder in Husten überging. »Was zum Teufel quasselst du da? Hast du das von den Marineplakaten an den Hauswänden?«

»Du weißt so gut wie wir alle, daß unsere Erfolge ihnen hart zugesetzt haben. Wie lange können sie das noch aushalten?«

Knallend warf Jung sein Kartenspiel auf den Tisch. »Der Traum jedes Seemanns! Er hofft immer, daß sich irgendwas außerhalb seiner Macht ereignen wird, das den Krieg beendet!«

Braun lächelte sanft und überlegen. »Also, Väterchen, dann sag du uns: Wie gewinnt man einen Krieg?«

Jung nahm seine Karten wieder auf und starrte auf den Tisch. »Größtenteils durch Ausdauer«, verkündete er. »Krieg besteht zu neunzig Prozent aus Not und Elend, und die fehlenden zehn Prozent sind Unsicherheit. Wenn du das alles durchhältst, kannst du gewinnen.«

Spöttisch sagte Müller: »Jeder weiß, daß die Briten feiger sind als wir. Ihnen fehlt ganz einfach der Mut zum Kämpfen.«

Jung seufzte und sah sich um, seine Äuglein glitzerten im gelben Licht. »Hast du bisher Winterschlaf gehalten? Von wegen feige! Zu Anfang des Krieges war ich auf dem Schweren Kreuzer *Admiral Hip-*

per, der von dem englischen Zerstörer *Glowworm* gerammt wurde.« Sein Blick ging in weite Fernen. »Die *Glowworm* war ganz allein, ein kleiner veralteter Zerstörer gegen unseren Kreuzer von zehntausend Tonnen und dessen Geleitfahrzeuge! Sie fing Feuer und flog in die Luft, hatte aber versucht, uns zu rammen!« Er grinste fröhlich. »Nicht nur versucht, sie *hat* uns gerammt!«

Ungeduldig unterbrach ihn Braun: »Nun spiel schon aus! Und zum Teufel mit Tapferkeit und Selbstaufopferung! Das ist alles schön und gut, wenn du Offizier bist. Aber für uns bedeutet Krieg nur harte Arbeit und Gefahr!«

Die anderen lachten, und Müller stand auf. Er schnappte sich eine Pütz aus ihrer Halterung und stolperte damit in den Mittelgang, das grüne Gesicht schweißüberströmt. Als er draußen war, hörten sie ihn würgen, und Jung nickte mit spöttischem Ernst. »Es ist schon so, Kameraden, wie ich sagte: Ausdauer ist alles, was man braucht!«

Der Lautsprecher am Schott erwachte knarrend zum Leben, und eine Stimme füllte den kleinen Raum: »Hier spricht der Kommandant . . .«

Sechs Meter vor dem Mannschaftsraum lag die Offiziersmesse. Die stickige Luft dort roch nach Sauerkraut und Kaffee; im Takt mit den Rollbewegungen des Bootes rutschten die Teller gegen die hölzernen Schlingerleisten des Tisches, so daß Lüth aufhörte mit Briefeschreiben und statt dessen auf Stohr wartete, den Messesteward, damit er die Reste der Mahlzeit abräumte.

Hessler wischte mit einer altbackenen Brotkante seinen Teller ab und rülpste zufrieden; dann neigte er den Kopf in Richtung der Koje, aus der Reschs dumpfes Schnarchen ertönte, vermischt mit Stöhnen und leisem Quietschen. Er blinzelte Lüth zu. »Hat schon wieder einen Alptraum!«

»Das überrascht mich nicht.« Lüth verschränkte die Hände hinter dem schmalen Kopf. »Er ist ein jähzorniger Mann, der sich immer über irgend etwas aufregen muß. Das ist nicht gut auf U-Booten.«

»Was ist hier überhaupt gut?« Hessler rieb sich angewidert das Kinn. »Ich hasse diese Bartstoppeln. Ein aktiver Offizier sollte immer adrett und frisch rasiert sein.« Er grinste verlegen, als ihm die Lächerlichkeit seiner Feststellung bewußt wurde. »Ich wünschte wirklich, wir kämen bald ins Gefecht! Dieses verdammte Warten wird immer schlimmer!« Er erinnerte sich an etwas und lächelte. »Du hättest wirklich mit mir an Land kommen sollen.«

»In dieses verdammte Bordell? Dafür ist mir meine Gesundheit zu schade.«

Ungeduldig schüttelte Hessler den Kopf. »Du siehst das ganz falsch, Franz. Wir haben all diese Völker besiegt, ist dir das nicht klar? Es war verdammt hart, aber jetzt sind wir an der Reihe!« Er beugte sich über den Tisch. »Drei ganz junge Dinger hatte ich, alle in einer einzigen Nacht!« Sein Lächeln ging in brüllendes Gelächter über. »Eine von ihnen war erst fünfzehn, ihr Vater hatte sie in dieses Etablissement geschickt.«

Lüth seufzte. Es fiel ihm nicht schwer, sich Hessler bei diesen Frauen vorzustellen. Mit seinen mächtigen Händen konnte er jede in zwei Hälften zerbrechen. »Na, hoffentlich hast du dir nichts weggeholt!«

Hessler drückte auf den Klingelknopf. »Wo bleibt denn dieser verdammte Stohr? Nein, du alte Unke, ich hab' der Chefin gesagt, wenn ich mir bei einem ihrer Mädchen was hole, dann komme ich noch einmal zu Besuch!« Mit seinem dicken Daumen zeigte er auf die Pistolen am Schott. »Sie wußte genau, was ich meinte.«

Lüth lächelte trotz seiner trüben Gedanken. »Du bist schon ein gemeiner Halunke!«

Hessler hob die Schultern. »Das Leben ist wie Schlittschuhlaufen auf dünnem Eis. Entweder das Eis hält – oder es hält nicht. Es nützt nichts, sich darüber Gedanken zu machen.«

Der Lautsprecher knatterte, und dann hörten sie Steigers Ansprache.

Reschs verschlafenes Gesicht erschien über dem Kojenrand. »Was ist? Was ist los?«

Hessler hob die Hand. »Halt's Maul!« Dann fügte er mit grimmigem Lächeln hinzu: »Ich glaube, ich spüre einen Sprung im Eis!«

Dietrich gab das Zeichen zum Ausfahren des Sehrohrs und setzte sich etwas bequemer hin. Die starke Linse brach am Hang einer Welle durchs Wasser und schnitt gleich darauf unter, als die nächste See heranrollte. Er wartete, bis sich das Periskop über die schäumenden Kämme hob, und drehte dann das lange Rohr langsam im Kreis herum. Es war fast dunkel, und nur eine Andeutung von Grau zeigte, wo See und Himmel einander begegneten. Die Wut der See schien verstärkt durch ihr Schweigen. Eine völlig leere See – und eine weitere unbequeme Nacht. Und doch . . . Dietrich drückte das Gesicht fester gegen die Gummimuffe und starrte konzentriert über die brechenden

Wogen. Der Wind hatte die Richtung geändert und kam jetzt von Süden. Deshalb hatte es der Rundergänger während dieser Wache leichter. Dietrichs Herz klopfte bei der Aussicht auf baldiges Losschlagen. Für ihn bestand jetzt kein Zweifel mehr: Der Wind hatte abgeflaut, die Seen waren nicht mehr so steil, die Wellentäler nicht mehr so tief.

»Sehrohr einfahren!«

Er trat zum Rudergänger und blickte auf den Kompaß, als Steiger über das hohe Süll der Stahltür stieg und rasch zum Kartentisch ging. Er legte sein Notizbuch auf die verschmierte Karte und blätterte ein Bündel Funksprüche durch. Ohne die Papiere aus den Augen zu lassen, gab er Dietrich ein Zeichen. »Ich habe soeben diesen letzten Funkspruch entschlüsselt, Heinz.« Seine Stimme klang erregt.

Dietrich sah ihn mit steigendem Unbehagen an. »Unangenehmes, Herr Kapitän?«

Steiger nahm Stechzirkel, Lineal und Bleistift und zeichnete einen Kurs in die Karte. »Hier ist unsere gekoppelte Position.« Er zeigte auf ein kleines Bleistiftkreuz. »Noch immer gut südlich von Fastnet.«

Dietrich trat ungeduldig von einem Fuß auf den anderen. Natürlich war dies ihre augenblickliche Position, war es praktisch schon seit Tagen. Sie waren nach dem Auslaufen achthundert Meilen gefahren – für eine Strecke, die höchstens die Hälfte betrug. Dann waren sie gezwungen worden, den Sturm abzuwettern, bis kein Wachhabender mehr eine genaue Position angeben konnte. Nicht ein einziges Mal waren sie aufgetaucht, nicht ein einziges Mal hatten sie einen Stern gesehen, um den Schiffsort zu kontrollieren, noch hatten sie auch nur annähernd genaue Vorstellungen von den starken Strömungen und der wirklichen Winddrift.

Langsam fuhr Steiger fort: »Die Engländer beabsichtigen anscheinend, morgen früh um acht mit ihren Manövern zu beginnen. Gruppe Bruno wird eine halbe Stunde später angreifen.« Er warf einen Blick auf seine große Armbanduhr. »In weniger als vierzehn Stunden, um es genau zu sagen.«

Ungläubig starrte Dietrich auf die Karte und dann in Steigers kalte graue Augen. »Aber wir sind zweihundert Meilen von unserem Angriffsgebiet entfernt, Herr Kapitän!« Seine Stimme wurde schrill. »Wir können gar nicht rechtzeitig dort eintreffen. Diese blöden Hunde im Hauptquartier haben uns falsch unterrichtet!«

Steiger öffnete den Mund, als wolle er ihn zurechtweisen, beugte sich dann aber noch einmal über die Karte, und sein Bleistift fuhr wie ein Dolch darüber hin. Wie zu sich selbst sagte er: »Wenn Gruppe Bruno diesen Angriff ohne uns beginnt, sind sie erledigt!« Mit einem bitteren Lächeln sah er seinen Ersten an und fügte hinzu: »Und wenn Bruno ohne uns angreift, sind die Engländer gewarnt und bei unserem Eintreffen empfangsbereit!«

Dietrich riß die blauen Augen weit auf. »Wir können Gruppe Bruno durch einen Funkspruch auffordern zu warten!« Er schwieg, denn seine Hoffnung war schon erschüttert, als er Steigers Gesicht sah.

»Nein, Heinz. Unsere Gruppe braucht etwa dreiunddreißig Stunden, um dort hinzukommen. Möglicherweise sind die Manöver dann bereits in ein anderes Gebiet verlegt worden. Wir müßten fünfzehn Knoten laufen, um noch auf einen gemeinsamen Angriff hoffen zu können.« In plötzlicher Erregung flackerten seine Augen. »Trotzdem könnten wir es rechtzeitig schaffen!«

»Wie denn, Herr Kapitän?« Dietrich war kreideweiß im Gesicht und wirkte neben der stattlichen Figur des Kommandanten beinahe zerbrechlich.

»Aufgetaucht! Äußerste Kraft voraus, sagen wir, mit fünfzehn Knoten aus Rücksicht auf die langsameren Boote der Gruppe. Dann könnten wir vor der Küste von Wales«, mit seinem Bleistift tippte er auf die Halbinsel Pembrokeshire, »genau zum richtigen Zeitpunkt eintreffen.«

Dietrich faßte Steiger am Arm. »Bitte, Herr Kapitän, Sie wissen selbst, daß wir das nie schaffen! Haben Sie die Minenfelder vergessen? Wir müssen den Angriff abblasen und Gruppe Bruno entsprechend verständigen!«

»Der BDU* hat uns ab sofort strikte Funkstille befohlen. Von ihm bekommen wir auch keine weiteren Weisungen mehr, außer wenn etwas Unvorhergesehenes eintrifft.« Steiger blickte Dietrich an, ohne ihn jedoch wirklich zu sehen. »Nein, Heinz, es ist zu spät. Wir haben keine andere Wahl, als wie geplant weiterzumachen. Die Luftwaffe wird nach Tagesanbruch einen Großangriff auf Plymouth fliegen, so daß wir zu diesem Zeitpunkt nicht mit Flugzeugen der Royal Air Force zu rechnen brauchen.«

Dietrich zog seine Hand zurück, erschüttert durch Steigers beiläufigen Tonfall. »Aber das ist Mord!« Er dämpfte seine Stimme, was seine Erregung nur noch unterstrich. »So oder so werden wir alle umkommen, Herr Kapitän!«

* Befehlshaber der U-Boote

Über Steigers Gesicht huschte ein flüchtiges Lächeln, dann richtete er sich auf. Sein übermüdetes Gesicht wurde wieder maskenhaft. Über die Schulter rief er: »Funkmaat zu mir!« Dann warf er noch einen Blick auf die Karte. »Ob richtig oder falsch, Oberleutnant Dietrich, ich dulde nicht, daß Gruppe Bruno vernichtet wird, ohne Gelegenheit zum Kämpfen zu bekommen!«

Rasch schrieb er ein paar Zeilen auf seinen Block, während Dietrich ihm mit verzerrtem Gesicht zusah.

Scharf sagte Steiger: »Wir werden auf diesen Kurs hier eindrehen«, Dietrichs Blick folgte wie hypnotisiert der Bleistiftspitze, »sobald wir auf Kurzwelle mit dem Rest der Gruppe Kontakt aufgenommen haben. In einer halben Stunde tauchen wir auf und gehen mit der Fahrt auf fünfzehn Knoten.« Jeder seiner Befehle traf Dietrich wie ein Hammerschlag. »Alle Geschütze und das Radar müssen besetzt sein für den Fall, daß wir auf ein Vorpostenboot treffen.« Wieder einmal zerrte er zerstreut an einem losen Knopf seiner Jacke. »Kurz vor der Helligkeit sollten wir ins Minenfeld kommen.« Er sah den Funkmaat durch die Zentrale eilen. »Geben Sie ihm meine Befehle weiter. Er soll sofort Kontakt mit der Gruppe aufnehmen, und Sie rufen mich fünf Minuten vor dem Auftauchen!«

Er wandte Dietrich den Rücken zu, griff zum Handmikrophon und drückte den Knopf. Ein paar Sekunden sah er vor sich hin, dann: »Hier spricht der Kommandant . . .« Er hörte das Echo seiner Stimme aus den für ihn unsichtbaren Räumen. »Morgen früh werden wir den Feind angreifen, und zwar dort, wo er es am wenigsten vermutet!« Er machte eine Pause und blickte mit steinerner Miene das Mikrophon in seiner Hand an, während Hurra-Rufe durchs Boot hallten. Er versuchte, Dietrichs Warnungen aus seinem Gedächtnis zu streichen, und fuhr gelassen fort: »In einer halben Stunde werden wir auftauchen; ich bitte mir aus, daß jeder von Ihnen dann hellwach und kampfbereit ist!« Wieder legte er eine Pause ein, weil seine Hände zitterten, wenn auch nur ganz wenig. Mit einer entschlossenen Bewegung steckte er sie in die Taschen und ließ das Mikrophon an seinem Kabel baumeln.

Während er in seine Kammer ging, hörte er den heiseren Ruf des Bootsmaaten der Wache: »Ausguckposten klar zum Aufentern. Seid auf alles gefaßt. Schließlich wißt ihr nicht, was ihr beim Auftauchen zu sehen bekommt.« Steiger biß sich auf die Lippen. Das ist das wahrste Wort, das du jemals gesprochen hast, dachte er.

Der Kommandant wischte die Linsen seines starken Zeissglases mit einem Tuch sauber und warf einen langen Blick über das dunkle Wasser vor dem keilförmigen Bug seines Bootes. Die hohe Bugwelle, leuchtend weiß und scharf begrenzt, strömte auf beiden Seiten am unsichtbaren Rumpf entlang, während *U 991* von seinen aufheulenden Dieselmotoren vorwärtsgetrieben wurde. In der Wolkendecke über ihren Köpfen waren mehrere freie Streifen entstanden, durch die ein paar blasse Sterne schimmerten. Sie hatten dem Navigator bereits gute Dienste geleistet, den Männern der Brückenwache jedoch schienen sie fern und feindlich.

Steiger zog den Hals tiefer in den Mantelkragen hinein und wunderte sich über die plötzliche Wetteränderung. Der Wind hatte vollständig abgeflaut, jetzt stand nur eine beinahe öligen Dünung ohne Brecher. Die Luft war kalt, aber feucht, und das Schwitzwasser rieselte in kleinen Rinnsalen von den stählernen Wänden des Turms und mischte sich mit dem eisigen Gischt, der vom Bug hochgeschleudert wurde. Im Glas sah er voraus leichten Dunst, der sein Blickfeld verzerrte.

Mit gespreizten Beinen standen die Ausguckposten auf allen Seiten des Turms und beobachteten mit ihren Gläsern den ihnen zugeteilten Sektor. Über ihren Köpfen klammerte sich ein weiterer Ausguckmann an die schwankende Periskopsäule. Seine Position war gefährdet durch die heftigen ruckartigen Bewegungen des Rumpfes, wenn dieser in die steilen Wellentäler stolperte.

Dietrich hob den Kopf von einem der Sprachrohre und sagte rasch: »Vier Uhr, Herr Kapitän. Oberleutnant Resch ändert Kurs auf null-acht-fünf.«

Steiger nickte und senkte sein Glas in den Schutz des Brückenkleides. »Sehr gut. Noch neun Stunden so hohe Fahrt, und wir treffen rechtzeitig ein.« Er blickte zu den blassen Sternen auf. Bald mußte es hell werden, aber im Augenblick war der Nachthimmel noch so schwarz wie zuvor.

Leise meldete Dietrich: »Wir nähern uns jetzt der Südwestecke des Minenfelds.«

»Ja. Den ersten Teil sollten wir in einer halben Stunde passieren.« Steiger verbannte aus seinem Gedächtnis das Bild seines letzten Bootes, das durch eine Mine in die Luft geflogen war. Trotzdem hörte er noch die Schreie aus den Sprachrohren, sah die turmhohe Wassersäule. Seltsam, daß er trotz dieser Erinnerungen so ruhig blieb. Gleichmütig sagte er: »Die Gefahr dieser Minenfelder wird meist überschätzt. Wenn wir über die eine Ecke hinwegfahren, sind wir fast so sicher, als wären wir getaucht.« Jedenfalls sind wir schneller, dachte er. Vorbei war das quälend langsame Entlangkriechen über Grund und das ständige Warten auf das Schaben einer Minentrosse an der Außenhaut. Das Minenfeld nahm einen großen Teil des Ansteuerungsweges in den Bristolkanal ein. In plötzlichem Zweifel biß er sich auf die Lippen. Vielleicht brachte er das Boot in tödliche Gefahr, nur weil er sich vor einer Annäherung in getauchtem Zustand scheute. Er hatte schließlich eine Minendetonation nur deswegen überlebt, weil er auf der Brücke gewesen war, genau wie jetzt.

Er sah mit dem Glas zur Steuerbordseite hinüber. Etwa zwanzig Meilen entfernt lag dort die große Halbinsel des britischen Festlandes: Devon und Cornwall mit ihren ständig von der See überspülten Felsen und hohen Klippen. An Backbord streckte sich ihnen etwa neunzig Meilen im Norden die Küste von Wales entgegen wie der andere Arm einer großen Falle. Sie standen jetzt gut innerhalb des Bristolkanals, bald wurde es Zeit zur nächsten Kursänderung. Er fragte sich, wie wohl die anderen Boote der Gruppe hinter ihm Position hielten, und ob Lehmann genauso dachte wie er. Es war seine Aufgabe, den Befehl über Meteor zu übernehmen, wenn ihm selbst etwas zustieß.

»Hochtourige Motoren an Steuerbord!« Ein Ausguckposten rief es mit heiserer Stimme, und einen Augenblick erstarrten alle, während sie die Ohren spitzten. Das Geräusch wurde jedoch schwächer, während sie lauschten. Es war ein bösartiges, hohes Summen wie von einer gefangenen Hornisse.

Steiger wartete, bis das Geräusch endgültig von der Dunkelheit verschluckt war. »Ein Motortorpedoboot«, verkündete er leise. »Möglicherweise auf Patrouillenfahrt am Kanaleingang.« Er spürte, wie die Brückenwache sich entspannte.

Eine nur schwach erkennbare Gestalt zwängte sich durch die offene Luke: Torpedogast Stohr mit frischem Kaffee.

Steiger umfaßte den heißen Emaillebecher mit behandschuhten Fingern und hielt ihn dicht an sein Kinn. Ihm war klar, daß die Ausguckposten ihn um jeden Schluck beneideten, aber schließlich wurden sie alle zwei Stunden abgelöst, während er ununterbrochen auf der Brücke gestanden hatte, seit sie vor zehn Stunden aufgetaucht waren.

Dietrich blickte hinunter auf das Vorschiff, wo die Geschützbedienung bei ihrer Waffe kauerte. »Der Nebel wird dichter, Herr Kapitän. Er klebt jetzt fast an der Oberfläche.« Bitter fügte er hinzu: »Es wäre Ironie des Schicksals, wenn wir hier im Minenfeld in die Luft flögen und die Tommies ihre Manöver abgeblasen hätten.«

»Wenn wir wirklich in die Luft fliegen, Oberleutnant Dietrich, brauchen wir uns darum keine Sorgen mehr zu machen.«

Dietrich verfiel in Schweigen. Steiger vergegenwärtigte sich das gesamte Minenfeld, wie es auf der Karte in der Zentrale eingezeichnet war. Es hatte die Form eines Rhombus und war mit seiner beeindrukkenden Größe mehr als nur eine Abschreckung für jeden tollkühnen U-Boot-Kommandanten, der oben im Bristolkanal beim starken Schiffsverkehr vor Cardiff reiche Beute machen wollte. Weil er die Befehle des BDU mißachtete und aufgetaucht Höchstfahrt lief, hatte Steiger es geschafft, die schlimmste Ecke des Minenfelds zu überqueren, und strebte nun von der Südwestspitze des Rhombus nach Norden, wodurch er direkt in ihrem Zielgebiet eintreffen würde.

Das Schweigen im Boot erhöhte noch die Spannung. Der Wachwechsel vollzog sich ganz im Gegensatz zu sonst ohne ein einziges Wort. Die abgelöste Wache verließ nur widerstrebend ihren vermeintlich sicheren Standort am Oberdeck. Eine Stunde verging, dann eine weitere, und der seltsam unbewegliche Nebel über dem Wasser verdichtete sich noch.

Dietrich war nach unten gegangen, und Oberleutnant Resch stand jetzt schweigend neben den beiden Periskopsäulen, den Kopf vorgestreckt, als lausche er. Steiger glaubte beinahe, seine Angst riechen zu können, und fragte sich, wie der Mann es geschafft hatte, überhaupt so lange durchzuhalten.

Mehrmals meldete der östliche Ausguckposten ein vermeintliches Zeichen der Dämmerung, aber jedesmal war es nur ein dichterer Nebelfleck. Wenn der Vordersteven des U-Boots den Nebel zerschnitt, flossen die weißen Schwaden über den hohen Bug zum Turm und schienen ihn wie ein Leichentuch zu bedecken. Wieder meldete ein Mann eine Nebelverdickung, worauf Resch herumfuhr und ihn wütend anfuhr: »Halt den Mund, du Blödmann! Wenn du's nicht genau sehen kannst, dann schweig gefälligst!«

Bedrückt stammelte der Ausguck: »Tut mir leid, Herr Oberleutnant, aber ich hielt es für ...«

Steiger schaltete sich ein und sagte scharf: »Melden Sie *alles*!« An Resch gewandt, fügte er leise hinzu: »Falls Sie die Leute lächerlich machen, Resch, haben sie bald Angst, überhaupt etwas zu melden, selbst wenn sie einen Torpedo direkt auf uns zukommen sehen.«

Resch schnaubte beleidigt und zog sich in sein brütendes Schweigen zurück.

Steiger rieb sich die Augen, sie fühlten sich rauh und trocken an. Es wurde jetzt wirklich heller. Schon konnte er schwach die stämmige Gestalt von Bootsmaat Hartz ausmachen, der schwankend hinter dem Deckgeschütz stand, und selbst der Netzabweiser aus Stahldraht war bis zum Bug hin sichtbar.

Er wollte gerade eine Bemerkung darüber machen und damit Resch aus seinem Schweigen reißen, als der Nebel plötzlich über die volle Länge des Bootes davonwirbelte. Im selben Augenblick zuckte achteraus ein roter Blitz auf, und ein gewaltiger Donnerschlag dröhnte dumpf über das Wasser. Es war eine heftige, aber kurze Detonation, die so genau mit der in Steigers Alpträumen übereinstimmte, daß ihm der kalte Schweiß ausbrach.

Bootsmaat Hartz beugte sich über die Reling und spähte scharf in den Nebel. »Mine, Herr Kapitän! Treibt achteraus!«

Resch schien zu neuem Leben zu erwachen. Er sprang zum Sprachrohr und schrie hinein: »Maschine stopp! Hart Backbord!«

Steiger stieß ihn beiseite und schnitt der erregten Stimme aus der Zentrale das Wort ab. »Belege letzten Befehl! Kurs und Fahrt beibehalten!« Grimmig drehte er sich um und sah gespannt nach achtern. »Wir waren sieben U-Boote, Resch. Auf diesem Kurs war es durchaus wahrscheinlich, daß eins auf eine Mine laufen würde. Wir selbst haben diese hier nur knapp verfehlt. Es wäre sinnlos, jetzt kehrtzumachen.«

Reschs Gesicht war verzerrt. »Sie können die Kameraden da hinten doch nicht ihrem Schicksal überlassen!« rief er. »Wir *müssen* zurückfahren!«

»Seien Sie kein Narr!« Steiger sprach ruhig, aber seine Stimme war dennoch wie ein Peitschenhieb. »Was, denken Sie, würden Sie da hinten finden? Ein Minentreffer bei fünfzehn Knoten, da bleibt nichts übrig.« Er machte eine umfassende Geste. »Die Leute an Deck waren noch im selben Augenblick tot, und der Rest geht mit dem sinkenden Boot auf Grund!«

Resch stützte sich auf die Reling und jammerte wie ein Kind: »O Gott! O Gott! Wir sind die nächsten, ich weiß es!«

Steiger packte ihn am Kragen und knurrte: »Noch ein Wort, und ich lasse Sie in die Arrestzelle sperren! Jetzt nehmen Sie sich gefälligst zusammen und gehen anständig Ihre Wache!«

Resch riß sich los und ging zur Vorderseite der Brücke. Dort blickte er durchs Glas, aber Steiger fragte sich, ob er wirklich etwas sah oder nur die Augen fest geschlossen hielt.

Die Detonation war im ganzen Boot zu spüren gewesen, und den anderen in der Flottille mußte es genauso ergangen sein. Jeder würde sich fragen, wer soeben ums Leben gekommen war und ob er der nächste sein würde.

Plötzlich schoß ihm ein Gedanke durch den Kopf: Angenommen, es war Lehmanns Boot? Sofort verwarf er diese Idee wieder. Die Detonation war zu nahe gewesen. Eher schon Otto Kunhardts *U 765.* Aber der Gedanke ließ sich nicht verscheuchen. Der Nebel täuschte; angenommen, es war doch Lehmann? Steiger sah wieder die amüsierten braunen Augen der jungen Frau vor sich und ihren vollen Mund. Dann würde sie vergeblich auf ihren Mann warten. Steiger zog eine Hand aus dem Handschuh und faßte sich an die Stirn. Trotz der kalten und feuchten Luft fühlte sie sich so heiß an, als habe er Fieber. Auf einmal überfielen ihn wieder Zweifel. Er hatte die Eventualitäten des Angriffs genau durchkalkuliert, aber wer konnte sagen, ob im Ernstfall alles richtig lief? Bald mußten sie das Minenfeld hinter sich haben, aber konnte jemand dessen sicher sein?

Das Sprachrohr quäkte, Resch nahm es hoch und meldete: »Die Zentrale sagt, daß wir das Minenfeld verlassen haben, Herr Kapitän. Wir gehen jetzt auf den neuen Kurs.«

Steiger nickte. Im Augenblick wagte er nicht zu sprechen. Er spürte den Druck der stählernen Bordwand am Arm, als das Boot in einer eleganten Kurve nach Steuerbord drehte. Jetzt waren sie im Einsatz, das Minenfeld lag achteraus. Zwischen ihnen und der feindlichen Küste wartete ihr Ziel.

Wie zur Antwort auf seine Gedanken berichtete die Zentrale: »Radar meldet starken Signalverkehr in null-zwo-fünf!« Wieder nickte Steiger. »Brücke räumen! Auf Tauchstationen!« Der Angriff konnte beginnen.

Der Angriff

»Boot liegt auf vierzehn Meter!«

»Gut. Sehrohr ausfahren!« Steiger hielt die Griffe gepackt und wartete darauf, daß die Linse die Oberfläche durchbrach. Die schwach erleuchtete Zentrale schien ihm unnatürlich feucht zu sein; er sah das Kondenswasser in kleinen Bächen an der gewölbten Bordwand herabrieseln. Das tiefe Heulen der langsam laufenden Elektromotoren klang, als sei es das einzig Lebendige weit und breit.

Graues Licht drang ihm in die Augen, und er hielt den Atem an, während er das Periskop nach einer raschen Drehung wieder in Ausgangsstellung brachte. Auch das Wasser war zinngrau und bis auf eine leichte Dünung ruhig. Die See schien leise unter ihrem nassen Nebelteppich zu atmen. Es war geradezu unheimlich, wie er hartnäckig einen Meter über der Oberfläche schwebte und für das Periskop nur ein ganz niedriges Blickfeld freigab. Der draußen vorherrschende Südwestwind hatte ihn vom Atlantik her in die landumschlossenen Gewässer des Bristolkanals getrieben, wo er sich nun zusammenballte und sie verspottete. Sie tasteten herum wie Blinde auf einer unbekannten Straße.

»Steuerbord zehn. Steuern Sie null-eins-fünf!« Er hörte die ruhige Stimme des Rudergängers seinen Befehl wiederholen, und das Knistern von Reschs Ölzeug, der sich über die Karte beugte, um ihren gewundenen Kurs zur unsichtbaren Küste von Wales mitzukoppeln.

Steigers Hände an den Periskopgriffen wurden klamm, er preßte die Stirn fester gegen das Gummipolster und versuchte, Ordnung in seine Gedanken zu bringen. Wer hätte diesen Nebel voraussehen können? Das Schicksal war wieder einmal gegen ihn. Es konnte aber auch eine Warnung sein.

»Uhrzeit?« Seine Stimme klang sehr laut in der stillen Zentrale, und er spürte, wie ihn alle beobachteten und aus seinen Reaktionen das Bevorstehende zu erraten suchten.

»Null-acht-zwo-fünf, Herr Kapitän!« Der Gefreite stotterte ein wenig.

Also fünf Minuten vor null. Gruppe Bruno mußte sich bereits auf Angriffsposition befinden. *Wenn* die englischen Schiffe noch da waren ... Auch seine anderen U-Boote hatten genügend Zeit gehabt, ihre Sektoren aufzusuchen, und warteten im Augenblick wahrscheinlich genauso blind im Nebel wie er selbst. Der Schweiß rann ihm in die Augen. Er bemühte sich, ihren gesamten Einsatz als eine klare, übersichtliche Operation zu betrachten, aber sein Verstand revoltierte dagegen. Alles, was er vor sich sah, war eine Reihe von U-Booten, entlang der Küste von Wales verteilt, die Besatzungen nervös und überanstrengt nach ihrer langen Fahrt von Norwegen und rund um Schottland; danach hatten auch für sie die endlosen Stunden des Wartens begonnen. Gruppe Bruno wurde von einem Flottillenchef befehligt, wie er selbst einer war, erfahren und zu allem fähig, aber jetzt ebenfalls erschöpft. Hinter ihnen lag die Feindküste und zwischen ihnen und der Sicherheit eine ganze Armada von Schiffen, von denen jedes dasjenige sein konnte, das ihnen den Tod brachte. Und wie steht es mit uns? dachte er. Achteraus ein Minenfeld, irgendwo voraus der unsichtbare Feind.

»Null, Herr Kapitän!«

»Überprüfen Sie Ihren gekoppelten Schiffsort, Resch!« Steiger drehte das Sehrohr um ein paar Grade hin und her.

»Das habe ich bereits getan, Herr Kapitän.« Reschs Stimme klang aufsässig.

»Dann tun Sie es noch mal!« Er wandte sich an Oberleutnant Dietrich. »Gehen Sie mit Resch auf der Karte den gesamten Plan durch.«

Wieder starrte er nach vorn in den wirbelnden Nebel und biß die Zähne zusammen. Sie konnten sonstwo sein. Es war zu gefährlich, das Echolot zu benutzen, um sich an der Wassertiefe zu orientieren, denn irgendwo in der Nähe mochte ein Zerstörer mit gestoppten Maschinen lauern, der nur darauf wartete, ihr Echo aufzufangen. Blind oder nicht, das U-Boot-Ortungsgerät des Zerstörers reichte vollkommen aus, um in diesen begrenzten Gewässern sein durch den Nebel behindertes Radar zu ersetzen.

Er wartete noch ein paar Sekunden. »Langsamste Fahrt voraus!«

Das Geräusch des Motors wurde zu einem ganz leisen Schnurren. »Beide Maschinen gehen langsamste Fahrt voraus, Herr Kapitän. Kurs null-eins-fünf.«

Ich werde jetzt auftauchen, mit oder ohne Feindberührung, sagte er sich. Ich muß Gruppe Meteor sammeln. Gott allein weiß, wo die anderen sind. Ein Gedanke durchzuckte ihn. »Hessler! Lassen Sie einen Mann der Geschützbedienung ein Flackerfeuer holen, und zwar eins von den großen für Notfälle!«

Hessler antwortete seelenruhig: »Wird gemacht, Herr Kapitän!«

Steiger holte tief Luft. Gott sei Dank, daß es einen Mann wie Hessler gab. Keine Panik, keine Frage. Er war vielleicht nicht intelligent genug, um Kommandant zu werden, aber sein unerschütterlicher Gleichmut war Gold wert.

Die U-Boote würden jetzt befehlsgemäß auftauchen, und das starke Flackerfeuer, dreifach vergrößert durch den Nebel, würde genügen, um sie alle hier zu versammeln. Dann konnte der Angriff beginnen. Wenn vor ihnen im Nebel wirklich Schiffe waren, würden sie es bald merken. Der Nachrichtendienst hatte von großen Transportern, Tankern und Landungsbooten berichtet.

»Schraubengeräusche voraus, Herr Kapitän!« Braun richtete sich auf und bediente die Drehknöpfe mit geschickten Fingern. »Starke Schraubengeräusche, scheint ein großes Schiff zu sein.« Er stülpte sich jetzt beide Muscheln über die Ohren. »Geräusche sind verzerrt, Herr Kapitän. Es müssen mehrere Schiffe sein, von recht voraus bis Grün vier-fünf.«

Dietrich befahl scharf: »Die genauen Peilungen, bitte! Wir müssen mitkoppeln!«

Steiger spürte wieder das Zittern in seinen Händen und klappte die Periskopgriffe zu. »Sehrohr einfahren, klar zum Auftauchen!« Rasch warf er einen Blick hinüber zu Lüth und sah, daß dessen Männer bereits die Trimmlage überprüften.

»Oberleutnant Hessler, alle Rohre klar zum Feuern! Sie werden wahrscheinlich von hier unten schießen müssen, denn ich weiß nicht, ob auf der Brücke genügend Sicht ist.«

»Auch Geschützbedienung klar, Herr Kapitän?« Hessler griff bereits zum Telefon.

»Nein. Wenn wir tauchen müssen, hätten sie nicht genügend Zeit, nach unten zu kommen.« Er tippte Hessler auf den Arm. »Aber Sie können den Vierling und die Maschinengewehre auf der Brücke besetzen lassen. Das muß genügen.«

»Gut.« Hessler sah auf seine Uhr, zuckte aber zusammen, als eine mächtige Detonation durchs Wasser dröhnte und mit ihren Druckwellen den Bootskörper schüttelte. Das dumpfe Donnern hörte nicht auf, sondern rollte noch immer wie fernes Gewitter. Einige Leute vorn fingen an, Hurra zu rufen, wurden aber von ihren Unteroffizieren sofort zum Schweigen gebracht. Diese waren zu erfahren, um den gewaltigen Lärm deutschen Torpedos zuzuschreiben.

Steiger trat an die Leiter und fing an zu klettern. Über seine Schulter rief er: »Auftauchen! Äußerste Kraft voraus!«

Mit schrillem Heulen erwachten die Motoren zum Leben, und das Deck neigte sich dem jungen Tag entgegen. Steiger drehte am Verschlußrad, in seinem Hirn arbeitete es fieberhaft. Sie mußten auftauchen, den Funkverkehr abfangen, und pfeif auf die Bestimmungen! Dies war kein normaler Einsatz mehr, er mußte wissen, was vorging.

Ausguckposten und Maschinengewehrschützen drängten hinter ihm nach oben, und als der Summer auf dem Turm ertönte, stemmte er die Schultern mit aller Kraft gegen das Luk. Wasser ergoß sich über ihn, aber er achtete nicht darauf, sondern kämpfte sich auf die Brücke. Abfließendes Wasser gurgelte um seine Seestiefel und durch die Speigatten. Der Nebel wirbelte über den glänzenden Rumpf, grau und weiß wie eine Wolkenbank.

Noch während er die nächste graue Nebelbank beobachtete, umschloß diese ihren scharfen Bug und wechselte die Farbe, aber diesmal nicht zu Weiß. Sie schien mit tausend Lichtern zu glitzern, als wäre sie der Vorhang zur Hölle selbst.

Max König lauschte dem fernen Donnern und warf einen raschen Blick auf seine Gefährten. Er hockte mit den anderen Männern der Geschützbedienung im Magazin, das dicht vor der Zentrale lag, und genau wie die anderen war er fast benommen von der säuerlichen, abgestandenen Luft und dem qualvollen Warten. Niemand hatte Zeit gefunden, ihnen die Gründe für ihre langsame Fahrt zu erklären oder ihnen wenigstens zu sagen, ob sie sich bereits in der Nähe des Einsatzortes befanden. Irgend jemand hatte verkündet, oben sei pottendicker Nebel und der Feind nirgends in Sicht. Ein anderer sagte, selbst der Kommandant wisse nicht, was los sei, aber König konnte das nicht glauben. Steiger sah nicht aus wie jemand, der den Dingen ihren Lauf ließ und auf sein Glück vertraute. Dennoch kam es ihm vor, als verkörperten sie ganz Deutschland auf seinem Weg ins Unheil. Er schüttelte den Kopf und lauschte den schwächer werdenden Detonationen. Einige Männer im Vorschiff hatten Hurra gerufen, aber jetzt herrschte Schweigen. Sie hockten trostsuchend zusammen, und jeder mied den Blick des anderen.

Ein Matrose rief aus der Zentrale: »Ihr da von der Geschützbedienung! Der Kommandant braucht ein Flackerfeuer!« Er starrte die unbewegliche Gruppe an. »Wird's bald? Eins von den großen!«

Eine metallische Stimme dröhnte durch das Boot: »Klar zum Auftauchen!«

Bootsmaat Hartz stand auf und zeigte auf König. »Du holst es ihm.«

König nickte und folgte dem anderen Matrosen durch die überfüllte Zentrale. Ganz klar war ihm nicht, was der andere wollte. Schon strebte das Deck aufwärts, und er sah die Beine der Brückenbesatzung über die blanke Leiter nach oben verschwinden. Die langen Gurte der Maschinengewehrmunition hingen zu beiden Seiten der Leiter herab wie bösartige Schlangen, und König hörte das Fluchen der Maschinengewehrschützen von oben, die ihre Waffen vor dem hereinstürzenden Wasser zu schützen versuchten.

»Hier!« Königs Begleiter, ein großer Berufsseemann namens Bettelheim, packte ihn am Arm und zog ihn in eine kleine hell erleuchtete Nische hinter der Zentrale. Sie war vollgestapelt mit Metallkästen, deren Inhalt aus ihren Etiketten ersichtlich war. Es handelte sich um Flakkerfeuer, Signalraketen, Handwaffenmunition, alle zusätzlich durch Metalldrähte gesichert.

König blickte den engen Gang entlang zum Maschinenraum. Es gab soviel zu sehen auf einem U-Boot, doch hatte er bisher kaum etwas kennengelernt.

Gereizt schnauzte Bettelheim: »Verdammt noch mal, beeil dich!«

König löste die Halterung des ersten Kastens und zog ihn heraus. Noch während er damit beschäftigt war, entdeckte er einen zusätzlichen Blechbehälter, der unordentlich zwischen dem nächsten Stapel Kästen steckte. Er sah schlampig aus und wirkte völlig fehl am Platz.

Bettelheim hebelte den Deckel auf und holte ein langes, flaches Flackerfeuer heraus. »Bring das auf die Brücke!« Er folgte Königs Blick und fragte stirnrunzelnd: »Was zum Teufel ist das?« König das Flackerfeuer übergebend, zerrte er an dem Blechzylinder. Er war etwa dreißig Zentimeter lang, schlampig angestrichen und ohne jede Markierung. Zornig sagte Bettelheim: »Wieder einmal die verdammten Köche! Jetzt verstauen sie schon ihre Reservedosen hier unten. Der Teufel soll sie holen!«

Ein dumpfer Knall war zu hören, als das Turmluk geöffnet wurde. König klemmte sich das Flackerfeuer unter den Arm und stieg über das Süll. Dies rettete ihm das Leben, denn als Bettelheim den Zylinder aus dem Regal zog, gab es einen fürchterlichen Krach, und der gesamte Gang war sofort voller Rauch. Noch während König entsetzt zurückblickte, verwandelte sich der Rauch in Flammen, und Bettelheim flog rückwärts in den Gang; seine Hände krallten sich verzweifelt in die Luft, und sein Gesicht war zu einer scharlachroten, schaumigen Masse verbrannt. Er schrie gellend und zerrte mit klauenartigen Fingern an seinem schwelenden Körper, während mit jeder Sekunde weitere Feuer um ihn ausbrachen.

König war beinahe starr vor Schrecken, als er sah, daß die Flammen schon nach den Munitionskästen züngelten. Dann riß er den Blick von dem sich am Boden Windenden los, schnappte sich das Telefon und rief so laut er konnte: »Feuer im achteren Munitionslager!«

Er ließ den Hörer fallen und stolperte zu der geschwärzten Gestalt, die jetzt still auf den glühenden Grätings lag. Seine Augen tränten, als er zum Feuerlöscher griff, und seine Stiefel rutschten auf dem aus, was von Bettelheim übrig war. Bevor ihm die Sinne schwanden und der Feuerlöschtrupp mit seinen Chemielöschern hereinstürmte, versuchte er in seinem umnebelten Gehirn einen Zusammenhang herzustellen zwischen der Detonation und dem kleinen Blechzylinder, den Bettelheim vom Bord gezerrt hatte. Selbst seinem unerfahrenen Blick war nicht entgangen, daß dieser keineswegs dorthin gehörte, und auch Bettelheim hatte es sofort gewußt.

Ein Bootsmaat zog ihn weg von Flammen und Lärm, und schrie ihm aufgeregt ins Ohr: »Was war da los?«

Ohne einen Augenblick zu überlegen, flüsterte König mit schwacher Stimme: »Es war eine Bombe!«

Steiger hustete, als der Nebel übers Brückenkleid wirbelte, und hob das Glas an die Augen. Aber es war zwecklos, er sah nicht einmal ihren eigenen Bug. Er öffnete den Verschluß des Sprachrohrs und zwang sich, nicht auf das Durcheinander in seinem Rücken zu achten. Das Torpedozielgerät wurde montiert, die Telefone wurden eingestöpselt. Die Maschinengewehre ragten bereits aus der Beplattung hervor, über die noch immer Wasser strömte. Das Boot war in weniger als einer halben Minute aufgetaucht.

»Hier spricht der Kommandant! Der Funkraum soll den Verkehr überprüfen und dann mit Gruppe Meteor Kontakt aufnehmen!«

Er beobachtete, wie die Nebelbank zur Seite glitt und einen dunklen Streifen offenen Wassers freigab. Um diesen herum wurde der Nebel alle Augenblicke durch Blitze von mattem Orange erhellt. Lärm erfüllte die Luft, langgezogene und auch kürzere Detonationen, die scheinbar aus allen Richtungen zugleich kamen.

Wieder hustete er, der Nebel achteraus schien dichter zu werden. Gereizt runzelte er die Stirn, denn das war unmöglich; sie machten schließlich mehr als sechs Knoten Fahrt durchs Wasser. Jemand schrie mit ungläubiger Stimme: »Rauch, Herr Kapitän!«

Steiger starrte in dicke schwarze Rauchschwaden, die durch das ovale Luk quollen und sich mit dem Nebel vermischten.

Aus einem Sprachrohr krächzte es: »Feuer in der achteren Munitionslast, Herr Kapitän!« Das war Hessler, und seine sonst so ruhige Stimme klang nervös.

Die Brückenbesatzung auf ihrer kleinen stählernen Insel wurde unruhig, im Moment schien alle Disziplin vergessen.

Steiger sog witternd die Luft ein und roch Furcht und aufsteigende Panik genauso deutlich wie den Gestank brennender Farbe und versengten Fleisches.

»Ruhe dort hinten!« Absichtlich wandte er dem Luk den Rücken und rief: »Gleich wird der Nebel aufreißen, also klar bei allen Waffen!«

Er versuchte, sich auf das offene Wasser zu konzentrieren und die Verzweiflung zu unterdrücken, die sein Gehirn blockierte wie geronnenes Blut. Es würde nicht lange dauern. Wenn die Flammen die Munition oder die Raketen erreichten, würde die Explosion das Boot in zwei Teile zerreißen – falls sie Glück hatten. Falls nicht, würde eine

Feuerwalze vom Bug zum Heck durch den Rumpf fegen, bis jeder einzelne an Bord geröstet war.

Der Nebel hob sich jetzt wie der Saum eines riesigen Vorhangs, und Steiger blickte verzweifelt auf eine Wand aus grauem Stahl, die ihren Kurs versperrte. Der untere Rand der Nebelbank hing gerade hoch genug, um ihm die Doppelreihe geschlossener Bullaugen und die Unterseiten festgezurrter Landungsboote zu zeigen, die das ganze Bootsdeck des Schiffes einnahmen. Es war ein großer Transporter, wahrscheinlich vollgepackt mit Menschen.

Er hustete qualvoll und starrte durch die Linsen der Angriffsoptik. Sie waren schon viel zu nahe, und die Entfernung verringerte sich noch. Wenn er jetzt die Torpedos abschoß, mußte die Detonation sein eigenes Boot so vernichten wie das Feuer unten in der Munitionslast. Wieder hustete er und rief ins Telefon: »Rohr eins bis vier klar zum Feuern! Selbständig abschießen, wenn fertig!« Unten im Boot würde Hesslers Mannschaft die Informationen auswerten, mit denen sie vom Torpedozielgerät gefüttert wurden, vorausgesetzt, daß sie nicht bereits im Qualm erstickt waren. Er beugte sich über das Sprachrohr zum Maschinenraum. »Beide stopp! Dreimal äußerste Kraft zurück!«

Zähneknirschend wartete er, bis die das ölige Wasser aufwühlenden Schrauben den Rumpf achteraus zogen. Langsam zuerst, dann aber sah er die große Stahlwand im Nebel verschwinden. Er preßte die Augen in die Gummimanschette, das Fadenkreuz fest auf das vorderste Landungsboot gerichtet, über dem sich seiner Schätzung nach die Brücke befinden mußte. Er spürte seine Verzweiflung wachsen, als die Umrisse des Feindes langsam verschwammen. Krächzend rief er: »Beide stopp! Beide langsame Fahrt voraus!« Verdammt, er hätte den Transporter beinahe aus den Augen verloren!

Im Telefon hörte er Hesslers tiefe, ruhige Stimme: »Rohr eins Feuer! Zwo Feuer! Drei Feuer! Vier Feuer!« Jedesmal bebte der Bootsrumpf leicht, und Steiger stellte sich die schlanken Torpedos vor, die jetzt mit ihrer Blasenbahn auf das verborgene Schiff zujagten.

Backbord querab entstand ein gewaltiges Getöse, das seine Konzentration störte. Dort wurden Wasserbomben geworfen, und das ganz in ihrer Nähe. Ein U-Boot der Gruppe hatte es nicht geschafft, rechtzeitig aufzutauchen, und mußte jetzt dafür bezahlen.

»Steuerbord fünfzehn!« Gespannt starrte er durch Nebel und Qualm. »Steuern Sie null-vier-fünf!«

Hustend und würgend kam Dietrich aus dem Turmluk gestiegen.

Ärgerlich musterte ihn Steiger. »Was wollen Sie hier?«

»Funkspruch, Herr Kapitän!« Mit leerem Blick sah Dietrich ihn an. »Über Gruppe Bruno, Herr Kapitän!«

Steiger starrte an ihm vorbei in die rollenden Nebelschwaden, zählte im Geist die Sekunden der Torpedolaufzeit. Sie mußten ihn verfehlt haben. Ärgerlich krächzte er: »Machen Sie Ihre Meldung gefälligst von der Zentrale aus!«

Dietrich erwiderte steif: »Ich hielt es für besser, die Zahl der Zuhörer möglichst zu begrenzen.«

Steiger sah ihn erstaunt an. »So? Was gibt's?«

»Gruppe Bruno ist vernichtet, Herr Kapitän!«

Ihre Blicke begegneten sich und hielten einander fest. »Vernichtet? *Alle*?«

Leise fuhr Dietrich fort: »Ein Boot war noch übrig, aber ich denke, das ist jetzt auch hin. Entweder hat es sich ergeben, oder es ist gerammt worden.« Er hob den Kopf und fuhr fort: »So oder so sind wir auf uns allein gestellt.«

Eine Welle glühend heißer Gase fegte über die Brücke, als eine gewaltige Detonation den Nebel um sie herum in graue Fetzen riß. Dann folgte noch eine und noch eine. Sie hatten drei Treffer erzielt!

Steiger wischte sich das nasse Gesicht und blickte hinunter aufs Turmluk. Die Qualmwolke war zu einer dünnen Säule geworden, und er hörte Dietrich mit derselben ausdruckslosen Stimme sagen: »Sabotage, Herr Kapitän! Unten vor der Munitionskammer liegt ein Toter.«

Steiger neigte den Kopf und starrte auf das glänzende Deck unter sich. Das Ganze kam ihm vor wie ein endloser Alptraum.

Ein weiterer Donnerschlag ertönte, sein Echo wurde vom Nebel zurückgeworfen. Steiger schob sich an Dietrich vorbei zur Backbordseite, um über die Brückenreling zu blicken. »Noch ein Treffer!« Der vierte Torpedo mußte ein anderes Ziel gefunden haben, irgendwo in der dichten Masse der Transportschiffe. »Diese akustischen Aale sind wirklich gut!« Er griff zum Telefon. »Haben Sie schon nachgeladen?«

Dietrich schreckte auf. »Wir werden gerammt, wenn wir aufgetaucht bleiben, Herr Kapitän!«

»Wenn wir tauchen, sind wir mit Sicherheit erledigt.« Steiger zwang sich zu einem grimmigen Lächeln. »Hier herum haben wir nirgends genügend Wassertiefe. Andererseits ist der Feind genau so blind wie wir.«

Dietrich erstarrte und zeigte nach Steuerbord. »Mein Gott, sehen Sie!« keuchte er.

Einen Augenblick glaubte Steiger, sie kämen an einer Fahrwassertonne vorbei, aber dann dämmerte ihm, daß es das hochgereckte Heck eines U-Boots war. Es ragte senkrecht aus dem öligen Wasser – eine schwarze, schleimbedeckte Klippe wie das Mahnmal eines schrecklichen Friedhofs. Der Nebel umwallte die stillstehenden Schrauben, und glänzendes Metall zeigte, wo die Ruderblätter durch die Gewalt der Unterwasserdetonation abgerissen waren. Während das Wrack an ihnen vorbeizog und sich langsam im Nebel auflöste, versuchte Steiger, nicht an die Männer zu denken, die möglicherweise in dieser Todesfalle saßen.

»Keines von uns«, sagte er. »Sein Unterwasserschiff ist seit längerem nicht gereinigt worden. Wahrscheinlich eins von Gruppe Bruno.«

Ein Ausguck rief aufgeregt: »Dort ist noch etwas, Herr Kapitän! Gut frei an Steuerbord voraus!«

Steiger beugte sich über sein Zielgerät, aber Dietrich starrte weiterhin wie gelähmt achteraus.

Ein dunkler Fleck war dort vorn im Nebel sichtbar, allerdings noch nicht klar zu erkennen. Es sah aus wie Qualm oder wie ein Schatten.

Gelassen befahl Steiger: »Rohr fünf bis acht klar zum Feuern! Ziel peilt null-fünf-null!« Er hörte das Klicken von Knöpfen und Schalthebeln unten in der Zentrale und legte sich den Telefonhörer vorsichtig auf die Schulter. Zu Dietrich in seinem Rücken sagte er: »Gehen Sie nach unten, Heinz! Gleich gibt es eine Menge für Sie zu tun!« Dann hob er den Kopf und blickte in Dietrichs gespanntes Gesicht. »Was war das für eine Bombe?« Absichtlich brutal fuhr er fort: »Sie hatten die Aufgabe, das Boot *vor* dem Auslaufen zu überprüfen, stimmt's?« Dietrich starrte ihn nur wortlos an. »Nun gehen Sie endlich nach unten und kümmern Sie sich um die Leute!«

Ein Seemann am Steuerbord-Maschinengewehr schrie erschrocken auf: »Schiff recht voraus!«

Steiger wandte sich wieder seinem Zielgerät zu, merkte aber sofort, daß dies überflüssig war. Wie zwei unpersönliche Augen zeichneten sich die beiden Anker eines langsam fahrenden Transporters hoch über ihnen im Nebel ab. Der rostige Steven kam genau auf das halbgetauchte U-Boot zu, drohend wie eine riesige Axt.

Dietrich spürte, wie sein eben noch straffer Körper schlaff wurde, als wären die Muskeln bereits zerrissen. Er hörte die Brückenwache ringsum fluchen oder wimmern, während das große schweigende Schiff turmhoch über ihnen aufragte. Er erkannte die dünnen Stahltrossen der hohen Backsreling und glaubte, dahinter die massige graue Brücke ausmachen zu können. Die Männer dort oben würden nur ein leichtes Beben spüren, wenn ihre zehntausend Tonnen sich einen Weg über das glücklose U-Boot bahnten.

Dietrichs steigende Angst überschwemmte ihn wie eine Flutwelle. Er hörte sich unverständliche Dinge rufen und schmeckte fast gleichzeitig salziges Blut im Mund, als eine im Handschuh steckende Faust ihn auf die nasse Decksbeplattung warf.

Steiger zog die Faust zurück und rief ins Sprachrohr: »Backbord fünf!« Er beobachtete, wie ihr Bug ein wenig abdrehte. »Mittschiffs! Steuerbord zehn!« Schweiß blendete ihn, während er zusah, wie sich die beiden Steven einander näherten. Verdammt, die Drehung war zu stark. »Backbord zehn! Mittschiffs!« Der ausladende Bug hing jetzt genau über ihnen, und die Maschinengewehrschützen kauerten sich hinter ihre dünnen Schutzschilde, als wollten sie sich vor dem riesigen Schiff verbergen. Sein Steven passierte das U-Boot mit knapp vier Meter Abstand. Es holte plötzlich stark über, als die massiven Schiffsplatten gleichgültig gegen seinen Satteltank stießen. Nochmals eine starke Krängung, und Steiger sah über ihren Köpfen die Kiele festgezurrter Rettungsboote rasch vorbeiziehen. Aber der vernichtende Rammstoß war ausgeblieben.

Er hörte Dietrich sich wieder aufraffen, konzentrierte sich aber auf die schier endlose Länge des feindlichen Transporters. Noch ein solcher Rippenstoß, und sie waren genauso erledigt, als wären sie gerammt worden.

Das U-Boot schüttelte sich heftig, als das ausladende Heck des Schiffes mit den langsam laufenden Schrauben an ihm vorbeiglitt. Sie schienen das einzig Lebendige in der großen grauen Masse zu sein. Steiger wischte sich den Schweiß aus den Augen und sah hinauf zum Namen des Schiffes: *Wexford Queen* – Liverpool. Automatisch rief er: »Hart Steuerbord!« Und während der langsam abdrehende Rumpf unter ihm vibrierte, fuhr er fort: »Rohr fünf bis acht, klar zum Feuern!« Die Zentrale bestätigte seine Befehle, und er fand noch die Zeit, sich über ihre ungewohnte Schnelligkeit zu wundern.

Wenn schon hier auf der Brücke alles in Schrecken versetzt worden war, wieviel schlimmer mußte es dort unten in der blinden Hölle gewesen sein! Die scharfen Ruderbefehle, das Knirschen von Stahl, das Überholen des Bootes, all das konnte die Männer zum Wahnsinn treiben, schneller als ein Torpedo abgefeuert wurde. Steiger beobachtete, wie der lange Walrücken seines Bootes hinter dem verschwindenden Transporter eindrehte. Er versuchte, sich zu konzentrieren. Sie mußten sich tatsächlich mitten zwischen der Hauptmacht der alliierten Schiffe befinden, was Steiger für den sichersten Ort hielt, vorausgesetzt, er konnte eine Kollision vermeiden.

»Mittschiffs!« Das Boot hatte noch zu stark gedreht, und selbst akkustische Torpedos durfte man nicht überfordern. »Recht so! Steuern Sie eins-sieben-fünf!«

Er drückte das Gesicht wieder ans Torpedozielgerät und beobachtete das verschwommene Heck des Transporters. Stirnrunzelnd stellte er fest, daß die Peilung sich wieder geändert hatte. Entweder hatte der Kapitän die Orientierung verloren oder beschlossen, zur Basis zurückzukehren.

Den Verlust der Gruppe Bruno strich er aus seinen Gedanken; er weigerte sich auch, über die Wirksamkeit der Waffen nachzudenken, mit denen ihr dieser tödliche Schlag versetzt worden war. Ohne den Nebel wäre Meteor zuerst hier gewesen und hätte vielleicht das Schlimmste verhindert. Er zog eine Grimasse. Wenn . . . Vielleicht . . . Er wurde schon genauso wie die anderen. »Klar zum Feuern!«

Das Fadenkreuz lag über einem scheinbar leeren Raum, in dem nur der Nebel wirbelte.

»Rohr fünf Feuer! Sechs Feuer! Sieben Feuer! Acht Feuer!« Er versuchte, ihr kompliziertes Manöver im Kopf zu behalten, aber statt dessen sah er immer wieder das zum Himmel ragende Heck des vernichteten U-Boots vor sich. Was war nur los mit ihnen allen? Lehmann hatte Entschuldigungen für ihre Verkrampfung und ihren verletzten Stolz gesucht, und Dietrich schien den Punkt erreicht zu haben, wo die Furcht vor dem Tod größer war als die Furcht vor dem Versagen.

Eine Welle monströser Detonationen schüttelte den Rumpf, noch während das Boot von seiner letzten Schußposition wegdrehte. Die Nebelbank leuchtete plötzlich in Scharlachrot und Gold, und Steiger konnte das Reißen von Metall und das Krachen der durch die Schotten fallenden Maschinen hören, als das unsichtbare Schiff sich im Todeskampf wälzte.

Hinter ihm standen die Männer auf ihren Posten, graugesichtig und verängstigt, in ihren Augen spiegelte sich das Flackern der Flammen. Als die *Wexford Queen* auf Grund ging, hörten sie das Donnern einschießenden Wassers und das Zischen entweichenden Dampfes. Dietrich starrte bedrückt über den Bug hinweg, das Blut auf seiner Lippe wirkte bei der gespenstischen Beleuchtung eher schwarz als rot.

Kalt musterte ihn Steiger. »Sie können nach unten gehen. Wir sprechen uns später. Ich möchte einen vollständigen Bericht über diese Bombenexplosion und über vieles andere.«

Dietrich öffnete den Mund zu einer Antwort, drehte sich dann aber nur schweigend um und verschwand durch das Turmluk.

Eine launische Windbö wirbelte einen Teil der Nebelbank in die Höhe, als wolle sie das Gemetzel rundum enthüllen. Wäßriges Sonnenlicht schimmerte einen Augenblick auf der zinngrauen Oberfläche.

Ein Ausguckposten rief: »Köpfe im Wasser, Herr Kapitän! Überlebende!«

Es hatte den Anschein, als trieben die Menschen im Nebel und nicht im Wasser. Als sich der Bug des U-Boots ihnen rasch näherte, rief ein Maschinengewehrschütze heiser: »Um Gottes willen! Das sind *unsere* Männer, seht euch die Schwimmwesten an!«

Die dünnen Hurrarufe der Opfer verwandelten sich in Wutgebrüll und Flüche, als der scharfe Steven zwischen sie fuhr und sie beiseite warf wie unnützes Treibgut. Bettelnd erhobene Hände, aufgerissene Münder ließen die Brückenbesatzung in laute Entsetzensschreie ausbrechen.

Aber Steigers Glas blickte über die Schwimmer hinweg, die er dem Tod überlassen mußte. Der Nebel vor ihnen teilte sich, und im Mittelpunkt dieses Dreiecks lag der Zerstörer; er rollte leicht auf dem dunklen Wasser – wie ein anmutiges Raubtier, das zum Sprung ansetzt. Sein messerscharfer Bug wandte sich langsam dem U-Boot zu, und als Steiger zum Sprachrohr sprang, hörte er schwach das metallische Scheppern seines Maschinentelegrafen, gefolgt vom Aufheulen seiner vierzigtausend Pferdestärken.

Der Anblick war von einer schrecklichen Faszination, aber Steigers Stimme blieb ausdruckslos. »Hart Backbord! Backbordmaschine äußerste Kraft zurück!« Überrascht, als hätte er sie bereits vergessen, blickte er auf die wenigen noch im Wasser schwimmenden Köpfe, als der stampfende Rumpf wie eine Sense zwischen sie fuhr. Aber es würgte ihn, als er die vertrauten Uniformen sah und die halberstickten Schreie in seiner Muttersprache vernahm.

Schon war das harte Hämmern automatischer Waffen zu hören, und rote Leuchtspurgarben vom niedrigen Deck des Zerstörers fegten über sie hinweg. Die aufsteigenden Perlenketten wirkten zunächst träge, wenn sie sich in langem Bogen vom Zerstörer erhoben, senkten sich dann aber blitzschnell auf das drehende Boot herab. Bald hatten die britischen Geschützführer sich eingeschossen, und eine Garbe von Zweizentimeter-Geschossen beharkte das Vorschiff bis zum Turm. Die Luft war erfüllt vom scharfen Krachen der Detonationen, dem Kreischen der Querschläger und dem metallischen Klingen der stählernen Bruchstücke, die über die Köpfe der geduckten Brückenwache hinwegschwirrten.

Mit zusammengekniffenen Augen beobachtete Steiger, daß der Zerstörer auf möglichst engem Raum zu drehen versuchte. Jäger und Gejagter umkreisten einander, wobei das U-Boot den inneren und der Zerstörer den äußeren Kreis beschrieb. Da das größere britische Schiff mehr Platz benötigte, konnte dessen Kommandant seine sechsunddreißig Knoten nicht wirkungsvoll gegen die sechzehn des U-Boots einsetzen. Steiger wußte jedoch aus Erfahrung, daß der Gegner sich nicht damit abfinden würde.

»Mittschiffs!« Er nahm einen Teil der Drehung aus dem Boot, worauf der Abstand zwischen den beiden Fahrzeugen sich so stark verringerte, daß er deutlich die hellen Gesichter über dem feindlichen Brükkenkleid erkennen konnte. Er sah aber auch die langen Rohre seiner Hauptbewaffnung, die jetzt gesenkt wurden und dem niedrigen grauen Rumpf folgten, der durch das Wasser pflügte wie ein gefangener Hai.

Mit plötzlicher Wut fuhr Steiger herum: »Feuer eröffnen! Deckt seine Brücke ein!« Als die Geschützführer zögerten, sprang er selbst hinter das nächste Maschinengewehr, stieß den Schützen beiseite und schoß. Danach rannte er keuchend zurück zum Sprachrohr, während die Maschinengewehre nun das Feuer eröffneten, gefolgt vom tödlichen Rasseln des Vierlings. Die Leuchtspurgeschosse prasselten über das aufgewühlte Wasser und mischten sich kurz mit den Perlenschnüren des Feindes, bevor sie ihr Ziel fanden.

Steiger spürte eine eiskalte Brise auf den Wangen und beobachtete, wie der Nebel um den Kommandoturm wirbelte. Wenn es jetzt aufklart, dachte er verzweifelt, sind wir erledigt. Angesichts der vielen Kriegsschiffe in der Nähe mußten sie tauchen und konnten dann gerammt oder durch Wasserbomben vernichtet werden. Ihre Hoffnung auf Überleben war damit gleich Null. Aufmerksam beobachtete er, wie die tarnfarben gestrichene Bordwand des Zerstörers aufleuchtete, als ein schwacher Sonnenstrahl sie traf. Der Kommandant ließ noch immer die Schrauben gegeneinander arbeiten, denn die Silhouette seines Schiffes verkürzte sich merklich, und der hohe spitze Bug wanderte weiter aus.

Kugeln krachten gegen die Turmplatten wie der Schlag einer Stahlpeitsche, und zwei der MG-Schützen brachen blutüberstömt hinter ihren Waffen zusammen.

»Sie dort!« Steiger deutete auf einen Ausguckposten, der sich schutzsuchend gegen den nassen Stahl preßte. »Übernehmen Sie!« Der Mann starrte ihn nur verständnislos an. Wütend griff Steiger nach seiner Pistole, da richtete er sich auf und klemmte sich hinter das schweigende Maschinengewehr.

Steigers Verstand arbeitete mit verzweifelter Präzision. Der Wind frischte auf, er mußte reagieren. Mit weit aufgerissenen Augen folgte er dem verrückten Tanz der beiden Fahrzeuge und spürte, wie das Deck überholte, als die Maschinen auf immer höhere Touren gingen. Jetzt ließ sich der britische Kommandant ein wenig achteraus sacken und versuchte offenbar, den Kreis zu öffnen, um seine schweren Geschütze einsetzen zu können. Wenn er das schaffte, konnte er das U-Boot zu Schrott schießen und danach rammen. Der Nebelvorhang wurde immer dünner.

Wenn ich plötzlich nach Steuerbord drehe, dachte Steiger, wird ihn das überraschen. Sein Mund wurde trocken, während er die Auswirkungen des beabsichtigten Manövers erwog. Der englische Kommandant würde es um so weniger erwarten, als das U-Boot dabei auf ihn zudrehen mußte und einen Augenblick quer vor seinem Bug liegen würde. Aber falls er nur einen winzigen Fehler bei der Beurteilung der Situation machte, würden die zweitausend Tonnen heranrasenden Stahls in das hilflose U-Boot krachen und es in zwei Teile schneiden. Andererseits konnte Steiger hoffen, mit etwas Glück an der Bordwand des Zerstörers vorbeizukommen und wieder im Nebel zu verschwinden. Das andere Schiff hatte derartig hohe Fahrt, daß es einige Zeit dauern würde, bis es die Jagd von neuem aufnehmen konnte.

Ein weiterer Schütze stürzte zu Boden, diesmal aus dem Vierling. Eine Granate hatte ihn nahezu enthauptet, aber der Körper wälzte sich noch auf der Geschützplattform, während sein Blut über die grauen Platten strömte.

Steiger verdrängte das alles und rief ins Sprachrohr: »Oberleutnant Dietrich! Hören Sie mir genau zu!« Er zwang sich, ein paar Sekunden zu warten, sah im Geist das blasse Gesicht des jungen Offiziers mit dem blutigen Kinn vor sich. »In ein paar Sekunden drehe ich hart Steuerbord. Wenn ich diesen Befehl gebe, lassen Sie die Steuerbordmaschine äußerste Kraft zurückgehen und die Backbordmaschine weiter äußerste Kraft voraus. Bei Hartlage des Ruders sollte das Boot dann auf dem Teller drehen.« Er hörte Dietrichs Stimme den Befehl an Lüth und den Rudergänger weitergeben. »Sagen Sie Lüth, er soll von vorn nach achtern pumpen lassen, damit das Boot vorn höher liegt. Das wird die Drehung noch beschleunigen. Und, Dietrich . . .«

Er glaubte, das Keuchen seines Ersten zu hören, bis er überrascht feststellte, daß es sein eigener Atem war. »Sie müssen verdammt schnell sein!«

Dietrichs Stimme klang wie von weit her. »Verstanden, Herr Kapitän!«

Ein dumpfer Knall, und fast gleichzeitig heulte eine Granate über ihre Köpfe hinweg; sie detonierte mit einer mächtigen Wassersäule eine knappe Kabellänge* vor ihrem Bug. Der englische Kommandant begann also, sein schweres vorderes Geschütz einzusetzen.

Jetzt oder nie! Aus dem Augenwinkel sah Steiger den mächtigen Schemen eines Transporters sich durch den Nebel schieben. In Wirklichkeit lag er wohl beinahe gestoppt und wartete auf freies Fahrwasser, um in seinen Ausgangshafen zurückzukehren.

Jetzt! Kaum gehorchte ihm seine Stimme, als er rief: »*Hart Steuerbord!*« Im selben Augenblick spürte er die veränderte Ruderlage und hörte unter seinen Füßen das schreckliche metallische Scheppern, als die Steuerbordmaschine von voll voraus auf voll zurück sprang. Es war ein gefährliches, manchmal sogar katastrophales Manöver, aber in diesem Fall blieb ihnen nichts anderes übrig. Schon fegte der Bug wild über die aufschäumende See, und hinter dem Heck zeichnete das Kielwasser die Form eines riesigen S.

Mit beiden Fäusten packte Steiger die Brückenreling, als wolle er die Drehung noch beschleunigen. Sein Blick blieb fest auf den Zerstörer gerichtet, dessen Form sich rasch verkürzte, bis er schließlich mit dem Bug genau auf sie zu lag; sein Kommandant bemühte sich offenbar, ebenfalls zu drehen, während er im Augenblick den krängenden U-Boot-Turm genau voraus hatte.

Die Narbe auf Steigers Stirn schien zu glühen, und er mußte Schweiß wegblinzeln, der ihm unter der Mütze hervorlief. Noch immer drehte das Boot, während der hochragende Vordersteven des Feindes näher und näher kam. Er sah die weiße Kriegsflagge von der Gaffel wehen, sah die auf ihn gerichteten Gläser auf der oberen Brücke, aber auch die schweigenden Geschütze. Der Winkel änderte sich jetzt rasch: fünfundvierzig Grad, zwanzig Grad . . . Dann lagen beide Schiffe Bug gegen Bug, bei einem Abstand von einer halben Kabellänge.

»Steuerbord stopp! Steuerbord äußerste Kraft voraus!« Es war Zeit, aus dem Kreis auszubrechen. »Ruder mittschiffs!« Entsetzt wür-

* Kabellänge = 182 m

den jetzt Lüths Maschinisten ihre Skalen anstarren. Jede Sicherheitsmarge war außer acht gelassen worden.

Mit seinen sechsunddreißig Knoten Fahrt jagte der Zerstörer vorbei, seine mächtige Bugwelle brach sich über dem U-Boot, als wäre es ein halb überspülter Fels.

Steiger sah eine kleine Gruppe englischer Seeleute über das Achterdeck laufen und gab seinen Leuten am einzigen noch einsatzfähigen Maschinengewehr ein Zeichen. »Schnell! Feuert auf diese Männer dort!« Denn sie rannten nach achtern zu den Wasserbomben. Wenn es ihnen gelang, auch nur eine einzige Bombe zu werfen, bevor sie weit genug entfernt waren, würde deren Detonation so dicht unter der Oberfläche das Boot zum Kentern bringen wie einen toten Wal.

Wieder hämmerte das Maschinengewehr seinen bösartigen Gruß hinüber. Der Geschoßhagel fuhr in die Männer wie eine Sense und mähte sie nieder, bevor auch nur ein einziger die Wasserbomben erreichen konnte.

Steiger trat zurück und blickte hinauf zur Brücke des Zerstörers und dem qualmenden Schornstein. Geschosse heulten und pfiffen aus allen Richtungen, aber er mußte überrascht feststellen, daß die Waffen des U-Boots schwiegen, statt dem im Nebel verschwindenden Zerstörer mit gleicher Münze heimzuzahlen. Da blickte er hinunter und sah nur gekrümmte Gestalten, starrende tote Augen und verzerrte Gesichter. Er war auf der von Narben bedeckten Brücke der einzige Überlebende. Aber während er noch entsetzt die toten Gesichter musterte, erreichte ein letzter Feuerstoß des Zerstörers die ungeschützte Rückseite des U-Boot-Turms.

Er hatte das Gefühl, von einem mächtigen Hammer an der Schulter getroffen und gegen den Tochterkompaß geworfen zu werden. Noch bevor er auf den Grätings landete, spürte er, daß ein entsetzlicher Schmerz wie mit feurigen Klauen jede Willenskraft aus seinem Körper zog. Trotzdem versuchte er verzweifelt, sich zu den Sprachrohren zu schleppen. Sicherlich drehte der Zerstörer bereits, und das U-Boot steuerte blind ins Nichts hinein, mit einer Brücke voller Toter und einem hilflosen Kommandanten. Er dachte an Dietrichs angstverzerrtes Gesicht und biß sich auf die Lippen. Der Erste würde nicht nach oben kommen. Er rollte sich auf die Seite und spürte heißes Blut auf seiner Brust. Sie werden nicht kommen, dachte er, schon halb bewußtlos. Sie warten alle auf mich! Stöhnend starrte er die vernieteten Stahlplatten vor seinen Augen an, bis sich Dunkelheit über ihn senkte.

Keine Heldentaten

Als *U 991* bei voller Fahrt seine verrückte Drehung nach Steuerbord machte, legte sich das Deck in so steilem Winkel über, daß Dietrich den Arm um das Sehrohr schlingen mußte, um nicht zu stürzen. Er blinzelte rasch die Tränen weg, die ihm der noch immer in der Luft hängende beißende Qualm in die Augen trieb. Die im achteren Munitionsraum verzweifelt das Feuer bekämpfenden Seeleute lagen jetzt in einem hilflosen Haufen übereinander, da die schnelle Drehung sie völlig überrascht hatte.

Der Rudergänger wiederholte durch die zusammengebissenen Zähne: »Ruder hart Steuerbord! Steuerbordmaschine äußerste Kraft zurück!«

Dietrich fuhr zusammen und warf rasch einen Blick in Lüths gespanntes Gesicht, während die Maschinen protestierend aufheulten. Das Boot legte sich noch weiter über, so daß die Männer, die es geschafft hatten, noch auf den Füßen zu bleiben, jetzt in einem Winkel von fünfundvierzig Grad zu stehen schienen.

Die Panzerplatten vibrierten, als eine Geschoßgarbe über den Satteltank fegte, und Dietrich spürte sein Herz heftig schlagen. Der Rudergänger wiederholte weiterhin Steigers Befehle, aber der Beschuß und der Lärm des Wassers an Oberdeck waren so gewaltig, daß Dietrich nur vermuten konnte, was oben gesagt wurde.

Das anschwellende Maschinengeräusch des Zerstörers übertönte schließlich alles andere. Die Männer, die nicht direkt mit der Steuerung befaßt waren, lagen wie betäubt herum und warteten mit weit aufgerissenen Augen und grauen Gesichtern auf die Kollision.

Immer lauter wurde das Getöse, bis jede Niete sich loszuarbeiten schien. Dietrich merkte, daß er in seine Finger biß, und zwar mit solcher Kraft, daß sie taub vor Schmerz wurden. Bald mußte es soweit sein. Eine Wasserbombe oder ein Granattreffer würde das Ende bringen. Wie gebannt starrte er die Bordwand an und stellte sich auf der anderen Seite den scharfen Steven des feindlichen Schiffes vor, der sich im nächsten Augenblick tief in die Eingeweide des U-Boots bohren würde, unmittelbar gefolgt von einem donnernden Wassereinbruch.

Der Rumpf rollte heftig von einer Seite zur anderen, und Hessler rief ungläubig: »Wir haben es geschafft! Der Zerstörer hat uns verfehlt!«

Lüth leckte sich die trockenen Lippen und sprach rasch ins Telefon.

Dann warf er Dietrich einen Blick zu. »Beide Maschinen funktionieren! Das haben wir den Männern zu danken, die dieses Boot gebaut haben.«

Oben prasselte noch eine weitere Maschinengewehrsalve über den Turm, gedämpft und unpersönlich wie schwerer Regen auf einem Wagendach.

Dietrich unternahm eine letzte Anstrengung, das Zittern seiner Beine unter Kontrolle zu bringen und die Übelkeit zu unterdrücken, die ihm vom Magen in die Kehle stieg. Der Zerstörer würde bald wieder drehen und von neuem angreifen, sagte er sich. Steiger oben auf der Brücke hielt ihrer aller Leben in den Händen, während sie hier unten wie blinde Tiere in der Falle saßen.

Der Gefechtsrudergänger meldete scharf und dringlich: »Keine Befehle mehr von der Brücke, Herr Oberleutnant!«

Dietrich schloß die Augen und drückte die Stirn gegen das eingefahrene Periskop. Der Teufel sollte Steiger holen! Wahrscheinlich hatte er bereits ein neues Ziel aufgefaßt und plante den nächsten Angriff. Und so würde er weitermachen, bis er sie alle umgebracht hatte.

Wie zur Bestätigung seiner Befürchtungen kam die Meldung des Torpedounteroffiziers: »Alle Rohre nachgeladen, Herr Oberleutnant!«

Dietrich sah sich in der Zentrale um, als erwarte er Abscheu und Verachtung in den Augen der anderen. Hesslers Gesicht war jedoch völlig ausdruckslos, während er über seine Feuerkontrollen gebeugt saß und den Kopfhörer zwischen den dicken Fingern hielt. Resch lag halb über dem Kartentisch und starrte mit seinen Basedowaugen irgendeinen Punkt an, als habe er den Kampf bereits aufgegeben. Lediglich Lüth beobachtete ihn beinahe bittend, als versuche er, seinem völlig verwirrten Freund eine dringende Botschaft zu suggerieren.

Endlich riß sich Dietrich zusammen, trat zum Sprachrohr und rief: »Brücke?« Seine Stimme klang ihm selber fremd. »Brücke?« Keine Antwort.

Braun, der Horcher, blickte von seinem Empfangsgerät auf und rief: »Neue Schraubengeräusche, Herr Oberleutnant! Peilung null-neun-null! Mehrere sehr schnell fahrende Schiffe!«

Der Schweiß lief Dietrich übers Gesicht, während er wie gebannt das Mundstück des Sprachrohrs anstarrte. Es waren noch mehr Zerstörer da oben. Das Boot mußte tauchen, um zu entkommen! Noch spürte er den Schock, den er beim Anblick der Kameraden empfunden hatte. Er hatte von ihnen Ratschläge erwartet, vielleicht sogar ein offenes Anzweifeln seiner Autorität, denn sie mußten seinen Zusammenbruch bemerkt haben. Aber sie verhielten sich schweigend. Resch war zu verängstigt, Hessler und Lüth schienen nicht gewillt, ihm einen Teil seiner Bürde abzunehmen. Noch immer scheute er vor der Wahrheit zurück: Sie waren genauso verängstigt wie er, erwarteten aber von ihm, daß er sie führte.

Schließlich schüttelte er benommen den Kopf und rannte zum Turmluk. Gleichzeitig rief er über seine Schulter: »Alle abkömmlichen Maschinengewehrschützen auf die Brücke!« Er scherte sich nicht um die schwankende Leiter, nicht um den niederprasselnden Gischt, sondern zwang seine widerstrebenden Beine, ihn hinaufzutragen zu dem kleinen Oval grauen Himmels.

Als er den Kopf über den Lukenrand schob, brach er beinahe zusammen. In seiner Augenhöhe starrte ihn ein verstümmelter Leichnam an, dessen Blut sich mit dem gurgelnden Wasser mischte.

Noch während er sich zu dem bewußtlosen Kommandanten tastete, hörte er das schauerliche Heulen einer Zerstörersirene und blickte rasch achteraus in die Nebelbank, in der Erwartung, eine weißschäumende Bugwelle daraus auftauchen zu sehen. Es kam jedoch nichts, und er wandte sich wieder Steiger zu. Noch atmete er, aber sehr ungleichmäßig.

Verzweifelt zerrte Dietrich seine Handschuhe herunter und öffnete Steigers Mantel. Glatter Durchschuß, stellte er fest, und zwar von hinten. Die Kugel mußte Steigers linke Schulter durchschlagen haben, denn da waren zwei gezackte Löcher in seinem Ledermantel, und die Brust seines Uniformrocks war blutgetränkt.

Er wandte sich um und sah die Seeleute an, die durch das Luk nach oben drängten, starr vor Schrecken über das Blutbad, das sich ihren Blicken bot.

»Sanitätstrupp auf die Brücke, aber rasch!« Dann erkannte er das unerschütterliche Gesicht von Bootsmaat Hartz. »Oberleutnant Hessler soll heraufkommen, und zwar sofort!«

Steiger bewegte sich und öffnete die Augen. Sie waren grau wie der Himmel und die See, aber das frühere Feuer darin war erloschen.

»Bleiben Sie still liegen, Herr Kapitän! Wir bringen Sie gleich hinunter!«

Steiger stöhnte vor Schmerzen. »Wie lange liege ich schon hier? Haben Sie Kurs geändert?«

Dietrich wunderte sich über die innere Kraft, die Steiger am Leben erhielt. »Das erledige ich alles, Herr Kapitän. Sie sind im Augenblick nicht einsatzfähig.«

Überrascht blickte Steiger ihn an. Die Entschlossenheit in Dietrichs Stimme war nicht zu überhören gewesen. Erleichtert ließ er sich wieder zurücksinken und starrte in den grauen Himmel, schwach und benommen vor Schmerz, der durch seinen Körper pulsierte. Trotzdem mußte er an das Wichtigste denken, an die Sicherheit des Bootes, die Nähe der Gefahr. Wieder versuchte er verzweifelt, sich aufzurichten, aber der Schmerz brachte ihn an den Rand der Bewußtlosigkeit.

»Tauchen Sie, Dietrich!« Seine Stimme war nur noch ein Krächzen. »Sie haben zu nichts anderem mehr Zeit! Lassen Sie mich hier oben, und *tauchen Sie*!«

Dietrich erhob sich, als die Sanitäter auf der Brücke erschienen. »Kümmern Sie sich um den Kommandanten!« Dann trat er ans Sprachrohr. »Beide langsame Fahrt voraus!« Er hörte nicht auf Steigers stöhnenden Protest. Blindlings durch dieses Feindgewässer zu rasen war nur Vergeudung von Treibstoff. »Sagen Sie dem Navigationsoffizier, ich brauche die genaue Position.«

Fast mußte er lachen über die kühle Klarheit seiner Stimme, denn im Innern empfand er nur Furcht und Schrecken. Aber Steigers Hilflosigkeit schien ihm Kraft zu verleihen.

»Du wolltest mich sprechen?« fragte Hessler gedämpft, seine tiefliegenden Augen schweiften über die leere See.

»Ja. Übernimm die Aufgaben des Ersten Wachoffiziers. Der Kommandant ist schwer verwundet und fällt aus.«

Steigers flackernder Blick war auf Dietrich gerichtet. »Tauchen Sie endlich, verdammt noch mal!« stöhnte er.

Ohne seinem Blick auszuweichen, antwortete Dietrich: »Sobald ich fertig bin, Herr Kapitän. Im Augenblick habe *ich* hier das Kommando.«

»Wir sind soweit, Herr Oberleutnant.« Der Sanitätsgast sah Dietrich besorgt an. »Eine schlimme Wunde, aber wenn er bald ins Lazarett kommt, wird er am Leben bleiben.«

Dietrich zeigte zum Luk. »Schaffen Sie ihn nach unten, aber seien Sie vorsichtig auf der Leiter. Lassen Sie sich von anderen helfen.«

Dann wandte er seine Aufmerksamkeit den blutigen Bündeln der Gefallenen zu, die über die Reling ins schäumende Kielwasser gerollt wurden. Er dachte dabei an seinen toten Bruder und dessen letzte Augenblicke. Das Wissen, daß die anderen ohne ihn verloren waren, gab ihm Halt, genauso wie er aus Steigers Schwäche seine Stärke gewonnen hatte.

»Resch soll einen Kurs absetzen, der uns aus dem Minenfeld herausführt, und diesen sofort steuern lassen«, befahl er. »Im Augenblick steuern wir rechtweisend West. Danach laß auf Tauchstationen antreten.«

Hessler hob die Schultern, als verstünde er nichts mehr. »Es war hier oben wohl die Hölle, was?« Dann tippte er Dietrich leicht auf die Schulter. »Aber du wirst uns schon heimbringen!«

Dietrich trat ans vordere Brückenkleid und blickte angestrengt durchs Glas. Seine Hände waren jetzt ruhig, und er konnte schlucken, ohne daß es nach Erbrochenem schmeckte. Er fuhr sich mit der Zunge über die Wunde an seiner Lippe und fragte sich stirnrunzelnd, ob Steiger wirklich gewußt hatte, was er tat, als er ihn schlug.

Aus dem Sprachrohr kam die Meldung: »Alles auf Tauchstationen, Herr Oberleutnant!«

»Gut, gehen Sie auf zwanzig Meter!« Fast beiläufig rief er den Ausguckposten zu: »Brücke räumen!«

Ihm kam es so vor, als stünde er unter Drogen oder unter einem fremden Einfluß. Darüber mochte er jetzt nicht weiter nachdenken. Trotzdem war ihm eines klar: Wenn er noch einmal versagte, bedeutete es das Ende.

»Oberleutnant Dietrich? Hier ist ein Funkspruch!«

Dietrich hob den Kopf von den Unterarmen und rieb sich die Augen. Verständnislos starrte er den Funkgast und den Block in dessen ölverschmierten Händen an. Mit großer Anstrengung stand er auf, stieß sich vom Messetisch ab und warf einen Blick auf die Uhr. Vor knapp einer halben Stunde war er eingeschlafen, zum ersten Mal in den letzten anderthalb Tagen. Draußen vor der Messetür hörte er das gleichmäßige Stampfen der Dieselmotoren und erinnerte sich daran, daß das U-Boot mit sechs Knoten dicht unter der Oberfläche dahinschlich und durch den Schnorchel Luft ansaugte. Die Batterien waren gefährlich schwach geworden und mußten aufgeladen werden.

Vorsichtig sagte der Funker: »Oberleutnant Hessler hat den Spruch entschlüsselt, wie befohlen, Herr Oberleutnant. Er sagte, ich soll ihn Ihnen sofort vorlegen.«

»Danke.« Dietrich las den Funkspruch vom fernen Hauptquartier. Als er begriffen hatte, fühlte er sich plötzlich schwindlig und ließ sich wieder auf die Bank sinken.

Sie durften also noch nicht zurückkehren. Gruppe Meteor sollte sich unter Kapitän Lehmann neu formieren, zu einer Stelle vierhundert Meilen westlich von Irland vorstoßen und sich dort mit einem anderen U-Boot-Rudel vereinigen, das einen nach England fahrenden Geleitzug beschattete.

U 765 sollte wegen schwerer Schäden an Rumpf und Motoren allein nach St. Pierre zurückkehren. Kapitän Steiger sollte auf dieses Boot übergesetzt werden, und Oberleutnant Dietrich erhielt zum zweiten Mal auf Zeit das Kommando über *U 991*.

Dietrich legte den Block auf den Messetisch und fuhr sich mit den Fingern durch das blonde Haar. Jetzt, da die Schlacht im Atlantik jeden Monat einen neuen Höhepunkt erreichte, hieß es bei den U-Bootfahrern oft, daß es reines Glück sei, drei Feindfahrten zu überleben. Der übliche Gruß zwischen alten Freunden lautete: »Noch immer am Leben?« Und der Abschiedsgruß: »Wir seh'n uns auf der Gefallenenliste!«

Und jetzt ging es also wieder hinaus, nicht zurück nach St. Pierre, sondern tiefer hinein in den Atlantik. Ein bitteres Lachen entfuhr ihm, als er an den knappen Wortlaut des Funkspruchs dachte. Gruppe Meteor! Jetzt waren sie nur noch sechs Boote, und eins davon kehrte für Reparaturen zum Stützpunkt zurück. Kunhardt, der Kommandant von *U 765*, schien unter einem besonderen Glücksstern zu stehen. Alle hatten gedacht, daß es sein Boot war, das im Minenfeld in die Luft geflogen war. Aber es war Helmuth Busch mit *U 983* gewesen. Er hatte im Nebel seine Position nicht genau eingehalten.

Dietrich unterdrückte ein Gähnen und ging hinüber in die Zentrale. Mit müdem Nicken begrüßte ihn Hessler und wandte sich wieder seinem Periskop zu.

Dietrich schrieb rasch etwas auf den Block und reichte ihn in den Funkraum hinein. »Geben Sie dies an Kapitän Lehmann von Meteor.« Er schlug darin ein baldiges Treffen vor, damit Steiger auf das beschädigte Boot übergeben werden konnte.

Das Sehrohr zischte hinunter in seinen Schacht, und Hessler ging zum Kartentisch. Er machte eine kurze Eintragung ins Logbuch, dann trat er neben Dietrich. »Was bedeutet das, Heinz?« Er studierte Dietrichs blasses Gesicht, als suche er darin eine tiefere Bedeutung dieses neuen Befehls.

Dietrich hob die Schultern. »Der Kampf geht weiter.« In Gedanken ließ er noch einmal die letzten sechsunddreißig Stunden an sich vorüberziehen, die er Kommandant des gejagten U-Boots gewesen war. Einen vollen Tag lang waren sie mit Wasserbomben eingedeckt worden, offenbar von einer ganzen Flottille von Zerstörern. Er hatte in einer unwirklichen Welt gelebt, wo Befehle und ihre Ausführung beinahe automatisch erfolgten. Um Luft zu sparen, blieben nur die Männer auf Stationen, die dort tatsächlich gebraucht wurden, die anderen lagen lauschend und schwitzend in ihren Kojen, während die feindlichen Ortungsstrahler von außen suchend auf den Rumpf klopften und ringsum die Wasserbomben krachten.

Einmal hatten sie so rasch und tief getaucht, daß der Rumpf über den Meeresboden knirschte. Einige Männer schrien auf, andere stießen Gebete aus. Aber sie hatten überlebt. Sich windend und Haken schlagend, mit langsamster und dann wieder mit äußerster Fahrt, in Sehrohrtiefe oder knapp über dem Grund hatte das U-Boot seinen Weg in die offene See gefunden.

Grimmig lächelnd sagte Hessler: »Oben ist es so still wie in einem Dorfteich. Gute Sicht, Sterne klar zu sehen. Es ist immer dasselbe: Wenn du's nicht brauchen kannst, bekommst du Nebel oder Sturm, aber wenn du's geschafft hast, wird es wieder schön.«

Dietrich beugte sich über die Karte. »Das macht es leichter für den Kommandanten.«

Hessler blickte nach vorn zu Steigers Kammer. »Wie er sich wohl fühlt? Ich glaube, das Morphium wirkt so stark, daß ihm alles gleichgültig ist.«

Zum ersten Mal seit langer Zeit lächelte Dietrich. »Bisher weiß er noch nicht, daß er umziehen muß.« Die ungläubige Überraschung in Hesslers Gesicht machte ihn ärgerlich. »*Ich* treffe nämlich jetzt die Entscheidungen!«

Er ging zurück in die Messe, und Hessler trat wieder an sein Sehrohr. Er war überrascht über die Veränderung, die mit Dietrich vorgegangen war. Der I.W.O. schien zu handeln wie ein Mensch in Trance oder wie einer, der sich für unverwundbar hält. Beim letzten Wasserbombenangriff hatte er gespürt: Selbst wenn Steiger verwundet in der Koje lag, war es doch ein gewisser Trost, ihn an Bord zu wissen. Ohne ihn, draußen im offenen Atlantik, konnte niemand wissen, wie das Boot bestehen würde. Er merkte, daß der eine Tiefenrudergänger müde den Kopf sinken ließ, und fluchte laut: »Wach gefälligst auf, du Schlafmütze! Sonst kriegst du bald Zeit für den ewigen Schlaf!«

Rudolf Steiger schlug die Augen auf und versuchte, den Kopf zu drehen, um auf die Uhr zu blicken; aber bis auf das gelbliche Licht, das durch den Türvorhang fiel, lag seine stickige Kammer in völliger Dunkelheit. Bei der Anstrengung zuckte ein stechender Schmerz durch seine Benommenheit, und er spürte den harten Druck der Verbände um Brust und Schulter. Er hatte jegliches Zeitgefühl verloren. Selbst wenn er angestrengt lauschte, war er nicht imstande, etwas über den Zustand von Boot und Besatzung herauszufinden. Beim letzten Wasserbombenangriff, als die erzwungene Untätigkeit und der sengende Schmerz ihn fast zur Raserei trieben, hatte ihm der Sanitätsgast auf Dietrichs Anweisung eine weitere Morphiumspritze gegeben, und trotz seines Sträubens war er wieder in schwarze Schwerelosigkeit versunken.

Der Vorhang wurde zur Seite geschoben, und er merkte, daß Dietrich neben seiner Koje stand und ihn ansah. Der Erste kam ihm so unwirklich vor wie alles andere auch. Er war so geräuschlos aufgetaucht, daß es sich auch um einen Traum handeln konnte.

»Ich werde Sie an *U 765* übergeben, Herr Kapitän.« Dietrichs Stimme schien durch einen langen Metalltunnel zu kommen, so daß jedes Wort besonders akzentuiert klang. »Wir haben Befehl vom Hauptquartier, unter dem Kommando von Kapitän Lehmann die Feindfahrt fortzusetzen.«

Steigers Kopf sank auf das Kissen zurück. Jetzt hörte er das Trappeln von Füßen über seinem Kopf und auch das Rauschen des Wassers jenseits der Bordwand. Bisher hatte er nicht einmal gemerkt, daß sie aufgetaucht fuhren.

Langsam drangen Dietrichs Worte in sein benommenes Hirn, und eine Welle unsinniger Wut strömte durch seinen Körper. Er versuchte, sich auf die Seite zu wälzen, aber wieder bewegte sich Dietrich, ohne daß er es bemerkte, und drückte ihn auf die blutverschmierte Koje nieder.

»Immer mit der Ruhe, Herr Kapitän!«

»Ich muß an Bord bleiben!« Die Worte quälten sich aus seiner schmerzenden Kehle. »Ich *muß*!«

»*U 765* liegt schon querab, Herr Kapitän. Ein Dingi kommt herüber, um Sie zu holen«, sagte Dietrich müde. »Wir müssen dem Befehl gehorchen.«

Er beobachtete, welch verheerende Wirkung seine Worte auf Steiger hatten, und fragte sich, was ihn vor dem Zusammenbruch bewahrte. Was gab ihm die Kraft, immer wieder gegen das Unvermeidliche anzukämpfen?

Steiger fragte gepreßt: »Was ist mit der Gruppe, Heinz?«

Achselzuckend sagte Dietrich: »Busch ist tot, es war sein Boot, das auf die Mine lief. Kunhardts Boot ist so schwer beschädigt, daß er mit

Ihnen zum Stützpunkt zurückkehren wird. Also sind wir nur noch fünf.« Überrascht stellte er fest, daß Steigers graue Augen jetzt völlig klar und eindringlich waren.

»Seien Sie vorsichtig, Heinz, gehen Sie kein Risiko ein.« Forschend blickte Steiger in Dietrichs blasses Gesicht. »Keine Heldentaten!«

Dietrich wandte den Blick ab. »Sie sind der Meinung, daß ich der Aufgabe nicht gewachsen bin?« Seine Stimme verriet Verbitterung.

Steiger packte ihn am Handgelenk. »Keine Heldentaten, Heinz!« Seine Stimme war noch laut und klar, aber der Glanz wich schon wieder aus seinen Augen. »Sie haben sich großartig gehalten. Sie hätten mich auf der Brücke lassen können, wie ich's von Ihnen verlangte. Schließlich lagen dort schon neun andere tot herum, einer mehr hätte nicht viel ausgemacht.«

Dietrich entwand seine Hand Steigers stählernem Griff. »Ich habe schon mal einen Kommandanten verloren, Herr Kapitän.«

»Wahrscheinlich wäre Mahnke ohnehin gestorben. Und es war besser, daß er verschwand, bevor er die ganze Mannschaft umbringen konnte!«

Fassungslos starrte Dietrich seinen Kommandanten an. Steiger wußte alles. Er mußte es von Anfang an gewußt haben.

Der Verwundete ließ den Kopf sinken. »Schließlich ist Krieg, Heinz, und der ist zu gewaltig, als daß wir auf den Einzelnen Rücksicht nehmen könnten. Wir machen Fehler, und andere müssen dafür leiden. Aber allein kann keiner von uns bestehen.« Leise, beinahe flehend fügte er hinzu: »Passen Sie gut auf Boot und Besatzung auf, Heinz. Tun Sie es für mich. Die Leute sind neu und unerfahren, aber sie sind es wert, daß man sich für sie einsetzt. Schonen Sie sich nicht, Heinz!« Er versuchte noch einmal, den Kopf zu heben, aber die Anstrengung war zuviel für ihn. Mit geschlossenen Augen wiederholte er: »Keine Heldentaten, Heinz! Lehmann ist ein guter Offizier, aber . . .« Schweigen senkte sich über sie wie ein Schlußvorhang.

Kopp, der Gefechtsrudergänger, steckte den Kopf in die dunkle Kammer. »Dingi liegt längsseits, Herr Oberleutnant.«

Dietrich wandte sich um. »Sie erinnern sich an den Mann, der den Bombenalarm ausgelöst hat, Kopp? Schicken Sie ihn mit dem Kommandanten hinüber. Er ist der einzige, der das Ding vor der Detonation gesehen hat. Vielleicht will man ihn im Stützpunkt danach fragen.«

Mehrere Männer drängten sich in die Kammer, schoben den Ersten beiseite, um für die Bahre Platz zu machen. Aber Dietrich war so erleichtert, daß er ihnen das nicht übel nahm. Alles, was er Steiger hatte sagen wollen – daß er ihn tatsächlich wie Mahnke um ein Haar dort oben zurückgelassen hätte und daß kein Mann unersetzlich war –, all das war wie weggewischt.

Dietrich stand breitbeinig auf der überfüllten Brücke, das Glas auf das andere U-Boot gerichtet. Es verschmolz fast mit der Dunkelheit und zeigte sich nur deutlicher, wenn die weißen Wellenkämme an seinem niedrigen Rumpf entlangstrichen. Steiger und der Matrose König waren schon drüben, letzterem hatte er seinen hastig zu Papier gebrachten Bericht mitgegeben. Jetzt hörte er das Zuschlagen einer Luke, als das Dingi von *U 765* an Bord genommen und verstaut wurde: zwei U-Boote im feindlichen Seegebiet, die sich nur ungern trennten, aber ihren jeweiligen Befehlen gehorchen mußten. Dietrich erinnerte sich an Steigers Worte: »Allein kann keiner von uns bestehen...« Im Geist verglich er noch einmal den Schwerverwundeten, der jetzt dort drüben lag, mit dem Kommandanten, der den kühnen Angriff auf den feindlichen Geleitzug gefahren hatte. Ungern gestand er sich ein, daß es nur wenige andere Kommandanten gab, die das ebenso geschafft hätten wie Steiger. Trotzdem: »Keine Heldentaten«, hatte er gesagt. Dietrich schüttelte den Kopf. Diese Anweisung würde er bestimmt befolgen. Kaltblütiges Draufgängertum, der fanatische Zwang zu kämpfen und zu siegen, waren nicht seine Sache.

Unter seinen Füßen schepperte eine Glocke, und ein Seemann meldete: »Klar zum Tauchen, Herr Oberleutnant!«

Dietrich nickte. Das andere Boot war bereits in der Dunkelheit verschwunden.

»Gut. Sagen Sie der Zentrale Bescheid.«

Obermaat Hartz kam von der Plattform des Vierlings, steckte sein Werkzeug in die Tasche und kletterte über die Reling. »Alle Geschütze wieder in Ordnung, Herr Oberleutnant«, meldete er.

Dietrich warf einen Blick auf das im Schatten liegende Gesicht des Obermaats. »Seltsam, Matrose König wollte das Boot genausowenig verlassen wie der Kommandant. Vielleicht bildete er sich ein, wir kämen ohne ihn nicht zurecht?«

Gleichmütig hob Hartz die Schultern. »Nein, das wohl weniger. Ich glaube eher, daß er eine Untersuchung scheute.«

Der Gedanke ging Dietrich nicht aus dem Kopf: Warum wollte der Seemann nicht in den sicheren Stützpunkt zurück? Hatte dieser König vielleicht etwas zu verbergen? Ihm fiel Steigers Gesicht ein, als er von dem erhängten Seemann berichtet hatte. Damals hatte er gesagt, dies sei nur der Anfang. Der Anfang wovon? Bei dieser Frage rieselte es ihm kalt über den Rücken. Er dachte an die Franzosen in der Stadt, an ihre abgewandten Blicke und ihre unecht wirkende Unterwürfigkeit. War vielleicht alles nur Verstellung? Verzweifelt versuchte er, sich das Gesicht von Odile Marquet vorzustellen. Wie würde sie reagieren, wenn er in die Hände dieses unsichtbaren Feindes fiel? Plötzlich kam ihm ein noch schrecklicherer Gedanke: Odile war in den Augen mancher eine Verräterin, weil sie sich mit einem deutschen Offizier eingelassen hatte. Wie würde die Résistance mit ihr umspringen?

In seine Sorgen hinein sagte Hartz: »Ja, er ist ein seltsamer Mensch; aber gebildet und wohlerzogen.«

Mit blitzenden Augen fuhr Dietrich herum. »Was zum Teufel reden Sie da? Gehen Sie lieber nach unten und mustern Sie Ihre Geschützbedienungen!«

Hartz schlug die Hacken zusammen und schritt in aller Ruhe zum Turmluk. Man wußte eben nie, wie man mit Offizieren dran war. Am besten ließ man sich gar nicht mit ihnen ein. Trotzdem war es ungerecht, daß sich ein Unteroffizier nie einen solchen Temperamentsausbruch leisten durfte.

Rudolf Steiger lehnte sich in die Kissen und Kapokschwimmwesten, mit denen man ihn in der fremden Koje festgekeilt hatte. Durch die zugezogenen Vorhänge schimmerte Licht aus der Messe, und über sich hörte er das leise Schnarchen eines anderen Offiziers. Auf seiner Zunge spürte er noch den ungewohnten Geschmack von Schnaps. Auf See rührte er sonst keinen Tropfen Alkohol an. Aber der Schluck, den man ihm eingeflößt hatte, und das warme, saubere Gefühl der erneuerten Verbände weckten in ihm eine ruhige Zufriedenheit mit seinem neuen Aufenthaltsort.

Er hob eine Ecke des Vorhangs an und musterte die zusammengesunkene Gestalt am Tisch: Kapitänleutnant Kunhart schlief fest auf seinem Stuhl, in den ölverschmierten Händen noch immer eine geöffnete Konservendose. Das Boot war kleiner als *U 991*, so daß der Kommandant keine Kammer für sich allein hatte. Wenn er sich also nicht auf der Brücke befand, war er ständig den forschenden Blicken seiner Offiziere ausgesetzt. Steiger dachte an seinen ersten Kommandanten, der seine Offiziere mit eiserner Strenge beherrscht hatte. Steiger hatte ihn gehaßt, aber später war ihm aufgegangen, daß dieser

Mann sich nur vor jeder Vertraulichkeit fürchtete und deshalb den rücksichtslosen Tyrannen herauskehrte.

Die offene Konservendose fiel Kunhardt aus den Händen und rollte über den salzfleckigen Teppich. Das deutsche Volk, das immer auf Wunder wartete und den Taten der U-Boot-Kommandanten begeistert applaudierte, bekam niemals das wirkliche Bild zu sehen, dachte Steiger. Wie hätte es auch die stolzen und arroganten Gesichter auf den Zeitungsfotos mit Männern wie Kunhardt gleichsetzen sollen? Oder mit ihm selbst? Die schmucken Uniformen, der Handschlag nach der Verleihung des Ritterkreuzes, die Propagandageschichten ihrer Heldentaten, all das sollte nur die Moral der Bevölkerung haben, die sich nach nichts anderem sehnte als nach Sicherheit.

Kunhardt stöhnte im Schlaf und ließ den Kopf nach hinten sinken; sein hageres Wolfsgesicht schimmerte im schwachen Licht wie eine Totenmaske. Sein Haar war lang und ungekämmt, das Kinn dick mit Bartstoppeln bedeckt, und seine normalerweise klaren, fanatischen Augen lagen in dunklen Höhlen. Außerdem war er schmutzig nach dem langen Einsatz. Kurz, dachte Steiger, die Personifizierung des U-Boot-Kommandanten schlechthin.

Auch die Messe war schmutzig und übersät mit abgelegten Kleidungsstücken, Pistolenhalftern, Kartenmappen, halb leeren Tellern sowie Gurten mit Maschinengewehrmunition. Ein Bild Adolf Hitlers blickte streng vom Schott herab und bildete einen kleinen Farbfleck im Grau des Raumes.

Steiger ließ den Vorhang fallen und beschäftigte sich schläfrig mit seiner Zukunft. Morgen sollten sie im Stützpunkt einlaufen, dann mußte er sich für die Qual des Lazarettaufenthalts wappnen. Er hatte das dunkle Gefühl, daß Kapitän Bredt insgeheim erfreut sein würde, ihn außer Gefecht zu sehen. Aber er verwarf diesen Gedanken sofort wieder. Bredt wußte genau, daß seine Aussicht auf Beförderung vom Erfolg der Gruppe Meteor abhing. Wenn schon nichts anderes, sollte ihn wenigstens das zur Vernunft bringen. Steigers Wunde fing wieder an zu schmerzen, und er schloß die Augen.

Bald hörte er vorsichtige Schritte in der Messe und bemerkte einen Schatten am Vorhang. Über sich vernahm er das protestierende Grunzen des dort schlafenden Offiziers, den der Neuankömmling wachrüttelte.

Eine Stimme flüsterte: »Wach auf, Hans! In fünf Minuten ist Wachablösung!« Ein Stöhnen war die Antwort, dann ertönte das Knarren zögernd angezogener Stiefel. »Mach dir nichts draus«, fuhr die erste

Stimme fort. »Nach dem Einlaufen bekommen wir Urlaub. Und dann kannst du deine Frau wiedersehen.«

Nach kurzer Pause antwortete der andere leise: »Ich fürchte, daraus wird nichts. Sie hatte es satt, auf mich zu warten. Ein SS-Offizier ist mein Nachfolger.« Und nach einem langen Seufzer: »Ich hoffe, er macht diese Nutte glücklich!«

Sie entfernten sich, und ein paar Minuten später hörte Steiger das Zischen, mit dem das Sehrohr ausgefahren wurde.

Dann waren's nur noch fünf

Das Nahen des Frühlings bedeutete für die kriegsgeplagten Völker Europas neue Hoffnung. Auf den tausenden Kilometern arg mitgenommener Verteidigungslinien blickten die deutschen Ostfrontsoldaten über schmelzenden Schnee und knietiefen Matsch hinüber zu den russischen Stellungen, wo der Feind seine Kräfte zusammenzog und eine neue Großoffensive vorbereitete. Als blasses Sonnenlicht die versengten Baumstümpfe streifte und Dampf aus dem Wasser der Granattrichter aufsteigen ließ, schnallten die deutschen Soldaten ihre Gürtel enger, überprüften noch einmal ihre abgenutzten Waffen und warteten. Tausende gefallener Kameraden bezeichneten jeden Kilometer ihres Rückzugs und jede Ecke ihres hartnäckigen Widerstands. Divisionen schrumpften zu Bataillonen, dann zu Kompanien, und Männer, die den Feldzug als unerfahrene Rekruten begonnen hatten, waren jetzt Kommandeure und blickten durch ihre Feldstecher über den verrosteten Stacheldraht in das leere Land, bei dessen Eroberung sie einst mitgeholfen hatten. Der Tod war für sie etwas so Alltägliches, daß es nicht lohnte, darüber zu reden, und Überleben schien ihnen so fern wie Heimaturlaub. Aber jetzt im Frühling warteten ein paar von ihnen noch immer auf die Geheimwaffen, mit denen sich das Oberkommando brüstete.

Im besetzten Frankreich waren die Gefühle anders. Die großen alten Bäume wurden wieder einmal grün, und an der Stelle der schwarzen Pfützen am Rand der kopfsteingepflasterten Straßen wirbelte jetzt feiner Staub auf, sooft ein Wagen vorüberfuhr. Getarnte Panzer rasselten über die Felder, und schwitzende Infanteristen exerzierten unter den Augen ihrer Ausbilder.

In den ländlichen Bezirken arbeiteten Franzosen, die nicht zur Zwangsarbeit oder zum Beseitigen der Bombenschäden in deutschen

Städten deportiert waren, auf ihren Feldern. Ihre ausgemergelten Körper waren dankbar für die schwache Wärme und das neu erwachende Leben ringsum. Gelegentlich machten sie eine Pause, stützten sich auf ihre Hacken und blickten hinauf zum blassen Himmel mit den langsam verwehenden Kondensstreifen der unsichtbaren Bomber, die nach Deutschland flogen. Dann schien ihnen die Besetzung um so unerträglicher. War der Krieg, der wirkliche Krieg, an ihnen vorbeigezogen und hat ihnen lediglich die Schande und Erniedrigung der Niederlage zurückgelassen?

Einige Franzosen empfanden das jedoch anders. Sie führten den Kampf im Geheimen fort, erstachen hinterrücks Besatzungssoldaten und trieben mit wachsendem Selbstbewußtsein den Feind zu Vergeltungsmaßnahmen. Ein Zug wurde zum Entgleisen gebracht, ein Meldefahrer wurde durch einen quer über die Straße gespannten Stahldraht von seinem Motorrad gerissen, und gelegentlich fand eine selbstgebastelte Bombe ihren Weg unter einen geparkten Lastwagen oder in ein Munitionslager. Die Gestapo, unterstützt von französischen Polizisten und Informanten, überprüfte jeden einzelnen Zwischenfall, verhörte, folterte und erschoß Verdächtige und brachte sogar in aller Hast zusammengetriebene Geiseln um, die überhaupt nichts von den Verbrechen wußten.

Wie die am Wegrand aufblühenden Heckenrosen, so belebte sich auch der neue Geist des Widerstands. Tapfere Franzosen, die dem Feind trotzten, wurden von ihren Landsleuten nicht länger als Terroristen oder Banditen angesehen, sondern als Patrioten. Ihre Zahl nahm zu, ihre Organisation wurde verbessert. Die Männer traten der Résistance aus den verschiedensten Gründen bei. Die ersten Mitglieder kämpften um ihren Stolz und ihre Freiheit in Erwartung des Tages, an dem die Alliierten landen und eine Gegenoffensive starten würden. Andere taten es, um alte Rechnungen zu begleichen oder aus Profitgier zu töten. Unbeliebte Landsleute wurden als »Kollaborateure« gebrandmarkt und ohne weitere Untersuchung umgebracht, ihr Besitz fiel den Mördern und Dieben anheim. Tatsächlich halfen manche Franzosen der deutschen Besatzungsmacht. Einige, weil sie sich mit den Deutschen so weit eingelassen hatten, daß ihnen vor dem Sieg der Alliierten und der dann unvermeidlichen Vergeltung graute, andere deswegen, weil sie zum ersten Mal die Droge der Macht gekostet hatten.

In St. Pierre wurde die Unwirklichkeit des Krieges deutlicher sichtbar als früher. Diese ferne Ecke des Golfs von Biskaya dröhnte geradezu vor Aktivität, im Gegensatz zu der umgebenden Stadt, die sich seit hundert Jahren kaum verändert hatte.

Zwei Paar U-Boote lagen an der Anlegebrücke, und zwei weitere waren in der Tiefe der Betonbunker zu erkennen. Gruppe Meteor hatte nach dem großen Angriff im Bristolkanal eine kurze Kontrollfahrt hinter sich gebracht, und kaum ein Besatzungsmitglied konnte glauben, daß sie diesmal kein einziges Boot verloren hatten.

Auch der Atlantik sah jetzt völlig anders aus. Nach dem bitteren Winter wirkte die ruhige, blaugraue Dünung geradezu träge. Im Seekrieg schien eine Pause eingetreten zu sein, während beide Seiten ihre nächsten Schritte überlegten. Aber es war nur ein kurzes Atemholen. Neue Angriffe wurden ausgearbeitet und neue Abwehrwaffen eingeführt, täglich ging der unsichtbare Krieg weiter, und jede Stunde verringerte die Überlebenschancen der Männer.

Kapitän Steiger war sofort in ein Lazarett in Lorient transportiert worden. Es hatte eine Untersuchung über die Sabotage auf seinem Boot gegeben, aber Kapitän Bredt hatte den Fall heruntergespielt. Der einzige Zeuge, Matrose König, schien sich nicht ganz im klaren darüber, was er gesehen hatte. Bredt neigte der Ansicht zu, daß der Brand möglicherweise durch eine fehlerhafte Signalrakete verursacht worden war. Er sagte sich, König sei entweder zu neu im Dienst oder zu einfältig, um eine Bombe als solche zu erkennen. Also lobte er den schweigsamen Matrosen und schickte ihn auf Urlaub. Dann befahl er Major Reimann, nochmals alle Sicherheitsmaßnahmen zu überprüfen.

Für Kapitän Bredt war das Leben in der Stadt sehr angenehm geworden. Er hatte sechs französische Dienstboten. Durch Major Reimann hatte er den Bürgermeister kennengelernt, der zugleich Eigentümer der größten Fabrik in der Stadt war, die Maschinenteile für die deutsche Armee herstellte. Durch Vermittlung des Bürgermeisters hatte er auch eine französische Freundin bekommen, deren Talente im Bett ihn ein wenig verwirrten. Ansonsten schickte er endlose Berichte nach Lorient und beklagte sich beim Admiral, wenn Gruppe Meteor bei irgendeinem Einsatz nicht berücksichtigt wurde.

Die Besatzungen der Boote und das Stützpunktpersonal bemerkten wenig von der Tätigkeit ihres Vorgesetzten. Bredt hatte regelrechten Friedensdienst eingeführt, soweit er das riskieren konnte, und von seinem Adjutanten sogar verlangt, er solle eine Blaskapelle zusammenstellen. An Sonntagen und bei Festen spielte diese Kapelle am Hafen, mitunter auch in der Stadt selbst, wo die französischen Einwohner diesem Treiben teils belustigt, teils verächtlich zusahen.

Weil Rudolf Steiger auf Genesungsurlaub war und ein Besuch des Admirals soeben erfolgreich stattgefunden hatte, saß Bredt mit einem Gefühl berechtigter Zufriedenheit hinter seinem mächtigen Schreibtisch. Er hätte selber niemals für möglich gehalten, daß er die Rolle des mitleiderregenden, verstümmelten Helden, des ehemaligen U-Boot-Kommandanten, ablegen und wieder eine selbstbewußte, vitale Persönlichkeit werden könnte. Dies also war der ihm zustehende wahre Platz im Leben. Seiner Ansicht nach war er in Wirklichkeit ein Planer und Waffenschmied und keineswegs nur ein Veteran der deutschen Marine.

So dachte er auch, als er am dritten Mai wieder einmal selbstzufrieden an seinem Schreibtisch saß. Das dauerte aber nur so lange, bis das Telefon klingelte und der Anrufer alles veränderte.

Der requirierte schwere Dienstwagen polterte geräuschvoll über das Kopfsteinpflaster des Platzes und bog dann zum Hafen ab. Die abgeblendeten Scheinwerfer ruhten kurz auf den Gruppen flanierender Soldaten mit ihren französischen Mädchen und glitten dann wieder über die Fronten alter Häuser. Steiger spürte seine Niedergeschlagenheit wachsen, zugleich aber auch das Gefühl der Vorsicht, das er seit der Ankunft im Stützpunkt empfunden hatte. Nach dem Lazarett hatte er einen dreiwöchigen Urlaub in Kiel verbracht. Der Anblick zerbombter Stadtviertel, zertrümmerter Häuser und gehetzter, hungernder Menschen hatte ihn erschüttert und verwirrt. Alte Bekannte, die er aufsuchen wollte, waren verschwunden, und die wenigen Menschen, die er kannte, waren zu sehr mit ihren Sorgen beschäftigt, um Zeit für ihn zu haben. In den Hotels tanzten und sangen die jungen Marineoffiziere unter dem Brummen der feindlichen Bomber, und es herrschte eine fieberhafte Fröhlichkeit, die ihm die Rückkehr nach St. Pierre leicht machte. In Kiel hatte er alle Zeitungen gelesen, um herauszufinden, was sich auf den einzelnen Kriegsschauplätzen abspielte. Aber die Wahrheit hatte er daraus nicht erfahren, da ihm alle Nachrichten propagandistisch aufbereitet schienen. Die Neuigkeiten von der Ostfront waren unbestimmt, aber optimistisch; aus Italien, wo die Alliierten langsam vorrückten, hieß es, die Streitkräfte zögen sich planmäßig zurück. Lediglich im Westen schien alles noch diszipliniert und in Ordnung zu sein. Auf der anderen Seite des Ärmelkanals wartete der Feind wohl vergeblich auf eine Gelegenheit zur Invasion, denn dank der starken Küstenverteidigung wären seine Opfer zu groß gewesen.

Plötzlich fuhr ihm ein Gedanke durch den Kopf; er beugte sich vor und klopfte dem Fahrer auf die Schulter. »Hat Kapitän Lehmann noch immer ein Haus in der Stadt?«

Der Mann nickte. »Ja, Herr Kapitän. Wir kommen gleich daran vorbei.«

Steiger faßte einen Entschluß. »Sie können mich dort absetzen und das Gepäck in meine Wohnung bringen.«

Der Wagen bog in eine schmale, baumbestandene Straße mit wenigen Häusern ein. Ein Fahrzeug der deutschen Militärpolizei stand auf einem Parkplatz, seine Antenne schwankte in der leichte Brise, die Insassen beobachteten rauchend die letzten Fußgänger vor der Sperrstunde.

Steiger dachte an die im Lazarett verbrachten Wochen. Die ersten Tage hatte er durch die schmerzstillenden Mittel in ständiger Benommenheit erlebt, nur hin und wieder unterbrochen durch blendende Lichter und weiße Kittel. Dann kam das Warten, die endlosen Untersuchungen, sondierende Finger und nichtssagende Bemerkungen, ein Fotograf der Propagandaabteilung, zwei Besuche des Admirals und ein kurzer Bericht über den Angriff im Bristolkanal, der ihm vorgelesen wurde. Verschiedene Leute wollten ihm die Hand schütteln, und ein Parteibonze bot ihm sein Haus an, für die Zeit nach seiner Entlassung. Keiner dieser Leute bedeutete Steiger etwas. Nachts lag er wach und quälte sich mit dem Gedanken, wie es wohl in St. Pierre weiterging. Er verfluchte jede Verzögerung, die ihn nutzlos im Lazarett zurückhielt.

Dietrich hatte ihn einmal besucht und ihm vom letzten Einsatz im Atlantik berichtet. Er wirkte zurückhaltend und redete ausweichend, aber die Tatsache, daß die Gruppe keine Verluste erlitten hatte, wog nach Steigers Meinung bei weitem nicht so schwer wie der Mangel an Erfolgen gegen den Feind.

Irgendwie fühlte er sich von Lehmann im Stich gelassen. Als sie sich an jenem Tag auf dem Hügel gestritten hatten, wollte Lehmann ihm offenbar noch etwas anderes sagen.

Deshalb war es besser, die Sache gleich zu erledigen, und zwar ein für alle Mal. Steiger war völlig klar, daß außer seinem und Otto Kunhardts Boot kein einziges in diesem nebelverhangenen Kanal einen wirklichen Erfolg gegen die feindlichen Schiffe verzeichnet hatte. Während Gruppe Bruno vernichtet wurde, hatte Lehmann sein Boot zurückgehalten und dadurch den Rest der Gruppe Meteor beim Angriff behindert.

Der Wagen hielt vor einem kleinen Haus mit geschlossenen Fensterläden, das zwischen zwei großen Ulmen stand. Kies knirschte unter Steigers Schuhen, und er spürte dankbar die kühle salzige Luft auf seinen Wangen. Er zog an dem Ring neben der Tür und hörte eine altertümliche Glocke tief im Innern des Hauses scheppern.

Nach kurzer Zeit wurde die Tür so weit geöffnet, wie die Sicherheitskette es zuließ, und eine Stimme fragte: »Wer ist da?«

»Fregattenkapitän Rudolf Steiger.« Er glaubte, mehrere Stimmen zu hören und das Geräusch einer Tür, die zugeschlagen wurde.

Das Dienstmädchen führte ihn in ein kleines, hübsch möbliertes Zimmer, das von zwei reichverzierten Tischlampen erleuchtet und von einem fröhlichen Kaminfeuer erwärmt wurde. Zwei Heeresoffiziere standen da und sahen ihm entgegen, und ein weiterer war gerade dabei, sich an der Anrichte ein Glas einzuschenken. Steiger sah an den dreien vorbei, die er nicht kannte, und ließ den Blick auf dem Gesicht ruhen, an das er sich während der Wochen im Lazarett so oft erinnert hatte.

»Das kommt aber wirklich unerwartet, Herr Kapitän!« Frau Lehmann begegnete offen seinem Blick, ihre Lippen standen ein wenig offen und glänzten im Lampenlicht. Sie sah genauso aus, wie er sie in Erinnerung hatte, nur daß ihn die Glätte ihrer Haut und ihre vollkommene Schönheit verwirrten. Sie geleitete ihn zu einem Stuhl und deutete auf die drei Offiziere, die bereits ihre Koppel umschnallten und nach ihren Mützen griffen. »Freunde von Alex«, erklärte sie gleichmütig. »Aber ich habe ihnen schon gesagt, daß er noch nicht aus Paris zurück ist.«

Die Offiziere grüßten Steiger respektvoll, aber erst als sie hintereinander den Raum verlassen hatten, ging ihm auf, daß keiner ein Wort gesagt hatte. Er zwang sich, ruhig sitzenzubleiben und zu überlegen, was das alles zu bedeuten hatte. Lehmann hatte Urlaub und war offensichtlich nach Paris gefahren. Aber warum allein? Er straffte sich, als er die Stimme der jungen Frau hörte, die den scheidenden Besuchern etwas zurief, und hörte zu seiner Überraschung das Anspringen eines Wagens hinter dem Haus.

Sie trat wieder ein, entfernte rasch die leeren Gläser und klopfte die Kissen zurecht, die noch warm waren von den Rücken ihrer wortkargen Gäste. Dann beugte sie sich über das Kaminfeuer und rüttelte an den glühenden Holzblöcken. Steiger spürte, wie sein Mund trocken wurde, als er ihre Beine und ihre vollen Brüste unter dem roten Samtkleid sah.

Plötzlich wandte sie sich um, ihre braunen Augen blickten ihn munter an. »Und ich dachte, Sie kommen erst in ein paar Tagen zurück.« Sie setzte sich ihm gegenüber, während ihre Hände unnötigerweise den Saum des Kleides glattstrichen. »Sind Sie denn schon völlig gesund?«

»Ja, ich denke schon. Besten Dank.«

»Ich war einmal in Lorient, um Sie zu besuchen.« Sie lachte über sein überraschtes Gesicht. »Aber man wollte mich nicht zu Ihnen lassen. Es ging Ihnen noch sehr schlecht.« Ihre Augen wurden weich. »Ich habe gehört, was Sie geleistet haben. Es muß schrecklich gewesen sein.«

Steiger nahm das Glas, das sie ihm anbot, und trank es rasch in einem Zug aus, ohne zu merken, was es war. Sie hatte sich also seiner erinnert und sich um ihn gesorgt, hatte ihn besuchen wollen. Er wagte kaum, wie beiläufig zu fragen: »Konnte denn nicht Alex Sie ins Lazarett begleiten?«

»Ich habe ihm nicht gesagt, daß ich hinwollte.« Sie senkte die Augen, und Steiger fühlte Spannung in der Luft, als sie fortfuhr: »Schließlich sagt auch er mir kaum noch, wohin er fährt!« Aus ihren Worten sprach Bitterkeit, aber auch Trotz, und Steiger war sofort auf der Hut.

»Diese drei Offiziere«, er hielt inne, als er ihr Erschrecken bemerkte, »waren das Freunde von Ihnen?«

»Nein. Sie wollten Alex besuchen.«

»Warum ist er in Paris?« Er spürte, wie sein Herz heftig gegen die Rippen schlug, und ärgerte sich selbst über seine aufdringlichen Fragen. Er hatte ein Gefühl, als ob er mit jedem seiner Worte etwas Wundervolles zerstöre, und doch konnte er nicht aufhören.

»Er wollte dort seinen Bruder besuchen.«

Steiger nickte und erinnerte sich daran, daß Lehmann ihm von einem Bruder im Heeresstab dort erzählt hatte.

»Ohne Sie?« Er bemühte sich um einen sanften Ton, aber sein Mangel an Takt bestürzte ihn selbst und ließ die junge Frau aufspringen.

»Warum fragen Sie mich nicht geradeheraus, Herr Kapitän?« Ärgerlich blitzte sie ihn an und konnte sich nur mit Mühe beherrschen. »Ich frage mich ja auch: Hat er dort eine andere Frau? Oder hat er sich so verändert, daß er meinen Anblick nicht mehr ertragen kann?« Sie zeigte auf den kleinen Raum, der ihren Worten zu lauschen schien. »Ich habe versucht, dieses Haus zu einem Heim für uns zu machen, dem ersten, das wir besitzen, seit wir verheiratet sind. Aber er kümmert sich nicht darum!« Sie machte zwei Schritte auf ihn zu, bebend vor Erregung. »Alex ist nicht mehr der Mann, den ich geheiratet habe. Er ist für mich nur noch eine Fotografie auf meinem Nachttisch. Verstehen Sie, was ich meine? *Diesen* Mann hier kenne ich nicht mehr!«

Steiger stand auf. »Tut mir leid. Ich sollte Sie mit meinen Fragen nicht bedrängen. Der Krieg hat viele von uns verändert. Vielleicht wird Alex mit der Zeit . . .«

Sie kam noch einen Schritt näher und studierte sein Gesicht, als sähe sie es zum ersten Mal. Er spürte ihre erregende Wärme, den Duft ihres hochgesteckten dunklen Haars und fühlte ihre verzweifelte Leidenschaft beinahe körperlich.

»Was haben Sie aus Alex gemacht?«

Die Frage traf ihn wie ein Schlag. »Was *ich* aus ihm gemacht habe?«

»Ja! Wieviel kann ein Mann denn aushalten? Ist es wirklich nötig, sie alle derartig anzutreiben, daß nicht einmal ihre Frauen sie erkennen?« Schluchzen schüttelte sie, aber ihre Augen blieben klar und glänzend. »Sehen Sie sich doch selbst an, Kapitän Steiger! Nehmen Sie einen Spiegel und betrachten Sie Ihr Gesicht. Sie sind dermaßen verstrickt in dieses blutige Geschäft, daß Sie sich schon selbst abgetötet haben!«

Schwankend stand sie im flackernden Licht des Kaminfeuers, die Hände wie bittend ausgestreckt. »Kapitän Steiger! Können Sie denn nicht zugeben, nur unter uns, daß es zu Ende geht? Kann man von uns erwarten, daß wir Tag für Tag so weitermachen in Erwartung irgendeines Wunders, das aber mit jeder Stunde weiter von uns abrückt?«

Sie wandte sich ab, ihr inneres Feuer schien erloschen. Steiger spürte das heftige Verlangen, sie in die Arme zu nehmen, ihre Proteste zu ersticken, wenn nötig durch leidenschaftliche Küsse. Durch eine Liebe, die er so eisern verdrängt hatte, und die ihr von Alex versagt worden war.

»Ich sollte jetzt wohl besser gehen.« Seine Stimme klang ihm seltsam fremd. »Aber ich glaube, ich kann Ihre Gefühle verstehen.«

Sie wandte ihm weiterhin den Rücken zu und sagte über die Schulter, leise und wie gebrochen: »Wie könnten Sie das? Für Sie bedeutet Kampf doch alles! Wenn jede lebendige Kreatur vernichtet werden müßte, um zu beweisen, daß Sie der Stärkere sind, dann würden Sie es tun.« Einen Augenblick ließ sie die Hand auf dem silbergerahmten Bild ihres Mannes ruhen. »Ich glaube, Alex sucht einen anderen Weg. Aber das weiß ich nicht genau. Für Frauen scheint in seinem Leben ebensowenig Platz zu sein wie in Ihrem.«

»Wenn es etwas gibt, das ich für Sie tun könnte . . .« Steiger zögerte, haßte sich selbst wegen der stupiden Leere seiner Worte. »Ich möchte Ihnen so gern helfen, Ihnen irgendwie nützlich sein.«

Sie drehte sich um, ihr Gesicht wirkte jetzt überrascht. Nach einem Augenblick sagte sie leise: »Vielleicht habe ich mich in Ihnen getäuscht. Vielleicht bedeuten Ihnen Menschen doch etwas.«

Steigers Gesicht verzog sich zu einem unsicheren Lächeln. »Manche Menschen bedeuten mir sogar zuviel!«

Schweigend folgte sie ihm zur Haustür, wo er seine weiße Mütze vom Haken nahm. In den rückwärtigen Zimmern des Hauses hörte er das französische Dienstmädchen ein ihm unverständliches Lied singen, und plötzlich verspürte er das Verlangen, den Abschied noch zu verzögern.

Sie knipste das Licht aus und öffnete die Tür. Draußen standen die Bäume schwarz und feindlich vor dem gestirnten Himmel, und er fühlte, wie die Abendbrise gleich einer Welle der Enttäuschung und Ernüchterung über ihn hinwegfegte. Wenn er gegangen war, würde sie über seine Unbeholfenheit lachen. Im Grunde hatte sie recht, er paßte nirgendwo hin außer auf seine Kriegsmaschine.

Leise sagte sie: »Ich hatte vor, nach Deutschland zurückzukehren, aber jetzt glaube ich, daß ich bleiben muß. Ich kann nicht erklären warum, es ist nur so ein Gefühl.«

Als er nach der Tür griff, streifte er mit der Hand leicht ihre Brust. Sofort spürte er, wie ihr ganzer Körper sich straffte, hörte ihr scharfes Einatmen und merkte, daß es ihm genauso ging.

Schließlich sagte sie: »Ich glaube, es ist besser, wenn wir uns nicht wiedersehen.«

Ohne ein Wort riß er sich los und schritt hinaus auf die Straße. Als er sich am Ende der Allee noch einmal umsah, war ihr Haus bereits von der Dunkelheit verschluckt; aber sie selbst schien ihm zu folgen, seiner bei jedem Schritt zu spotten. Erst als er die Anhöhe vor dem Hafen erklommen hatte, spürte er den frischen Seewind wie ein reinigendes Bad, und das Murmeln der Brandung kam ihm vor wie ein Bundesgenosse, nicht wie ein Feind.

Heinz Dietrich schlug die Augen auf und lag noch eine Weile still. Im ersten Augenblick wußte er weder, wo er war, noch was ihn geweckt hatte. Doch dann hörte er das rasch schwächer werdende Brummen eines Flugzeugs, das offenbar den Flugplatz weiter landeinwärts ansteuerte. Als seine Erinnerung langsam zurückkehrte, hielt er den Atem an und richtete sich vorsichtig auf.

In dem fremden Raum war es still. Aber beim schwachen Licht der Morgendämmerung, das durch die vorhanglosen Fenster fiel, konnte er auf dem Kissen neben sich das dunkle Haar Odiles und den hellen Winkel ihres nackten Arms erkennen. Er lauschte ihrem ruhigen Atem und spürte wieder das zärtliche Verlangen wie einen Schmerz in sich aufsteigen. Sie wußten beide, daß morgen ihr letzter Tag war, doch keiner erwähnte es oder schien auch nur daran zu denken. Jetzt, da das Tageslicht allmählich stärker wurde und die Kletterpflanze draußen in der Morgenbrise gegen das Fenster klopfte, weigerte er sich, ihre unvermeidliche Trennung zu akzeptieren.

Die junge Frau drehte sich auf den Rücken. Dietrich merkte, daß sie ebenfalls wach war und ihn ansah. Vorsichtig nahm er ihr Kinn in die Hand und beugte sich über sie, und als er sie küßte, schmeckte er das Salz ihrer Tränen und spürte ihre Sehnsucht und Verzweiflung.

Die letzte Feindfahrt war fast zuviel für ihn gewesen, und bei seiner Rückkehr war er sofort an Land geeilt. Das lag nicht nur an dem Gestank im Boot, vor dem er derartigen Ekel verspürte, daß er noch bei seiner Rückmeldung wie benommen war. Schnell musterte er die Besatzung und entließ sie dann auf Heimaturlaub. Selbst Steiger im Lazarett war ihm so fremd vorgekommen, als sei er lediglich ein unbeteiligter Zuschauer, der seinen eigenen gespreizten Worten lauschte.

Später hatte er mit dem pensionierten französischen Zollbeamten gesprochen, dem diese abseits liegende Hütte gehörte, und hatte mit ihm eine Vereinbarung getroffen. Erst danach suchte er Odile auf und sagte es ihr. Er hatte erwartet, daß sie zurückschrecken, Ärger oder Mitleid äußern würde, aber noch während er sprach, hatte er eine Veränderung in ihrem Gesicht bemerkt, hatte gesehen, wie ihre anfängliche Abwehr allmählich einem tieferen Verständnis wich.

Jetzt ließ er den Kopf auf ihre glatte Schulter sinken und strich zart über ihre Brüste bis hinunter zur sanften Kurve der Schenkel. Unter dem leisen Druck seiner Hand spürte er, wie ihr Körper sich wiederbelebte, wie sie sich ihm entgegenwölbte und ihn in ihren Schoß hineinzog, bis die Gewalt ihrer Liebe alles andere auslöschte.

Danach lag sie erschöpft in seiner Armbeuge. Er spürte ihren raschen Atem heiß an seiner Brust und hörte, ohne sie zu verstehen, die zärtlichen Worte, die sie an seiner Schulter murmelte.

»Es ist schon hell.« Die Worte wollten ihm nicht über die Lippen. »Gleich müssen wir gehen.«

Sie antwortete nicht, sondern packte so verzweifelt seinen Arm, daß er ihre Nägel in seiner Haut spürte.

Mit fester Stimme sagte er: »Dies ist erst der Anfang für uns, Odile. Menschen sind doch wichtiger als alle politischen Glaubensbekenntnisse.«

Er spürte ihre Hand auf seinem Mund, und ihm war klar, daß sie genau verstand, was er auszudrücken versuchte, so wie sie ihn immer ohne Worte verstand. Auch als sie heimlich mit ihren gemeinsamen Spaziergängen angefangen hatten, waren Worte kaum nötig gewesen. Aber wenn Dietrich hinterher daran dachte, kam es ihm vor, als hätten sie einen endlosen Dialog geführt, all ihre Gedanken und Träume ausgetauscht.

Odile setzte sich auf, ihr heller Körper hob sich schon von den groben Decken und dem dunklen Holz der Möbel deutlich ab. Lange blickte sie seine Uniform an, die achtlos über einen Stuhl geworfen war, und dann ihre metallisch glitzernde Beinschiene, die geduldig auf sie wartete. Sie sagte mehr zu sich selbst: »Unsere Verkleidungen, Heinz. Bevor ich dich kennenlernte, haßte ich sie beide, aber jetzt weiß ich es besser.«

Irgendwo in der Ferne bellte ein Hund. Überall schien sich die Außenwelt zu regen und den neuen Tag zu prüfen. Aber in der Hütte saß die kleine Französin ganz still, und auf ihre weichen Knie hatte Dietrich den Kopf gebettet. Odile spürte die neue Stärke, die ihr aus der Liebe erwuchs. Niemand würde das verstehen, aber das war auch nicht wichtig.

Rudolf Steiger zwang sich, gelassen auf die Gruppe der Offiziere und Matrosen zuzugehen, die sich auf der Betonplattform neben dem U-Boot-Bunker versammelt hatten. Deutlich erkannte er Kapitän Bredts blondes Haar zwischen den erregten Gestalten, und an der Tatsache, daß dieser vergessen hatte, seine Mütze aufzusetzen, merkte Steiger, daß es sich hier um eine außergewöhnliche Krise handelte.

Er hatte spät gefrühstückt und war gerade damit fertig geworden, als ein aufgeregter Messesteward hereinstürzte und ihm meldete, daß

Kapitän Bredt ihn sofort zu sprechen wünsche. Dies allein war schon seltsam, denn Bredt hatte keinerlei Mitteilung hinterlassen, um ihn im Stützpunkt willkommen zu heißen, und war auch nicht in der Messe erschienen. Das ganze Hotel wirkte verlassen, weil die meisten Offiziere noch auf Urlaub waren.

Die Menge teilte sich, und Steiger sah den Stützpunktarzt, der sich über einen am Boden liegenden Seemann beugte. An den Patronentaschen und dem Gewehr merkte Steiger, daß es sich um einen Wachtposten oder einen Streifengänger handelte.

Mit hochrotem Gesicht fuhr Bredt herum. »Da sind Sie ja! Sehen Sie sich das an!« schrie er wütend. »Als ob ich nicht schon genug Sorgen hätte!«

Steiger sah an ihm vorbei und fragte den Stabsarzt: »Also? Was ist geschehen?«

»Der Mann wurde erstochen. Er hat bestimmt nicht gesehen, wer ihn umgebracht hat.«

Ein Unteroffizier trat vor und sagte gepreßt: »Ich kontrollierte die Posten, Herr Kapitän, und da fand ich ihn so, wie er jetzt daliegt.« Er warf Bredt einen verstohlenen Blick zu. »Ich hatte gerade eine halbe Stunde vorher die gesamte Postenkette kontrolliert, und da war er noch in Ordnung.«

»Faule Ausreden! Das ist alles, was ich hier zu hören bekomme!« Wütend sah Bredt den Unteroffizier an. »Da steckt doch mehr dahinter . . .« Er brach ab, als Steiger über den Toten hinwegstieg und zum U-Bootbunker spähte.

»Was ist mit dem nächsten Posten, dem von der anderen Seite?« Steiger hatte bemerkt, daß das Gewehr des Wachtpostens unberührt geblieben war, und daraus gefolgert, daß derjenige, der hier sein Leben riskiert hatte, um in den Stützpunkt einzudringen, etwas weit Wichtigeres im Sinn gehabt hatte, als ein Gewehr und Munition zu stehlen. Wieder erinnerte er sich an Dietrichs entsetztes Gesicht und an den schwarzen Qualm, der durch die offene Luke des aufgetauch ten U-Boots gequollen war. *Sabotage!* Schon das Wort machte ihn wütend.

»Der andere Posten ist in Ordnung, Herr Kapitän.« Der Unteroffizier drehte Bredt den Rücken zu und sah eifrig den Fregattenkapitän an.

Bredt schob die Leute beiseite und stellte sich neben Steiger. »Nun, was halten Sie davon?«

»Jemand wollte in den Bunker eindringen.« Er betrachtete das frisch gestrichene Heck des noch im Dock liegenden U-Boots. »Wer es auch war, er muß gewußt haben, wann die Posten abgelöst werden und die Kontrollrunden stattfinden.«

»Ich sehe immer noch nicht . . .« Bredts Stimme klang verdrießlich, aber Steiger lief bereits die Rampe hinunter. Über die Schulter rief er nach hinten: »Die Posten wechseln in einer halben Stunde, stimmt's?«

»Ja.« Bredts Gesicht war ein Inbegriff der Verständnislosigkeit.

»Lassen Sie sofort den Bunker räumen! Da wird gleich eine Bombe hochgehen!« Steiger hielt inne und starrte Bredt wütend an. »Verstehen Sie *jetzt*? Um Gottes willen, geben Sie endlich Alarm!«

Die Matrosen standen noch immer im Halbkreis um den toten Wachtposten herum. Jetzt starrten sie ihre Offiziere an, begriffen nicht ganz, was vorging, merkten aber an Steigers Zorn, daß Gefahr drohte.

Bredt stellte mit einem Mal fest, daß die Männer anfingen zu rennen, und ärgerte sich mit der Enttäuschung eines Menschen, der sich betrogen fühlt. Er brüllte: »Es besteht keinerlei Grund, sich so gehen zu lassen, Fregattenkapitän! Sie sind nicht im geringsten berechtigt . . .«

Er brach ab, sein Mund blieb offenstehen, als eine halberstickte Detonation ertönte, deren Druckwelle rund um den Bunker Sand und Staub hochwirbelte. Es klang eher wie ein Seufzer als wie ein Knall. Einige der rennenden Seeleute hatten beinahe das Tor des Bunkers erreicht; nun hielten sie rutschend an, aber ihre Gesichter waren noch immer leer und verständnislos. Das U-Boot schien sich zu schütteln, dann kippte es langsam mit trauriger Würde um. Der stählerne Rumpf sackte gegen die rauhe Betonwand des Bunkers und rutschte schwerfällig mit dem vollen Gewicht seiner zwölfhundert Tonnen von den weggesprengten Stützen. Schweigend starrte die kleine Gruppe der Seeleute und Werftarbeiter die mächtigen Staub- und Rauchschwaden an, die jetzt langsam aufstiegen und zu den grünen Hügeln hinüberzogen.

Mit geballten Fäusten ging Steiger auf Bredt zu und sah ihm kalt ins entsetzte Gesicht. »Begreifen Sie jetzt, Herr Kapitän? Vielleicht geht Ihnen allmählich auf, was Sie zu tun versäumt haben, obwohl es nun zu spät ist!« Er sah Bredts helle Augen bei jedem seiner Worte zucken. »Nun merken Sie wohl endlich, daß zum Kriegführen mehr gehört als bunte Papierfähnchen in der Wandkarte!«

Bredt wurde puterrot. »Wie können Sie es wagen . . . Wer gibt Ihnen das Recht, so mit einem Vorgesetzten zu sprechen?«

»*Dort* ist mein Recht!« Steiger zeigte auf das verkrüppelte U-Boot.

Dann drehte er sich um und stieg den Pfad hinauf zum Hauptquartier. Es würde Wochen dauern, vielleicht sogar Monate, das beschädigte Boot zu reparieren; der Bunker selbst fiel nun für die übrigen Boote der Gruppe Meteor aus, wenn sie beschädigt von ihren schweren Einsätzen zurückkamen. Ihm fiel der Kindervers ein: »Dann waren's nur noch fünf! Dann waren's nur noch fünf!«

Diesmal war Bredt in seiner Dummheit zu weit gegangen. Selbst in großen Marinestützpunkten mit Scharen von Fremdarbeitern war Sabotage bisher so gut wie unbekannt gewesen. Aber hier, in diesem hintersten Winkel des sogenannten Atlantikwalls, hatten Saboteure in zwei Monaten bereits zweimal zugeschlagen. Dazu kam noch der Mord an dem Seemann, den Bredt bisher völlig ignoriert hatte.

Steiger hatte immer die Schmeicheleien und Lobhudeleien verachtet, die wegen seiner Erfolge, durch Presse und Propaganda geschürt, auf ihn herabprasselten. Er hatte begriffen, daß er mit seiner scheinbaren Unverwundbarkeit eine hervorragende Stütze des Regimes war. Aber er selbst hatte seinen Ruhm niemals ausgenutzt, sondern sich im Gegenteil bemüht, isoliert und ungestört zu bleiben in der geradezu puritanischen Hingabe an seine Überzeugung, bei seinem fanatischen Ringen um den Sieg.

Aber diesmal würde er eine Ausnahme machen und seinen Ruhm ausnützen, selbst wenn das bedeutete, daß er sich an den Großadmiral wenden mußte.

Er vergaß seine grimmigen Gedanken, weil er eine schwarzglänzende Mercedeslimousine durch das Tor im Stacheldrahtzaun biegen sah. Seine Augen verengten sich, als ein schlanker junger Offizier in tadellos sitzender Uniform aus dem Wagen stieg. An der Mütze des Mannes bemerkte er das Totenkopfabzeichen der SS.

Der SS-Offizier gab dem Fahrer leise seine Anweisungen, drehte sich dann um und begegnete Steigers forschendem Blick. Er war etwa fünfundzwanzig Jahre alt und dermaßen hübsch, daß sein rundes, jungenhaftes Gesicht beinahe weibisch wirkte. Die Mütze saß ihm betont schräg auf dem Kopf, und unter ihrem glänzenden Schirm musterten kalte Augen den erstaunten Steiger mit amüsiertem Interesse. Völlig unpassend wirkte ein großer Katzenkorb, den er jetzt von der rechten in die linke Hand nahm, damit er salutieren konnte.

»Das war ja eine weite Reise hierher.« Er warf einen kurzen Blick auf den Hafen und stellte sich dann vor: »Sturmbannführer Klaus Fischer. Ich hörte, daß Sie hier ein kleines Problem haben?« Er lachte freundlich, aber dennoch lief es Steiger dabei eiskalt über den Rücken.

Fischer wog den Korb in seiner Hand und fuhr fort: »Mein armer Gottfried ist wahrscheinlich ganz krank von der Reise. Wie die meisten Katzen haßt er Ortswechsel. Ich gehe wohl am besten gleich in mein Quartier.«

Steiger fand endlich die Sprache wieder. »Sie werden erwartet?«

»Das nehme ich nicht an. Aber zweifellos wird der tüchtige Kapitän Bredt mit Freuden für meine Bequemlichkeit sorgen.« Wieder lächelte er, als hüte er ein Geheimnis. »Ich bin sogar sicher, daß er das tun wird.«

Steiger sah ihm nach, als er im Gebäude verschwand, und blickte dann fassungslos auf seine Hände nieder. Sie zitterten, und trotz der wärmenden Sonne fröstelte ihn.

Sabotage

Das Klatschen des Regens gegen die großen Fenster war das einzige Geräusch in Kapitän Bredts Dienstzimmer. Max König spürte gleich bei seinem Eintritt die feindliche Atmosphäre und war sich jetzt überdeutlich seines lauten Atems bewußt.

Er ließ die Arme hängen und grub Finger und Daumen der rechten Hand in den Oberschenkel, so daß der Schmerz wie eine Bremse auf seine rasenden Gedanken wirkte. Das ermöglichte ihm, die Karten an der gegenüberliegenden Wand anzustarren und den prüfenden Blick des SS-Offiziers zu meiden, der neben Kapitän Bredt saß.

Dieser sagte ungeduldig: »Kommen wir also zurück auf unsere bisherigen Erkenntnisse über den Anschlag auf *U 991.*« Er machte eine Pause und sah seinen Adjutanten an, der aber dem Blick seiner hellen Augen auswich. »Ich habe in der Angelegenheit sorgfältig ermitteln lassen, doch anscheinend ist noch ein weiterer Bericht nötig.« Wieder machte er eine Pause. »Also berichten Sie Sturmbannführer Fischer, was Sie gesehen haben.«

Fischer schlug ein Bein über das andere und neigte den Kopf. Ein paar Sekunden starrte er wortlos seine blanken Stiefel an, dann hob er den Blick zu König, der unbeweglich auf dem Teppich stand.

»Nun, König, Sie sind soeben aus einem wohlverdienten Urlaub zurückgekehrt, nicht wahr?«

König sah weiter die Wandkarte an und versuchte zu vergessen, wie er das letzte Mal einem Offizier der gefürchteten SS gegenübergestanden hatte. »Jawohl, Herr Sturmbannführer.«

Fischer lehnte sich bequem zurück und drückte die gepflegten Finger gegeneinander. »In Cuxhaven waren Sie, glaube ich?« Seine Stimme war freundlich, aber König hörte eine Drohung darin.

»Ja, Sturmbannführer. In einem kleinen Hotel.«

»Aber Sie wohnen doch in Bielefeld, nicht wahr?« Fischers Blick verriet jetzt lebhaftes Interesse. »Das stimmt doch, oder?«

»Jawohl, Sturmbannführer.« Seine Kehle war wie zugeschnürt, er spürte Übelkeit in sich aufsteigen, während er sich bemühte, seine Stimme unter Kontrolle zu halten. »Ich mochte aber nicht nach Hause fahren, sondern was anderes sehen.«

Fischer nickte und lächelte verständnisvoll. »Verstehe. Nach dem gefahrvollen Einsatz im Atlantik sehnten Sie sich zweifellos nach Ablenkung, stimmt's?« Er lächelte in Bredts grimmiges Gesicht und fuhr fort: »Und Sie wollten endlich mal frei sein vom Druck der Vorgesetzten.«

König schluckte heftig. Fischer hatte offensichtlich alle Urlaubsscheine kontrolliert. Oder wußte er noch mehr? Vielleicht trieb er nur das widerliche Katz-und-Maus-Spiel, für das die SS hinreichend bekannt war, und würde ihn im nächsten Augenblick entlarven.

»Aber kommen wir zu dieser Bombe, König. Sie sagen, sie sah aus wie ein großer Zylinder oder wie eine runde Blechdose?« Ermutigend nickte er König zu. »Schien sie Ihnen besonders gefährlich?«

»Nein, Sturmbannführer. Ich hatte auch nichts Gefährliches erwartet.«

Bredt unterbrach: »König war neu an Bord. Bestimmt hat er nichts Ungewöhnliches daran gefunden.«

Fischer lächelte träge. »*Sie* aber sind schon eine ganze Weile im Dienst, Kapitän. Trotzdem haben Sie diesen Fall nicht als besonders alarmierend erkannt!«

König wurde durch Fischers wie beiläufig geäußerte Beleidigung und durch das scharfe Lufthole der Offiziere aus seiner Erstarrung gerissen.

»Wie können Sie es *wagen*!« Bredt war halb aufgesprungen, sein Gesicht zeigte rote Flecken vor Wut. »In meinem ganzen Leben bin ich noch nicht so beleidigt worden!«

Gleichmütig hob Fischer die Schultern. »Dann hatten Sie eben Glück, Kapitän. Ich bin ja auch nicht zur Erholung hier. Das Überleben des deutschen Reiches hängt ab von der ständigen Wachsamkeit aller! Sie haben die Kontrolle über einen winzigen Teil unserer Verteidigungslinien, und meine Abteilung wird notfalls *Sie* kontrollieren!«

Fischer lächelte nun nicht mehr, seine Hände ruhten wachsam auf den Knien. »Also haben Sie bitte die Güte, mich nicht zu unterbrechen. Dieser Matrose hat zuverlässig gemeldet, was er sah, und sein Erster Wachoffizier war intelligent genug, die Situation zu begreifen und sicherzustellen, was von der sogenannten Bombe übriggeblieben ist. Das ist alles, was wir an Beweisen haben, aber es reicht.«

König merkte erst jetzt, daß Oberleutnant Dietrich ebenfalls im Raum war. Das gab ihm Rückhalt, wenn er auch nicht wußte, weshalb.

Fischer tippte mit seiner Stiefelspitze so lange auf den Fußboden, bis Bredt sich wieder in seinen Stuhl fallen ließ; dann fuhr er so gelassen fort, als habe sich nicht das geringste ereignet: »Ich lenke Ihre Aufmerksamkeit auf diese Gegenstände hier, meine Herren.« Er öffnete einen Karton auf dem Schreibtisch, die anwesenden Offiziere beugten sich vor und starrten gebannt auf die wenigen Bruchstücke, die zum Vorschein kamen.

Fischer hob einen vom Feuer geschwärzten Metallstreifen hoch. »Nun, König, erkennen Sie das?«

»Jawohl, Sturmbannführer.« Er sah plötzlich alles wieder so klar vor sich, daß er für den Augenblick seine eigene Gefährdung vergaß: den Zylinder in seinem Versteck, die schreiende und sich am Boden wälzende Gestalt seines Begleiters. »Das Ding hielt den Zylinder im Regal fest.«

Jetzt warf Fischer Oberleutnant Dietrich einen scharfen Blick zu. »Wann wurden normalerweise Raketen aus diesem Regal benutzt?«

»Wenn wir in den Hafen zurückkehrten, Sturmbannführer.« Dietrichs Gesicht war vor Müdigkeit eingesunken. »Und als Erkennungssignal für unsere Luftwaffe.«

»Verstehe. Von Zeit zu Zeit benutzte also auch Ihr U-Boot ein Flakkerfeuer oder eine Leuchtrakete.« Fischer seufzte und legte den Metallstreifen zurück auf den Tisch. »Nun, König, Sie können gehen. Sie haben Ihre Sache gut gemacht.«

König salutierte stramm, machte kehrt und ging zur Tür. Im Vorbeigehen musterte er verwirrt die ihn beobachtenden Gesichter. Fischer hegte keinen Verdacht gegen ihn, und irgendwelche Schwachstellen in seiner Erzählung waren vergessen, dank der rechtzeitigen Unterbrechung durch Bredt.

Als sich die Tür hinter ihm geschlossen hatte, sagte Fischer nachdenklich: »Dieser neue Sabotagefall kürzlich wurde meiner Meinung nach von derselben Terroristengruppe ausgeführt. Meine Männer haben den äußeren Zaun eingehend untersucht, aber nirgends einen

Hinweis auf gewaltsames Eindringen entdeckt. Die letzte Bombe wurde am Sonntag gelegt, es waren also keine französischen Arbeiter im Werftgebiet, nur ein paar deutsche Mechaniker, und die habe ich persönlich vernommen. Wir fanden jedoch einige Spuren unterhalb der Slipbahn, für die es keine Erklärung gibt. Deshalb nehme ich an, daß die Saboteure vom Wasser her gekommen sind, direkt aus dem Hafen.« Er wandte sich dann an Dietrich. »Wie denken *Sie* darüber?«

Dietrich zwang sich zu einem unverbindlichen Ton. Er hatte zahlreiche Geschichten – wahrscheinlich übertriebene – über die unmenschlichen Methoden der SS gehört, aber bei diesem eleganten jungen Mann blieb er völlig unbefangen. »Das ist durchaus möglich, vorausgesetzt, daß die Leute gut organisiert waren.«

Fischer lächelte ihn an. Er und Dietrich waren fast gleichaltrig, somit wirkten sie wie Bundesgenossen gegen die widerspenstigen älteren Offiziere. »So sehe ich es auch, Oberleutnant Dietrich. Aber die erste Bombe, *Ihre* Bombe, hat uns einen kleinen Hinweis geliefert, und zwar dank Ihrer raschen Reaktion!«

Dietrich merkte, daß der immer noch beleidigte Standortkommandeur ihn beinahe haßerfüllt ansah. Ein Glück nur, daß Steiger nicht anwesend war, denn er allein wußte von Dietrichs Zögern. Erst Steiger hatte ihn nach unten getrieben, hatte ihn zu dieser Untersuchung gezwungen, hatte ihm sogar ins Gesicht geschlagen wie einem feigen Hund.

Jetzt ließ Fischer ein kleines Rad um seinen Finger wirbeln. »Sehen Sie alle diesen Ring hier? Er ist Teil des Zünders. Der Sprengkörper enthielt nämlich auch einen Zeitzünder, für den Fall, daß er vorher nicht angerührt würde.« Fischer sah das Rädchen an und fuhr fort: »Die Bombe wurde von einem französischen Werftarbeiter gelegt, wahrscheinlich bei der Materialübernahme. Sehr sorglose Überwachung, muß ich sagen.« Ohne Bredt anzusehen, fügte er hinzu: »Und der Sprengkörper selbst wurde wahrscheinlich am Ort konstruiert, vielleicht von einem Uhrmacher oder so ähnlich. Er war zwar roh und primitiv, aber äußerst wirkungsvoll. Dieser Zünder ist bisher unser einziger Fingerzeig.« Sorgfältig legte er das Rädchen auf den Schreibtisch. »Meine Leute werden der Sache gründlich nachgehen. Sie, meine Herren, bitte ich jedoch, in der Zwischenzeit Ihren Dienst völlig normal zu verrichten, als sei nichts vorgefallen. Ich möchte nicht, daß wir die Terroristen verscheuchen. Dieser letzte Erfolg wird sie in der Überzeugung bestärken – die ich übrigens mit ihnen teile –, daß jemand, der dämlich genug ist, Sabotage zuzulassen, sie auch verdient!«

Dietrich lehnte sich zurück und versuchte, sein betroffenes Gesicht zu verbergen. Bei Fischers schrecklicher Eröffnung hatte er sofort an den alten Louis Marquet und seinen Uhrmacherladen gedacht. Es war ja auch Marquet, der sich an ihn gewandt hatte mit der Bitte, für Odile eine Beschäftigung bei der Besatzungsmacht zu finden. Die hatte er auch gefunden, sogar im Hafen selbst. Verstohlen fuhr er sich mit der Hand über die eiskalte Stirn. Er dachte an die einsame Hütte, an die Nähe des Mädchens, an ihre leidenschaftliche Liebe, und haßte sich selbst dafür, daß er auch nur einen Augenblick an Odile gezweifelt hatte. Aber angenommen, Fischer hatte recht? Konnte nicht zumindest Marquet an der gräßlichen Geschichte beteiligt sein und sich jetzt über seinen Erfolg ins Fäustchen lachen?

Ob Fischers Vermutung nun richtig war oder falsch, auf jeden Fall würde die SS Marquet aufsuchen, würde vielleicht sogar Odile vernehmen. Ein Schauder lief ihm über den Rücken. Nein! Odile gehörte ihm! Er brauchte sie, genauso wie sie ihn. Was auch geschieht, dachte er, ich muß die Sache selbst in die Hand nehmen.

Fischers aalglatte Stimme drang zu ihm durch: »Und wenn ich diese Verbrecher finde, meine Herren«, er legte eine Pause ein, um seinen Worten mehr Nachdruck zu verleihen, »werde ich dafür sorgen, daß sie noch um den Tod betteln! Aber diese Bitte werde ich ihnen nicht so rasch erfüllen, sondern erst nach langer, langer Zeit!«

Rudolf Steiger stand am Fenster seines kleinen Zimmers und beobachtete, wie jede Bö das lange Gras auf den Hügeln in wellenförmige Bewegung versetzte. Er war froh, daß er die Biskaya von hier aus nicht sehen konnte, denn das hätte seine Unruhe noch verstärkt. Jeder Tag im Hafen schien ihm unendlich lang.

Es klopfte, und als er sich umdrehte, sah er Lehmanns lange Gestalt in der Tür stehen; sein hageres Gesicht war müde, aber wachsam.

Da Steiger schwieg, fragte Lehmann ruhig: »Ich bin gerade aus dem Urlaub zurück und habe gehört, daß du mich sprechen wolltest?«

»Du warst in Paris?« Steiger suchte nach Verwirrung oder Trotz in Lehmanns Gesicht, aber dieser nickte nur gleichmütig.

Es war seltsam, wie sich das Verhältnis zwischen ihnen geändert hatte. Steiger sah seinen alten Freund jetzt so objektiv wie jeden anderen Offizier, aber die alte Vertrautheit wollte sich nicht einstellen; das trug erheblich zu dem Verdruß bei, den er bereits empfand. Er dachte auch an Lehmanns Frau und ihre unbeherrschten Worte, erinnerte sich an ihren Körper vor dem Kaminfeuer und an ihr verführerisches Parfüm.

»Ich nehme an, du hast die Neuigkeiten gehört?« Er zwang sich zur Ruhe.

Lehmann sah sich in dem kalten Zimmer um, bevor er antwortete. »Ja. Sabotage ist etwas Schändliches, aber wir würden wohl an der Stelle der Franzosen genauso handeln. Es ist nicht schön, feindliche Eroberer im eigenen Land zu haben.«

»Ich schicke Kunhardt und seine Besatzung zurück nach Deutschland, wo sie eins der neuen großen Boote übernehmen sollen. Wenn er die Probefahrten beendet hat, wird er damit wieder zu uns stoßen. Es wird noch lange dauern, bis wir sein beschädigtes Boot wieder zurückbekommen. Derjenige, der den Anschlag plante, hat gute Arbeit geleistet.«

Lehmann setzte sich und suchte nach einer Zigarette. »Du nimmst das alles zu persönlich, Rudi«, sagte er. »Es ist immer dasselbe mit dir. Du kämpfst, als ob der Kriegsausgang nur von dir allein abhinge.«

Steiger verbarg seine Überraschung, daß Lehmann ihn wieder mit Vornamen anredete. »Was erwartest du? Wir blasen bereits auf dem letzten Loch, aber statt sich zusammenzureißen, jammern einige unserer tapferen Offiziere wie kleine Jungen, nicht wie deutsche Soldaten!«

»Wenn du mich damit meinst, Rudi, dann sag's bitte offen!« Lehmanns Gesicht blieb gleichgültig, aber seine Augen funkelten wie im Fieber. »Ich stimme deinen Ideen nicht zu, das weißt du, aber ich bin trotzdem kein Feigling.«

Steiger antwortete nicht, sondern blickte aus dem Fenster.

»Als ich von deiner Verwundung hörte, tat es mir sehr leid«, fuhr Lehmann fort.

»Ach ja?« Steigers Stimme klang jetzt müde.

»Du denkst, daß ich mich beim Angriff absichtlich zurückhielt?« Lehmanns Hand zitterte vor Erregung. »Kennst du mich so wenig?«

»Ich glaube, ich kenne dich überhaupt nicht, und es kümmert mich auch nicht im geringsten, was du von mir als Mensch hältst. Aber ich bin dein Vorgesetzter. Und du warst der Meinung, der Angriff sei eine Verschwendung von Menschenleben und ein zu großes Risiko. Du Narr, begreifst du denn nicht, daß wir schon halb besiegt sind, wenn ein Kommandant seinen Zweifeln erliegt?«

Lehmann zuckte zusammen wie unter einem Schlag. »Ist das alles?«

»Nein, es ist *nicht* alles!« Steiger vergaß alle Vorsicht. »Was in Dreiteufelsnamen hast du vor? Warum hast du deine Frau nicht mit nach Paris genommen?«

»Das hat sie dir also erzählt?« Lehmanns Stimme klang müde. »Meiner Meinung nach ist das meine Privatangelegenheit.«

»Es ist auch meine Angelegenheit! Ich dulde nicht, daß einer meiner Offiziere sich und seine Besatzung wegen persönlicher Probleme in Gefahr bringt!« Nach einer kurzen Pause fuhr er fort: »Du mußt sie nach Deutschland zurückschicken!« Er hob die Hand, als Lehmann protestierend den Mund öffnete. »Und es kümmert mich einen Dreck, wie viele Brüder du beim Heeresstab in Paris hast. Ich gebe dir jetzt den ausdrücklichen Befehl dazu.«

»Ich wollte dir gerade sagen, daß ich mich entschlossen habe, sie zurückzuschicken. Ich fürchte, die arme Trudi versteht nicht im geringsten, wie die Dinge hier stehen.«

Steiger zögerte. Das also war ihr Vorname – Trudi. Einen Augenblick wartete er und sagte dann besänftigt: »Du kannst gehen. Ich erwarte den Auslaufbefehl für morgen. Die Mannschaften erhalten Urlaub im Hafengebiet, die Offiziere können in die Stadt gehen.«

»Danke.«

Steiger machte einen letzten Versuch. »Willst du mir nicht sagen, was dich so beschäftigt?«

Lehmann blieb an der Tür stehen und spielte mit seiner Mütze. »Ich liebe Deutschland. Und ich werde bis zum Tod für seine Freiheit kämpfen.« Er sah Steiger an und fuhr fort: »Aber die alten Methoden sind überholt, Rudi, und wir werden allesamt verdammt wegen der Untaten einiger weniger! Mit diesem Führer können wir nur einer vernichtenden Niederlage entgegengehen. Noch könnten wir das ändern, noch ist es dafür nicht zu spät.«

Steiger wandte ihm den Rücken zu und starrte schweigend hinüber zum Hügel, bis er das Schließen der Tür hörte. Was tat ein Mann, wenn er mit solchen Zweifeln konfrontiert wurde? In seiner strengen vaterländischen Erziehung war niemals Raum für Skrupel geblieben. Dienst war Dienst, und Befehle mußten ohne Frage ausgeführt werden. Steiger war ein intelligenter Mann und guter Beobachter und wußte wohl, daß ein System, das auf absolutem Gehorsam basierte, Irrtümer in sich bergen konnte. Aber es gab keine andere Methode, weder im Frieden noch im Krieg, eine disziplinierte Streitmacht zu führen, und daher fand er keine Entschuldigung für Männer, die sich weigerten, im Kampf ihr Letztes zu geben; die sich immer noch als Individuen sahen statt als Teile des großen Ganzen.

Auf einmal hatte er das Schweigen im Raum und die darin lauernde Erinnerung an Lehmanns Worte gründlich satt. Er mußte hinaus, irgendwohin, bis die See ihm keine Zeit mehr ließ für Zweifel.

Als er durch das Tor im Stacheldrahtzaun ging und ein wenig steif den Gruß des Postens erwiderte, wurde ihm klar, daß er an dem Haus vorbeigehen wollte, in dem Trudi Lehmann wohnte. Er hatte erwartet, daß Lehmann sich weigern würde, seine Frau wegzuschicken; aber statt dessen hatte er, ohne es zu wissen, das Messer tiefer in Steigers Herz gestoßen. Der Gedanke, daß Trudi St. Pierre bald endgültig verlassen würde, setzte ihn plötzlich unter Zeitdruck.

Heinz Dietrich schob sich durch die französischen Arbeiter und betrat das kleine Hafenbüro. Unsicher musterte er die Reihen verstaubter Aktenordner und Kontobücher. Der feiste deutsche Zivilangestellte ließ ein buntes Heft sinken und eilte zu ihm.

»Was kann ich für Sie tun, Herr Oberleutnant?«

»Dieses französische Mädchen, Odile Marquet . . .« Er zögerte, als er das interessierte Flackern in den kleinen Augen des Mannes bemerkte. »Ist sie schon nach Hause gegangen?«

»Sie ist heute überhaupt nicht gekommen, Herr Oberleutnant.« In übertriebener Verzweiflung spreizte er die Hände. »Diese Französinnen haben kein Gefühl für Dankbarkeit! Erst verschaffen Sie ihr diesen netten Posten hier, und dann hält sie es nicht mal für nötig zu kommen, wenn sie gebraucht wird!«

»Vielleicht ist sie krank?«

»Nein, ist sie nicht. Ich habe einen Mann in ihre Wohnung geschickt, aber sie ist nicht daheim.«

»Nicht?« Dietrichs Stimme klang ungläubig. »Wo ist sie denn?«

Der Mann hob die Schultern und schien das Erstaunen des jungen Offiziers zu genießen. »Wer weiß?«

Dietrich verließ das Büro und ging rasch in die Stadt, um selbst herauszufinden, was bei den Marquets los war. Die kleine Narrin! Wenn sie weglief, würde sie erst recht Fischers Aufmerksamkeit auf sich ziehen, und dann war es zu spät.

Die Schatten wurden bereits länger, als er voller Sorge am Ende der Straße ankam, die er so gut kannte. Das kleine Haus mit dem Laden stand in einem Vorgarten, und als er dem vertrauten Grundstück zustrebte, spürte er, wie ihm der Atem stockte. Mit schreckgeweiteten Augen starrte er den glänzenden schwarzen Mercedes an, der vor dem Laden parkte, und die beiden SS-Männer, die rechts und links von der

Haustür standen. Er wollte zu Odile rennen und sich zwischen sie und Fischer werfen, aber seine Beine versagten ihm den Dienst. Das Blut rauschte in seinem Kopf wie Brandung, seine Augen starrten auf die in der Dämmerung verschwimmenden Umrisse des Hauses, bis sie schmerzten. Dann wandte er sich mit einem Aufschluchzen um und stolperte durch die jetzt dunkle Straße, bis er erschöpft und keuchend irgendwo stehenblieb. Er lehnte sich gegen eine Mauer und übergab sich. Als er endlich seine zitternden Lippen mit dem Handrücken abwischte und noch einmal die stille Straße hinunterblickte, glaubte er, Odiles Gesicht zu sehen, traurig und anklagend. Aus jedem leeren Fenster blickte es ihn an.

Langsam ging er hinunter zum Hafen.

Max König blieb vor dem Café stehen und lauschte dem Gelächter und der Musik drinnen. Auf dem Platz war es dunkel, er konnte nur noch schwach das Kneipenschild erkennen, ein lustiges Schaukelpferd, das in der auffrischenden Brise hin und her schwang. Er erinnerte sich nicht mehr daran, wie lange er schon unterwegs war, aber seine Beine wurden ihm schwer. In einem plötzlichen Entschluß stieß er die Schwingtür auf und tastete sich durch die Verdunklungsvorhänge.

Wie üblich war das Lokal gedrängt voller Matrosen, mit ein paar feldgrauen Gestalten dazwischen. Trotz des Gewimmels, des blauen Tabakqualms und des lauten Stimmengewirrs, das den alten Akkordeonspieler übertönte, entdeckte er sofort das vertraute Gesicht des Exboxers Jung und einige andere seiner Besatzung. Ihr Tisch war voll mit Gläsern, verschüttetem Bier und einer ganzen Batterie von Weinflaschen.

Jung beobachtete ihn aufmerksam, obwohl sein zerschlagenes Gesicht vom Trinken bereits gerötet war. »Hallo, Max!« Seine heisere Stimme klang unnatürlich laut. »Und wir dachten schon, du hättest dich lieber mit den Weibern eingelassen.«

König sank auf einen schmutzigen Stuhl und nahm dankbar ein volles Glas entgegen. Seltsam, wie sicher er sich unter diesen Menschen fühlte, wie sehr er schon ein Teil ihrer unkomplizierten Welt geworden war.

Braun, der Horchgast, starrte ihn aus glasigen Augen über den Tisch an. »Na, wie bist du mit der SS klargekommen?«

Schultz, der ehemalige Fotograf, rülpste laut. »Ich wäre auch gern bei der SS. Dort hat man ein gutes Leben! Ich wette, die bedauern es noch, wenn der Krieg zu Ende ist.«

Müller, der Sargmacher, rümpfte die Nase. »Besonders dann, wenn wir verlieren. Die Tommies werden sie aufhängen wie die Zwiebeln.«

»Aber uns auch! Denkt daran, Kinder!« Schelmisch grinsend hob Jung einen warnenden Finger. »Alle U-Boot-Fahrer sind Kriegsverbrecher! Sie kennen keine Gnade und geben kein Pardon!«

Müller stöhnte. »Du hast wohl wieder den englischen Feindsender gehört? Laß das bloß nicht Sturmbannführer Fischer merken!«

Jung musterte ihn finster. »Seine Sorte braucht keine Beweise, die stellen nur an die Wand und erschießen – peng, peng!«

Moses Richards hob eine volle Weinflasche an den Mund, die anderen verstummten und beobachteten, wie sein Adamsapfel beim Schlucken auf und nieder hüpfte. Schließlich setzte der Junge die leere Flasche ab und rang nach Luft. »Nichts dabei!« Benommen blickte er zu König hinüber. »Ihr alten Männer glaubt, nur ihr wißt, wie man trinkt.«

Trotz seiner trüben Gedanken mußte König lachen und hob sein Glas. Es wäre so einfach gewesen, sich zu betrinken und zu vergessen, wenn auch nur für kurze Zeit. Gut, er hatte Fischer nicht angelogen. Er war wirklich in Cuxhaven gewesen, hatte seinen Urlaub dort in einem Hotel verbracht. Wie Fischer richtig bemerkt hatte, wohnte der wirkliche Max König in Bielefeld, aber jener andere, vergessene Mann hatte einmal am Stadtrand von Cuxhaven gewohnt. Trotz aller Hemmungen hatte er deshalb einen Bus bestiegen und war dorthin gefahren, wo er einst mit dem Mädchen Gisela gelebt und gelacht hatte.

In den Straßen wimmelte es von Matrosen wie ihm. Mit hochgeschlagenem Kragen war er langsam durch den windstillen Abend geschritten. Seine Stiefel knirschten auf dem Trümmerschutt, sein Herz schlug bis zum Hals, während er auf einen Ruf des Erkennens oder auf ein Schulterklopfen wartete.

Natürlich war es Wahnsinn gewesen. Er hatte soviel riskiert, um diesem alten Leben zu entgehen, hatte sich geschworen, niemals zurückzukehren. Aber als er dann mit schmerzlicher Langsamkeit an den alten vertrauten Häusern vorbeiging, spürte er, wie ihm die Tränen in die Augen stiegen.

Es war alles noch wie früher, vielleicht ein wenig verwahrloster. Aber dieselbe Birke nickte noch neben dem alten Haus, und das Doppeltor vor der kiesbedeckten Einfahrt wartete darauf, repariert zu werden.

Er war auf der Straße vor dem Haus auf und ab gegangen und mit der rastlosen Menge verschmolzen, die nach Feierabend heimwärts strebte. Als das letzte Tageslicht schwand, sah er in einem der großen Fenster Licht aufleuchten. Es dauerte nur ein paar Sekunden, bis der Verdunklungsvorhang heruntergelassen wurde, aber er hatte trotzdem seine Mutter erkannt, die auf die staubige Straße hinausblickte. In diesen Sekunden wäre er beinahe zusammengebrochen. Es wäre so einfach gewesen, ins Haus zu stürmen, sie in die Arme zu nehmen und ihr zu sagen, daß er noch lebte. Aber dann verdeckte der dunkle Vorhang die Umrisse der zerbrechlichen alten Frau, und verwirrt fragte er sich, ob er seine Mutter tatsächlich gesehen oder es sich nur eingebildet hatte.

Schließlich ging er zurück in das schäbige kleine Hotel und legte sich mit weitoffenen Augen aufs Bett, neben sich eine noch ungeöffnete Flasche Korn. Immer wieder stellte er sich vor, wie er sein Elternhaus betreten hätte. Er malte sich aus, wie sein Vater, die Brille hoch auf die Stirn geschoben, aus der Bibliothek gekommen wäre und gefragt hätte: »Was ist das bloß für ein Lärm? Wer ist denn gekommen?« Und dann hätten sie sich alle drei umarmt und kein einziges Wort gesprochen.

Erst als das erste Morgenlicht neben dem Verdunklungsvorhang in sein Zimmer fiel, als eine ferne Entwarnungssirene den über See heimfliegenden feindlichen Bombern ihren Gruß nachsandte, kehrte er allmählich in die Wirklichkeit zurück. Jetzt war er froh darüber, daß er den Korn gekauft hatte, und öffnete endlich die Flasche.

Und nun saß er in dem überfüllten Café in St. Pierre und hörte mit halbem Ohr Müller sagen: »Ich gehe jede Wette ein, daß die Franzosen es noch bedauern werden, wenn wir den Krieg verlieren und abziehen müssen. Sie verdienen doch ein Vermögen an uns.«

Braun grinste blöde und sagte mit dem Trotz des Betrunkenen: »Eins weiß ich genau: Meine kleine französische Freundin wird bestimmt traurig sein!« Er rülpste. »Sie sagt, die Résistance wird allen Frauen die Kehle durchschneiden, die sich mit uns Deutschen eingelassen haben!« Sein Kopf sank nach hinten, als er erneut die Flasche ansetzte.

Richards betrachtete ihn mit gerunzelter Stirn. »Warum sagt ihr eigentlich immer, *wenn* wir besiegt werden?« Fragend blickte er in Königs nachdenkliches Gesicht. »Wir gewinnen doch, oder?«

Jung beugte sich vor. »Unsereins gewinnt niemals, vergiß das nicht!«

Richards hob die Schultern. »Ihr seid ja alle verrückt! Quatscht wie ein Haufen alter Weiber!«

König tätschelte dem Jungen den Arm. »Erhalte dir diesen Glauben, Moses! Er wird dir später weiterhelfen.«

Richards grinste und hob die nächste Flasche an den Mund. Jungs Blick aber war fragend auf König gerichtet. »Und wie wird dieses Später deiner Meinung nach aussehen, Max?«

Blicklos starrte König in den rauchgefüllten Raum. »Wenn ihnen Heuchelei, Fanatismus und Mord nicht mehr genügt, werden sich die Bestien gegeneinander kehren.« Bedrückt fügte er hinzu: »Ich hoffe nur, lange genug am Leben zu bleiben, um das noch zu sehen!«

Braun kippte vornüber auf den Tisch und lag still, während die Seeleute am Nachbartisch anfingen, sich zu prügeln. Strahlend sprang Jung auf, steckte seine Mütze ins Koppel und schwankte zu den Streithähnen hinüber. »Kommt mit, Leute! Das treibt euch den Wind aus dem Gedärm!« Damit griff er sich einen der Kämpfer und warf ihn im hohen Bogen über den Tisch.

Daraus hatte sich eine Schlägerei entwickelt. Einige Raufbolde wurden von den Kettenhunden festgenommen, aber Königs Gruppe schaffte es, geschlossen abzurücken. Der federleichte Richards lag über Königs breiter Schulter, während Jung und Müller gemeinsam den bewußtlosen Braun trugen.

Als sie durch die dunklen Straßen schwankten, witterte Jung instinktiv Gefahr und rief halblaut: »Vorsicht, da kommt ein Offizier!«

Schuldbewußt blieben sie am Straßenrand stehen und ließen den Oberleutnant vorbei. Da erst erkannten sie in ihm ihren Ersten Wachoffizier Heinz Dietrich.

Müller grunzte: »Der hat uns bestimmt nicht gesehen, so betrunken, wie der ist.«

Jung sah König an. »Was es auch ist, das ihn durch die Straßen treibt, Trunkenheit ist es bestimmt nicht.«

König erinnerte sich an Dietrichs verzerrtes Gesicht bei Fischers Untersuchung. Vielleicht wurden seine Worte bereits wahr, und die Bestien begannen, sich gegeneinander zu kehren?

Jung brummte etwas Unverständliches und hob den reglosen Braun wieder auf. »Los, Kinder, heim zu Muttern! Aber der erste von euch, der in Sichtweite der Posten kotzt, bekommt meinen Stiefel in den Hintern!«

Die Tür des Besprechungszimmers flog auf, und ein Schwaden feuchter Luft umwirbelte die schattenhaften Gestalten am Kartentisch. Das gelbe Lampenlicht fiel auf die scharfen Züge von Kapitänleutnant Otto Kunhardt, der beim Eintreten so breit grinste, als sei er im Begriff, die erste Mahlzeit des Tages zu verschlingen.

Die drei anderen U-Boot-Kommandanten und ihre Ersten Wachoffiziere sahen ihn überrascht an. Der breitschultrige Berliner Fritz Wellemeyer, Kommandant von *U 1001*, war der erste, der die Sprache wiederfand. »Was zum Teufel tust du hier? Ich denke, Steiger hat dich nach Deutschland zurückgeschickt, damit du ein neues Boot in Dienst stellst?«

Kunhardt studierte mit plötzlichem Interesse die Karte. »Ich übernehme *U 981*, und Willi Ludwig fährt mit meiner alten Besatzung nach Kiel.«

Wellemeyer wurde immer verwirrter. »Was erzählst du da? Haben sie dir das neue Boot weggenommen?«

Ruhig antwortete Kunhardt: »Man hat mir überhaupt nichts weggenommen. Ich bin freiwillig hiergeblieben. Willi Ludwig kann die Ruhepause brauchen.«

Alex Lehmann saß bewegungslos da, das Gesicht von dem glänzenden Kragen seiner Öljacke eingerahmt. »Du bist ein Idiot, Otto! Du solltest das Schicksal nicht so versuchen.«

Konrad Weiss, ein vorzeitig kahl gewordener Oberleutnant und Kommandant des kleinsten Bootes der Gruppe, stützte sich auf den Kartentisch und seufzte: »Warum hat *mich* keiner gefragt? Ich wäre gern für eine Weile nach Hause gefahren. Frühstück zu normaler Zeit, Stewards, die dir Brot servieren mit Butter, die nicht nach Dieselöl stinkt, den ganzen Tag gemütlich im Unterricht sitzen und Vorträge hören von Ausbildern, die noch nie an der Front waren . . . Das wäre ein Leben!«

Wellemeyer blinzelte seinem Ersten zu. »Und wo bleibt der Patriotismus? Schämen sollte er sich!«

Lehmann warf Heinz Dietrich einen Blick zu. »Wann kommt Ihr Kommandant?«

»Jeden Augenblick.« Dietrich sah auf die Uhr. »Er hat die Besprechung absichtlich so früh angesetzt, damit alle Kommandanten vor dem Auslaufen noch ihre Besatzungen informieren können.«

Weiss grinste freudlos. »Mein Gott, hoffentlich klappt die Organisation diesmal besser!«

Die Tür ging auf, und Steiger trat ein. Er war frisch rasiert, schien aber die ganze Nacht kein Auge zugetan zu haben. Lebhaft nickte er jedem zu, trat dann neben Kunhardt und blickte auf die Karte des

Nordatlantiks nieder. Leise sagte er: »Ich rechne dir deine Geste hoch an, Otto. Du hast eine einmalige Chance abgelehnt.«

Kunhardts Wolfsgesicht verzog sich zu einem schwachen Lächeln. »Ach, mir hängen diese Kurse zum Hals heraus. Außerdem – wer außer mir sollte denn den Gruppenchef zurückbringen, wenn er wieder verwundet wird?«

Die Offiziere lachten fröhlich, und Steiger fühlte sich plötzlich stark zu diesen hageren, spröden Männern hingezogen.

»Dann wollen wir zur Sache kommen, meine Herren.« Er legte sein Notizbuch auf den Tisch und wies auf das Gebiet südwestlich von Irland. »Hier werden unsere Stichfahrten beginnen, fünfhundert Meilen westlich von Brest. Abstand von Boot zu Boot vierzig Meilen.« Er gab den Kommandanten Ausfertigungen des Einsatzbefehls und beobachtete ihre Gesichter.

Draußen vor dem Gebäude wurde die Morgenstille durch den Marschtritt der zu den Booten strebenden Besatzungen unterbrochen. Jeder Mann trug neben seinem Seesack noch eine unsichtbare Bürde: die Erinnerung an den Heimaturlaub, die Sorge um eine untreue Frau oder auch nur das gefährliche Gefühl der Angst. Aus Angst hatte die Gruppe bereits zwölf Fälle von Fahnenflucht zu verzeichnen. Die Deserteure wurden möglicherweise in diesem Augenblick von der Militärpolizei eingefangen oder erwarteten bereits den Tod durch Erschießen.

Langsam sagte Steiger: »Kein Kommandant darf allein angreifen. Selbst wenn das den Verzicht auf einige Versenkungen bedeutet, wollen wir jeden Angriff gemeinsam fahren. Wir sind nur noch wenige und müssen deshalb dafür sorgen, daß jeder Torpedo trifft!«

Otto Kunhardt steckte sich eine lange schwarze Zigarre zwischen die schmalen Lippen. »Wo ist denn Kapitän Bredt?«

Weiss hob die Schultern. »Im Bett, nehme ich an. Das Aufstehen fällt ihm von Tag zu Tag schwerer, bei so attraktiver Gesellschaft!«

Steiger biß sich auf die Lippen. »Das genügt! Sie wissen genau, daß ich nicht dabeistehen und zuhören werde, wenn Sie einen höheren Offizier beleidigen.« Doch dann grinste er spitzbübisch. »Also werde ich den Raum einen Augenblick verlassen.« Er schritt tatsächlich zur Tür. »Kommen Sie mit, Heinz. Ich möchte noch die Sicherheitsvorkehrungen mit Ihnen besprechen.«

Es war noch immer kalt und dunstig auf der Terrasse. Als Dietrich neben ihm stand, den Blick auf den fernen Horizont gerichtet, fragte er: »Was ist los mit Ihnen, Heinz? Sind Sie in Gedanken noch immer bei der letzten Feindfahrt?«

Dietrich fuhr auf, überrascht von Steigers freundlichem Ton. »Nein, Herr Kapitän, damit hat es nichts zu tun. Es ist etwas anderes.«

»Sie sind nicht auf Heimaturlaub gefahren? Was hat Sie denn hier festgehalten?«

Dietrich ließ den Kopf sinken und antwortete leise: »Niemand kann mir helfen, am allerwenigsten Sie, Herr Kapitän.«

»Warum nicht? Schließlich bin ich für Sie verantwortlich.«

Plötzlich brach es aus Dietrich heraus: »Sie ist Französin! Aber ich dachte – ich dachte . . .« Also schleppte er ein Geheimnis mit sich herum, das für ihn allein zu schwer war. »Und jetzt habe ich sie verraten. Ich war zu feige, um zu ihr zu gehen, als sie mich am meisten brauchte!« Er packte das Geländer mit aller Kraft. »Aber Feigheit ist in unserer Familie wohl üblich. Ich habe versucht, dagegen anzukämpfen. Mit ihr zusammen hätte ich es schaffen können . . .«

»Was ist mit ihr geschehen?« Steiger war beunruhigt durch die Dringlichkeit in Dietrichs Worten.

Die Gruppe sollte in zwei Stunden auslaufen, daran mußte er vor allem denken. Die fünf Boote wurden in eins der schwierigsten Gebiete des Atlantiks geschickt, wo die feindlichen Korvetten in äußerst effektiven Jagdgruppen operierten und die Zerstörer mit der Luftwaffe zusammenarbeiteten, um die reich beladenen Konvois in den sicheren Hafen zu geleiten.

Dietrich berichtete: »Ihr Vater ist möglicherweise ein Saboteur; aber Odile wußte das nicht, *konnte* es gar nicht wissen!« Die letzten Worte schrie er fast.

Die Tür ging auf, und Wellemeyers mächtige Gestalt zeichnete sich vor dem gelben Licht ab. »Kapitän Bredt kommt zur Besprechung.« Neugierig musterte er Dietrichs und Steigers ernste Gesichter.

»Gut, ich komme gleich.« Steiger steckte die Fäuste in die Taschen. Er mußte sich konzentrieren, mußte diese Menschen führen, die ihm ihr Vertrauen entgegenbrachten. »Wir sprechen später weiter darüber. Aber im Augenblick steht mehr auf dem Spiel als unsere privaten Gefühle.« Er ergriff Dietrichs Arm und schob ihn durch die Tür. »Und denken Sie daran, Heinz, ein Feigling wird nicht geboren! Feigheit entspringt anderen Wurzeln, und wir können sie bekämpfen.«

Später fragte sich Steiger, was ihn dazu gebracht hatte, so offen mit Dietrich zu reden. Es war, als habe er ein ungeschriebenes Gesetz gebrochen. Fürchtete er das Schlimmste? Aber dann sagte er sich, daß es so etwas wie eine Vorahnung nicht gab, sondern nur die Angst.

Atlantikernte

Max König schlug den Kragen seiner Öljacke hoch und blickte hinauf zum klaren Himmel. Ein paar Möwen kreisten dort und stießen ab und zu vergeblich hinab zum weißschäumenden Kielwasser des U-Boots. Steuerbord voraus konnte er gerade noch einen schwachen rötlichen Schimmer ausmachen, die französische Küste.

Moses Richards sagte aus dem Mundwinkel, ohne das starke Zeissglas abzusetzen: »Das ist Pointe de Penmarch, das letzte Land für eine ganze Weile.«

König nickte bedächtig. Es war phantastisch, daß dies derselbe Atlantik sein sollte wie auf der vorigen Fahrt. Im Sonnenlicht glitzerte die See leuchtend grün, nur hier und da unterbrochen durch dunkelblaue Flecken. Nirgends zeigte sich auch nur der geringste Anschein weißer Katzenpfoten. Jeder Quadratzentimeter glitzernden Wassers schien wie ein kleiner Spiegel zu wirken, so daß die dichtgedrängt auf der Brücke stehenden Männer immer wieder blinzeln und ihre Gläser vor dem grellen Licht abschirmen mußten. Noch war die Sonne schwach, aber nach dem schlimmen Wetter der vorigen Fahrt genügte nun ihre sanfte Wärme auf den salzverkrusteten Gesichtern der Seeleute, um diese in gehobene Stimmung zu versetzen.

Beim ersten Morgenlicht war die Gruppe aus St. Pierre ausgelaufen; jetzt, zweieinhalb Stunden später, waren sie frei von der Küste, und die leichte Dünung hob und senkte beruhigend den Bug des Bootes.

Richards riß König aus seinen Gedanken. »Dort! Siehst du es? Das ist das nächste Boot unserer Gruppe!«

König stutzte die Ellbogen auf die Brückenreling und spürte dabei die Unebenheiten der Stahlkante dort, wo das Geschützfeuer des Zerstörers den Turm bestrichen und die Geschützbedienungen sowie die Ausguckleute niedergemäht hatte. Ihn schauderte. Dann aber richtete er sein Glas auf die gischtübersprühte Silhouette des benachbarten U-Boots. Deutlich konnte er den leuchtend roten Hammer ausmachen, der auf die graue Stahlwand des Turmes gemalt war, und wußte, daß es Wellemeyers Boot war. Die Gruppe fuhr in der Form eines riesigen Rhombus, das Führerboot befand sich genau in dessen Mittelpunkt. Die Ausguckposten bemühten sich, die vier anderen Boote auszumachen, wenn diese sich mit ihren scharfen Steven bei fünfzehn Knoten in die ungebrochene Dünung bohrten und dabei einen gewaltigen Schwall Gischt und Wasser hochwarfen. Die Männer empfanden die Nähe ihrer Kameraden als ausgesprochen tröstlich.

Richards flüsterte: »Unser I.W.O. scheint Sorgen zu haben.«

König warf einen kurzen Blick auf den Offizier. Dietrich sah in der Tat seltsam aus. Bisher hatte er kaum ein einziges Mal den Kopf über die Brückenreling gehoben, und sein Glas hing ihm unbenutzt um den Hals. Vor und zurück schritt er über die Grätings, drei Schritte hin, drei Schritte zurück, wie ein gefangenes Tier im Käfig.

»Weibergeschichten wahrscheinlich«, fügte Richards mit schlauer Miene hinzu. »Unsere Offiziere scheinen mehr oder weniger alle solche Sorgen zu haben.«

»Ruhe auf der Brücke, verdammt!« Zornig musterte Dietrich die vornübergebeugten Gestalten, die sich dunkel gegen die grüne See abhoben. Sofort schwiegen alle und beobachteten aufmerksam den Horizont; der Erste Wachoffizier setzte seine Wanderung fort.

König freute sich über die Ruhe, denn er wollte ungestört die Schönheit der See genießen. Richards stand dicht neben ihm, und das war genug; Worte waren nicht nötig, um ihre Freundschaft auszudrücken. Er sah zu, wie die schmale Spitze des Vorlandes mit dem dunstigen Horizont verschwamm, und fragte sich, wann wohl die nächste Krise kommen würde. Seltsam, daß er kaum jemals an die Gefahren dachte, die auf See drohten. Wenn der Tod das U-Boot ereilen sollte, dann kam er bestimmt rasch und heftig, ohne Erniedrigung oder Verstellung.

Über der Landspitze glitzerte jetzt ein Licht durch den Dunst. Vielleicht war es der Widerschein der Sonne auf der Windschutzscheibe eines fernen Autos. Das Licht erinnerte ihn an das einsame erleuchtete Fenster in seinem Elternhaus und an die schweigende Gestalt, die an ihm vorbei auf die Straße geblickt hatte.

Er fühlte, daß er am ganzen Körper zitterte, und riß sich zusammen. Zu dem winzigen Licht waren zwei weitere gekommen, die jetzt deutlicher aus dem Küstendunst hervortraten. Sie befanden sich dicht über dem Wasser.

König schluckte einmal trocken, dann hörte er sich rufen: »Flugzeuge, Herr Oberleutnant! Peilung Grün neun-null!« Dabei wurde ihm zum ersten Mal klar, wie sehr er Teil dieses Bootes geworden war.

Oberleutnant Dietrich stand bereits neben ihm. Zusammen beobachteten sie die drei Flugzeuge, die flach über dem Wasser heranstrichen, mit Tragflächen so dünn wie Waffeln; gegen den schimmernden Hintergrund waren sie kaum auszumachen.

Die Geschützbedienungen schwangen die stahlblauen Läufe gegen die Eindringlinge, und eine warnende Leuchtkugel detonierte über Wellemeyers Boot.

Richards rief atemlos: »Vielleicht sind es unsere!« Keins der Flugzeuge antwortete jedoch mit dem entsprechenden Lichtsignal, stattdessen drehten sie plötzlich ab und flogen auf das achterlichste Boot der Gruppe zu. Ihre schmalen Formen wechselten den Kurs mit solcher Geschwindigkeit und Präzision, daß sie einen Augenblick aussahen wie drei silberne Kreuze, die aus der See selbst aufgestiegen waren.

König erwartete den Tauchbefehl, hörte jedoch den Wachhabenden Offizier ins Sprachrohr rufen: »Kommandant auf die Brücke! Feindliche Flugzeuge umkreisen die Gruppe! Scheinen Mitchellbomber zu sein!«

König erinnerte sich an das, was Horst Jung ihm gesagt hatte: Wenn mehrere aufgetauchte U-Boote von Flugzeugen angegriffen wurden, war es gewöhnlich am besten, die Formation beizubehalten. Ihre vereinte Feuerkraft war mittleren und sogar großen Flugzeugen durchaus gewachsen.

Auf der Brückenleiter war das Scharren von Füßen zu vernehmen, und der Kommandant sprang an ihm vorbei zur vorderen Reling. Er war ohne Mütze, und unter dem kurzen schwarzen Haar hob sich die weiße Narbe auf seiner Stirn scharf ab. Er warf Dietrich einen fragenden Blick zu und hob dann sein Glas.

Es wurde so still, daß sie das Zischen der Bugwellen und das Stampfen der Dieselmotoren als laute Störung empfanden.

Steiger grunzte. »Stimmt, es sind Mitchellbomber. Sie haben gedreht, um uns aus der Sonne anzugreifen.« Lauter fuhr er fort: »Beobachtet sie genau und laßt sie nahe genug herankommen. Dann vergeudet keine Munition und haltet ein gleichmäßiges Feuer aufrecht, wenn sie uns im Sturzflug angreifen.« An Dietrich gewandt, fügte er hinzu: »Geben Sie über Sprechfunk an die Gruppe durch: Kein Boot soll Feuer eröffnen, bevor sie zum Angriff ansetzen.«

Er wartete, bis Dietrich sich an ihm vorbei zum Sprachrohr geschoben hatte, und stellte dabei besorgt fest, daß dessen Gesicht vollkommen ausdruckslos geblieben war. Er vergaß jedoch Dietrichs Sorgen, als ein Mann rief: »Hier kommen sie!«

Die drei Flugzeuge setzten zu einem geraden, flachen Sturzflug an, bis sie eben über der Wasseroberfläche dahinglitten. Als sie nur noch eine knappe Meile hinter dem letzten U-Boot der Gruppe standen, fächerten zwei der Bomber aus und flogen die beiden Außenboote an, das von Wellemeyer und das von Kunhardt.

Steiger bemerkte das kurze silberne Aufblitzen, als die ersten Bomben fielen. Er runzelte die Stirn, da er aus Erfahrung wußte, daß Bomben die schmalen Boote kaum jemals trafen. Im Glas beobachtete er, wie die Bomber abdrehten und Richtung Land davonflogen.

Obermaat Hartz, der an Deck gekommen war, um die Bedienung des Vierlings persönlich zu überwachen, fragte: »Was halten Sie davon, Herr Kapitän?«

»Ein Wartespiel, Hartz. Sie rufen entweder Verstärkung herbei oder hoffen, daß wir tauchen werden. Die Boote, die als letzte unter Wasser verschwinden, erwischen sie dann.«

Hartz betupfte sich die tränenden Augen. »Schlaue Halunken!«

Weitere zehn Minuten vergingen, während die drei Flugzeuge achteraus kreisten. Die Gruppe behielt Kurs und Geschwindigkeit bei, der Küstendunst sank hinter den Horizont. Auf der leeren, glitzernden See kamen sie sich wie auf dem Präsentierteller vor.

Alles wirkte so spielerisch, daß Steiger Ärger in sich aufsteigen spürte. Im Atlantik trieben die deutschen Focke-Wulf-Bomber dasselbe Spiel mit dem Feind. Tagelang umkreisten sie einen Geleitzug, wobei sie Peilsignale aussandten, um die U-Boote im Umkreis herbeizurufen. Während der ganzen Zeit drehte und wendete sich der Konvoi unter größten Anstrengungen, um die verhaßten Fühlungshalter abzuschütteln. Aber es war alles nur eine Frage der Zeit und Geschwindigkeit, der Ausdauer und Erfahrung.

Oberleutnant Hessler war auf der Brücke erschienen und trat hinter den Kommandanten. Nach einer Weile sagte er: »Sie halten sich geschickt außerhalb unserer Reichweite.«

Steiger nickte, war aber in Gedanken ganz woanders. »Geben Sie einen Funkspruch ans Hauptquartier«, sagte er schließlich. »Benötige sofort Jagdschutz!« Ein paar Jäger aus Lorient würden die Eindringlinge rasch verscheuchen.

»Flugzeuge setzen zum Sturzflug an, Herr Kapitän!«

Sie machten also einen zweiten Versuch. »Feuer eröffnen, sobald sie in Reichweite sind!«

Die Bomber versuchten jetzt einen neuen Trick. Zwei von ihnen stiegen wie eine silberne Zinke in den klaren Himmel auf, während der dritte sich auf das letzte U-Boot stürzte. Dessen Vierling spuckte schwarzen Rauch und jagte seine Leuchtspurgeschosse gegen die Sonne, während von den beiden außenstehenden Booten weitere Perlenschnüre scheinbar träge aufstiegen, als kämen sie direkt aus der See. Die Geschoßbahnen fächerten auseinander, um den Flugzeugen den Weg zu verlegen. Der niedrige Angreifer flog inzwischen einen Zickzackkurs, seine wirbelnden Propeller berührten beinahe das Wasser; aufbrüllend näherte er sich schnell dem niedrigen schwarzen Kommandoturm.

Steiger nickte anerkennend. »Schlaue Taktik! Sie versuchen, unser Feuer aufzusplittern, während sie das Boot von Weiss gemeinsam angreifen!« Seine Stimme klang beiläufig, aber innerlich kochte er, als er zusehen mußte, wie die Schnüre der Leuchtspurgeschosse ihr Ziel suchten. Besorgt fragte er sich, wie der junge U-Boot-Kommandant diesen Angriff abwehren würde. Falls seine Nerven versagten und er zu tauchen versuchte, waren er und seine gesamte Besatzung bereits so gut wie tot. Behielt er jedoch Kurs und Geschwindigkeit bei, mußte er *jetzt* konzentriertes Abwehrfeuer einsetzen.

»Bomben, Herr Kapitän!«

Steiger hatte die dritte angreifende Maschine so gebannt beobachtet, daß er fast überrascht die erste Bombenreihe der beiden anderen vom Himmel fallen sah.

Hohe, schlanke Wassersäulen stiegen auf beiden Seiten von Weiss auf, aber nach schier endloser Zeit sahen sie die Umrisse des Turms anscheinend unversehrt aus ihrem Schwall auftauchen.

»Hier kommt Nummer drei!« Aufgeregt zeigte der junge Richards achteraus.

Der tieffliegende Bomber hatte überraschend gedreht und kam jetzt auf ihr eigenes Boot zu.

Die Brücke verschwand unter schwarzen Rauchschwaden, als alle Geschütze und Maschinengewehre gleichzeitig auf das sich windende Ziel loshämmerten. Mit betäubendem Donnern zog die zweimotorige Maschine hoch und raste dicht über die Periskopsäulen hinweg. Zwei kleine Bomben schienen einen Augenblick über dem grünen Wasser zu hängen, bevor sie mit scharfem Knall an Backbord detonierten. Die Luft sirrte von Stahlsplittern und Geschossen, da auch die Heckschützen des Bombers gewissermaßen als Abschiedsgruß den Walrücken des Bootes aus allen Rohren beharkten.

Steiger jedoch beobachtete die kleinen orangefarbenen Blitze, die kurz am Bauch des Bombers aufleuchteten. Sie hatten Treffer erzielt! Das Flugzeug stieg rasch zur Sonne empor, schien aber zu zögern; ein langer Schwanz schwarzen Rauches quoll aus seiner Unterseite. Der Lärm der Geschütze verstummte, und Steiger hörte Hurrarufe von einem anderen Boot. Der Bomber verlor an Höhe, und noch während sie hinschauten, erschienen wie durch Zauberhand zwei Fallschirme am hellen Himmel. Außer diesen beiden hatte offenbar kein anderes Besatzungsmitglied abspringen können, während die Maschine im Sturzflug aufs Wasser schlug, noch einmal abprallte und sich kurz aufrichtete, um schließlich in einem Durcheinander von Gischt und Qualm endgültig zu versinken.

Ruhig sagte Steiger: »Funkspruch ans Hauptquartier: Jagdschutz wird nicht mehr benötigt.« Er sah den beiden anderen Bombern nach, die rasch kleiner wurden und schließlich in der Ferne verschwanden. Dann fuhr er fort: »Melden Sie weiter, daß Überlebende mit Fallschirm abgesprungen sind. Ein Flugsicherungsboot kann sie aufnehmen. In diesem Krieg werden sie nicht mehr fliegen!«

Er hörte einige Seeleute lachen. Es war immer wieder erstaunlich, wie leicht es war, ihnen neue Zuversicht einzuflößen, besonders wenn sie sich wie jetzt über ihre eigene Stärke freuen konnten.

Dietrich meldete: »Keine Ausfälle oder Beschädigungen bei der Gruppe, Herr Kapitän!«

»Gut! Jetzt können wir hoffentlich in Ruhe weiterfahren.« Er sah Dietrich ins Gesicht und sagte leise: »Ich habe vor dem Auslaufen mit Sturmbannführer Fischer gesprochen, Heinz. Seine Männer haben einige Verdächtige vernommen, darunter einen Uhrmacher namens Marquet.« Er bemerkte, wie Dietrich erstarrte. »Aber es ist kein Mädchen festgenommen worden. Das wußte er genau.«

Dietrich fuhr sich mit dem Handrücken über die Augen, dann starrte er leer über das Wasser. »Danke.«

Steiger musterte ihn. »Auch die Männer sind nur Verdächtige. Sie werden nicht bestraft, wenn sie schuldlos sind.« Als er weitersprach, wurde seine Stimme hart: »Aber wenn sie irgend etwas mit der Sabotage zu tun haben, werde ich persönlich ihre Hinrichtung fordern! Es steht viel mehr auf dem Spiel als Ihre privaten Gefühle!«

Max König, der sich gerade bückte, um einen Handschuh aufzuheben, erstarrte, als er die scharfe Stimme des Kommandanten hörte. Rasch warf er einen Blick in Dietrichs verzerrtes Gesicht und erinnerte sich, wie dieser ausgesehen hatte, als er scheinbar blind durch die Straße zum Hafen gestolpert war. Aber dann wandte er sich schuldbewußt ab, als Dietrich leise sagte: »Wenn Odile was passiert, bringe ich mich um!«

Steiger straffte sich. »Wenn durch Ihre Unaufmerksamkeit diesem Boot hier etwas passiert, bringe ich *Sie* um!« Er sagte das ohne Ärger oder Verachtung, aber seine grauen Augen waren so fest auf Dietrichs Gesicht gerichtet, daß nicht der geringste Zweifel an der Ernsthaftigkeit seiner Drohung bestand.

Den ganzen Tag über fuhren die fünf U-Boote stetig nach Westen. Die Wachgänger scherzten und lachten, und aus der vorderen Messe ertönten die fröhlichen Weisen einer Mundharmonika.

Nur Steiger mißtraute der Ruhe und verbrachte die meiste Zeit oben auf der Brücke. Starr blickte er nach vorn zum westlichen Horizont, als suche er einen sicheren Weg für seine Boote. Je länger sich aber die Zeit hinzog und sie ihrem Angriffsziel näher brachte, desto mehr verstärkte sich bei ihm die Empfindung, daß er sich nicht mehr auf sein Selbstvertrauen verlassen könne. Als die Sonne endlich die ruhige See berührte, wurde ihm zur Gewißheit, daß er unsicher geworden war. Diese Erkenntnis seiner Schwäche brachte ihn ins Schwitzen. Andere vor ihm hatten dasselbe durchgemacht, einige waren an Sorglosigkeit oder Überbeanspruchung gescheitert. Es war die allgemein bekannte Schwäche des Jägers, wenn dieser merkte, daß er den Waffen des Gegners den Rücken bot.

In ihrer ersten Nacht auf See leuchteten klare Sterne auf die Boote und ihr zielstrebiges Kielwasser herab, aber Steiger fand darin keinerlei Trost.

»Alle Torpedos laufen, Herr Kapitän!«

Die Stimme des Gefreiten am Unterwasserhorchgerät drang kaum in Steigers Gedanken, während er durch die sonnengesprenkelte Linse des Periskops starrte.

Die erste Jagdbeute dieser Feindfahrt. Soweit war alles in Ordnung. Die ruhige grüne See mit ihrer leichten Dünung schien auf seine Augen zuzutreiben, während er die fremdartige Form des großen fernen Schiffes beobachtete. In seinen verkrampften Muskeln spürte er die durchdringende Kälte der Zentrale und die gespannte Wachsamkeit seiner Männer. Die Elektromotoren summten so hoch und jubelnd, daß Steiger fast den Eindruck hatte, das U-Boot gratuliere sich selbst.

Seit drei Tagen folgten sie dem beschädigten Tanker, und jetzt war das Warten fast beendet. Steiger hatte dem Rest der Gruppe befohlen, in den zugeteilten Gebieten zu blieben, damit eine Massierung von U-Booten nicht die Aufmerksamkeit des Feindes weckte. Langsam drehte er das Sehrohr und beobachtete einen winzigen silbernen Splitter, der unmittelbar über dem Horizont zu schweben schien. Während der ganzen Zeit hatte er es geschafft, sich vor den getreuen Sunderlandflugbooten zu verbergen, die von ihren englischen Stützpunkten herübergeflogen waren, um bei dem angeschlagenen Tanker Wache zu halten.

Fast überkam ihn so etwas wie Trauer, ein Gefühl, das er öfter bei solchen Gelegenheiten empfand. Es war wirklich ein geruhsames Bild: die glatte See, das große Schiff mit Schlagseite, der eifrige Schlepper, der es begleitete – alles zusammen bot einen zeitlosen und friedlichen Anblick.

Aber die vier Torpedos mußten in diesem Augenblick ihre Höchstgeschwindigkeit erreicht haben und jagten schon durch das stille Wasser, um die Idylle zu zerstören.

Soeben flog die Sunderland wieder einmal einen Bogen, die Sonne glitzerte kurz auf ihren schrägen Tragflächen. Auch sie wirkte friedlich, denn die große Entfernung verbarg die aufmerksamen Beobachter und die Wasserbomben, die auf solche Männer wie Steiger warteten.

Gerade wollte er das Sehrohr einfahren lassen, als der erste Torpedo sein Ziel erreichte. Ein grelles orangefarbenes Glühen zuckte auf, dem sofort eine turmhohe Wassersäule, Flammen und mächtige Rauchschwaden folgten.

Sekunden später donnerten Druck und Schall gegen den Bootskörper und ließen das Periskop erbeben.

»Sehrohr einfahren! Auf neunzig Meter gehen!«

Ein Muskel in Steigers Gesicht zuckte, als der ersten Detonation weitere folgten. Schon war das Boot tief weggetaucht, dennoch sah er vor sich die schreckliche Folge der Ereignisse, die er an der Oberfläche ausgelöst hatte: Der Tanker flog zerfetzt in die Luft, der friedliche Nachmittag war in ein Inferno verwandelt.

Steiger hatte schon früher Tanker brennen sehen, einen hatte er in einer warmen Sommernacht sogar aufgetaucht beobachtet. Er hatte zugesehen, wie der erste Torpedo dem vollbeladenen Schiff die Flanke aufriß, so daß sich das brennende Öl über die See ausbreitete und sie in ein riesiges Flammenmeer verwandelte. Er sah die in der Nähe schwimmenden Menschen, für ihn nur dunkle Köpfe und wild schlagende Arme, die jetzt, so schnell sie konnten, zu dem einzigen Gebilde hinschwammen, das sie in dem grellen Licht des brennenden Öls sehen konnten: zu dem U-Boot. Steiger hatte der Freiwache befohlen, auf dem Vorschiff bereitzustehen, um Überlebende an Bord zu holen. Aber noch während er hinblickte, merkte er, daß der brennende Ölteppich sich schneller ausbreitete, als die erschöpften Schwimmer flüchten konnten. Einer nach dem anderen wurde eingeholt und verbrannte.

Obwohl in der Hitze die Farbe vorn am Turm bereits Blasen warf, hatte er das Boot noch näher heranfahren lassen. Es schien ihm plötzlich ungeheuer wichtig, zumindest *einen* Überlebenden zu retten und dadurch das gefräßige Feuer zu besiegen.

Endlich hatten sie einen Schwimmer an Bord gezogen; sein ganzer Körper war ölverschmiert, die Augen starrten weiß aus dem geschwärzten Gesicht.

Mit Höchstfahrt ging das Boot achteraus, weg von dem Grauen, während die Männer an Deck die Augen beschirmten und hinüberstarrten zu dem Tanker, der sein Heck jetzt steil emporreckte. Selbst die Stahlplatten seines Rumpfes glühten rot, und mit dem Dampf, der ihn einhüllte, wirkte er wie ein schreckliches Geisterschiff.

Einige von Steigers Leuten waren nach vorn gegangen, um den Überlebenden zu holen, der noch immer schweigend dem Sterben seines Schiffes zusah. Als sie auf dem schmalen Bootskörper herankamen, wandte er sich ihnen zu, in seinen Augen spiegelte sich das langsam ersterbende Feuer. Er schrie ihnen ein einziges Wort entgegen, aber es wirkte, als käme es aus den Kehlen all dieser Toten.

Dann hatte er sich den Händen seiner Retter entwunden und war über Bord gesprungen, wo er in dem schwarzen Wasser sofort verschwand.

Wie erstarrt blickte Steiger weiterhin auf die Stelle, wo der Mann versunken war. In seinen Ohren gellte noch immer sein letzter Schrei: *»Mörder!«*

Diese schreckliche Erinnerung tauchte wieder vor ihm auf, als weitere Detonationen, gedämpft durch die große Entfernung, gegen den Bootsrumpf dröhnten. Für ihn bedurfte es nicht der Meldung des Horchers: »Schiff bricht auseinander, Herr Kapitän!« Er wußte auch so, daß seine letzte Beute den Weg zum Meeresgrund angetreten hatte.

Er schüttelte sich. »›Gut gemacht, Jungs! Diese Ladung Diesel wird den Tommies fehlen!« Er hörte, wie seine Worte im ganzen Boot wiederholt wurden, und lauschte den Hurrarufen.

Lüth meldete leise: »Boot liegt auf neunzig Meter Tiefe, Herr Kapitän.«

Der Rudergänger wiederholte: »Kurs null-vier-fünf, Herr Kapitän.«

Langsam trat Steiger an den Kartentisch und blickte hinunter auf die dünnen Bleistiftstriche. »Bringen Sie uns wieder auf den ursprünglichen Kurs, Resch. Wir wollen so rasch wie möglich zu Gruppe Meteor stoßen.«

Er merkte, daß Oberleutnant Resch ihn beobachtete. Aber *er* würde seine Trauer verstehen. Resch war ein ehemaliger Handelsmarineoffizier und wußte, daß ein Schiff mehr war als nur ein Zielobjekt oder ein Haufen Schrott. Nur Amateure hatten hierfür kein Gefühl. Weit entfernt hörten sie den schwachen Donner der detonierenden Wasserbomben, die die Sunderland auf der vergeblichen Suche nach ihnen geworfen hatte.

Nur noch hundert Meilen, dann hätte der Tanker den rettenden Hafen erreicht gehabt. Das war kein langer Weg, verglichen mit den Tausenden von Meilen, die er bereits hinter sich hatte. Kein Wunder, daß die Aufmerksamkeit der Männer so nahe der Heimat nachgelassen hatte. Der Pilot der Sunderland glaubte bestimmt, er habe seine Aufgabe schon fast erledigt, und die Ausguckposten hatten ebensowenig aufgepaßt. Nur eine winzige Unaufmerksamkeit nach Tagen der Anstrengung und Wachsamkeit . . . Aber sie gab dem unsichtbaren Feind eine Chance. Und eine genügte.

Nach vierundzwanzig Stunden wurde Gruppe Meteor durch einen neuen Alarm aufgeschreckt. Es war ein Funkspruch vom Hauptquartier, dem unmittelbar darauf eine Meldung der aufklärenden Focke-Wulf folgte.

Steiger zog sich den Schal fester um den Hals und grübelte über die kurze Information nach. Ein kleiner Konvoi mit sechs Geleitfahrzeugen näherte sich ihrem Einsatzgebiet, nachdem er vor kurzem einen U-Boot-Angriff im mittleren Atlantik erfolgreich abgewehrt hatte.

Sechs Geleitfahrzeuge? Wenn das stimmte, dann kam beinahe auf jedes Handelsschiff ein Kriegsschiff. Er kritzelte seinen Angriffsplan auf den Notizblock und schob ihn über den Kartentisch Dietrich hinüber.

»Geben Sie das bitte sofort an die Gruppe. Wir wollen kurz vor Morgengrauen an den Geleitzug heranschließen.« Wieder stellte er nicht die geringste Veränderung auf Dietrichs blassem Gesicht fest. Wenn er ihm mitgeteilt hätte, daß Winston Churchill persönlich diesen Konvoi führte, hätte wohl auch das keinerlei Wirkung gezeigt. Gereizt sagte er zu Lüth: »Lassen Sie den Schnorchel einfahren, Chief, und informieren Sie Ihr Maschinenpersonal!« Für die Zentrale im allgemeinen fügte er hinzu: »Ein gutes und schnelles Ziel. Aber ich möchte nicht von einem eigenen übereifrigen Kommandanten versenkt werden.« Er erntete schwaches Gelächter und entspannte sich ein wenig. Noch vier Stunden. Er wünschte, die Zeit wäre jetzt schon da. Jetzt gleich oder nie.

»Sehen Sie zu, daß noch eine anständige Mahlzeit ausgegeben

wird!« Ein Bootsmaat eilte davon, um den Befehl an die Kombüse weiterzugeben. Es war eine alte Erfahrung: mit vollen Bäuchen kämpfte es sich besser.

Oberleutnant Hessler trat neben ihn. »Überwasserangriff, Herr Kapitän?«

Steiger biß sich auf die Lippen. Es war sein Fehler, er hätte daran denken müssen. »Sagen Sie dem I.W.O., er soll das dem Funkspruch noch hinzufügen, Hessler.«

Verdammte Warterei! Steiger zerrte an den Knöpfen seines Mantels und lehnte sich schwer gegen den Kartentisch. Sein Gesicht war so grimmig, daß vorbeikommende Seeleute seinem Blick auswichen, da sie die schlechte Laune ihres Kommandanten fürchteten.

Ohne Karte sah Steiger plötzlich den Angriff vor sich: die Silberlinie des Horizonts im ersten Morgenlicht und der unbekannte Geleitzug, der aus der Dunkelheit direkt auf sie zu kam, auf fünf U-Boot-Türme im Schein der höhersteigenden Sonne. Natürlich war es gefährlich, aber dem Bericht nach war es ein schneller Geleitzug. Also hatten sie nicht genügend Zeit für komplizierte Manöver auf Sehrohrtiefe.

Dietrich stand jetzt neben seinem Ellbogen. »Antwort von Kapitänleutnant Wellemeyer, Herr Kapitän. Er bittet, am Konvoi entlangfahren und getaucht angreifen zu dürfen.« Er wartete, während Steiger Wellemeyers Absicht erfaßte. Der große Berliner war äußerst schlau und erfahren. Er kannte genau die Gefahren und versuchte, Steiger taktvoll daran zu erinnern, was auf sie wartete.

»Bitte abgelehnt!« Steiger spürte, wie Ärger in ihm aufstieg.

»Sonst nichts?« Dietrichs Blick blieb fragend auf sein Gesicht gerichtet.

Wütend fuhr Steiger herum. »Was schlagen Sie vor? Möchten Sie jedem einzeln sagen, er soll nach Gutdünken vorgehen? Oder bilden Sie sich ein, der Krieg wäre plötzlich aus, und die Alliierten kämen herüber, um uns die Hände zu schütteln?« Wütend starrte er hinter Dietrich her, der bereits zum Funkraum gegangen war.

Alle sollen sie verdammt sein! dachte er böse. Immer diese elende Warterei!

Die mittelalterlichen Turniere mit gepanzerten Rittern zu Pferde fielen ihm ein. Hier war es ähnlich: Eine Reihe von Schiffen steuerte die westliche Kanaleinfahrt an, und eine Reihe von U-Booten wartete, um sie daran zu hindern. In ein paar Stunden würde die Welt wissen, wer gesiegt hatte. Und nach ein paar weiteren Stunden würde der ganze Vorfall vergessen sein.

Ungläubig blickte er auf, als das rote Gesicht des Gefreiten Stöhr vor ihm stand. »Ja?«

»Ich habe Ihr Frühstück in der Kammer serviert, Herr Kapitän. Es sind auch frische Gewürzgurken dabei.«

Steiger schüttelte den Kopf. Auch Stöhr hatte seine Funktion, es war also unsinnig, ihn warten zu lassen, selbst wenn der Gedanke an Gewürzgurken ihm den Magen umdrehte.

»Danke, Stöhr, sehr aufmerksam.«

Obermaat Hartz trat beiseite und ließ den Kommandanten vorbei. Zu einem Mann seiner Geschützbedienung sagte er stolz: »Von dem kannst du eine Menge lernen! Hast du gesehen? Eiskalt ist er und kein bißchen nervös!«

Rudolf Steiger kletterte schnell durch die Luke, noch während das Wasser gurgelnd von der Brücke strömte und das U-Boot sich wieder einmal dem dunklen Nachthimmel darbot. Trotz seines dicken Überziehers bebte er vor Kälte und griff rasch zu seinem Glas, als die Ausguckposten und die Geschützbedienung hinter ihm herdrängten. »Ich bitte mir äußerste Ruhe aus!« Er sprach leise, aber eindringlich genug, um die ringsum lauernde Feindseligkeit der Morgendämmerung zu unterstreichen, und zum ersten Mal blickte er auf die offene See, die sich scheinbar leer vor dem Bug erstreckte.

Kaum ein Kräuseln war auf dem schwarzen glasigen Wassser zu sehen, das sich in endloser Prozession auf das tiefliegende Boot zuwälzte. Es war erbärmlich kalt. Langsam ließ er sein Glas über den Horizont schweifen, an dem Himmel und See sich in einem bleifarbenen Vorhang vermischten, und hörte das leise Klirren von Metall, als die Geschützbedienungen hinter ihm ihre Waffen klarmachten. Er senkte den Kopf, um auf das Leuchtzifferblatt seiner Uhr zu sehen, und fragte sich, ob die anderen Boote wohl bereits auf Station waren. Wieder warf er einen Blick durch das Glas. Alles war leer, aber voller Bewegung. Jeden Augenblick würde dort draußen ein englischer Radargast etwas auf seinem Schirm entdecken und sich in plötzlichem Schrecken die verschlafenen Augen reiben. Früher oder später würden die fünf leuchtenden Punkte der U-Boot-Türme entdeckt werden, und was dann? Er setzte sich die ungewohnte blaue Mütze auf und versuchte, sich an die Stelle des Geleitzugskommandanten zu versetzen. Vorsichtshalber hatte er beim Auftauchen seine weiße Mütze abgenommen, denn selbst ein kleiner heller Fleck wie dieser konnte ihren Standort verraten, wenn der aufgeschreckte Feind nach ihnen suchte.

Der englische Konvoikommodore würde seinen Handelsschiffen sofort eine Kursänderung befehlen und dann die Hälfte seiner Geleitfahrzeuge zum Angriff auf die U-Boote ansetzen. Möglicherweise würde er auch Luftunterstützung anfordern, aber das war wenig wahrscheinlich. Für schwere Flugzeuge waren sie zu weit vom Land entfernt, und weitere Geleitzüge waren nicht in der Nähe. Ja, Luftunterstützung war äußerst unwahrscheinlich; aber die Zerstörer würden die U-Boote angreifen, und dann würde das übliche verzweifelte Versteckspiel beginnen: Wasserbomben der Zerstörer gegen die Geschicklichkeit der getauchten U-Boote.

Eine metallisch klingende Stimme ertönte aus einem der Telefone, die gerade angeschlossen worden waren. »Alle Rohre klar zum Feuern!«

Sie waren fünf Boote, das bedeutete zunächst fünfundzwanzig Torpedos. Bestimmt würde kein Kommandant der Geleitfahrzeuge einen konzentrierten Angriff auf seine Zerstörer erwarten. Die wirklichen Angriffsziele waren sonst immer die Handelsschiffe, aber die mußten heute einmal warten.

Eine weitere körperlose Stimme ertönte aus dem Sprachrohr: »Starke Echos im Horchgerät, Herr Kapitän! Verwirrt und durcheinander, aber gleichmäßig!«

Er hörte, wie Hessler seinen Männern Anweisungen erteilte, und fragte sich, was die Seeleute auf der Brücke wohl empfanden. Wahrscheinlich dachten sie genau wie er an die neuen zielsuchenden Torpedos vom Typ Zaunkönig, die jetzt hinter den geöffneten Klappen im Bug warteten.

»Maschinen stopp!«

Die Elektromotoren liefen so leise, daß er nur an der trägen Bewegung des Bootes erkannte, daß sein Befehl ausgeführt worden war. Die Radargasten des Feindes würden von dieser Maßnahme bestimmt überrascht werden. Unbewegliche Ziele? Er konnte sich ziemlich genau das gespannte Mißtrauen auf jeder Zerstörerbrücke vorstellen.

Obermaat Hartz stand ruhig neben ihm. Er konnte ihn zwar nicht sehen, hörte aber sein aufgeregtes Atmen.

»Gleich geht's los, Hartz.«

»Es ist zu verdammt dunkel, Herr Kapitän!«

Steiger war froh, daß der Unteroffizier nicht die Besorgnis auf seinem Gesicht erkennen konnte. Die Wolken waren jetzt, kurz vor Anbruch der Dämmerung, dichter geworden. Es gab nirgends auch nur die geringste Lichtquelle; dies konnte zwar eine Hilfe sein, möglicherweise aber auch ein Nachteil. Es war noch zu früh, um das zu entscheiden.

Der Ausguck, der schwankend oben an den Periskopsäulen stand, straffte sich plötzlich und beugte sich vor wie eine Galionsfigur. »Hören Sie!« Seine Stimme war nur ein lautes Flüstern, aber jeder Mann erstarrte. »Irgend etwas bewegt sich vor uns, Herr Kapitän!«

Steiger schloß die Augen und spannte all seine Nerven an, um zu lauschen. Da war es! Zwar noch weit entfernt, aber gleichmäßig wie Wasser, das sich aus einem Schleusentor ergoß. Ein Zerstörer, der vorsichtig durch die schwarze ölige See fuhr, während alle Mann auf seiner Brücke angestrengt nach vorn in die Dunkelheit starrten?

»Los, Hartz, Sie wissen, was zu tun ist!« Er zählte die Sekunden, während der Unteroffizier über die Reling des Turms stieg und dann hinuntersprang auf das Vorschiff, wo er mit einem dumpfen Aufschlag landete. Der Feind würde erwarten, daß die Boote tauchten oder flohen. Eine Gruppe aufgetaucht und gestoppt liegender U-Boote zu überrumpeln, das war der Wunschtraum jedes Zerstörerkommandanten. Er merkte, daß seine Beine unkontrollierbar zitterten, und ihm war klar, daß er jetzt handeln mußte, wenn auch nur, um seine wachsenden Zweifel zu vertreiben.

»Feuer!« So laut er konnte, schrie er das hinunter zum unsichtbaren Geschütz und wartete qualvolle Sekunden.

Dann hörte er das stählerne Zuschlagen des Verschlußstücks und das laute Kommando von Obermaat Hartz: »Feuer!«

Das Geschütz fuhr geräuschvoll auf seine Bettung zurück. Der scharfe Knall dröhnte Steiger ins Gesicht, aber er blieb unbeweglich stehen und starrte nach vorn. Eins, zwei, drei, zählte er.

Laut rief er: »Augen schließen!« Dann, als die Leuchtgranate über dem öligen Wasser barst, bückte er sich blitzschnell hinter das Brückenkleid. Innerhalb von Sekunden feuerten auch die anderen U-Boote ihre Leuchtgranaten ab, und zwischen der niedrig hängenden Wolkendecke und der ruhigen See wurde die Nacht urplötzlich zu einer gletschergrün blendenden Landschaft.

Einige der Leuchtgranaten lagen zu weit, so daß ihre am Fallschirm herabsinkenden Leuchtsätze in der ungeheuren Weite der Nacht wie verloren wirkten; die anderen jedoch warfen ihren unheimlichen Schein auf vier unter ihnen schäumende Bugwellen und enthüllten schonungslos jeden Mast und jedes Geschütz, während die vier geblendeten Schiffe durch diese silberhelle Arena jagten.

Steiger versuchte, sich auf Hesslers heisere Stimme zu konzentrieren und auf den schwingenden Arm des Angriffsvisiers. Er ignorierte das Aufbellen des Geschützfeuers und das Kreischen und Heulen der Granaten über ihren Köpfen. Die englischen Geschützführer waren zumindest im ersten Augenblick geblendet. Wahrscheinlich hätten sie in den nächsten Sekunden ihre eigenen Leuchtgranaten abgefeuert. Es war ein äußerst gefährliches Spiel, und er spürte jetzt den Schweiß der Erregung, der auf der Narbe seiner Schulterwunde prickelte.

»Rohr eins, Feuer! Rohr zwei, Feuer!«

Die gebrüllten Befehle wurden fortgesetzt, bis alle sechs Rohre leer waren. Die von ihren Mutterschiffen befreiten Torpedos nahmen rasch Höchstfahrt auf und bildeten in dem glitzernden Wasser einen Fächer. Die feindlichen Geleitfahrzeuge, drei Zerstörer und eine Korvette, lösten bereits ihre Dwarslinie auf und wirbelten herum.

Jetzt hatten sich die Engländer von ihrer Überraschung erholt, ihre Geschütze spien Feuer und Qualm, und die Granaten heulten mit dem Geräusch zerreißender Seide über die U-Boote hinweg. Zwei gewaltige Wassersäulen stiegen längsseits auf, und Steiger schmeckte Salz, gemischt mit Kordit. Er hörte die raschen Befehle von Obermaat Hartz, unmittelbar gefolgt vom Krachen des Deckgeschützes. Diesmal schossen sie keine Leucht-, sondern panzerbrechende Granaten. Es bestand zwar kaum die Chance eines Treffers, aber jede zusätzliche Verwirrung konnte ihnen helfen.

Der vorderste Zerstörer erbebte und drehte sich im Kreis, als zwei Torpedos unter seinem Kiel detonierten. Er schwankte und taumelte, seine grimmige Würde schien mit einem Mal zu schrumpfen. Noch während Steiger ihn beobachtete, kippte der Schornstein vornüber, so daß er nun genau in die Brücke hineinblickte, wo noch vor wenigen Sekunden die Offiziere seine eigene Vernichtung geplant hatten. Er sah ihre kleinen, in Ölzeug gekleideten Gestalten ausrutschen und wie Käfer über das immer schrägere Deck gleiten, als der Zerstörer Fahrt verlor und sich nun ganz auf die Seite legte.

Die Korvette, ein wenig langsamer als ihre stärkeren Gefährten, erhielt drei Torpedotreffer. Sie kippte nicht zur Seite oder hob den Bug, sondern verschwand einfach in einem einzigen Flammenmeer, das die Bäuche der tiefhängenden Wolken bis zum fernen Horizont in rötliches Gold tauchte.

»Beide äußerste Fahrt voraus! Hart Steuerbord!« Steiger rief seine Befehle, als der zweite Zerstörer mit voller Fahrt und kleinstem Drehkreis herumfuhr. Sei es, daß er versuchen wollte, das U-Boot zu rammen, oder daß der Kommandant der nächsten Torpedosalve ausweichen wollte – auf jeden Fall erhielt er, während seine Geschütze noch aus allen Rohren feuerten, den Todesstreich unter dem Vorschiff, so daß sein Bug abbrach wie die Vorderfront eines von Bomben getroffenen Gebäudes. Im letzten Licht der Leuchtgranaten sah Steiger das entblößte Schott, an das sich eine einzelne Gestalt klammerte wie eine Fliege.

Die See kochte plötzlich wie wild, als sei sie schockiert über die Grausamkeit des Krieges. Ursache waren jedoch die detonierenden Wasserbomben des ersten Zerstörers, der schon auf den Meeresgrund sackte. Steiger biß die Zähne zusammen, als er den Rumpf unter seinen Füßen beben spürte. Er wollte sich lieber nicht vorstellen, wie die wenigen bis jetzt noch Überlebenden von der gewaltigen Sprengkraft an die Oberfläche geschleudert wurden wie tote Fische; statt dessen stellte er sich vor, was diese Wasserbomben aus seinen Booten gemacht hätten, wenn er zu lange gewartet hätte.

Eine große Stille breitete sich über das Wasser, als die letzte Leuchtgranate verlöscht war. Steiger registrierte erschrocken, daß auch der vierte Zerstörer verschwunden war, ohne daß er es bemerkt hatte. Benommen von der Plötzlichkeit dieser Vernichtung schüttelte er den Kopf.

»Morgendämmerung, Herr Kapitän!« Ein Seemann rief es heiser vor Erschütterung oder auch Erleichterung.

Steiger rieb sich die Augen. »Ruder mittschiffs!« Er warf einen Blick auf die erleuchtete Scheibe des Tochterkompasses und fuhr fort: »Steuern Sie null-neun-fünf!« Dann ging er zu dem Gefreiten mit dem Handtelefon. »Der I. W. O. soll die Gruppe rufen. Wir wollen uns neu formieren und den Angriff fortsetzen.«

Hessler meldete mit stoischer Ruhe: »Alle Rohre nachgeladen, Herr Kapitän.«

Steiger trommelte mit den Fingern auf den salzverkrusteten Stahl. Vier Schiffe innerhalb weniger Minuten versenkt! Vielleicht konnten sie jetzt noch einen oder zwei Nachzügler erwischen. Wenn nicht, schadete das auch nichts, auf alle Fälle hatten sie schon einen guten Schlag gelandet.

»Funkspruch vom Hauptquartier, Herr Kapitän!«

Steiger starrte den Seemann an, der da aus dem Dämmerlicht aufgetaucht war. Erst jetzt merkte er, wie das graue Licht bereits die undeutlichen Umrisse des Bootes, der Männer auf der Brücke und der leeren See hervorhob. Warum war er so überrascht? Hatte er nicht erwartet, das Tageslicht noch einmal wiederzusehen? Er merkte, daß der Seemann mit dem Notizblock in der Hand noch immer neben ihm stand.

»Hat ihn Oberleutnant Dietrich schon entschlüsselt?« Das verdammte Hauptquartier mit seinen ewigen Funksprüchen!

»Nein, Herr Kapitän.« Ehrfürchtig beobachtete der Mann Steigers grimmiges Gesicht. »Er ist für Sie persönlich.«

Steiger fletschte die Zähne im hageren Gesicht. »Ich sehe ihn mir später an! Ich habe jetzt anderes zu tun.«

Der Mann schluckte und eilte nach unten.

»Der I. W. O. hat einen Spruch von *U 1001*, Herr Kapitän!« Der Läufer vor ihm wurde schon von einem Strahl wäßrigen Sonnenlichts angeleuchtet. »Er greift ein Handelsschiff an, das aber noch außer Reichweite ist.«

Steiger nickte und trat ans Brückenkleid. Fritz Wellemeyer stand auf ihrem äußersten linken Flügel. Wenn er schon Schwierigkeiten hatte, mit dem Rest des versprengten Geleitzugs Fühlung zu halten, hatte eine Fortsetzung der Jagd wenig Sinn.

»Funkspruch an die Gruppe, mit Ausnahme von Wellemeyer: Angriff abbrechen, Patrouillenfahrt wieder aufnehmen.« Er zögerte einen Augenblick. »Und fügen Sie hinzu: Gut gemacht!«

Er kniff die Augen zusammen und beobachtete die Sonne, die ihre dünnen Strahlenfinger durch die Wolkenbank knapp oberhalb des Horizonts bohrte. Es wurde Zeit zum Tauchen, die geleistete Arbeit festzuhalten und sich auf einen neuen Einsatz vorzubereiten.

Seine Finger berührten den zerknüllten Zettel in seiner Tasche; er dachte an Kapitän Bredt und jene, die wie er in den Stäben vor ihren Karten und Listen saßen und warteten. »Gut gemacht!« Diese Worte waren wie eine Verhöhnung der tapferen Männer, die hier draußen starben, ohne zu wissen, warum.

Das Gesicht des Feindes

Torpedogast Stöhr, der zugleich Messesteward war, stellte eine Kanne Kaffee auf den Tisch und sammelte den Stapel fettiger Teller ein.

Oberleutnant Hessler lehnte sich zurück und stieß einen Seufzer der Zufriedenheit aus. »Gut gemacht, Stöhr! Dies war eine der besten Mahlzeiten, die wir seit langer Zeit hatten!«

Oberleutnant Resch hob die Tasse und genoß den Duft des starken

Bohnenkaffees. Wie die anderen wirkte auch er noch ein wenig benommen.

U 991 und die vier anderen Boote hatten dem strahlenden Tag den Rücken gekehrt und fuhren langsam und behaglich in einer Tiefe von neunzig Metern. Gelegentlich ging eine Gestalt zielstrebig an der offenen Messetür vorbei, sonst war alles ruhig. Die meisten Leute schliefen wohl oder dösten wie ihre Offiziere bei einer Tasse Kaffee nach dem Essen.

Hessler schüttelte den Kopf in schweigender Bewunderung. »Der Kommandant ist wirklich ein Genie! Wie er diese Zerstörer weggeputzt hat! Ich kann immer noch nicht fassen, daß wir noch am Leben sind.«

Oberleutnant Lüth spielte mit einem Rechenschieber. »Kein Wunder, daß ihn die Tommies hassen wie die Pest. Wahrscheinlich haben sie sogar einen Preis auf seinen Kopf ausgesetzt!«

Hessler grinste. »Wenn es so weitergeht, werden sogar die Amis nicht mehr nachkommen mit dem Bau von Ersatzschiffen!« Er ballte die mächtigen Fäuste. »Das würde dann das Ende des Krieges und aller Kämpfe bedeuten.« Er seufzte sehnsüchtig. »Und wir könnten die Trümmer wegräumen und diesen Idioten zeigen, wer die wahren Herren Europas sind.«

Lüth lächelte. »Wirklich erstaunlich, wie so ein Erfolg die Moral hebt. Auf der letzten Fahrt hätten wir uns beinahe gegenseitig die Kehlen durchgeschnitten, und jetzt ist alles wieder eitel Sonnenschein.«

Der Torpedooffizier schlürfte geräuschvoll seinen Kaffee. »Und wenn wir die Tommies und den Iwan erledigt haben, nehmen wir uns den Pazifik vor. Das wird ein märchenhaftes Leben, wenn es zusammen mit den Japanern gegen die Amis geht!« Er schnalzte mit der Zunge und verdrehte die Augen. »Stell dir doch bloß all die kleinen braunen Mädchen vor, die dort auf uns warten!«

»Das würde dir so gefallen!« Resch musterte ihn böse aus rotgeränderten Augen. »Ein einziger Sieg, und schon bildest du dir ein, daß du ewig leben wirst.«

Das Grinsen schwand aus Hesslers Gesicht. »Das ist nun mal meine Art. Wenn ich so nervös wäre wie andere Leute, hätte ich mich schon vor Jahren umgebracht.«

Alle drei sahen auf, als Dietrich in die Messe kam und sich wortlos eine Tasse Kaffee einschenkte.

Lüth fragte ruhig: »Hallo, Heinz. Steuert das Boot sich selbst?«

Dietrich sah einen Augenblick hoch und dann wieder in seinen Emaillebecher. »Im Augenblick macht das der Rudergänger.« Als die anderen ihn weiter anstarrten, fügte er hinzu: »Alle Offiziere sollen hier in der Messe auf den Kommandanten warten. Jetzt sofort.«

Verwundert sahen sie sich an. Hessler fragte schließlich: »Was gibt's denn da schon wieder? Wahrscheinlich einen neuen Angriff, meint ihr nicht auch?«

Lüth lehnte sich zurück und schloß die Augen. »Und das gerade, wenn ich an den Pazifik denke und an unseren Karl mit lauter braunen Hulahulamädchen!«

Dietrich blieb stehen und ignorierte das Geplänkel zwischen Lüth und Hessler, obwohl er ahnte, daß sie es um seinetwillen taten. Es mußte sich wohl wirklich um einen weiteren Angriff handeln, der ihnen mit dem Kommandantenfunkspruch vom Hauptquartier befohlen wurde. Ärger stieg in ihm auf, als er sich die zahllosen Stabsoffiziere vorstellte, die das Boot schon wieder in eine neue Gefahr schickten.

Stöhr steckte den Kopf durch den Vorhang und flüsterte: »Der Kommandant kommt!«

Als Steiger eintrat, standen bereits alle und sahen ihn an. Er fand in ihren Gesichtern nur sorgenvolle Erwartung, die ihm wie eine feindliche Barriere vorkam. Um ihre Kameradschaft untereinander konnte er sie nur beneiden.

»Bitte setzen Sie sich, meine Herren.«

Seltsam, sie alle beisammen zu sehen. Gewöhnlich waren einige auf Wache, und die Freiwache schlief. Wie sollte er ihnen den knappen Inhalt des geheimen Funkspruchs vom Hauptquartier eröffnen? Jeder U-Bootkommandant auf See hatte dieselbe verschlüsselte Mitteilung erhalten und würde sie seiner Besatzung jetzt mitteilen.

Er räusperte sich und merkte, daß er wieder einmal angefangen hatte, nervös an einem Knopf seiner Uniformjacke zu zupfen.

»Zuerst möchte ich Ihnen sagen, daß ich heute morgen mit Ihrem Verhalten beim Angriff äußerst zufrieden war«, begann er. »Solche Angriffe werden in Zukunft alle Geleitfahrzeuge aufs höchste verunsichern.« Er zögerte einen Augenblick und fuhr dann fort: »Der Funkspruch vom Hauptquartier geht nicht nur uns hier, sondern jeden deutschen Soldaten an, wo er auch sein mag. Heute bei Morgengrauen sind die Alliierten in Frankreich an drei Stellen gelandet. Es ist damit zu rechnen, daß der Feind inzwischen erhebliche Fortschritte gemacht hat.« Er legte eine Pause ein und beobachtete die Wirkung seiner Worte.

»Der Krieg dauert schon so lange, daß wir mit einer großen Invasion über den Ärmelkanal kaum noch gerechnet haben. Trotzdem war sie unvermeidlich. Noch nie ist ein Krieg durch eine Pattsituation gewonnen worden, was uns auch die sogenannten Historiker einreden mögen. Wir müssen uns mit dieser Invasion abfinden und uns so rasch wie möglich darauf einstellen. In ein paar Minuten werde ich die Besatzung informieren, vorher aber wollte ich mit Ihnen sprechen. Gut, die Invasion hat begonnen. Auch wenn die Alliierten im ersten Augenblick erfolgreich waren, werden wir sie bald ins Meer zurückwerfen. Deutschland kann auch das schaffen. Auf jeden Fall bleibt unsere Aufgabe unverändert. Der Nachschub des Feindes muß über See herangeschafft werden, und *wir* sind diejenigen, die das verhindern können! Irgendwelche Fragen?«

Überraschenderweise war es Hessler, der als erster sprach. »Aber wie haben die Alliierten es denn geschafft, an Land zu gehen, Herr Kapitän? Ich meine, was ist mit dem Atlantikwall, von dem wir immer gehört haben?«

Steiger lächelte. »Es sind die tiefgestaffelten Verteidigungsanlagen, Hessler, die zählen. Die alten Tage der Barrikade sind für immer vorbei.«

Resch rieb sich das Kinn, seine hervorquellenden Augen waren auf eine unsichtbare Karte gerichtet. »In Nordfrankreich? In der Normandie wahrscheinlich. Genau dort, wo ich immer damit gerechnet habe!« Er schlug mit der flachen Hand auf den Tisch und ließ verzweifelt den Kopf hängen. »Sie werden einen Keil zwischen uns und Deutschland treiben! Dann sind wir abgeschnitten!«

Leise unterbrach ihn Lüth: »Vorher müßten sie aber noch eine ganze Menge Frankreich erobern, Kamerad!«

Dietrich fragte gepreßt: »Werden wir jetzt zum Stützpunkt zurückkehren?«

Steiger schüttelte den Kopf. »Nein. Wir führen unseren Einsatz fort wie bisher.«

Dietrich nickte. »Verstehe. Also könnte St.Pierre angegriffen werden, während wir auf See sind?«

Steiger hob die Schultern. »Diese Möglichkeit hat immer bestanden. Die Luftangriffe werden jetzt verstärkt werden, Sabotage und Mord werden um sich greifen, sobald die Zivilbevölkerung den Eindruck bekommt, daß wir unseren Griff lockern.« Eindringlich sah er jeden einzeln an. »Deshalb ist es besonders wichtig, trotz dieses Rückschlags unseren Kampf fortzuführen. Unsere Soldaten in Rußland stehen seit Monaten in einem harten, gnadenlosen Ringen. Sie würden über den Feldzug in Frankreich nur verächtlich lachen. Wir müssen uns ihrer Opfer würdig erweisen.« Er ergriff seine Mütze, plötzlich drängte es ihn, ihrer Verzagtheit zu entkommen. »Wie Sie ja selbst wissen, ist die U-Boot-Waffe die Auslese, die Elite aller Waffengattungen. Wenn unser Land uns jemals gebraucht hat, dann jetzt!« Er trat hinaus in den Gang und schritt eilig zur Zentrale, um über Funk die Gruppe zu sammeln. Der Krieg im Atlantik hatte sie immer von der Heimat isoliert, aber in der Vergangenheit hatten sie den Kontakt sofort wieder aufnehmen können, sobald sie europäischen Boden betraten. Jetzt würden sie, wie Resch richtig bemerkt hatte, möglicherweise abgeschnitten; die Versorgung würde schwierig werden. Wenn die U-Boote gezwungen waren, jedesmal bis nach Deutschland oder Norwegen zurückzukehren, bedeutete das zusätzlich tausende Meilen gefährlicher Fahrt und kürzere Einsatzzeiten. Wütend knirschte er mit den Zähnen. Es war doch lächerlich, an so etwas zu denken! Die Invasionstruppen würden vernichtet und die Russen im kommenden Sommer endgültig zurückgeworfen werden. Etwas anderes kam überhaupt nicht in Frage!

In gewisser Weise konnte diese neue Bedrohung ihre Lage in Frankreich sogar verbessern, dachte er. Kapitän Bredt und die anderen mußten aus Sicherheitsgründen enger zusammenrücken. Bei diesem Gedanken blieb er so abrupt stehen, daß Dietrich, der hinter ihm ging, beinahe gegen ihn stieß. Was wurde mit Trudi Lehmann? War sie noch immer in St.Pierre oder schon nach Deutschland zurückgekehrt? Er erinnerte sich an die grauenhaften Methoden der Résistance und sah wieder den erhängten Seemann vor sich. Frankreich war bestimmt nicht mehr das apathische, niedergeschlagene Land, wenn die Besatzungsmacht in die Defensive geriet.

Er merkte, daß Dietrich ihm das Mikrophon in die Hand drückte. »Lautsprecher sind eingeschaltet, Herr Kapitän!«

Steiger schluckte, sein Mund war wie ausgetrocknet. Was zum Teufel war denn los mit ihm? Weswegen berührte ihn diese Nachricht so sehr? Ein Invasionsversuch war doch unumgänglich gewesen. Er warf einen raschen Blick über die gebeugten Köpfe in der Zentrale. Aber auch der Tod war unumgänglich.

Er drückte auf den Knopf. »Hier spricht der Kommandant . . .«

Rudolf Steigers Stimme drang bis in den letzten Winkel des langsam fahrenden Bootes. Kaum einer der Männer bewegte sich, bevor die

Ansprache beendet war. Im Mannschaftsraum saßen oder lagen die Männer herum wie Wachsfiguren, jeder in seine Gedanken vertieft.

»... und bis dahin muß jeder von uns seine Pflicht tun!«

Steigers letzte Worte hingen noch in der stickigen Luft, als schon die geschäftige Stimme des Bootsmaaten der Wache ertönte: »Neue Wache zur Musterung in die Zentrale!«

Der Lautsprecher über Max Königs Kopf wurde still.

»Na, da haben wir den Salat!« Schultz, der ehemalige Fotograf, lag in seiner schmalen Koje und starrte ärgerlich die Decke an. »Wir sollten einen Vernichtungsschlag gegen diese Schweine führen!«

Müller, der ehemalige Sargtischler, lachte schallend. »Hört euch den Helden an! Er kann nicht genug kriegen vom Vernichten!«

Max König stand langsam auf und ging hinüber zu Horst Jungs Koje. Kaum konnte er die Erregung verbergen, in die Steigers Eröffnung ihn versetzt hatte. Bald würde die schreckliche, nervenaufreibende Wartezeit für ihn vorüber sein. Alliierte Truppen standen bereits auf dem Boden, den Deutschland für sich beansprucht hatte, durch Faustrecht, die Überlegenheit seiner Waffen, durch die Verbreitung von Angst und Schrecken. Die Alliierten mußten sich ihrer Sache sehr sicher gewesen sein, bevor sie solch einen Großangriff wagten. Sie würden, sie mußten siegen. Vielleicht ging alles viel früher zu Ende, als er zu hoffen gewagt hatte. Zwar würde ihm alles recht seltsam vorkommen: die Straßen voll fremder Uniformen, täglich neue Bestimmungen und Vorschriften, neue Herren, denen man dienen mußte ... Aber all das brachte für ihn und seinesgleichen nichts Neues. Was auch an Not und Mühsal auf ihn zukam, er würde es überleben, Hauptsache er konnte wieder frei atmen. Er zwang sich, seine Erregung zu zügeln. Es war noch viel zu früh, um die Vorsicht außer acht zu lassen.

Er beugte sich über Jungs Koje. Ratlos und verzweifelt starrte sein Freund nach oben auf die Rohrleitungen, die über seinem Kopf verliefen. Königs gehobene Stimmung verflog sofort. Er hatte völlig vergessen, daß Leute wie Jung, Richards und die anderen entsetzt auf diese Nachricht reagieren mußten. Während er nur an seine Freiheit dachte, starrten sie im Geist in ein stacheldrahtumzäuntes Gefangenenlager.

»Nun, Horst, was hältst du davon?« Er sah Jungs Blick aus der Ferne zurückkehren.

»Der Kommandant warnt uns nicht umsonst. Es werden viel härtere Zeiten anbrechen.« Jung schnitt eine schmerzliche Grimasse und rieb sich die Hüften. Schließlich zwang er sich zu einem Grinsen. »Da ist es wieder, dieses verdammte Rheuma!«

König sagte vorsichtig: »Du solltest um Versetzung bitten, Horst. Wahrscheinlich bist du schon zu lange auf U-Booten gefahren.«

»Ach, Quatsch! Ich bin genauso bordtauglich wie immer!« Er schloß die Augen und stieß hervor: »Mein Gott, was ist, wenn wir tatsächlich verlieren – nach allem, was wir durchgemacht haben?«

König wandte den Blick ab. Er fühlte sich wie ein Verräter. »Es gibt auch ein Leben ohne die Marine, weißt du.«

Müde hob Jung die Schultern. »Für solche wie dich vielleicht. Du hast eine gute Erziehung, hast einen Beruf.« Wieder hob er die Schultern. »Ich aber . . .« Seine Stimme wurde undeutlich und erstarb.

König blickte verzweifelt auf die tropfende Bordwand. Mein Gott, dachte er, sie sind alle genauso schlecht dran wie der arme Horst. Selbst der Kommandant und seinesgleichen muß weiterkämpfen bis zum bitteren Ende – oder werden sie sich ihrer schweren Verantwortung stellen? Er dachte an Steigers beherrschte Stimme und fragte sich, ob er dazu überhaupt imstande war. Tradition und Erziehung hatten ihn schließlich zu dem gemacht, was er jetzt war, genauso wie er selbst durch sein persönliches Unglück geformt worden war. Hätten sie mit vertauschten Rollen jeweils anders werden können?

Nach längerem Grübeln sagte Jung: »Ich habe eine Schwester in Emden. Zu der wollte ich sowieso gehen, wenn meine Dienstzeit beendet ist. Sie hat einen kleinen Laden, und vor kurzem ist ihr Mann gefallen. Also braucht sie jemanden, der ihr das Geschäft führt.« Er stieß ein bitteres Lachen aus. »Wir sind noch nie gut miteinander ausgekommen, manchmal denke ich sogar, sie haßt mich. Aber trotzdem bleibt uns nichts anderes übrig.«

Leise sagte König: »Keine besonders schöne Zukunft, oder?«

»Wenn du so aufgewachsen bist wie ich, Max, erwartest du nichts anderes. Alles, was ich brauche, ist ein Platz zum Schlafen und am Abend ein paar Mark für Tabak und ein Glas Bier.« Jung seufzte. »Jetzt laß mich allein, Max. Ich möchte noch eine halbe Stunde schlafen, bevor ich auf Wache muß.«

Als König grübelnd am Tisch saß, stellte er jedoch fest, daß sich das Licht noch immer in Jungs weit offenen Augen spiegelte.

Der rotbraune Hengst mit den blicklosen weißen Augen erhob sich wieder und wieder auf die Hinterhand und trommelte mit steigender Wut auf Trudi Lehmann ein, die leblos wie eine Marmorstatue unter den Hufen der Bestie lag.

Das Bild verschwand, als das Telefon über Steigers Koje summte und ihn aus seinem Alptraum riß. Ein paar Sekunden saß er verwirrt da, den Telefonhörer in der Hand, und blinzelte in das Dämmerlicht seiner Kammer.

»Ja? Kommandant hier!« Er mußte sich mehrmals räuspern.

»Wachhabender Offizier meldet treibenden Gegenstand recht voraus, Herr Kapitän!« Die Stimme des Telefongasten war kurz und bündig.

»Ich komme gleich nach oben.« Er schwang seine langen Beine über den Kojenrand, war aber noch immer ein wenig benommen. Ein rascher Blick auf die Uhr sagte ihm, daß es eine Stunde vor Sonnenuntergang war. Erst vor zwei Stunden hatte er sich in die Koje gelegt. Den ganzen Tag hatte er geplant und Anordnungen getroffen, Funksprüche an die Gruppe gegeben, die Antworten der vier Kommandanten überdacht. Die alliierte Invasion war noch keinen Tag alt, aber schon schien es ihm, als habe er seit Jahren an nichts anderes gedacht.

Rasch ging er zur Zentrale. Sie fuhren auf Sehrohrtiefe, Dietrich stand neben der eingefetteten Röhre, den Blick auf die Uhr gerichtet. Steiger spürte, wie seine Spannung allmählich nachließ. Die Wache benahm sich durchaus routinemäßig, offenbar bestand kein Grund zur Besorgnis.

»Nun, was ist los?« Er sah, wie die Schultern des Mannes am Tiefenruder sich strafften, als er die Anwesenheit des Kommandanten bemerkte.

Vorsichtig blickte Dietrich ihn an. »Ich glaube, der treibende Gegenstand ist ein Schlauchboot, Herr Kapitän.«

»Wann haben Sie es zum letzten Mal gesehen?« Steiger kannte die Gefahr häufigen Periskopeinsatzes.

»Vor fünfzig Sekunden.«

»Sehrohr ausfahren!« Steiger drückte sein Gesicht in die Gummimanschette und wartete auf das Auftauchen der Linse.

Die See sah genauso aus wie vorher. Lange, ungebrochene Dünung rollte heran, wurde in den flachen Wellentälern schon dunkler. Ein rascher Rundblick, dann einer nach oben zum Himmel. Nichts.

Zuletzt richtete er die Linse auf den kleinen, scheinbar leblosen Gegenstand, der träge mit der Dünung auf und ab stieg, wobei seine orangefarbenen Seiten einen lebhaften Gegensatz bildeten zu dem dunkelgrünen Wasser. Mehrere Sekunden lang betrachtete er das Boot. Drei Köpfe waren über seinem Rand sichtbar, wahrscheinlich Tote. Der Atlantik war übersät mit vergessenen Rettungsbooten, deren Insassen nur noch aus Skeletten bestanden, mit toten Fliegern in leuchtenden Schwimmwesten und all dem anderen Treibgut des Krieges.

»Sehrohr einfahren! Klar zum Auftauchen!« Er lauschte dem Krächzen der Hupe. »Deckwache auf dem Vorschiff bereithalten, um das treibende Boot längsseit zu holen!«

Die Männer eilten auf ihre Stationen, und Steiger lehnte sich an das Periskop. »Es ist keins von unseren, höchstwahrscheinlich ein britisches.«

Resch erschien blinzelnd aus der Messe und hörte Steigers letzte Worte. »Lohnt sich das Risiko, Herr Kapitän? Können wir sie nicht einfach treiben lassen?«

Steiger ignorierte ihn. »Auftauchen!« Schon lief er durch die Zentrale zu der langen, vibrierenden Leiter. Ausguckposten und Vorschiffsgang drängten sich hinter ihm, die Gesichter abgewandt vor dem einströmenden Wasser beim Öffnen der Luke.

Die kalte Luft überraschte Steiger, und er verfluchte seine Erschöpfung. Vielleicht bekamen sie in der kommenden Nacht Ruhe und Zeit zum Schlafen. Aber jetzt noch nicht.

»Da ist es, Herr Kapitän! Eben an Steuerbord voraus!« rief einer der Ausguckposten.

Steiger hob das Glas und befahl: »Beide Maschinen stopp!« Die Restfahrt des noch triefenden U-Boots brachte sie rasch zu dem Dingi, während die Matrosen vorn ihre Wurfanker klarmachten.

Durch das Glas erkannte er drei Gestalten in dem runden Schlauchboot und unter ihren Füßen den zusammengesunkenen Körper eines vierten. Er sah ihre Köpfe im Takt der Dünung nicken und spürte eine rieselnde Kälte im Nacken. Diese Männer mit ihren jungen, unreifen Gesichtern wirkten hier völlig fehl am Platze und fast rührend durch ihre Schnurrbärte, wie sie die Royal Air Force bevorzugte.

Mit der Wurfleine wurde das bereits tiefliegende Dingi längsseits geholt.

Ein Matrose murmelte: »Schweinekrieg!« Der Bootsmaat knurrte ihn an: »Denk gefälligst an deine Arbeit! Die hätten laut gejubelt, wenn ihre Bomben uns getroffen hätten!«

Obermaat Hartz kam über das Vorschiff und rief hinauf zum Turm: »Einer von ihnen ist noch am Leben, Herr Kapitän! Was soll ich mit ihm machen?«

Seine Besorgnis ärgerte Steiger. Hartz, ein derber, tüchtiger Seemann, fürchtete offensichtlich, daß die Antwort des Kommandanten lauten könnte: »Erschießt ihn!« oder: »Werft ihn zurück ins Meer!«

Barsch rief Steiger: »Haltet ihn fest und laßt die Tragbahre heraufbringen, damit wir ihn unter Deck schaffen können.«

»Jawohl, Herr Kapitän!« Hartz grinste breit. »Sofort, Herr Kapitän!«

Steiger riß sich aus seinen brütenden Gedanken. »Und untersucht die anderen im Boot nach Informationen!« Er sah, wie die Matrosen einander unsicher anblickten, und mußte innerlich grinsen. Sie waren fast alle junge Rekruten. Es würde ihnen gut tun, mal den Feind aus der Nähe zu sehen.

Das U-Boot stieg und fiel schwerfällig in der Dünung, während das Dingi mit ungeduldigen Rucken an der Leine zerrte.

Hartz stützte sich auf die Reling. »Zwei von euch gehen hinüber. Gebt zuerst den Offizier herauf, aber vorsichtig. Er ist ja fast schon tot.«

Max König sah Richards über den halbrunden Satteltank rutschen und in die Mitte des Dingis springen. Als es auf eine Welle stieg, folgte er ihm hinüber. Sofort schien ihm das U-Boot ungeheuer groß und fern. Richards saß unglücklich zwischen den zusammengesunkenen Gestalten, sein jugendliches Gesicht wirkte verängstigt und schutzlos. Das Dingi stieg und fiel, gierte und schwankte, und König schien es fast, als hätten die toten Flieger den Jungen in ihren makabren Tanz hineingezogen.

Er drängte: »Faß mal mit an, Moses!«

Richards würgte, während er den Leichnam auf dem Boden des Dingis betastete. Das Gesicht lag unter Wasser, aber die toten Augen starrten feindselig den großen U-Boot-Turm an, der über ihnen aufragte. Der Jäger war selbst gejagt worden, der Adler vom Himmel heruntergeholt. Wirres Zeug ging König durch den Kopf, als er zusammen mit Richards den schlaffen Körper nach oben zu reichen versuchte. Es war ein junger Offizier mit zwei Streifen auf seiner voll Wasser gesogenen Uniformjacke, wahrscheinlich der Kommandant des Flugzeugs. Sein Haar war lang und blond wie das von Dietrich. König schauderte es. Ihm war, als zöge er einen der eigenen Leute aus dem Wasser.

Richards' Gesicht hing neben ihm. »Ich hätte nie gedacht, daß sie genauso aussehen wie wir«, stammelte er.

König lächelte dem Jungen beruhigend zu. Was hatte Richards wohl erwartet, wie der Feind aussah? Wie ein Monster? Er fuhr zwar schon zwei Jahre zur See, war aber erst achtzehn. Den Feind hatte er noch niemals gesehen. Er war für ihn donnerndes Getöse und Vernichtung, ein lauernder oder im Sturzflug angreifender Bomber, ein schmaler Rauchstreifen am Horizont, aber niemals ein verwundbarer Mensch aus Fleisch und Blut wie er selbst.

Richards saß schweigend dabei, als König mit raschen Bewegungen die Uniformtaschen der Toten durchsuchte. »Ich bin schon länger auf U-Booten als du, Max, aber du bleibst so eiskalt dabei. Wieso? Mir war eben richtig übel.«

König biß sich ärgerlich auf die Lippen. Schon wieder war er unvorsichtig gewesen. Richards würde sich vielleicht später erinnern, wie beiläufig und mit der größten Selbstverständlichkeit er die Taschen der starren Leichen aufgetrennt und ihren leeren, anklagenden Blick ignoriert hatte. »Du vergißt, Moses, daß ich bedeutend älter bin als du.« Er konnte nur hoffen, daß seine Worte den Jungen überzeugten.

»Beeilt euch gefälligst!« Hartz sah vor der untergehenden Sonne etwas verzerrt aus. »Und bringt auch ihre Uhren mit, die sind zu kostbar, um sie zurückzulassen!«

König hob die Schultern. Für ihn war das nichts Besonderes. Im Konzentrationslager hatte er seine Lektion gelernt: Tote waren harmlos, sie bedeuteten nichts mehr.

Schließlich kletterte er mit Richards wieder an Bord und stand mit den anderen um den einzigen überlebenden Flieger herum. Er lag auf einer Ölzeugunterlage, seine Augen standen weit offen, und die blaugefrorenen Hände über der Brust bebten wie verängstigte Tiere.

König breitete eine Decke über ihn, hob die Schultern des Mannes an und bemerkte ein flüchtiges Aufflackern des Erkennens in den weitaufgerissenen Augen. Ein Seemann sagte: »Vorsicht mit der Tragbahre. Er hat mehr als genug durchgemacht, so wie er aussieht!«

König blickte ihnen nach, als sie ihn unter Deck schafften. Der Flieger wirkte so jung, so verloren ohne seine Kameraden und ohne sein Flugzeug. Als er dann einen Blick zur Brücke hinauf warf, sah er Steiger jede ihrer Bewegungen beobachten.

Ein Messer blitzte auf, die Leine des Dingis wurde gekappt. Nun war es lediglich ein greller Farbfleck, der noch einen Augenblick längsseit trieb und dann achteraus verschwand, als das U-Boot Fahrt aufnahm.

Steiger sagte zu den Trägern der Bahre: »Bringt ihn in meine Kammer und tut für ihn, was ihr könnt.«

Die Männer nickten ernst, Steiger schämte sich insgeheim. Das

Ganze war nichts weiter als eine Geste, denn der Flieger würde den nächsten Morgen nicht mehr erleben. Wenn man sich auf die Anzeichen des Todes verstand, erkannte man das ganz klar. Vielleicht wäre es gnädiger gewesen, ihn zusammen mit seinen toten Kameraden die letzte Reise antreten zu lassen.

Er gähnte. »Sagen Sie in der Zentrale, sie sollen mit dem Aufladen der Batterien anfangen. Wir bleiben zunächst aufgetaucht.« Dann kam ihm noch ein Gedanke. »Schicken Sie mir das Essen auf die Brücke.« Er würde die Nacht über hier oben auf seinem stählernen Sitz bleiben. Mochten andere Wache gehen und sich um alles kümmern, er würde im Freien schlafen.

Sechs Tage, nachdem Steiger den Invasionsfunkspruch erhalten hatte, drehte *U 991* vorsichtig auf den nächsten Schenkel seiner Patrouillenroute ein. Ständig bedeckter Himmel und heftiger Wind hatten die Erinnerung an Sonnenschein und Erfolg ausgelöscht, und die unheilvolle Kürze aller weiteren Funksprüche trug noch zur Depression an Bord bei.

Tag für Tag ging die Routine des Krieges weiter. Otto Kunhardt und Fritz Wellemeyer auf dem äußersten Flügel hatten zusammen den Teil eines aufgelösten Geleitzugs gestellt und angegriffen. Sie hatten drei Schiffe torpediert und ein Geleitfahrzeug schwer beschädigt, bevor sie aufgetaucht im Schutz der Dunkelheit entkamen. Oberleutnant Weiss, Kommandant von *U 895*, hatte einen beschädigten Nachzügler versenkt, und Lehmann hatte aus großer Entfernung einen kleineren Tanker torpediert. Aber ihre Spannung wuchs mit jedem abgefeuerten Torpedo und mit jedem waidwunden Schiff, das sein Heck gen Himmel reckte oder getroffen auf die Seite rollte. Steigers *U 991* bildete da keine Ausnahme. Alle Rohre bis auf zwei waren leer, der Treibstoff war bereits über die Hälfte aufgebraucht, und das Ende ihres langen Einsatzes schien allmählich näherzukommen.

Dietrich kletterte die Leiter hinauf zum Turm. Er tippte Resch auf die Schulter und löste ihn ab, ohne auf dessen gemurmelten Bericht zu hören. Es war ja doch immer dasselbe: scharf Ausguck halten, aufmerksam lauschen, bis der Körper mit allen Fasern nach Ruhe verlangte. Dann folgten ein paar Stunden Erschöpfungsschlaf unter Deck, und danach ging es wieder auf Wache. Dieses ewige Warten! Konnten sie nicht endlich die letzten Torpedos loswerden und nach St. Pierre zurückkehren?

Dietrich fühlte sich geradezu krank vor Sorge. Steiger hatte ihm zwar versichert, daß Sturmbannführer Fischer keine Frau verhaftet hatte, aber inzwischen waren Wochen vergangen. Das Leben in Europa veränderte sich, und wer konnte schon sagen, was sich in St.Pierre ereignete? Selbst wenn Odile am Leben geblieben war, würde sie ihn jemals wieder aufnehmen? Falls ihr Vater verhaftet worden war, mußte sie in ihm nur noch einen Feind sehen.

»Ein Licht, Herr Oberleutnant! Gut frei an Backbord voraus!« Die Stimme des Mannes dicht neben seinem Ohr ließ Dietrich auffahren.

Er nahm sein Glas und blickte angestrengt über das aufgewühlte graue Wasser. Die Morgendämmerung schimmerte schwach unter den tiefhängenden Wolken hervor und unterstrich noch die ungeheure Weite des Meeres und ihre Einsamkeit.

Da war er wieder. Ein winziger Lichtpunkt, nur kurz aufleuchtend, und dicht über dem Wasser. Im ersten Augenblick glaubte Dietrich, es sei ein weiterer abgestürzter Flieger, der mit der Handlampe um Hilfe signalisierte. Aber er war zu erfahren, um dem ersten Eindruck zu trauen. Die hohe See verhöhnte den Menschen, machte sich über seine modernen Instrumente lustig.

»Ich will verdammt sein, Herr Oberleutnant, wenn das nicht ein Schiff ist!« Der Brückenmaat war an der Periskopsäule hochgeklettert und blickte durch sein starkes Nachtglas. »Es liegt ganz tief im Wasser wie ein vollgesogenes Floß!«

Dietrich biß sich auf die Lippen. Ein Wrack wahrscheinlich, auf dem noch ein paar Unglückliche lebten.

Die aufgeregte Stimme über ihm fügte hinzu: »Donnerwetter, es ist ein Tanker!«

Dietrich wurde mit einem Mal lebendig. »Rufen Sie den Kommandanten und lassen Sie Alarm geben!« Da nur noch zwei Torpedos übrig waren, würden sie das Geschütz einsetzen müssen.

Steiger stand bereits neben ihm, aber erst, als das U-Boot sich auf einen Wellenkamm hob, gelang ihm ein kurzer Blick auf den langen, keilförmigen Rumpf. Er war ohne Masten und hatte schwere Schlagseite, seine vom Feuer geschwärzte Brücke stand über dem aufgewühlten Wasser wie eine ausgebrannte Ruine.

Steiger rieb sich die Augen im eingesunkenen Gesicht. »Rohr fünf und sechs klar zum Feuern! Entfernung tausend Meter!« Zu den Leuten auf der windgepeitschten Brücke fügte er hinzu: »Er muß noch voll beladen sein, sonst wäre er bereits untergegangen!«

Ein Ausguckposten rief: »All seine Boote sind weg, Herr Kapitän.

Aber vielleicht sind einige Männer wieder an Bord zurückgeklettert, nachdem ihr Schiff torpediert worden war.«

Steiger richtete sich auf. »Was für Männer?« Er sah den Seemann an. »Wovon reden Sie, zum Teufel?«

»Da waren doch Lichtsignale, Herr Kapitän.« Überrascht sah Dietrich hinüber. »Aber vielleicht war es nur eine Blende, die beim Rollen des Schiffes hin und her schlug.«

Steiger feuchtete sich die Lippen an. »Wohl kaum. An Bord dieses Schiffes gibt es bestimmt keinen Strom mehr.« An Dietrich gewandt, fügte er ärgerlich hinzu: »Merken Sie sich ein für allemal, daß Sie mir *alles* zu melden haben, wenn ich auf die Brücke komme, Oberleutnant Dietrich!«

»Da ist es wieder, Herr Kapitän!« Der Seemann sprach gedämpft, eingeschüchtert durch den Ärger des Kommandanten. »Es ist ein Morsespruch!«

Eine metallische Stimme meldete aus der Zentrale: »Rohr fünf und sechs fertig, Herr Kapitän!«

Tiefes Schweigen lag über der offenen Brücke, so daß die Geräusche von See und Wind stärker wirkten, während die gischtübersprühten Männer mit tränenden Augen hinüberstarrten zu dem Morsezeichen stammelnden Licht.

Der Brückenmaat las langsam laut mit: »S O S ! S O S !« Das Licht erlosch, flackerte dann aber erneut auf. »Es sind noch fünf Mann an Bord, Herr Kapitän. Vier von ihnen sind schwer verwundet und nicht transportfähig. Der fünfte muß uns eher gesehen haben als wir ihn.« Er machte eine Pause, Steiger ließ sein Glas sinken und sah ihn an. »Der Spruch endet mit der Bitte, sie zu schonen, Herr Kapitän. Sie seien völlig hilflos und würden ohnehin bald sterben.«

Steiger schwankte gegen das stählerne Brückenkleid, da ihn eine unerwartete Bewegung des Bootes überrascht hatte. Verzweifelt bemühte er sich, das Bild der unglücklichen und verwundeten Männer zu verdrängen, die dort auf den zerschossenen Aufbauten saßen und angstvoll das langsame Näherkommen ihres Henkers beobachteten.

Der englische Flieger war schon schlimm genug gewesen. Drei Tage lang hatte er in seiner Kammer gelegen, wo Steiger den Gestank nach Tod und Verwesung mit ihm teilen mußte. In seinen wenigen klaren Augenblicken hatte der junge Pilot von seiner Heimat in England erzählt, ganz ruhig und ohne jede Bewegung, so daß Steiger die stillen Straßen von Surrey mit ihren grünen Bäumen vor sich zu sehen glaubte.

Dietrichs Stimme rief ihn in die Wirklichkeit zurück. »Sollen wir feuern, Herr Kapitän?«

Alle beobachteten ihn. Schwitzend malte er sich aus, wie seine Männer an Bord auf den Befehl warteten, den er geben mußte. Mußte? Was für einen Wert hatte dieser Tanker denn noch? Er war voll Wasser gelaufen, der größte Teil seiner Ladung wahrscheinlich ruiniert; wenn Sturm aufkam, würde er in kürzester Zeit sinken.

Aber falls sich das Wetter besserte, würden die ausgesandten Bergungsschlepper ihn finden. Wenige Tage später konnte dann die wertvolle Ladung in Bomber und Panzer gepumpt werden.

Er warf noch einen kurzen Blick hinüber. Es war jetzt heller, so daß er deutlich die Narben des Schiffes ausmachen konnte. Irgendwo dort drüben saßen sie und warteten verzweifelt auf seine Antwort. Wenn ihm die Entscheidung schon so schwer fiel, um wieviel schlimmer mußte dann für sie das Warten sein.

Wieder fiel ihm der Flieger ein, der zuletzt so rasch in seiner Kammer gestorben war. Steiger hatte dösend in seinem Stuhl gesessen, als der Mann sich in der Koje mühsam aufrichtete und mit weitaufgerissenen Augen rief: »Ihr könnt nicht gewinnen! Habt ihr das endlich begriffen? Ihr habt die ganze Welt gegen euch aufgebracht!«

Steiger hatte den Messesteward gerufen, aber noch vor dessen Eintreffen war der Flieger gestorben, mit einem Lächeln der Erleichterung auf den blutleeren Lippen.

Ihr habt die ganze Welt gegen euch aufgebracht!

Er beugte sich tiefer über das Zielgerät und richtete mit klopfendem Herzen das Fadenkreuz auf das glücklose Schiff.

Er hatte keine andere Wahl.

»Rohr fünf, Feuer! Rohr sechs, Feuer!« *Gott vergib mir!* Er beobachtete die hohe Säule aus Wasser, Feuer und Gischt, die den Tanker zerriß. Als die graue See den Brand schließlich gelöscht hatte, sagte er langsam: »Ich nehme an, Sie fragen sich, warum ich so lange gezögert habe, Heinz? Wenn in jeder Stunde so viele Menschen sterben, warum sollten fünf mehr oder weniger etwas ausmachen?« Er wollte seiner Stimme einen harten Klang geben, aber seine Worte klangen, als wolle er sich verteidigen.

Dietrich sah ihn einen Augenblick an. »Schon ein einziger Mensch kann einen Unterschied machen, Herr Kapitän.«

Ein Schatten legte sich über Steigers kalte Augen, er riß sich zusammen.

»Im Krieg ist eine falsche Entscheidung oft besser als gar keine Entscheidung, Heinz. Die Pflicht läßt einem nur wenig Raum für Bedauern.« Streng sah er Dietrich an. »Setzen Sie die Patrouillenfahrt fort und rufen Sie mich, wenn Sie etwas sehen.«

Dietrich trat beiseite und griff nach seinem Glas.

Ein paar Sekunden lang hatte er hinter Steigers Maske gesehen. Früher hätte er wohl Mitleid für ihn empfunden, aber wenn er jetzt daran dachte, wie abhängig sie alle von diesem seltsam distanzierten Mann waren, ärgerte ihn diese neue Erkenntnis nur.

Heimkehr

Hoch aufgerichtet stand Rudolf Steiger vorn auf der Brücke, die Mütze gegen die warme Nachmittagssonne tief über die Augen gezogen, während *U 991* an der grauen Steinmole des Hafens längsseits ging.

Wurfleinen flogen hinüber zu den wartenden Stützpunktleuten, und Steiger stellte fest, wie frisch und sonnengebräunt diese aussahen, verglichen mit den hohlwangigen, blassen Männern seiner Besatzung. Hesslers rauhe Stimme trieb sie zu immer neuer Anstrengung, bis auch die letzte störrische Stahltrosse durch ihre Führungsrolle geschert, vom Festmachetrupp an Land geholt und mit dem Auge über einen dicken Steinpoller gehakt war.

Steiger warf einen Blick auf die vier anderen U-Boote, die früher eingelaufen waren und bereits leblos und verlassen wirkten. Das leuchtende Rot ihrer Flaggen mit dem schwarzen Balkenkreuz und dem Hakenkreuz in der Gösch bildete einen lebhaften Kontrast zu den rostfleckigen Bootsrümpfen. Jede einzelne Meile ihrer langen Feindfahrt hatte ihre Narben hinterlassen, so daß die Boote genauso ungepflegt aussahen wie Steigers Besatzung, die jetzt gierig hinüberblickte zu den weißen Gebäuden des Hafens.

»Hauptmaschinen abstellen!« Er hörte die Wiederholung seines Befehls, das Scheppern der Maschinentelegrafen, und spürte dann das letzte Erbeben des Rumpfes, als die Maschinen in Schweigen fielen nach einer Zeit, die ihm wie ein ganzes Jahr vorgekommen war.

»Alles fest vorn und achtern, Herr Kapitän!« Hesslers stoppelbärtiges Gesicht spähte vom ölverschmierten Deck zu ihm herauf.

»Gut. Melden Sie es dem I. W. O. und lassen Sie dann das Boot räumen. Die Männer sollen auf der Pier antreten und geschlossen zum Stützpunkt marschieren. Ich möchte keine verdammte Stampede erleben!« Er war selbst überrascht über die Schärfe seiner Stimme. Aber auch die nebensächlichsten Dinge mußten beachtet werden, wenn es um ihr Erscheinungsbild ging. Er warf einen Blick hinauf zur Flagge, die im steifen Atlantikwind auswehte. Wie diese Flagge, zum Beispiel. Seinen erschöpften Männern mochte sie lediglich als ein Stück Stoff vorkommen. Aber Steiger wußte nur zu gut, welchen Eindruck sie auf die Beobachter an Land machte. Stolz, Ehrfurcht oder auch Neid, darauf basierten Disziplin und Ausdauer.

Dietrich erschien neben ihm. »Alles klar zur Räumung des Bootes, Herr Kapitän!« Im hellen Sonnenlicht sah er womöglich noch blasser aus; seine ölverschmierte Jacke und die zu großen Seestiefel wirkten hier völlig fehl am Platz.

Steiger fuhr sich übers Kinn und dachte: O Gott, ich muß noch schlimmer aussehen.

»Gut, Heinz, machen Sie weiter.«

Er stieg von der Gräting herunter und hatte ein Gefühl, als zitterten ihm die Beine. Litt er noch unter verzögertem Schock, gepaart mit Erschöpfung? Er blickte hinüber zum Stabsgebäude und fuhr erschreckt zusammen, als er dahinter rauchgeschwärzte Mauern sah. St.Pierre hatte inzwischen Luftangriffe erlitten, das war nicht zu leugnen. Er versuchte, die aufkommende Schadenfreude zu unterdrücken.

Trotzdem war das Leben in St.Pierre unverändert weitergegangen. Stützpunktsoldaten und Zivilisten nörgelten über harte Arbeit und zu kleine Lebensmittelrationen, während seine ausgemergelte Besatzung bis an die Grenze menschlicher Leistungsfähigkeit beansprucht worden war.

Steiger beobachtete jeden einzelnen Mann beim Vonbordgehen, rief sich Namen und Charakter ins Gedächtnis und sein Verhalten bei hundert verschiedenen Gelegenheiten. Da waren die Leute der Geschützbedienung, Müller, Schultz und der ehemalige Polizist Michael. Dann kam der alte Seemann Jung, das Gesicht schmerzlich verzogen, während er sein steifes Bein über das Süll hob, begleitet von seinen Freunden König und dem jungen Richards. Dann kam Braun, der Horchgast mit seinem trotzigen Gesicht, und Stöhr, der Messesteward, der seine Offiziere wartete wie ein gewissenhafter Mechaniker. Einer nach dem anderen ging grüßend an ihm vorbei, Seeleute und Maschinenpersonal, Torpedogasten und Geschützbedienungen, bis nur noch die Unteroffiziere an Bord waren.

Kopp, der Gefechtsrudergänger mit seinem mächtigen Vollbart, meldete: »Alles an Land, Herr Kapitän!«

Obermaat Hartz ließ die Leute auf der Pier in drei genau ausgerichteten Reihen antreten. Das Stützpunktpersonal beobachtete sie dabei mit Interesse, aber ziemlich verständnislos. Je eher die Boote wieder einsatzfähig waren und mit ihren Besatzungen ausliefen, desto eher konnten sie zu ihrem geruhsamen Leben zurückkehren.

Oberleutnant Hessler wartete, bis alle Offiziere versammelt waren, und streckte dann dem Kommandanten die Hand hin. »Vielen Dank, Herr Kapitän.« Er schien nach den richtigen Worten zu suchen. »Sie haben uns wohlbehalten wieder zurückgebracht, und dafür danken wir Ihnen.«

Lüth wischte sich schon die immer öligen Hände an seinem schmutzigen Overall ab, reichte dann aber Steiger doch nicht die Hand. »Ich schließe mich seinen Worten an, Herr Kapitän.« Er zwang sich zu einem Grinsen. »Es war wirklich ein an Erlebnissen reicher Einsatz!«

Resch sagte nichts, hielt nur den Blick auf die Hügel und die staubige Straße gerichtet, die sich in der Ferne verlor.

Dietrich salutierte und streckte nach kurzem Zögern dem Kommandanten die Hand hin.

Steiger sah dem jungen Offizier in die Augen und las darin Scham, Stolz und Besorgnis wie in einem aufgeschlagenen Buch. Er wartete nicht auf Dietrichs verlegene Worte, sondern sagte ruhig: »Ich möchte mich bei Ihnen allen bedanken, meine Herren.« Jeden einzelnen sah er der Reihe nach an und wußte, daß sie jetzt noch einmal das hinter ihnen Liegende durchlebten. Sie sahen im Geiste wieder die brennenden Schiffe, die verkohlten Menschen. Sie sahen die Flugzeuge und den einen Flieger, der drei Tage mit ihnen zusammengelebt hatte. Sie hörten den Donner detonierender Wasserbomben oder Torpedos, das Zischen entweichenden Dampfes und das Krachen explodierender Kessel. Jeder dachte vielleicht an ein anderes schreckliches Erlebnis, aber alle waren zusammengeschweißt durch gemeinsam bestandene Leiden und durch ihre Ausdauer.

Steiger merkte, daß er noch immer Dietrichs Hand drückte, und lächelte verlegen. Die ungewohnte Rührung zerrte an seinen Gesichtsmuskeln wie ein Krampf.

Dietrich trat zurück, und alle vier Offiziere salutierten.

Steiger sah ihnen nach, als sie über die Pier schritten, dann hob er grüßend die Hand zu der langen farblosen Reihe seiner Männer.

Obermaat Hartz brüllte ein Kommando, und die Besatzung von *U 991* marschierte schwerfällig zwischen dem adretten Stützpunktpersonal in die Unterkünfte.

Hartz wandte sich während des Marschierens um und musterte die Reihe seiner hohläugigen, blassen Männer. »Los, ihr faulen Waschlappen! Drei-vier, ein Lied! Denn wir fahren gegen Engeland!« Seine Füße blieben genau im Gleichschritt, obwohl er verkehrt herum marschierte. »Links zwei, drei!«

Das bekannte Lied erklang, zunächst schwach und zögernd, dann aber rasch kräftiger, als seien die erschöpften Männer entschlossen, sich ihre ausgestandene Angst trotzig von der Seele zu singen.

Steigers Hände zitterten, und sein Mund wurde trocken. Er blickte der marschierenden Gruppe nach, bis sie hinter einer Staubwolke verschwand. Im Stab würden sie schon auf ihn warten, Bredt und die anderen Kommandanten, würden ihn beobachten und seine Haltung abschätzen wie Ingenieure, die eine gerade fertiggestellte Brücke inspizierten.

Entschlossen schwang er die Beine über den Lukensüll und kletterte hinunter in den schweigenden Rumpf. Langsam schritt er durch die Zentrale. Die Sehrohre ruhten glänzend in ihren Schächten, der Kartentisch war leer. Als er am Mannschaftslogis vorbeikam, sah er die verblassenden Fotos vollbusiger Filmstars an den Spindtüren, und auf einer der leeren Kojen lag ein vergessener Tabaksbeutel. Dann kamen die Kombüse mit ihrem abgestandenen Essensgeruch und der Funkraum, zum ersten Mal still und dunkel. Er ging weiter bis zu seiner eigenen Kammer und öffnete dort sein schmales Spind. Er nahm eine Flasche heraus und stellte sie auf den Tisch. Als er sich ein großes Glas Branntwein einschenkte, wunderte er sich über die Stille. Keine Vibrationen mehr. Alles Leben schien aus dem U-Boot gewichen.

Er lehnte sich im Sessel zurück und lauschte. Nein, natürlich lebte es noch. Das Boot schien ihn sogar schweigend zu beobachten.

Er ließ den Alkohol in der Kehle brennen und schloß die Augen. Über seinem Kopf hörte er bereits die schlurfenden Schritte des Werftpersonals und wußte, daß sein kurzer Friede bald gestört werden würde. Aber diesen Augenblick wollte er noch auskosten. Ihm war, als wären er und das Boot eine Einheit geworden, und als wäre jeder dem anderen dankbar.

Er trank noch ein Glas und schloß dann die Flasche wieder weg. Schließlich stand er auf und betrachtete sein hageres Gesicht in dem schmierigen Spiegel. Sorgfältig kämmte er sich das Haar zurück und setzte die weiße Mütze auf, deren Schirm er so tief in die Stirn zog, daß er die gezackte Narbe verbarg. Wie ein Schauspieler beim Auftritt schob er den Vorhang beiseite und schritt auf das untere Ende der

Turmleiter zu, wo ihn ein kreisrunder Sonnenstrahl erwartete. Wie das Licht eines Scheinwerfers . . .

Der Abend war warm und schwül, ein Gewitter schien in der Luft zu liegen, als Oberleutnant Dietrich eilig über den Marktplatz ging und in die vertraute Straße einbog. Er hatte nur rasch geduscht und sich rasiert, hatte mit einer Ausrede Lüth und die anderen verlassen und war gegangen. Alle waren noch ein wenig benommen von der langen Feindfahrt und dem Mangel an Schlaf. Dietrich übersah ihre neugierigen Blicke, er genoß nicht einmal das frische Hemd und die gute Uniform, zwei Dinge, die ihm früher bei der Rückkehr in den Hafen immer wohlgetan hatten.

Als er sich der kleinen Seitenstraße näherte, wurde sein Schritt langsamer. Schließlich bog er um die letzte Ecke und blieb stehen. Ständig mußte er an den schwarzen Mercedes denken, der damals vor dem Laden gewartet hatte, an die lauernden SS-Männer und die unsichtbaren Augen, die ihn bestimmt hinter den Vorhängen hervor beobachtet hatten. Jetzt war die Straße vollkommen leer. Nicht einmal ein streunender Hund schnüffelte im Schatten, den die tiefstehende Sonne warf, nur der Uhrmacherladen sah noch genauso aus, wie er ihn in Erinnerung hatte.

Er hob das Kinn und schritt entschlossen auf die Tür mit ihren alten Reklamebildern zu. Sein Herz schlug, als die Türglocke schepperte, aber niemand erschien zu seinem Empfang. Also tastete er sich durch den dunklen Laden weiter vor. Mit den Füßen stieß er gegen Glasscherben und zersplittertes Holz, und noch bevor seine Augen sich an die Dunkelheit gewöhnt hatten, warnte ihn eine innere Stimme. Der Laden war ein regelrechtes Trümmerfeld. Alle Borde und Fächer waren heruntergerissen und zertrampelt worden, und an einigen Stellen waren sogar die Fußbodenbretter herausgerissen. An der dicken Staubschicht erkannte Dietrich, daß die Zerstörung schon längere Zeit zurücklag.

Er räusperte sich und tastete instinktiv nach seiner Pistole, merkte aber, daß er sie in der Eile in seinem Zimmer liegengelassen hatte. Der zertrümmerte Laden erregte sein Mitleid, schien aber auch eine unbestimmte Gefahr für ihn zu bergen, und er hatte das Gefühl, nicht allein zu sein. Das Glas knirschte unter seinen Füßen, als er vorsichtig zu dem Vorhang ging, der den hinteren Teil des Ladens abtrennte.

Dicht neben ihm kicherte ein Mann! Das Geräusch war so unerwartet und schrecklich, daß Dietrich gegen die Wand taumelte. Fieberhaft sah er sich in dem trümmerübersäten Raum um, in dem er einmal mit Odile und ihrem Vater geplaudert hatte.

Ein Schatten bewegte sich in der Ecke, und Dietrich hörte eine Stimme fragen: »Ist das Oberleutnant Dietrich?« Wieder ertönte das entsetzliche Kichern. »Aber das ist ja ausgezeichnet! Sie kommen gerade recht zum Abendessen!«

Dietrich tat einen weiteren Schritt, kalter Schweiß bedeckte seine Stirn. »Monsieur Marquet?« Es war zwar die ihm wohlbekannte Stimme, sie klang aber doch etwas anders. Er zögerte, als er mit dem Knie gegen einen zerbrochenen Tisch stieß. »Was ist passiert? Soll ich nicht Licht machen?« Das Ganze kam ihm immer unheimlicher vor.

Kichernd sagte Louis Marquet: »Ich habe nur noch eine Petroleumlampe, Oberleutnant, aber zünden Sie die ruhig an, wenn Sie wollen.«

Der Franzose summte vor sich hin, während Dietrich sich zu dem einzigen glänzenden Gegenstand im Zimmer hintastete. Sein Streichholz flammte auf, und als die Lampe brannte und das volle Bild der Zerstörung enthüllte, fragte er sich, was denn noch Schlimmeres kommen könne. Er drehte sich wieder um und mußte die Zähne zusammenbeißen, um einen Entsetzensschrei zu unterdrücken.

Dietrich hatte trotz seiner Jugend schon manchen schrecklichen Anblick erlebt, aber als er die zusammengesunkene Gestalt sah, die ihn im flackernden Lampenlicht angrinste, wurde es fast zuviel für ihn.

Marquet verbeugte sich spöttisch. »Ich bin Ihnen zu Dank verpflichtet, daß Sie noch einmal vorbeigekommen sind.« Er wandte sich Dietrich voll zu, so daß Licht auf sein narbenbedecktes Gesicht und vor allem auf die leeren Augenhöhlen fiel. Auch seine Hände sahen aus wie einem Alptraum entsprungen. Sie waren nur noch nutzlose Klauen, da man alle Knochen gebrochen hatte. Alle Knochen in diesen Händen, die einst so zierlich und fest gewesen waren, die geschickten Hände eines Uhrmachers!

Mit halberstickter Stimme fragte Dietrich: »Wer hat Ihnen das angetan?« Zwar wußte er die Antwort, aber er wollte Marquets Schweigen brechen, wollte ihn dazu bringen, ihm Anschuldigungen ins Gesicht zu schleudern, ihn zu verfluchen, zusammen mit jedem Deutschen, der solche Dinge zuließ.

Marquet aber hob lediglich die Schultern. »Sie stellten mir Fragen, die ich nicht beantworten konnte. Also zerbrachen sie alles in meinem Laden.« Grinsend wandte er den Kopf. »Und danach fingen sie bei mir an!«

Dietrich zwang sich, langsam und deutlich zu sprechen. »Wo ist Odile?« Er wartete, bis sich Begreifen auf Marquets irrem Gesicht abzeichnete. »Ist sie in Sicherheit?«

»Weg.« Mit Nachdruck nickte er. »Weg, weg!« Seine Worte endeten mit einem gellenden Schrei, hoffnungslos wie der eines gefangenen Tieres.

Dietrich fuhr zurück, gab aber noch nicht auf. »*Bitte*, ich muß es wissen! Ist sie in Sicherheit?«

Marquet murmelte etwas Unverständliches, Speichel troff von seinen Lippen. Kläglich beteuerte er: »Das kann ich nicht beantworten, Sturmbannführer! Ich weiß nichts von dem, was Sie mich fragen!« Wieder stieß er einen schrillen Schrei aus, der Dietrichs Hände zittern ließ. »Ich *weiß* es nicht!« Er hob die entsetzlichen Klauen, um sein Gesicht zu schützen. »Bitte, Herr Sturmbannführer, nicht noch einmal!« Sein gebrochener Körper wand sich in wilden Zuckungen, als er den Alptraum der Folter noch einmal durchlebte. Dann ließ er sich zurückfallen, das lange graue Haar bedeckte den Sack, der seine Schultern verhüllte. Mit normaler Stimme sagte er: »Odile hat mich verraten. *Sie* hat mich den Boches ausgeliefert . . . Wie sich selbst Ihnen!«

Dann sprang er auf, streckte geifernd die Klauen nach Dietrichs Kehle aus und griff nach seinen Augen, als wolle er ihn vernichten, wie er vernichtet worden war.

Die Tür flog auf, und zwei Militärpolizisten drängten in den Raum. Aber Marquets schwache Kräfte waren bereits erschöpft. Mit einem Grunzen sackte er zwischen den Trümmern seines Lebens zusammen. Dietrich schüttelte sich und hatte auf einmal das Verlangen, so schnell wie möglich ins Freie zu kommen. Marquet glaubte, seine Tochter habe ihn an den Feind verraten. Die ganze Zeit hatte er auf Dietrich gewartet. Sein Geist war genauso gebrochen wie sein Körper, nur sein Haß und der Gedanke an Rache hielten ihn noch aufrecht.

Einer der Soldaten beugte sich über den am Boden Liegenden. »Er ist tot.«

Der andere sagte tadelnd: »Sie sollten sich hier nicht allein herumtreiben, Herr Oberleutnant. Es ist nicht mehr so sicher wie früher.«

Dietrich starrte ihn an, hatte nur mit halbem Ohr gehört, was der Mann sagte. Odile war weg, aber wohin? Da bemerkte er die Neugier in den Augen des Militärpolizisten und sagte rasch: »Nichts ist mehr so sicher wie früher.«

Langsam ging er durch die leere Straße davon. Aber als er einmal stehenblieb und zurückblickte, sah er, daß die beiden Militärpolizisten ihn noch immer beobachteten.

Die hohen Schiebetüren, die normalerweise den großen Speisesaal vom Foyer trennten, waren bis an die Wände zurückgeschoben, und der dadurch entstandene große Raum schimmerte im Lichterglanz. Es herrschte geradezu subtropische Hitze, die noch durch die zugezogenen schwarzen Verdunklungsvorhänge verstärkt wurde. Nichts deutete mehr darauf hin, daß dies einmal das Stabsgebäude der Gruppe Meteor gewesen war. Große Vasen mit frischen Blumen standen an den Wänden, die außerdem mit bunten Signalflaggen drapiert waren. Ein kleines Orchester aus Seeleuten des Stützpunkts spielte ständig Marschmusik, und überall drängten sich Offiziere aller drei Waffengattungen. Auch ein paar französische Würdenträger und zahlreiche Frauen waren anwesend.

Rudolf Steiger blieb am Eingang stehen und ließ den Blick über die Leute und die anscheinend sorglose Menge schweifen. In einer Ecke stand eine Gruppe höherer Offiziere, die von Stewards in weißen Jakken aufmerksam bedient wurde. Von seinem Platz oben auf den Marmorstufen konnte Steiger zahlreiche jüngere Offiziere beobachten, die so eifrig um ihre Vorgesetzten herumschwärmten wie Arbeiterinnen in einem Bienenstock.

Der beleibte Konteradmiral Reinhard Opitz vom Hauptquartier in Lorient lehnte sich an einen Tisch, der voller Champagnerflaschen stand, und redete auf seine aufmerksamen Zuhörer ein, während Steigers vier U-Boot-Kommandanten in einem kleinen Halbkreis auf seiner rechten Seite lauschten. Wieder fiel Steiger der krasse Unterschied auf zwischen ihren hageren Gesichtern und den wohlgenährten der anderen Offiziere. Er zögerte, sich unter die lärmende, schwitzende Menge zu mischen. Aber dieser festliche Abend wurde veranstaltet zu Ehren der Gruppe Meteor, also auch zu seiner eigenen Ehre.

Zwei stark geschminkte Französinnen blieben auf der Treppe neben ihm stehen und starrten ihn an. In ihren dreisten Blicken lag animalische Begierde, aber auch so etwas wie Verzweiflung. Sie hatten offenbar etwas angefangen, das auf keinen Fall gut ausgehen konnte, was sich auch ereignen mochte. Grimmig lächelte Steiger. Vielleicht war das der Grund, weswegen sie ihn so ansahen. Beide hatten sie die gleichen schlechten Aussichten. Schließlich zog er sein Jackett zurecht und schickte sich an, hinunterzusteigen in den Lärm und die Erregung.

Ein Unteroffizier mit weißen Handschuhen trat vor und tippte ihm auf den Arm. »Einen Moment bitte, Herr Kapitän!« Er gab einem Steward ein Zeichen, der sofort auf ein Tablett hämmerte, so lange, bis überall Schweigen herrschte. Steiger wurde nervös. Die Sache schien noch schlimmer zu werden als erwartet.

Der Unteroffizier stand stramm. »Kapitän zur See Rudolf Steiger!« Seine Stimme klang wie die eines Herolds.

Steiger schritt steif durch die Gasse, die sich für ihn öffnete. Dieser Narr von Unteroffizier, dachte er. Mich »Kapitän zur See« zu nennen! Schließlich ist mein Rang noch immer Fregattenkapitän.

Er erreichte den Konteradmiral und grüßte formell.

Opitz gab ihm die verschwitzte Hand.

»Gut gemacht, Steiger! Gut gemacht, Herr Kapitän!« Mit einem verschwörerischen Zwinkern lächelte er dem Ring starrender Gesichter zu. »Ihre Beförderung ist gestern eingetroffen, Steiger. Sie haben sie wirklich verdient!«

Automatisch wanderte Steigers Blick hinüber zu Kapitän Bredt. Jetzt sind wir ranggleich, dachte er. Vielleicht können wir nun besser miteinander auskommen? Er sah die lächelnden Offiziere ringsum, von denen ihm die meisten völlig unbekannt waren. Dort draußen im dunklen Hafen liegen meine fünf Boote und warten, dachte er, während ich hier wie ein siegreicher Heerführer gefeiert werde. Er hob die Schultern. Die Welt mußte verrückt geworden sein.

Konteradmiral Opitz sagte soeben: »Ihre letzte Feindfahrt hat die Strategie des Großadmirals in vollem Umfang bestätigt. Ihre großartigen Erfolge sind eine Ermutigung für die Menschen in ganz Deutschland!« So angestrengt, daß sein steifer weißer Kragen in den dicken Hals schnitt und sein Gesicht noch röter wurde, fuhr er fort: »Meine Freunde! Kapitän Steiger ist das As unter den U-Boot-Kommandanten! Mit Truppenführern wie ihm brauchen wir für die Zukunft unseres Vaterlandes nichts zu fürchten. Erst heute vormittag habe ich von weiteren Erfolgen in Nordfrankreich gehört! In der Normandie haben wir die Speerspitzen der Feinde bereits zurückgeworfen, und demnächst werden wir sie von ihrem Nachschub abschneiden. Es wird für den Feind ein zweites Dünkirchen werden, aber diesmal so verheerend, daß er sich nie mehr davon erholen kann. Mit Männern wie diesem hier«, seine Augen wurden feucht, als er Steiger die Hand auf die Schulter legte, »wird unsere Flagge bald über dem Buckinghampalast wehen. Dann wird die Welt für alle Zeit uns gehören!«

Steigers Kopf dröhnte von den wilden Hurrarufen, dem Händeklatschen und Stampfen der Füße. Man drückte ihm ein Glas in die Hand, und alle schlugen ihm auf die Schulter oder gratulierten ihm, bis er ganz benommen war. Schließlich bahnte er sich einen Weg zu den anderen Kommandanten und tauschte mit jedem einen Händedruck. Sofort flammten Blitzlichter auf. Bei einem Seitenblick entdeckte er ein ironisches Lächeln auf Alex Lehmanns Lippen. Ärgerlich wurde ihm klar, daß Lehmann der Meinung war, er schauspielere hier für die Propaganda und ziehe zur Selbstdarstellung eine Schau ab. Da ergriff er Lehmanns Hand und drehte den Kameras betont den Rücken. »Ich freue mich, daß du hier bist, Alex.« Ihre Blicke trafen sich.

»Herzlichen Glückwunsch, Kapitän!« Die sanfte Stimme hinter ihm ließ ihn überrascht herumfahren. Er merkte, daß die junge Frau von den Leuten ringsum gegen seinen Arm gedrückt wurde, und hatte einen Augenblick das Gefühl, er befinde sich auf einer kleinen Insel inmitten eines tobenden Taifuns. Trudi Lehmann trug ein einfaches ärmelloses Kleid aus schwarzer Seide, das die weiche Glätte ihrer sonnengebräunten Arme gut zur Geltung brachte. Ihr wunderschönes Haar war genauso, wie er es in Erinnerung hatte: in einer glänzenden Rolle über den kleinen Ohren aufgesteckt.

»Danke.« Er bemerkte die Unruhe in ihren dunklen Augen. »Ich hatte keine Ahnung, daß Sie noch hier sind.« Sofort biß er sich auf die Lippen. Seine Worte kamen ihm ebenso plump vor wie bei ihrer letzten Begegnung.

»Ich sah Ihr Boot einlaufen, oben vom Hügel aus.« Mit ihrer Schulter wies sie in die entsprechende Richtung, und schon diese beiläufige Bewegung ging ihm durch und durch. »Ich fürchtete fast, Sie wären viel zu müde zum Feiern.« Ernst musterte sie ihn. »Sie sehen erschöpft aus, wissen Sie das?«

Er nahm ein Glas von einem Tablett und reichte es ihr. »Wollen Sie auf meine Gesundheit trinken?«

Die Stimme des Admirals platzte zwischen sie wie ein Donnerschlag: »Ist sie nicht ein süßes kleines Ding?« Steiger straffte sich, als der Admiral mit dicken Fingern die Rundung ihrer Schulter streichelte. »Genug, um jedes Mannes Herz schneller schlagen zu lassen.« Er drückte zu, und Steiger sah, daß ihr Körper steif wurde wie eine gespannte Feder. Sie hob den Blick und sah ihn an. In ihren braunen Augen lag ein seltsam bittender Ausdruck, als suche sie bei ihm Schutz und Beistand.

Er bemerkte die winzigen Schweißperlen auf ihrer Stirn und das mühsame Atmen ihrer wohlgeformten Brüste. Auf einmal hörte er sich sagen: »Ich glaube, ich werde Sie einfach um einen Tanz bitten.«

Wie in Beantwortung seines Entschlusses intonierte das Orchester im selben Augenblick einen Walzer. Steiger reichte ihr den Arm. Sie schmiegte sich an ihn, und die Hand des Admirals glitt zögernd von ihrer Schulter. Das Gedränge auf der Tanzfläche war zu stark, als daß Steiger sich auf den Takt des Walzers hätte konzentrieren können. Statt dessen drückte er ihren Körper fest an sich, spürte ihre Nähe, den Duft ihres Haares und sah den seltsamen Ausdruck ihres aufwärts gewandten Gesichts.

»Sie müssen sehr stolz sein.« Trudi drängte sich noch dichter an ihn, als ein angetrunkener Leutnant auf dem glatten Parkett ausrutschte.

Steiger lächelte verwirrt. »Es ist absurd, daß der Krieg Anlaß für derartige Veranstaltungen ist.«

Ihre Mundwinkel hoben sich in einem amüsierten Lächeln. »Aber der Admiral scheint sich sehr gut zu unterhalten.«

Steiger betrachtete den Abdruck, den die Finger des Admirals auf ihrer Schulter hinterlassen hatten. »Das glaube ich gern. Sie spüren ja selbst, welche Gelegenheiten ihm so ein Fest bietet.«

Sie drehte den Kopf weg. »Ich bekomme immer gleich blaue Flekken.«

Steiger starrte angespannt über sie hinweg, während er in dem Gedränge zu tanzen versuchte. Nur eine beiläufige Bemerkung oder mehr? Alles, was sie sagte, schien eine verborgene Bedeutung, ein geheimes Versprechen zu enthalten. Er versuchte sich abzulenken, indem er sich den Atlantik vorstellte. Aber dieser Gedanke rief erst recht eine verzweifelte Sehnsucht in ihm hervor, wie er sie bisher noch nie erlebt hatte.

Du Narr, dachte er, sie wird dir ins Gesicht lachen, wenn du jemals den Wunsch äußerst, sie zu berühren! Aber eine innere Stimme flüsterte: Du berührst sie ja bereits . . .

Er verstärkte seinen Griff und strengte dabei alle Sinne an, um auf das erste Zeichen von Unwillen bei ihr sofort zu reagieren. Sie drängte sich jedoch noch enger an ihn und preßte ihre Brust gegen seine Uniformjacke, schmiegte das Gesicht an seine Schulter.

Als sie den Rand der Tanzfläche erreichten, hielt Steiger nach Lehmann Ausschau, aber der war verschwunden.

Trotz seiner benebelten Sinne hörte er sie leise fragen: »Erinnern Sie sich noch, wie Sie zu uns kamen, um Alex zu besuchen? Als ich so grob zu Ihnen war?«

Er schüttelte den Kopf. »Es war mein Fehler. Sie müssen mich wirklich für einen aufgeblasenen Idioten gehalten haben.«

Sie schien ihn nicht zu hören. »Ich bin so froh, daß ich nicht nach Deutschland zurückgefahren bin. Jetzt darf ich es nicht mehr, solange diese Unruhe in Nordfrankreich herrscht. Ich hoffe, wir werden uns wiedersehen?«

Ein anderes Paar stieß sie heftig an, und der junge Offizier öffnete den Mund, um etwas zu sagen, schloß ihn aber sofort wieder, als er Steigers bösen Blick bemerkte.

Trudi lachte, und Steiger sah sie fragend an. »Alle haben Angst vor Ihnen! Dabei sind Sie in Wirklichkeit nur ein kleiner Junge.« Dann wurde sie ernst. »Aber Sie sollten sich das hier wirklich ersparen. Sicher fällt es Ihnen furchtbar schwer nach allem, was Sie gerade durchgemacht haben.«

»Merkt man es mir so deutlich an?«

»Sie sollten vorsichtiger werden. Sie können doch nicht damit rechnen, daß Sie diese Belastung ewig durchhalten.«

Er lachte. »Ich bin dort draußen nicht allein, müssen Sie wissen.«

Mit ihrem duftenden Haar streichelte sie sein Kinn. »Wenn ich Leute wie den Admiral solchen Unsinn sagen höre, denke ich manchmal, daß Sie sehr allein sind!« Lachend warf sie den Kopf zurück, und er sah die hübsche Linie ihres Halses. Da flammte seine Begierde so wild auf, daß er sich fühlte wie im Rausch.

Die Musik hörte auf, und es wurde applaudiert. Als er die junge Frau zu den anderen zurückgeleitete, spürte er den Druck ihrer Finger auf seinem Arm. Sie hatten nur so wenig Zeit.

»Darf ich Sie morgen wiedersehen?« Er merkte, wie ihre Schultern sich versteiften. »Allein?«

Sofort bedauerte er seine Worte. Wenn sie ihn jetzt zurückwies, hatte er bei ihr verspielt.

Sie hob die Hand, um einen jovialen Gruß des Admirals zu erwidern. Leise antwortete sie dann: »O ja, gern. Und ich werde allein sein.«

Ein gewaltiges Rauschen füllte Steigers Ohren und überschwemmte ihn mit einer Welle neuer Kraft, die all seine Unsicherheit und Verzweiflung hinwegfegte.

Die lächelnden Gesichter ringsum schienen ihm keineswegs mehr leer und unbedeutend. Er konnte sogar Bredt ohne Abneigung begrüßen und der Zukunft ohne Bitterkeit entgegensehen.

Die eiserne Matratze quietschte, als Steiger sich ruckartig aufsetzte und nach dem Lichtschalter tastete. Das Klopfen an seiner Tür wurde wiederholt, und er bemühte sich, klaren Kopf zu bekommen. Mit einem Blick auf die Uhr stellte er fest, daß erst zwei Stunden vergangen waren, seit er die laute Feier verlassen hatte. Heftig rieb er sich die Augen. »Herein!«

Verwundert sah er Lüths schmale Gestalt, noch immer in Landgangsuniform, die vorn mit Wein bekleckert war.

Steiger beherrschte seinen Ärger über die Störung, als er Lüths Besorgnis und Unsicherheit bemerkte.

»Ja, was gibt's?«

Es war kurz vor Morgengrauen. Steiger lauschte, ob er Alarmglokken schrillen hörte oder das Trampeln rennender Männer. Nichts ...

Lüth druckste herum. »Tut mir leid, daß ich störe, Herr Kapitän.« Wieder zögerte er und sah sich rasch um. »Aber ich war noch wach, als dieser Mann kam.«

Steiger bemerkte zum ersten Mal einen weiteren Schatten hinter Lüth und schwang die Beine aus dem Bett. Es mußte etwas Ernstes sein, wenn Lüth es für wichtig genug hielt, um ihn zu wecken.

»Wer ist dieser Mann?«

Lüth winkte den Seemann im dicken Wachmantel mit Stahlhelm nach vorn. Steiger sah, daß er auch Gasmaske und Seitengewehr trug. Neben seinem Bein blickte ein großer Schäferhund mißtrauisch zur Tür herein. Irgendwie kam ihm der Mann bekannt vor.

Der Wachposten nickte unsicher. »Sie werden sich nicht mehr an mich erinnern, Herr Kapitän. Huntz ist mein Name. Ich war Torpedogast auf *U 75.*«

Steiger stand auf. Natürlich, jetzt erinnerte er sich. Vor vielen Jahren war dieser Huntz vor Hoek van Holland von einem angreifenden Jäger getroffen worden. Steiger hatte auf der Brücke den Blutverlust solange unterbunden, bis sie den Verwundeten nach unten schaffen konnten. Trotzdem hatte er einen Arm verloren.

Langsam zog ein Lächeln über sein Gesicht. »Ja, ich erinnere mich an Sie, Huntz.« Da mußte mehr dahinterstecken, eine ganze Menge mehr.

»Ich habe nicht vergessen, wie Sie mir das Leben gerettet haben, Herr Kapitän.« Er holte tief Atem. »Jetzt bin ich hier in St. Pierre, Herr Kapitän, als Sicherheitsposten am Zaun.«

Steiger fuhr sich mit den Fingern durch das zerwühlte Haar und sah Lüth fragend an. »Was ist passiert, Chief?«

Bevor Lüth antworten konnte, begann Huntz zu berichten: »Ich war heute nacht auf Kontrollgang, zusammen mit Prinz hier. Vom Hügel lauschte ich der Musik bei Ihrer Feier, als ich einen Wagen hörte.« Er befeuchtete sich die Lippen. »Es war bereits Sperrstunde. Also lief ich den Hügel hinab, um mir den Wagen anzusehen. Der hielt an der Straßenkreuzung, und – und . . .« Er senkte den Blick und stotterte: »Und warf einen Leichnam heraus!«

Steiger merkte, wie ihm plötzlich kalt wurde. »Leichnam?«

»Ja. Ein Mädchen, Herr Kapitän. Alles war weggeschnitten – entsetzlich! Auf ihrer nackten Haut war eine Karte festgesteckt, adressiert an Ihren Oberleutnant Dietrich.«

Steiger trat ans Fenster und zog die Vorhänge auf. Der blaugraue Himmel zeigte bereits den Umriß des nächstgelegenen Hügels.

»Reden Sie weiter, Huntz.« Seine Stimme war so ausdruckslos wie immer. »Was stand auf der Karte?«

»Da stand: Nazihure! Verräterin!« Der Stimme des Seemanns merkte man die Erschütterung an. »Es war ein ganz junges Mädchen, Herr Kapitän, noch dazu verkrüppelt.«

»Haben Sie sonst jemandem davon berichet?« Steiger warf Lüth einen fragenden Blick zu.

Lüth schüttelte den Kopf und sah auf einmal gealtert aus. »Nein, Herr Kapitän. Huntz wollte es zu allererst Ihnen mitteilen.«

Steiger begann sich anzukleiden. Während er und die anderen dieser sinnlosen Feier beigewohnt hatten, war Heinz Dietrich auf die Suche nach diesem Mädchen gegangen. Gott sei Dank hatte der einarmige Seemann den Verstand, die Anständigkeit, ja sogar den Mut besessen, ihn zuerst aufzusuchen. Immerhin war es keine Kleinigkeit, einen Kapitän zur See aus seinem ersten Schlaf zu wecken.

»Ich komme sofort.« Er sah die beiden Männer offen an. »Wir werden das nicht melden, sondern sie gleich dort am Hügel begraben. Sie, Huntz, gehen los und besorgen ein paar Spaten. Lüth, Sie wecken Oberleutnant Hessler.« Seine Stimme wurde eindringlich: »Ich übernehme die volle Verantwortung dafür. Es besteht kein Anlaß, sonst jemandem davon zu erzählen.« Er klopfte dem Seemann auf die Schulter, worauf der Hund sofort ein warnendes Knurren hören ließ. »Ich danke Ihnen, Huntz! Das werde ich Ihnen nie vergessen!«

Eine halbe Stunde später lehnte er sich an den kühlen Stamm eines vom Wind gebeugten Baumes und beobachtete den Sonnenaufgang. Lüth schob zerstreut ein paar Steine mit dem Fuß durch das feuchte Gras, Hessler hockte am Boden und rauchte still eine Zigarette. Der Wachmann mit seinem Hund hob sich vom Himmel ab wie ein mittelalterlicher Krieger, sein Gesicht lag unter dem Helm in tiefem Schatten. Zwischen ihnen befand sich der frisch aufgeworfene Erdhügel, daneben steckten die Spaten im Boden. Ein kleiner, zierlicher Körper war es gewesen. Aber die entsetzlichen Wunden hatten ihm eine gewisse Würde verliehen, so daß Steiger nicht nur erschüttert war, sondern etwas wie Ehrfurcht empfand.

Hessler sagte: »Es wird Zeit, wieder nach unten zu gehen, Herr Kapitän.«

Ein Horn zerriß die feuchte Morgenluft mit greller Entschlossenheit.

Lüth trat einen weiteren Stein beiseite. »Werden Sie es ihm sagen, Herr Kapitän?«

Steiger drehte sich um und hob grüßend den Arm zu Huntz auf dem Hügel. »Einen Teil davon.«

Er folgte den anderen beiden den Hügel hinab, seine Stiefel quietschten im nassen Gras. Die Sonne wärmte bereits seine Wangen, aber er spürte, daß er am ganzen Körper zitterte wie im Fieber.

Wechsel der Loyalität

Vor den breiten Fenstern von Kapitän Bredts Dienstzimmer glitzerte der Golf von Biskaya im hellen Sonnenlicht. Die Hitze, noch verstärkt durch die großen Glasscheiben, füllte den Raum mit benommener Gleichgültigkeit, so daß die Offiziere rund um den großen Schreibtisch lustlos, ja gelangweilt wirkten.

Bredt war soeben eingetreten, und während die Offiziere sich wieder hinsetzten und ihm mühsam ihre Aufmerksamkeit schenkten, begann er umständlich einen Stapel Dokumente durchzublättern. Seine Bewegungen waren rasch und nervös, und Steiger, der an seinem Lieblingsplatz am Fenster stand, bemerkte, daß Bredts blasse Augen ungewöhnlich ruhelos waren und daß er sich überhaupt nicht auf die Dokumente konzentrierte. Steiger war noch immer müde und traurig von dem Begräbnis am Morgen. Die Spuren der sinnlosen Feier, die selbst hier, in Bredts sonst so ordentlichem Dienstzimmer, noch sichtbar waren, verstärkten den schalen Geschmack in seinem Mund. Eine vergessene Champagnerflasche stand auf dem Fensterbrett, und ein Glas, am Rand mit Lippenstift beschmiert, lag verschüttet auf dem kostbaren Teppich.

»Meine Herren, ich fürchte, ich habe schlechte Nachrichten für Sie.« Zum ersten Mal sah Bredt auf, das Gesicht noch rot und gedunsen vom Wein. »Gruppe Meteor muß binnen vierundzwanzig Stunden wieder auslaufen!«

Steiger hörte die versammelten Offiziere nach Luft schnappen und sah sich rasch ihre Gesichter an: ungläubiger Groll bei den vier Kommandanten und Besorgnis bei den Offizieren des Stabes. Er selbst hatte diese Schweinerei fast erwartet.

Schneidig fuhr Bredt fort: »Daran ist nun mal nichts zu ändern. Wir haben schlechte Nachrichten aus der Normandie, unsere Front ist an vielen Stellen durchbrochen worden. Die Wehrmacht hat sich zurückgezogen, um sich neu zu formieren, aber es herrscht eine gewisse Unklarheit über die tatsächliche Lage.« Er warf Reimann einen bösen Blick zu, als sei dieser verantwortlich. »Alle Boote müssen sofort seeklar machen und ein Höchstmaß an Treibstoff und Vorräten an Bord nehmen. Es ist zweifelhaft, wann wir wieder Nachschub bekommen.«

Steiger drehte sich um und beobachtete die Möwen auf der Hafenmole. Das Schlimmste war also doch eingetreten: Die Alliierten hatten nach dem ersten Angriff an Boden gewonnen und würden nun jeden eroberten Flugplatz dazu benutzen, weiteren Nachschub auf dem Luftweg herüberzuschaffen und außerdem alle Straßen und Bahnverbindungen zu bombardieren. Er schloß die übermüdeten Augen, um sich die geographische Lage besser vorstellen zu können. Der Feind würde als erstes versuchen, alle deutschen Nachschublinien zu unterbinden, und dann die Westküste Frankreichs abschneiden und sie hier isolieren. Jeder einzelne Standort war dann zur Nutzlosigkeit verdammt und seine Übergabe nur eine Frage von Monaten, vielleicht sogar Wochen. Er schüttelte sich und versuchte, sich auf die Karte zu konzentrieren, wo Bredt den Frontverlauf zeigte.

»Jedes verfügbare U-Boot in diesem Gebiet muß sofort gegen den feindlichen Schiffsverkehr im Kanal eingesetzt werden. Bestimmt wird der Feind weitere Landungen versuchen, und täglich werden neue Geleitzüge mit Nachschub vom Atlantik hereinkommen. Diese müssen aufgehalten werden«, er senkte den Blick, »ohne Rücksicht auf Verluste!«

Steiger dachte an Admiral Opitz und seinen blauäugigen Optimismus. Warum nahm diese Sorte Mensch immer wieder an, daß der soldatische Abwehrwille nur durch Lügen aufrecht zu erhalten war? Dabei konnten die Menschen vorübergehende Rückschläge viel besser verkraften, wenn sie darauf vorbereitet wurden.

Im Raum war es plötzlich still, und Steiger merkte, daß Bredt ihn ansah.

»Nun, Herr Kapitän? Haben Sie noch etwas hinzuzufügen?« Bredts Stimme klang, als sei er außer Atem.

»Nichts.« Er sah die Bestürzung in Lehmanns Augen und fuhr deshalb fort: »Eins führt zum anderen. Die Invasion ist eine Tatsache, aber nicht das Ende aller Dinge.« Er trat an die Karte. »Gruppe Meteor wird getrennt auslaufen: Weiss und Wellemeyer heute nacht, Kunhardt und Lehmann morgen früh. Ich folge als letzter. Operationsbefehl wie bereits festgelegt. Ich werde mit jedem Kommandanten vorher noch einmal die Einzelheiten besprechen.« Der Blick seiner kalten Augen schloß die anderen im Raum völlig aus und glitt rasch über die vier müden Gesichter. »Fragen?«

Ohne hinzusehen war ihm klar, daß Lehmann protestieren würde. Er hatte den Ärger und offenen Trotz in seinem Gesicht bemerkt. Also straffte er sich und wartete.

»Sie verlangen Unmögliches!« Lehmann war aufgesprungen, seine lange Gestalt schwankte ein wenig, als er auf die Karte zeigte. »Unser Nachschub kann völlig abgeschnitten werden, während wir auf See sind! Wenn wir dann zurückkehren, finden wir hier nichts mehr vor und sitzen in der Falle!« Seine Stimme wurde lauter, als er sich nun an Bredt wandte. »Wir sind abgeschrieben! Was hat es für einen Sinn, jetzt noch Menschenleben zu vergeuden? Wir sollten so schnell wie möglich nach Deutschland zurückkehren!«

Anstatt ihn zur Ordnung zu rufen, senkte Bredt den Blick. »Das Hauptquartier der U-Boot-Waffe in Lorient ist schon verlegt worden. Wir aber werden hier durchhalten bis zum Ende.« Er versuchte, seiner Stimme neue Kraft zu geben. »Der Führer hat angeordnet, daß es keinen Rückzug gibt und kein Wanken – jetzt, da die Entscheidungsschlacht begonnen hat.«

Lehmann spreizte die Hände. »Die Entscheidungsschlacht? Was zum Teufel denken die denn, was wir in diesen fünf Jahren im Atlantik getrieben haben? War das keine Entscheidungsschlacht?« Sein schmales Gesicht schien zu verfallen. »Dieses Land wird von Verrückten regiert!«

Bredt wurde rot. »Wie können Sie es wagen, so zu reden! Ich werde . . .«

Aber Steiger unterbrach ihn. »Setzen Sie sich, Lehmann! Das ist ein Befehl!« Er wandte sich an die anderen. »Nun hört mir mal zu, ihr alle hier!« Seine Stimme war leise, aber eindringlich. »Ich sage das kein zweites Mal. Erstens werden wir alle zuviel zu tun haben, und zweitens lasse ich jeden Mann, der es wagen sollte, um seines eigenen Vorteils willen unsere Sache zu verraten, festnehmen und notfalls erschießen!« Weiß schimmerte seine Narbe unter dem dunklen Haar. »Als unser Führer Deutschland aus Elend und Schande und trotz der Verachtung der Welt wieder aufrichtete, uns neue Ziele und neue Hoffnung gab, da waren es nur wenige, die daran glaubten, daß er es schaffen würde. Unser Vaterland aber wurde groß, trotz der Feinde von außen und der Verräter von innen. In dieser Zeit schien uns jeder neue Morgen einen neuen Sieg zu bescheren.« Sein Mund wurde schmal und hart. »Jetzt aber, da uns der Wind ins Gesicht weht, gibt es sofort Geschrei, Schwäche und sogar Leute, die prompt ihre Loyalität vergessen! Sie mögen der Ansicht sein, daß ich bei der geringen Bedeutung, die St.Pierre für das gesamte Kriegsgeschehen hat, die Situation zu sehr dramatisiere? Ich versichere Ihnen aber, daß Sie sich da gewaltig irren! Gerade jetzt sind die französischen Terroristen besonders aktiv, scheuen aber nach wie vor den offenen Kampf. Wenn sie die Chance bekommen, werden sie das gesamte besetzte Frankreich in einen Hexenkessel verwandeln, so daß Frontkämpfer abgezogen werden müßten, um die hiesigen Stützpunkte zu verteidigen. Gruppe Meteor hat viel geleistet, wurde aber noch nie so dringend gebraucht wie gerade jetzt. Unsere Anstrengung ist lebenswichtig für das ganze Vaterland!« Er wandte sich kurz um und starrte hinaus auf die glitzernde Wasserfläche.

»Wenn Deutschland fällt, ist es unsere Schande«, fuhr er dann fort. »Eine zweite Chance bekommen wir nicht. Diesmal will uns der Feind vollständig vernichten. Zur Zeit meines Vaters haben sie es nicht geschafft, aber diesmal würden sie uns am Boden zerstören. Dem können wir nur äußerste Entschlossenheit entgegensetzen!«

Er merkte, daß sie ihn alle anstarrten, und mußte sich auf die Lippen beißen. Worte, Worte, Worte! Aber diese Männer mußte er unter allen Umständen zusammenhalten, koste es, was es wolle. Vielleicht hatten sie im Oberkommando bereits einen genialen Plan, um die alliierten Fortschritte zu unterbinden. Möglicherweise würde sich das Heer sogar bis zum Rhein zurückziehen, dort aber eine unüberwindliche Verteidigung aufbauen. Unsere Stützpunkte an der französischen Westküste sind wahrscheinlich verloren, dachte er, damit müssen wir uns abfinden. Aber jedes U-Boot sollte so lange kämpfen, wie es kann. Er fuhr fort: »Es ist müßig, eine Niederlage überhaupt nur in Betracht zu ziehen. Jedes Hindernis muß überwunden werden, sobald es auftaucht. Wenn Sie ein Minenfeld meiden wollen und dabei Ihr Ziel aus dem Auge verlieren, dürfen Sie nicht Kommandant eines U-Bootes sein. Sie haben Ihre Waffen, und die müssen Sie auch benutzen.«

Bredt ergriff jetzt das Wort. »Unser Stützpunkt ist bestens geschützt. Major Reimanns Männer gehen ständig Patrouille, und die Küstenbatterien sind Tag und Nacht besetzt. Niemand verläßt die Stadt, und alle unsere Leute sind bewaffnet.« Dramatisch richtete er den Blick nach oben zur Ecke. »Kapitän Steiger hat recht, wir dürfen nur an unsere Pflicht denken. Der Führer rechnet mit uns. Er weiß am besten, wann und wo er zuschlagen muß.«

Zum ersten Mal ließ sich auch Major Reimann vernehmen: »Meine Herren, nehmen Sie folgendes zur Kenntnis: Meine Truppe ist allzeit bereit und willens, dem Feind die Stirn zu bieten! Sie wird nicht zögern, wenn ihre Stunde gekommen ist!«

Es war Steiger klar, daß jeder im Raum sich jetzt Reimanns Veteranen vorstellte. Zum ersten Mal fühlte er so etwas wie Mitleid mit dem dicklichen, sturen Major. Er griff nach seiner Mütze und erinnerte sich mit Bitterkeit an Dietrichs betroffenes Gesicht, als er ihm vom Tod des französischen Mädchens erzählt hatte, sah das ungläubige Entsetzen, das den jungen Offizier völlig leer und stumm zurückließ.

Mit überraschender Plötzlichkeit fiel ihm auch Trudi Lehmann ein. Da wurde ihm klar, daß seine anfeuernden Worte von eben eine Selbsttäuschung gewesen waren, ein Aufbäumen gegen seine eigene Verzweiflung.

Warmer Abendwind fächelte über den Hafen, als Steiger langsam zur Stadt zurückging. Zweimal blieb er stehen und blickte auf die offene See hinaus, wo der Rand der versinkenden Sonnenscheibe wie poliertes Gold über dem dunklen Horizont glänzte und eine leuchtende Bahn auf das ruhige Wasser warf. Die Silhouetten der beiden auslaufenden U-Boote hatten sich schon mit der See vermischt.

Seine Beine waren schwer wie Blei, als er am Rand der Mole entlangging, und seine Stiefel quietschten laut, als wollten sie die Leere des kleinen Hafens unterstreichen. Er kam an den beiden U-Booten vorbei, die als nächste auslaufen sollten. Ihre Decks wimmelten von Matrosen, die alles seeklar machten. In der Luft über ihnen waberten Dieseldämpfe, und das Heulen der Generatoren und Lüfter klang ungewöhnlich laut. Steiger beschleunigte den Schritt, bis er sein eigenes Boot erreichte. Wie die anderen, summte es vor eifriger Geschäftigkeit. Im Abendlicht leuchteten die Farben der streitbaren Seejungfrau am Turm. Die Werft hatte nur Zeit gehabt für eine kurze Überholung, so waren die Boote noch überbeansprucht von ihrem langen Einsatz im Atlantik. Was würde sich beim nächsten Gefecht oder bei sonstiger

Beanspruchung an Defekten herausstellen? Auch die Besatzungen standen noch am Rand der Erschöpfung und waren so spröde wie überanspruchtes Eisen.

Steiger neigte den Kopf, um dem Dröhnen des fernen Geschützfeuers zu lauschen. Wie Donner rollte es über die schattigen Hügel, mischte sich mit dem Rauschen der Brandung und dem Seufzen des Windes in den Bäumen. Es hörte niemals auf, war wie ein ewiger Gezeitenstrom. Die Tide des Krieges.

Er blickte hinüber zu den Dächern der Stadt und versuchte sich die Zerstörungskraft vorzustellen, die bald durch die stillen Straßen fegen würde. Im Augenblick schien das unmöglich, aber so hatte es wohl auch den Einwohnern von Rotterdam und Warschau geschienen.

Als er durch das Tor im Stacheldrahtzaun schritt, merkte er, daß er die Posten an der Umgehungsstraße zählte. Die Stadt selbst wirkte wie ausgestorben, die Felder waren unbestellt geblieben und sahen aus, als hätte man sie vergessen. Die Einwohner hatten sich wohl versteckt oder waren geflohen.

Vor einem Hügel aus frischer Erde am Rand des Marktplatzes blieb er stehen. Ein davor aufgepflanztes Schild trug eine lange Reihe von Namen: fünfundsechzig Geiseln, hingerichtet von Sturmbannführer Fischers Erschießungskommando. Eine Bestrafung für Widerstand in der Stadt und eine Disziplinarmaßnahme zur Aufrechterhaltung von Gesetz und Ordnung. Hieß es. All das hatte sich ereignet, als Gruppe Meteor auf See gewesen war.

Steiger wandte den Blick von dem anklagenden Erdhügel und schritt langsam weiter. Schuldige und Unschuldige, Starke und Schwache – die wahnwitzige Kriegsmaschinerie, die niemand mehr aufhalten konnte, machte da keinen Unterschied.

Er fragte sich, was Sturmbannführer Fischer und seine SS jetzt trieb. Sie waren aus der Stadt verschwunden und überzogen nun die umliegenden Dörfer mit Verhören und Folter. Trotzdem gingen die Sabotageakte weiter; und mit ihnen steigerte sich Fischers Wut. Es hieß, er säße mit seiner Katze auf dem Schoß dabei, wenn seine Männer den hilflosen Opfern Geständnisse zu entreißen suchten. Steiger dachte an die eiskalten Augen des Mannes und glaubte diese Geschichte.

Ärgerlich schüttelte er sich. Was konnte er dagegen tun? Fischer war Teil eines Systems, das durch Gewalt groß geworden war. Er konnte es nicht ignorieren, konnte es auch nicht sabotieren, aber durch seine Hilflosigkeit hatte er teil an der Schuld.

Vor Lehmanns Haus blieb er stehen und spürte beim Ertönen der

Glocke, wie seine Unruhe zurückkehrte. Trudi hatte nicht auf seinen Besuch gedrängt, sie schien zu wissen, daß er die endgültige Schwächung seiner Stärke bedeuten würde.

Die Tür ging auf, und ehe er wußte wie, stand er in dem kleinen dunklen Flur. Sie knipste kein Licht an, bis sie in dem Zimmer mit den niedrigen Deckenbalken waren, an das er sich so gut erinnerte. Fast erwartete er, die drei Wehrmachtsoffiziere wieder anzutreffen, aber das Zimmer war leer und still. Trotz der warmen Sommernacht brannte ein kleines Feuer im Kamin, was ihn noch stärker an seinen ersten Besuch hier erinnerte.

Trudi geleitete ihn zu einem Sessel und schenkte zwei Gläser ein, ohne ihn vorher nach seinen Wünschen zu fragen. Er bemerkte die Nervosität ihrer Bewegungen und das hektische Rot ihrer Wangen. Sie drückte ihm sein Glas in die Hand und kniete dann völlig unerwartet auf dem Teppich vor ihm nieder. Über den Rand seines Glases hinweg beobachtete er sie.

Als das Fenster klapperte, wandte sie erschrocken den Kopf.

Steiger hielt es für ein Zeichen ihres gemeinsamen Schuldbewußtseins, aber sie fragte: »Kanonen oder Bomben?« Seine Antwort wartete sie nicht ab. »So ist es hier Nacht für Nacht! In Lorient und St.Nazaire kann nicht mehr viel übrig sein.« Sie stellte ihr Glas weg. »Ich bin ganz krank vor Angst und weiß nicht, was ich noch machen soll!«

Die Erkenntnis ihrer schwierigen Lage traf Steiger wie ein Schlag. Wenn sich die Kämpfe weiter nach Süden ausdehnten, was sollte dann aus ihr werden? Zorn auf Lehmann durchfuhr ihn. Der Mann hatte sich nicht im geringsten um seine Frau gekümmert, ihm war es auch gleichgültig, was jetzt mit ihr passierte. Er verfluchte sich selbst, daß er bisher so blind gewesen war.

»Es wird alles gut ausgehen«, murmelte er lahm. »Der Krieg ist noch weit entfernt.«

Sie hob den Kopf, so daß ihr schwarzes Haar im Feuerschein glänzte. »Warum sagt niemand mehr die Wahrheit?« fragte sie verzweifelt. »Jedesmal, wenn ich daran denke, werde ich beinahe hysterisch! Ich bin verheiratet mit einem Mann, den ich nicht kenne, der allein herumläuft wie ein Geist!« Sie hob die Hand, als Steiger den Mund öffnete, um etwas zu sagen. »Ich habe keine Angst zu sterben, aber ich möchte mich an etwas halten können. Ich bin eine Frau und habe das Bedürfnis nach Liebe und danach, jemanden zu lieben!« Unsicher lächelte sie. »Sie scheinen schockiert zu sein? Das habe ich wirklich nicht gewollt. Aber *Sie* werden schon bald wieder auf See sein, und die letzten, die zurückbleiben, werden den Wölfen vorgeworfen. So sehe ich das.«

Schweigen breitete sich im Raum aus, und er merkte plötzlich, daß seine Hand auf ihrem Nacken lag; er fühlte die Glätte ihrer Haut. Seine Finger streichelten ein wenig ungeschickt ihr Haar, und mit einem Ruck zog er es auf, so daß es ihr in einer schwarzen Welle über die Schultern fiel. Ihre Augen waren geschlossen, sie preßte sich an seine Knie, als er sie umdrehte und die Knöpfe ihres Kleides öffnete. Er streifte es bis zu ihrer Taille herunter, und die Entdekkung, daß sie darunter nackt war, ließ ihm das Blut in den Ohren rauschen wie fernes Geschützfeuer. Halb erstickt sagte sie: »Wir haben so wenig Zeit. Ich konnte nicht warten . . .«

Er wickelte ihr Haar um seine Finger und ließ die andere Hand über ihre straffen Brüste gleiten. Sie erschauerte unter der Berührung, hielt aber still.

Ungestüm hob er sie auf und trug sie die Treppen hinauf; in der Dunkelheit sah es aus, als hielte er eine weiße Statue in den Armen.

Später lag er ganz still und lauschte dem fernen Geschützfeuer. Er scheute sich, die Augen zu schließen, um nicht wieder durch einen verzweifelten Traum genarrt zu werden.

Er spürte ihren Atem an seiner Schulter und streichelte ihren Rükken, so daß sie sich aufstöhnend noch enger an ihn preßte. Seine Augen suchten ihre in der Dunkelheit. Diese Frau gehört mir! dachte er. Immer wieder flüsterte er diese Worte, bis ihre Begierde den Schlaf beiseitefegte und damit auch seinen Widerstand, so daß sie beide wie körperlos in einen neuen Taumel hineinglitten.

Max König schlug den Kragen seines Wachmantels hoch und lokkerte den Gewehrriemen an seiner Schulter. Das Vorschiff war schlüpfrig von Tau, die Morgenluft enthielt noch keinen Hinweis auf die Wärme, die bald mit der Sonne über die Zwillingshügel kommen würde.

Das vertäute Boot bewegte sich unruhig mit der steigenden Tide und rieb sich quietschend an den ausgefransten Fendern. Als sich graues Morgenlicht über dem kleinen Hafen ausbreitete, genoß König den Frieden und das Alleinsein. Als Deckwache schien er das einzige lebende Wesen in St.Pierre zu sein. Selbst die Möwen auf den algenbewachsenen Bojen nickten noch still vor sich hin wie alte Männer. Alle anderen Liegeplätze waren leer, die zweite Hälfte der

Gruppe war ausgelaufen, bevor sich noch das erste Licht am klaren, wolkenlosen Himmel zeigte. Selbst das ferne Geschützfeuer war im Augenblick verstummt.

Er schob seinen Stahlhelm zurück und rieb sich die Müdigkeit aus den Augen. Wie die Front wohl in Wirklichkeit verlief? Würde bald auch St.Pierre den Lärm rennender Soldaten und die Erschütterung durch die Panzerkolonnen hören? Ich werde auf See sein, wenn das passiert, dachte er.

Eine Gestalt bewegte sich oben auf der Pier, und automatisch tasteten Königs Finger nach dem Gewehrriemen. Aber er beruhigte sich wieder, als er feststellte, daß der Ankömmling ein Patrouillengänger des Stützpunkts war, ein Seemann wie er selbst.

Der Mann blieb oberhalb des Bootes stehen und zündete sich vorsichtig eine Zigarette an. Dann grinste er König verschwörerisch zu und sagte: »Geht's heute wieder hinaus auf See? Bin froh, daß ich nicht in deiner Haut stecke!«

König lächelte. »So ist das Leben, Kamerad.«

Der andere Posten fuhr gähnend fort: »Ich habe gehört, daß einer von euch krank geworden ist. Sie schicken euch dafür einen armen Kerl von uns.«

König hob die Schultern. Also würden sie auf der kommenden Feindfahrt ein neues Gesicht an Bord haben.

Der Mann fügte hinzu: »Der arme Kerl heißt Fromm. Er hat auf dem Boot angeblich schon einen alten Freund, mit dem er im Ausrüstungsdepot zusammen war.« Er schielte hinunter in das plötzlich erstarrte Gesicht seines Kameraden. »Sein Freund heißt König. Kennst du ihn?«

Über den Hafen schien sich ein rötlicher Nebel zu legen. König wandte sich ab und sagte heiser: »Ja, ich kenne ihn.«

»Na, dann erzähl's ihm schon mal.« Der Posten straffte sich. »Ich muß weiter, sonst kriege ich's mit dem Spieß zu tun.«

König sah ihm nach, in seinem Kopf jagte ein verzweifelter Plan den anderen. Es war also passiert, aus heiterem Himmel und zu einer Zeit, in der seine Befreiung schon beinahe in Reichweite schien. Rasch blickte er auf seine Uhr. Noch eine halbe Stunde, bis der Hornruf den Stützpunkt wecken und die Ereignisse in Gang setzen würde. Er malte sich Fromms Betroffenheit aus, und wie sich sein Staunen in Argwohn verwandeln würde. Bestimmt würde er Alarm schlagen. Dann würde man den falschen Max König festnehmen und an seine alten Peiniger ausliefern.

Eine innere Stimme schien ihm eine Warnung zuzurufen: Noch ist es Zeit! Niemals wieder sollen sie mich ins KZ schaffen, niemals!

Fast ohne es zu merken, war er auf die Pier gestiegen, schon knirschten seine Stiefel über die sandigen Steine. Frenetisch arbeitete es in seinem Kopf. Er mußte zum Ende der Pier und dann nach links hinter die Schuppen. Dort stand zwar ein Posten am Stacheldrahtzaun, aber der würde wenig Notiz nehmen von einem zusätzlichen Patrouillengänger. Dort, wo der Hügel in Geröll überging, führte ein Weg um den Stacheldrahtzaun herum.

Rasch trat er in den Schatten des ersten Schuppens und fing an zu rennen.

Hinter ihm lag *U 991* ruhig an der Pier, die Spitze seiner Periskopsäule glitzerte bereits im ersten Sonnenlicht. Niemand hielt an Deck Wache. Niemand schlug Alarm, als ein zweites U-Boot langsam und leise um den Kopf des langen Wellenbrechers bog.

Rudolf Steiger schloß die Tür seines Zimmers und ging ans Fenster. Draußen glitzerte gelbes Sonnenlicht auf dem taunassen Gras und warf seltsame Schatten auf die zerzausten Bäume.

Auf dem unbenutzten Bett lag seine Uniformjacke; der neue Goldstreifen am Ärmel hob sich glänzend von den abgewetzten drei älteren Streifen ab. Schwer ließ er sich aufs Bett fallen und dachte noch einmal an die letzten mit Trudi Lehmann verbrachten Stunden.

Leise hatte er sich angekleidet, jedoch bemerkt, daß sie ihn im grauen Morgenlicht beobachtete. Als er sich zu einem Abschiedskuß über sie beugte, schmeckte er salzige Tränen. An den eigentlichen Augenblick des Abschieds konnte er sich aber nicht erinnern, auch nicht daran, ob er noch irgendetwas zu ihr gesagt hatte.

Schritte draußen auf dem Korridor rissen ihn aus seinen Träumen. Dietrich schickte ihm da möglicherweise einen Melder, der ihn wekken sollte. Mit einem Mal hatte er das Gefühl, daß er beides nicht mehr ertragen könne: weder das Boot noch den Atlantik. Er hatte vorhin die glitzernde Biskaya gesehen, so trügerisch freundlich im ersten Frühlicht, und haßte sie jetzt.

Die Tür ging auf, und Steiger sah überrascht einen bärtigen Oberleutnant vor dem hellen Hintergrund der ständig brennenden Korridorlampen. Sofort wurde er unruhig, denn der Mann war Lehmanns Erster Wachoffizier, und Lehmanns Boot sollte längst auf See sein. Irgend etwas mußte schiefgegangen sein.

Der Oberleutnant befeuchtete sich die Lippen. »Würden Sie mich bitte ins Besprechungszimmer begleiten, Herr Kapitän? Mein Kommandant bittet Sie um Ihr sofortiges Erscheinen.«

Sein Benehmen war äußerst seltsam, so übertrieben korrekt. Steiger warf einen kurzen Blick auf die Uhr; noch war nicht zum Wecken geblasen worden. Irgend etwas stimmte nicht. Ohne zu überlegen, öffnete er seinen Spind.

Im selben Augenblick erschien eine Dienstpistole in der Hand des Oberleutnants. In seinen tiefliegenden Augen stand jetzt ein fanatisches Glühen. »Sie haben mich nicht verstanden, Herr Kapitän. Sie stehen unter Arrest«

Langsam drehte Steiger sich um. Ihm war klar, daß der Mann sofort schießen würde. Offensichtlich hatte er große Angst vor Steiger, aber noch mehr vor dem Versagen.

»Würden Sie mir bitte sagen, was das bedeutet, Oberleutnant?« Steiger sprach betont ruhig, obwohl ihm hunderterlei aufgeregte Gedanken durch den Kopf schossen. »Das ist doch Meuterei! Die Sache kann für Sie nicht gut ausgehen.«

Die Pistolenmündung glänzte im schwachen Morgensonnenlicht. »Kommen Sie, Herr Kapitän, Sie vergeuden nur Zeit.« Schweigend wies er mit der Pistole zur Tür.

Steiger ging durch den Korridor und trat hinaus in die milde Wärme des Julimorgens. Bewaffnete standen Posten vor allen Gebäuden, und Steiger stellte fest, daß es ausnahmslos Besatzungsmitglieder von Lehmanns Boot waren. Vielleicht war Lehmann verrückt geworden und hatte eine Meuterei angezettelt? Steiger wußte, daß jeder U-Boot-Kommandant Männern unschwer seinen Willen aufzwingen konnte, ob zum Guten oder zum Bösen.

Das Geschützfeuer hatte wieder angefangen, doch verlor sich sein Murmeln fast völlig unter fröhlichem Vogelgezwitscher und dem Klatschen der Wellen am Strand.

Er blickte hinunter zum Hafen und sah Lehmanns Boot am äußersten Ende der Pier in der Nähe der Hafeneinfahrt liegen. Die Flagge hing bewegungslos in der stillen Luft. Sein eigenes Boot war ruhig, nur ein paar Leute standen auf der offenen Brücke. Steigers Herz wurde schwer, weil seine eigene Besatzung bei diesem Wahnsinn mitzumachen schien.

Er hörte den Offizier hinter sich keuchen und hob entschlossen das Kinn. Was auch vor ihm lag, er mußte damit fertig werden. Ein paar Stunden nur hatte er alle Wachsamkeit vergessen, und in dieser Zeit hatte sich seine Welt verändert. Und sie änderte sich weiter.

Kapitän Bredts Dienstzimmer war noch genauso unaufgeräumt wie am vorhergehenden Tag. Steiger warf als erstes einen kurzen Blick auf die kleine Gruppe der anwesenden Offiziere, um festzustellen, ob die anderen Kommandanten mit Lehmann zurückgekehrt waren. Bredt saß hinter seinem Schreibtisch und starrte auf seine Hände hinunter. Lehmann stand neben ihm, den Blick auf Steigers Gesicht gerichtet, während an einer Wand Major Reimann und seine Stützpunktoffiziere unbehaglich Aufstellung genommen hatten.

Steiger wartete, bis sich die Tür geschlossen hatte. Er spürte die nervöse Spannung, die in der Luft hing wie Staub.

Kalt sah er Lehmann an. »Nun? Ich nehme doch an, daß ich eine Erklärung bekomme?« Er stellte fest, daß Lehmann bei weitem der ruhigste der anwesenden Offiziere war. »Sie sind sich ja wohl klar darüber, daß Ihre eigenmächtige Rückkehr ein schweres Verbrechen ist?«

Lehmanns hageres Gesicht verzog sich zu einem verkniffenen Lächeln. »Das bedaure ich zutiefst, Rudi. Aber unter den gegebenen Umständen waren wir zu sofortigem Handeln gezwungen.«

Mit unbewegtem Gesicht sagte Steiger: »Bitte sprechen Sie mich mit meinem Dienstgrad an, Korvettenkapitän Lehmann!« Aus dem Augenwinkel entdeckte er jetzt erst einen Hauptmann, den er kannte. Es war einer aus dem schweigsamen Trio, das er in Lehmanns Haus gesehen hatte. Die Verschwörung war also ernster und schwerwiegender, als er sich vorgestellt hatte.

Lehmanns Stimme blieb ruhig. »Ich wiederhole noch einmal, daß ich die Befehlsverweigerung bedaure. Du bist ein tapferer Mann, und niemand bezweifelt das.«

»Dann werden Sie mir vielleicht auch mitteilen, warum ich unter Arrest stehe? Gleichzeitig möchte ich wissen, wer Ihnen das Recht zu dieser Tat gegeben hat?«

Es vergingen ein paar Sekunden; die Gestalten ringsum blieben völlig regungslos.

Lehmann hob die Schultern. »Wir haben hier das Kommando übernommen. Es war seit Monaten so geplant, aber die überraschende Entscheidung, Gruppe Meteor wieder auslaufen zu lassen, hat die Dinge beschleunigt. Morgen um diese Zeit wird ganz Deutschland unter neuer Führung stehen!«

Langsam drehte Steiger sich um und schritt zum Fenster. Er ignorierte die heftige Bewegung des Offiziers mit der Pistole und versuchte sich zu konzentrieren. Neue Führung? Bedeutete das Putsch?

Gelassen fuhr Lehmann fort: »Ich habe versucht, Sie für uns zu gewinnen, aber Sie haben mir ja nicht zugehört. Deutschland wird von einem Wahnsinnigen geführt. Wir alle werden geopfert um der Launen dieses Mannes willen. Aber morgen früh wird die Welt erfahren, daß er tot ist!«

Steiger holte tief Luft. Das war es also. Die Meuterer übernahmen womöglich schon in diesem Augenblick überall Schiffe und Stützpunkte – im Namen ihrer irrsinnigen Revolte.

»*Sie* sind wahnsinnig!« Steigers Stimme blieb ruhig. »Sie wissen doch, was hiernach mit Ihnen geschehen wird?«

»Wir haben alles überlegt, Herr Kapitän. Sie haben selbst gesagt, daß St.Pierre trotz seiner geringen Größe wichtig ist. Darin stimme ich Ihnen zu.« Lehmanns Gesicht glänzte vor Schweiß. »Wenn Hitler tot ist und seine verbrecherischen Gehilfen festgenommen sind, können wir den Alliierten einen Waffenstillstand vorschlagen. Zu *unseren* Bedingungen!«

Steiger lächelte dünn. »Die kann ich mir vorstellen!«

Lehmanns Lippen wurden noch schmaler. »Machen Sie sich nicht darüber lustig, Herr Kapitän! Was wird dadurch erreicht, daß wir weiterhin das Leben unserer Männer so vergeuden wie bisher?« Heftig schüttelte er den Kopf. »Wir werden mit den Alliierten eine Übereinkunft treffen und mit ihnen zusammen im Osten *eine* Front gegen Rußland bilden. Mit ihnen zusammen können wir die Russen ein für allemal aus Deutschland und Europa herausjagen!«

»Und Sie hoffen, das allein zu erreichen?« Steiger sah den anderen verächtlich an.

Aber Lehmann begegnete seinem Blick, in seinen Augen blitzte Ärger. »O nein, Herr Kapitän. Ab morgen werden wir alle den Befehlen von Männern gehorchen, die *wirklich* zählen! Viele Generalstabsoffiziere sind auf unserer Seite, und in diesem Augenblick läuft ihr Operationsplan an.«

Steiger spürte, wie seine Hände zitterten. Er wandte sich an alle im Raum: »Nun, haben *Sie* denn nichts zu sagen? Ist Ihnen nicht klar, daß diese Wahnsinnstat eine Schande für Deutschland ist?«

Bredt hob den Kopf. »Ich wollte nicht teilnehmen!«

Aber er wandte den Blick ab, als Lehmann scharf sagte: »Sie wurden jedoch rasch anderen Sinnes, als Sie hörten, daß Sie sonst Ihren Druckposten hier verlieren würden, nicht wahr?«

Steiger ging ein paar Schritte auf den Schreibtisch zu. »Denken Sie daran, Lehmann, unsere Kameraden sind auf See und haben gerade jetzt möglicherweise Feindberührung. Sie verlassen sich auf unsere

Unterstützung, und die wird ihnen durch Ihre Tat entzogen! Kunhardt, Wellemeyer, Weiss und ihre Besatzungen werden wahrscheinlich wegen Ihres Verrats ums Leben kommen!«

Schmerz zeigte sich in Lehmanns Augen, und Steiger fuhr leise fort: »Sie wußten, daß Sie mit meiner Unterstützung nicht rechnen konnten. Daß ich meinem Land treu bleiben und mich nicht für einen solchen Verrat hergeben würde!« Brüsk wandte er ihm den Rücken zu. »Und ich bin froh darüber, daß Sie sich mir nicht anvertraut haben, Lehmann. Ich fühle mich schon unsauber, wenn ich nur mit Ihnen im selben Raum bin!«

Lehmanns Stimme klang jetzt müde. »Bringt ihn in sein Quartier. Der wachhabende Offizier soll ihn unter Aufsicht halten.« Nach einer Pause fügte er hinzu: »Ich wußte immer, daß Sie anders sind als wir. Leute Ihrer Art ändern sich nicht. Sie gehorchen und kämpfen, ohne Fragen zu stellen. Sie haben einfach nicht gelernt, mit der Zeit zu gehen.«

Steiger spürte, daß ihm Übelkeit in die Kehle stieg, und biß die Zähne zusammen. Natürlich mußte es leicht gewesen sein, Bredt zu überzeugen; Reimann würde jedem gehorchen, der gerade das Kommando über den Stützpunkt hatte; und die anderen Offiziere waren zu verängstigt, um Widerstand zu leisten.

»Glauben Sie mir, meine Herren, es wird der Tag kommen, an dem Sie das zutiefst bedauern!« Und zu Lehmann sagte er eindringlich, aber ruhig: »Wenn auch nur einem Mann unter meinem Kommando durch Ihren Verrat etwas zustößt, erschieße ich Sie!«

Lehmann musterte ihn kalt. »Und wenn ich vorher beschließe, *Sie* erschießen zu lassen, Herr Kapitän?«

Steiger ging zur Tür. »Ich würde mich lieber selbst erschießen, als Deutschland in Ihren Händen zu sehen!«

Eilends verließ er den Raum, blind für den ihn begleitenden Offizier. Am meisten schmerzte ihn seine Hilflosigkeit. Und zu Lehmanns Verrat kam noch sein eigener. Er hatte Männer, die sich auf ihn verließen, für eine Frau im Stich gelassen. Sie hatten ihm vertraut, aber im wichtigsten Augenblick war er nicht dagewesen.

Heinz Dietrich schrie auf, als eine Hand an seiner Schulter rüttelte und ihn aus unruhigem Schlaf riß. Blinzelnd setzte er sich auf und starrte zuerst die Messeuhr und dann Lüths hageres Gesicht an.

»Was ist los?« Er riß sich zusammen und wischte sich das Haar aus der Stirn. Seine Augen umwölkten sich, als die Erinnerung an Odiles

Tod zurückkehrte, und resigniert blickte er Lüth an. »Ist es schon Zeit zum Auslaufen?« Doch dann merkte er, daß die Generatoren noch schwiegen und auch die sonstigen Geräusche des erwachenden U-Boots fehlten.

Lüth hielt einen Finger an die Lippen. »Schnell, Heinz!« Sein Ton bewirkte, daß Dietrich die Beine über das Kojenbrett schwang und an Deck stieg. »Irgend etwas stimmt hier nicht!« Besorgt sah er zu, wie Dietrich Jacke und Hose anzog. »Steck besser deine Pistole ein. Ich glaube, es ist eine Meuterei!«

Dietrich schüttelte den Kopf. Aber als er aus der Messe eilte, merkte er selbst, daß Ungewöhnliches geschehen sein mußte. Kleine Gruppen standen unschlüssig im Gang herum und beobachteten ihn, als er mit dem grimmig dreinblickenden Ingenieuroffizier an ihnen vorbeiging. In der Zentrale fanden sie Oberleutnant Hessler verwirrt am Fuß der Turmleiter stehen.

»Was in Dreiteufelsnamen geht hier vor?« fragte Dietrich.

Wie zur Antwort ertönte eine metallische Stimme aus dem Turmluk: »Keiner verläßt das Boot, Herr Oberleutnant! Und machen Sie keinen Versuch zu funken!« Dietrich schielte zu dem ovalen Sonnenfleck hinauf. In ihm zeichneten sich Kopf und Schultern eines Oberleutnants der Wehrmacht ab, und Dietrich hörte Füße scharren, als sich oben noch andere Gestalten bewegten.

»Ich komme nach oben!« Dietrich spürte eine maßlose Wut in sich aufsteigen. Dies schien ihm die einzige Chance, ein Ventil für seine Qual zu finden und sich vor dem Wahnsinn zu bewahren.

Der Soldat schüttelte den Kopf. »Wenn Sie so töricht sind, müssen wir Sie erschießen und Ihre Leute ebenfalls. Bis ich anderslautende Befehle erhalte, ist dieses Boot beschlagnahmt!«

Dietrich blieb mit einem Fuß auf der untersten Sprosse stehen. »Wissen Sie, was Sie da tun? Wenn Sie uns am Auslaufen hindern, gefährden Sie die gesamte Gruppe!« Er hörte Hessler neben sich heftig atmen. Laut fügte er hinzu: »Wenn Kapitän Steiger hiervon erfährt, werden Sie das bitter bereuen!«

»Steiger ist festgenommen und ebenfalls unter Arrest!« Bei diesen Worten erstarrte jede Bewegung in der Zentrale, und Dietrich glaubte, nicht richtig verstanden zu haben. Die Stimme fuhr fort: »Unsere Leute haben hier die Kontrolle übernommen und werden bald auch das ganze Reich regieren!«

Hessler flüsterte: »Das kann doch nicht wahr sein! So etwas gibt es doch gar nicht!«

»Wie können Sie es wagen, uns Befehle zu geben?« Dietrichs Stimme bebte vor Wut. »Wir haben für euch alle gekämpft! Wer sind Sie überhaupt?«

»Halten Sie sich im Zaum, Oberleutnant!« Kopf und Schultern verschwanden aus dem Blickfeld der Luke. »Sonst müssen wir ein paar Handgranaten hinunterwerfen, um Ihren Eifer zu dämpfen.«

Dietrich hörte, wie die Stimme des Offiziers leiser wurde, als er an Deck ein paar Befehle rief; dann herrschte Schweigen.

Hessler rieb sich die Augen. »Ich kann es immer noch nicht glauben!« Verständnislos starrte er Dietrich und Lüth an.

Dietrich warf den Kopf zurück und fing an zu lachen. Sein Gelächter schien die Zentrale zu füllen, ja das ganze Boot, und während er sich an der Leiter festhielt, schüttelte sich sein Körper in konvulsivischen Zuckungen. Dazwischen rief er: »Das ist wirklich köstlich! Unser Vaterland kämpft ums Überleben, aber *wir* müssen hier gegeneinander kämpfen!« Sein haltloses Gelächter verstummte genauso plötzlich, wie es ausgebrochen war. Lüth sah, daß sich Dietrichs Gesicht veränderte und jetzt nur noch eiskalte Entschlossenheit ausdrückte.

»Unser Wachtposten muß doch etwas bemerkt haben! Oder ist er an dem verrückten Komplott beteiligt?« Dietrich hob die Hand, als Hessler zum Sprechen ansetzte. »Macht nichts. Auf alle Fälle ist es jetzt zu spät. Los, laßt alle Unteroffiziere in der Messe antreten. Gebt ihnen Maschinenpistolen und Handgranaten. Die Mannschaftsgrade sollen in ihr Quartier gehen.« Leiser fuhr er fort: »Vielleicht sind ein paar Hitzköpfe dabei, die sich an dieser lächerlichen Revolte beteiligen wollen, die müssen kaltgestellt werden.«

Entschlossen ging Hessler an die Arbeit, erleichtert, daß er Befehle erhalten hatte. Immerhin etwas, an das er sich halten konnte.

Lüth sagte leise: »Bevor ich dich rief, Heinz, hat dieser verdammte Heini da oben gesagt, daß Korvettenkapitän Lehmann dahintersteckt.«

Dietrichs Augen verengten sich zu Schlitzen. »Du meinst, er hat seinen Einsatz abgebrochen? Ist hierher zurückgekehrt und hat die anderen im Stich gelassen?« Er fuhr sich mit der Hand über das blasse Gesicht. »Zum Glück ist *unser* Kommandant nicht an der Geschichte beteiligt.«

Lüths ernstes Gesicht verzog sich zu einem kurzen Lächeln. »Könntest du dir das vorstellen?«

Dietrich trat von der Leiter zurück. Halb zu sich selbst sagte er:

»Nein. Aber es hat Zeiten gegeben, da hätte ich ihn umbringen können. Das weißt du.«

»Ich weiß aber auch, daß wir alle ohne ihn längst tot wären.« Lüth beobachtete die Waffenausgabe in der Messe.

Dietrich lächelte bitter. »Nun, jetzt können wir beweisen, daß wir auch für ihn zu sterben bereit sind!«

Putsch für das Vaterland

Max König spähte durch die Hecke und trat dann hinaus auf die gepflasterte Straße. Er hatte den Helm weggeworfen und trug seine blaue Mütze, die ihm weniger auffallend schien. Das Gewehr drückte ihn schwer, und er dachte kurz daran, es ebenfalls wegzuwerfen. Aber die Berührung des glatten Kolbens verlieh ihm einen gewissen Trost, also schritt er entschlossen weiter.

Jetzt mußte man an Bord sein Fehlen allmählich bemerkt haben. Selbst wenn Steiger ohne ihn ausgelaufen war, würden die Stützpunktpatrouillen nach ihm suchen. Nachdenklich zerrte er am Gewehrriemen. Auf keinen Fall sollten sie ihn lebend erwischen.

Er beschleunigte seinen Schritt und ließ den Blick aufmerksam über die einzeln stehenden Häuser streifen; außerdem spitzte er die Ohren, um rechtzeitig Motorengeräusch zu hören.

Er mußte sich irgendwo Zivilsachen und ein paar Lebensmittel beschaffen. Dann konnte er sich nach Norden durchschlagen und sich entweder den vorrückenden Alliierten ergeben oder in dem unvermeidlichen Durcheinander verschwinden. Sein Blick fiel auf das letzte Haus der Straße. Jenseits davon lag offenes Feld und bestimmt noch ein Kontrollpunkt. Er hielt inne und besah sich das Gebäude. Die Fenster waren geschlossen, ließen nicht das geringste Zeichen von Leben erkennen. Vielleicht gehörte das Haus einem Ladenbesitzer aus St.Pierre, der sich bereits davongemacht hatte.

Mit klopfendem Herzen stieß er die schief in den Angeln hängende Gartenpforte auf und ging mit knirschenden Stiefeln zur Haustür. Vorsichtig blickte er auf und entdeckte keinerlei Gesichter hinter den Fenstern; auch waren keine Telefondrähte zu sehen, was ihn sehr beruhigte. Die Kunde von seiner Flucht konnte also noch nicht bis hierher gedrungen sein.

Er umrundete das Haus und rüttelte an der Hintertür. Überraschend ging sie auf, und in der nächsten Sekunde stand er in einer niedrigen kühlen Küche. Alles, was er hörte, waren seine eigenen Atemzüge. Er legte das Gewehr auf den saubergeschrubbten Tisch und fing an, die Küchenschränke zu durchsuchen. Aber er fand nur ein paar Dosen.

Hinter seinem Rücken hörte er plötzlich ein Klicken, und als er herumfuhr, blickte er in die Mündung einer Pistole.

Eine Zeitlang bewegte sich keiner, weder der große breitschultrige Seemann in den verschmutzten Stiefeln, noch die schlanke, dunkelhaarige junge Frau, deren Hand zu zierlich schien für die schwere Pistole.

»Was machen Sie hier? Sind Sie auch ein Meuterer?« Sie änderte ihre Stellung, als sei die Waffe zu schwer für sie. Aber die Mündung wich nicht von seiner Brust. Nur das rasche Atmen unter der straffen Bluse verriet ihre Nervosität.

König überwand seine erste Verblüffung und wunderte sich. Die junge Frau, offensichtlich eine Deutsche, kam ihm irgendwie bekannt vor. Aber ob deutsch oder nicht, er mußte sie überwältigen, wenn nötig sogar umbringen. Er hörte sich fragen: »Meuterer?« Und um Zeit zu gewinnen: »Ich wußte nicht, daß dieses Haus bewohnt ist.«

Vorsichtig ging sie durch die Küche und hielt den Tisch immer zwischen sich und ihm. »Wer ist Ihr Kommandant?«

Die Frage kam für König unerwartet. Er scharrte mit den Füßen, bemerkte aber, daß die junge Frau sofort die Pistole hob. Rasch antwortete er: »Kapitän Steiger.«

Ihre Lippen öffneten sich, und einen Augenblick glaubte er, sie würde zusammenbrechen. Statt dessen aber blitzten ihre Augen zornig auf. »Sie lügen! Sie sind geschickt worden, um mich festzunehmen! Aber ich erschieße Sie, sobald Sie auch nur Hand an mich legen!«

Er seufzte und ließ die Hände sinken. »Ich bin wirklich einer von Kapitän Steigers Leuten.« Er versuchte ein Lächeln. »Aber ich sollte hinzufügen, daß ich heute morgen desertiert bin!«

Sie machte einen Schritt auf ihn zu, den Blick so fest auf sein Gesicht gerichtet, als suche sie darin die Wahrheit. »Heute morgen? Dann wissen Sie also noch nichts?«

König sah, daß die Mündung der Pistole sich ein klein wenig senkte. »Was weiß ich nicht? Ich bin noch vor dem Wecken von Bord gegangen. Sie sind der erste Mensch, den ich seither sehe.«

»Da haben Sie ja Glück gehabt!«

»Glück?« Langsam schob er den rechten Fuß vor. Ein rasches Hinüberlangen, und er konnte sie aus dem Gleichgewicht bringen.

»Im Stützpunkt ist der Teufel los! Einige Offiziere haben gemeutert und Ihren Kommandanten und seine ganze Besatzung festgesetzt!«

König erstarrte, als ein Auto am Haus vorbeifuhr, und versuchte, einen klaren Gedanken zu fassen. Eine Meuterei, so schien es, war seiner Flucht gefolgt. Aber warum? Und wer steckte dahinter?

»Es hat eine Verschwörung gegeben«, fuhr sie fort, »Adolf Hitler ist ermordet worden!«

Verzweifelt blickte sie hinüber zum Fenster, und im selben Augenblick handelte König. Später konnte er sich nicht mehr daran erinnern, daß er über den Tisch gesprungen war, aber seine Finger ergriffen die Pistole, und sein Körpergewicht warf die Frau rückwärts gegen die Wand. Überraschenderweise wehrte sie sich nicht, und als er die Pistole untersuchte, stellte er fest, daß sie noch gesichert war.

Bedrückt sagte sie: »Nehmen Sie sich aus dem Haus, was Sie brauchen. Mir ist das gleichgültig.« Dann sah sie zu ihm auf. »Bitte helfen Sie mir!« flehte sie. »Ich habe sonst niemanden mehr hier.«

König trat einen Schritt zurück. Er mußte sich sofort Zivilkleider und Lebensmittel beschaffen und dann so schnell wie möglich verschwinden. *Hitler ist tot*, dachte er. Aber noch immer konnte er die Nachricht nicht ganz fassen.

»Warum sind Sie so in Sorge?«

Noch bevor er seine dumme Frage bereuen konnte, antwortete sie: »Ich muß Kapitän Steiger helfen! Er wird denken, ich hätte von der Verschwörung gewußt!« Mit einem Mal füllten sich ihre Augen mit Tränen, und sie begann am ganzen Körper zu zittern. Königs Herz wurde schwer, weil ihn das an Giselas tränenüberströmtes Gesicht erinnerte, als die Gestapo sie folterte.

Das Gefühl der Befreiung nach seiner Flucht schien zu schwinden. Verärgert biß er sich auf die Lippen. Er hatte sich doch geschworen, nie wieder seine Freiheit aufs Spiel zu setzen, für nichts und für niemanden! Und doch ... Grimmig sah er auf sie nieder, so daß sie den Blick abwandte.

Mit bebender Stimme sagte sie: »Ich gebe Ihnen alles, was ich besitze. Ich helfe Ihnen auch bei Ihrer Flucht, wenn Sie vorher mir helfen.« Ihre Hände waren zu Fäusten geballt. »Ich gebe Ihnen alles, alles, wenn Sie mir nur helfen!«

Vorsichtig legte er die Pistole auf den Tisch, ergriff die Frau am Arm und führte sie zu dem einzigen Stuhl im Raum. Leise sagte er: »Selbst wenn ich wollte, was könnte ich denn tun?« Er versuchte zu lächeln. »Von einem Deserteur ist nicht viel Hilfe zu erwarten.«

»Sie haben ihn in sein Zimmer im Stützpunkt geschleppt und dort eingesperrt. Zusammen fällt uns vielleicht ein, wie wir ihm helfen können.«

Unsicher sah er sie an. »Woher wissen Sie das alles, wenn Ihnen von der Verschwörung gar nichts bekannt war?«

Sie hob die Schultern. »Mein Mann ist Korvettenkapitän Lehmann. Der Anführer der hiesigen Meuterei!«

König wollte etwas sagen, aber seine Stimme wurde übertönt von Flakfeuer. Das Haus erbebte in seinen Grundfesten, im oberen Stockwerk fiel klirrend eine Fensterscheibe zu Boden. Jetzt hörte König auch das zunehmende Dröhnen von Flugzeugmotoren.

Er lief an die Tür und beschattete seine Augen vor der grellen Sonne. Verblüfft beobachtete er die kleinen Silberflecken, die sich glitzernd vom blaßblauen Himmel abhoben: eine Reihe nach der anderen, aber so hoch und gleichgültig wie Kometen in einem anderen Universum. Die braunen Wölkchen der detonierenden Flakgranaten wirkten kümmerlich dagegen, aber trotzdem zog er die junge Frau zurück in die Küche, als Splitter vom Dach abprallten.

Er hatte so lange versucht, sich ein freies Leben vorzustellen, daß es ihm jetzt, da es ihm endlich winkte, völlig unwirklich schien. Sein eigenes kleines Aufbegehren gegen die Ungerechtigkeit war gar nichts, verglichen mit der schrecklichen Majestät dieser unbesiegbaren Bomber.

»Schnell hinüber auf die andere Straßenseite, dort ist ein Graben!«

Hastig nahm er die Pistole vom Tisch und riß die junge Frau mit sich. Auf einmal schien es ihm unendlich wichtig, daß sie zusammenblieben. Ohne zu protestieren, rannte sie mit ihm hinüber zum Graben; beide duckten sich dort in die sonnenwarme Erde und lauschten dem Inferno der Motoren und Geschütze. König warf einen Seitenblick auf das entschlossene Gesicht der jungen Frau und versuchte, sie sich neben Steigers distanzierter Härte vorzustellen. Was sich auch in St. Pierre ereignet hatte, der Kommandant hatte Glück, so jemanden wie sie gefunden zu haben.

Ihre Augen weiteten sich vor Schreck, als er sie mit einem Ruck an sich riß, aber dann sah sie sein entsetztes Gesicht. Wie ein gewaltiger Taifun, der durch einen Wald fegt, so hörte es sich an, als der erste Bombenteppich fiel.

König schirmte sie mit seinem Körper ab und wartete darauf, daß die bisher so friedliche Landschaft zerrissen würde. Er drückte sein Kinn in ihr Haar und zählte die Sekunden.

Als sich die Erde dann ringsum aufbäumte, dachte er, wie seltsam es war, daß das Ende seiner langen Irrfahrt gleichzeitig auch das Ende für St. Pierre brachte.

Dietrich stand noch immer an der Leiter zum Turm, als Hessler meldete, die Unteroffiziere und die anderen zuverlässigen Männer seien bewaffnet und stünden bereit. Die feuchte Luft in der Zentrale schien geradezu vor nervöser Spannung zu brodeln.

Rasch überdachte er noch einmal den Plan, der ihn durch seine Einfachheit geradezu verblüffte. Er hatte bemerkt, daß das Sondertelefon neben dem Platz des Rudergängers angeschlossen war. Der Kommandant benutzte dieses immer beim Ein- oder Auslaufen, um von der Brücke direkt mit dem Rudergänger unten in der Zentrale zu sprechen. Auf diese Weise wurden kostbare Sekunden gespart, die durch das Wiederholen der Befehle über Sprachrohr entstanden wären und sich unter Umständen verhängnisvoll auswirken konnten. Ein Strudel oder eine unerwartete Strömung vor der Hafeneinfahrt, sogar eine heftige Bö konnten schon genügen, um das langsam fahrende U-Boot vom Kurs abzubringen, so daß es auf dem Wellenbrecher landete oder mit einem anderen Fahrzeug kollidierte.

Hessler schnaufte heftig, seine Augen leuchteten weiß im Halbdunkel der Zentrale.

Dietrich straffte sich. »Dieses Handtelefon«, fragte er leise und eindringlich, »ist doch angeschlossen?«

Hessler nickte.

»Gut. In zwei Minuten werde ich die Brücke rufen und diesen Narren dort oben sagen, sie sollen auf die Pier gehen und die Festmacher durchsetzen oder sonst was.« Ein Lächeln huschte über sein Gesicht. »Wenn die Brücke unbewacht ist, steige ich hinauf und übernehme das Kommando! Einfach, nicht?«

Hessler flüsterte aufgeregt: »Warum sollten sie an Land gehen? Die Leinen brauchen doch gar nicht durchgesetzt zu werden.«

Dietrich blickte hinauf zu dem Oval blauen Himmels. »Das sind Infanteristen dort oben. Ich rechne damit, daß sie annehmen, das Telefon sei mit dem Land verbunden und nicht mit uns hier unten. Bei dieser verrückten Meuterei hatte bestimmt niemand Zeit, diese stumpfsinnigen Soldaten in die Geheimnisse eines U-Boots einzuweisen.« Er nahm das Telefon zur Hand und zeigte auf Lüth und auf Resch, der ängstlich im Hintergrund stand. »Oberleutnant Hessler wird das Kommando über das Boot übernehmen. Du, Franz, gehst an deine Maschinen wie üblich, nur daß du ein wenig knapp an Leuten sein wirst.«

Der Ingenieuroffizier nickte.

»Du, Resch, kommst mit mir. Wir nehmen einen Unteroffizier und zehn Mann, alle mit Maschinenpistolen und Reservemagazin bewaffnet. Ich führe sie an Land, während du«, er sah Hessler an, »mit dem Boot ausläufst. Halte dich gut frei von der Küste für den Fall, daß irgendeiner dieser Idioten die Küstenbatterie übernommen hat, und bleib auf See, bis ich dir entweder ein optisches Signal gebe oder dich über Sprechfunk zurückrufe. Klar?«

Langsam sagte Hessler: »Angenommen, die Männer auf der Brücke fallen auf den Trick nicht rein?«

»Dann gehe ich selbst hinauf und erledige sie mit einer Handgranate!« Er grinste wie ein ungezogener Junge, der sich einen Streich ausgedacht hat.

Hessler nickte. Ihm war klar, daß Dietrich seine Drohung wahrmachen würde, obgleich eine Handgranate in dem engen Raum sowohl die Soldaten als auch den Werfer selbst umbringen mußte.

Dietrich räusperte sich und nahm die Maschinenpistole entgegen, die Obermaat Hartz ihm reichte. »Also, Hartz, wählen Sie sich Ihre Leute aus. Ich schlage vor, daß Sie die Geschützbedienung nehmen, dadurch sparen wir Zeit. Wenn wir an Deck kommen, werfen Sie die Leinen los und erschießen jeden, der versuchen sollte, Sie daran zu hindern!«

Grimmig entschlossen eilte Hartz von dannen.

Zum ersten Mal sprach Resch. »Ich gehe nicht mit, hörst du?« Seine Stimme bebte vor Angst. »Du tust das nur, weil du mich haßt!«

Dietrich hob die Schultern, seine Stimme klang vollkommen gleichmütig. »Du wirst den Befehlen gehorchen, Resch. Wir gehen an Land, um den Kommandanten zu holen. Unser Platz ist jetzt bei ihm, und höhere Politik oder Verschwörungen interessieren uns nicht!« Sein Mund war hart, als er Hartz und dessen Männer durch die Zentrale herankommen sah. »Lehmanns Boot liegt irgendwo dort vorn, aber ich nehme nicht an, daß sie so etwas erwarten.«

Leise fragte Lüth: »Und wenn sie versuchen, uns aufzuhalten?«

»Dann erschießt sie! Deutschland kann gut ohne dieses Pack auskommen! Ich bin überzeugt, daß die Besatzung nur Lehmanns Befehlen gehorcht.« Grimmig lächelnd fügte er hinzu: »Kapitän Steiger würde genauso handeln.«

Hessler nickte mehrmals, seinem Gesicht war abzulesen, daß er derselben Meinung war. »Das würde er bestimmt!«

Resch wimmerte: »Ich nicht! Bitte laßt mich hier zurück!«

Dietrich wog das Telefon in der Hand und wandte dem bleichen Oberleutnant den Rücken zu. Mehr zu sich selbst sagte er: »Wenn ich mir vorstelle, daß mein Bruder und bessere Leute als du erschossen wurden . . .« Heftig drehte er die Kurbel und lauschte.

Von oben hörte er eine skeptische Stimme fragen: »Wer ist dort? Hier spricht Feldwebel Knopf!«

»Offizier der Wache.« Erleichtert hörte er, wie der Soldat die Hakken zusammenschlug. »Verlassen Sie den U-Boot-Turm und gehen Sie in die Hütte auf der Pier! Schnell! Ich komme sofort zu Ihnen! Ich glaube, dort hat sich jemand versteckt!«

Schweigen, dann antwortete die Stimme kläglich: »Mein Befehl lautet aber, *hier* zu bleiben, Herr Hauptmann!«

Dietrich warf den anderen einen kurzen Blick zu. Alle beobachteten ihn fasziniert. »Wie können Sie es wagen, meine Befehle in Zweifel zu ziehen! Tun Sie sofort, was ich Ihnen sage!« Er versuchte noch einen Trick: »Wir können das Boot von hier aus bestreichen!« Dann knallte er den Hörer auf und hielt den Atem an.

Zunächst geschah nichts, dann aber hörten sie Stiefel auf der Leiter, die hinunterstiegen an Deck. Erst ein Soldat, dann ein zweiter. Die Brücke war leer.

Ohne sich umzusehen, ob sein Trupp ihm auch folgte, stürmte Dietrich die Leiter hinauf zum Luk. Er achtete nicht auf den Schmerz in seinem Schienbein, als er sich am Süll stieß; die Maschinenpistole hielt er bereits in beiden Händen. Die anderen polterten hinter ihm her: Resch, das Gesicht so weiß wie Schnee, Obermaat Hartz, den Kopf eingezogen, als erwarte er einen Feuerstoß, der Boxer Jung, Richards und die restliche Geschützbedienung, bis die Brücke von Männern wimmelte.

Auf der Pier ertönte ein Ruf. Dietrich sprang über die Leiter hinunter an Deck, ohne sich dessen bewußt zu sein. Ein Feldwebel rannte gewehrschwenkend auf das Boot zu, der Helm schaukelte auf seinem Kopf wie ein Kohleneimer. Dietrich konnte sich nicht mehr zurückhalten und schickte einen langen Feuerstoß auf die Pier, so daß die Einschläge wie eine Naht quer über die Brust des Mannes liefen. Die Wucht des Aufpralls warf ihn zu Boden, sein Helm rollte klappernd davon. Der zweite Soldat rannte weg, so schnell er konnte, und als Dietrich hinter ihm herschoß, sprang er von der Pier ins Wasser.

Dietrich hörte das Boot hinter sich zum Leben erwachen. Hustend sprangen die Dieselmotoren an, und die losgeworfenen Stahltrossen schlängelten sich gefährlich zu seinen Füßen. Matrosen hetzten über das schmale Deck, setzten das Heck ab und zerrten mit aller Kraft die Fender an den Satteltanks entlang nach vorn, als das Boot anfing, in die Spring einzudampfen.

»Obermaat Hartz, laufen Sie mit Ihren Leuten zum Hotel, so schnell Sie können!« Dietrich blinzelte hinauf zum Himmel und rief Hessler über den sich rasch verbreiternden Streifen zu: »Fliegeralarm! Diesmal gilt der Angriff dem Stützpunkt!«

Er wußte nicht, ob Hessler ihn verstanden hatte. Aber im selben Augenblick begann die Flak zu schießen. Mit der Pistole winkte er Resch, der dem auslaufenden U-Boot nachstarrte. »Komm schon, Menschenskind! Wir müssen hier verschwinden, bevor sie uns umnieten!«

Zusammen rannten sie hinter Hartz' Leuten her, während das Dröhnen der Bomber die Luft füllte.

Ohne von deutschen Jägern angegriffen zu werden, zog die erste Bomberwelle in guter Ordnung über das Vorland hinweg. Ihren unbeirrbaren Kurs markierten leuchtend weiße Kondensstreifen wie das Kielwasser von Schiffen auf blauem Meer. Einmal glänzten sie im Sonnenlicht kurz auf, als das Geschwader eine Wendung nach Südosten machte. Und dann, auf ein unhörbares Signal hin, fielen die Bomben.

Der erste Wurf pflügte den Marktplatz der Stadt um, detonierte auf dem Kopfsteinpflaster und mähte die verlassenen Häuser nieder. Die große graue Kirche, das imponierendste Gebäude der Stadt, flog unter der Druckwelle auseinander und stand im nächsten Augenblick in Flammen. Ein Fehlzünder bohrte sich tief in den schattigen Friedhof.

Zwei Lkw rasten mit heulenden Sirenen durch die Stadt, vollgepackt mit Soldaten, als die Straße himmelwärts stieg und in einem ungeheuren Krater die beiden Laster mitsamt den schreienden Männern verschlang. Sie brannten lichterloh, bevor sich die Erde über ihnen wieder schloß. Ein Bombenwurf nach dem anderen stürzte heulend in die dichtstehenden Häuserreihen, jeder verheerender als der vorige, und jeder näherte sich mehr dem Hafen selbst.

Rudolf Steiger bekam einen Hustenanfall von dem Staub, der mit der ersten Detonation in sein Zimmer drang. Immer wieder hämmerte er gegen die Tür, lauschte aber vergebens auf ein Lebenszeichen außerhalb seines Zimmers. Ihm war, als sei er der einzige Überlebende, eine gefangene Kreatur, hilflos den Bomben ausgesetzt, die die ganze Stadt eindeckten.

Erst seit die Wache verschwunden war, hatte er dem Schock nachgegeben. In seinem Kopf drängten sich die Gedanken. Bildete Lehmann sich wirklich ein, der Krieg würde pausieren und auf ihn warten? Wie sicher die Verschwörer ihrer Sache auch sein mochten, sie konnten sich doch niemals der Woge der Vernichtung entgegenstemmen, die gerade jetzt über die Stadt rollte. Steigers Bewacher hatten lauthals mit dem ungeheuren Umfang ihres Putsches geprahlt. Wenn auch nur die Hälfte davon stimmte, dann waren jetzt in Paris Gestapo, Polizei und die weniger zuverlässigen Wehrmachtsoffiziere unter Arrest, und die Streitkräfte wandten sich bereits ihren neuen Herren zu. Deutschland schien ihm in den Händen von Männern zu sein, die von Gefühlen, ja von Feigheit motiviert wurden. Von Idealisten wie Lehmann.

Das Hotel wurde bis in die Grundfesten erschüttert, und er mußte nach Atem ringen, als die Luft aus dem Raum gesaugt wurde. Durchs vergitterte Fenster sah er dichte Rauchwolken über den Hügel rollen und das Sonnenlicht auslöschen, bis das Gras grau und tot aussah.

Wieder hämmerte er so gegen die Tür, daß seine Knöchel bluteten. Er dachte an das U-Boot, das hilflos an der Pier lag, ein Ziel für die Bomben, ein stählerner Sarg, wie Hessler so oft prophezeit hatte. Und draußen auf See würde der Rest der Gruppe darauf warten, daß er sie in den Kampf führte. Aber vielleicht waren auch sie schon versenkt und schwammen jetzt um ihr Leben im Atlantik.

Mit einem Mal wurde er ruhig, setzte sich auf die Bettkante und legte die Hände in den Schoß. Das Ende war unvermeidlich. Er dachte an die offene See, an die Ordnung und Disziplin, die dort herrschten, auch wenn alles andere zusammenbrach. Daß er hier sterben mußte wie ein Tier in der Falle . . . Das Krachen herunterfallenden Mauerwerks erschütterte das Gebäude, ein Teil der Decke stürzte vor seine Füße. Jetzt konnte es nicht mehr lange dauern.

Er schloß die Augen und dachte an Trudi. Vielleicht war sie schon tot oder hauchte gerade ihr Leben aus unter den Trümmern des kleinen Hauses, während die Welt um sie herum verrückt spielte. Lehmann hatte gesagt, sie wisse nichts von der Meuterei. Seltsam, daß dieser Mann sich nicht das Vergnügen gönnte, ihn noch weiter zu peinigen. Vielleicht war er tief im Innern noch immer derselbe anständige Mann, den Steiger einst gekannt und bewundert hatte.

Das Rattern einer Maschinenpistole draußen im Gang ließ ihn

hochschnellen. Er stand ganz still, als die Tür sich langsam öffnete und sein Blick in die Mündung einer Waffe fiel, die durch den Spalt hereinlugte wie der Kopf einer bösartigen Schlange.

Gleich darauf sah er Dietrichs rauchgeschwärztes Gesicht und dann die Füße des toten Offiziers auf dem Korridor. Hinter Dietrich standen Hartz und Jung, beobachteten ihn und prüften seine Reaktion. Er biß sich auf die Unterlippe, bis der Schmerz seine Emotionen verdrängte, dann trat er hinaus in den rauchgefüllten Flur. Er ließ sich von Dietrich führen und bemerkte nur die großen Risse und Sprünge in Decken und Wänden sowie die Glasscherben auf dem Boden. Gestalten kamen ihnen entgegen, weitere bekannte Gesichter, aber alle sahen anders aus als sonst: gehetzt wie freigelassene Wildtiere.

Dietrich warf sich hin und zog Steiger zu sich herunter, als sich die Luft erneut mit dem Pfeifen fallender Bomben füllte. Während sie am Boden kauerten und sich den Staub aus den Augen blinzelten, erzählte Dietrich kurz, was sich an Bord abgespielt hatte. Ungläubig, aber dankbar hörte Steiger zu. Das Boot war also entkommen, und dennoch war Dietrich zurückgekehrt, um ihn zu holen.

Als die anderen aufstanden, fingen auch sie an zu rennen, und Dietrich rief: »Laufen Sie um das Haus herum auf die andere Seite, Hartz! Decken Sie den Haupteingang!«

Sanitäter hasteten durch den Qualm, ihre roten Kreuze auf den weißen Armbinden leuchteten sauber durch Chaos und Verwüstung, während sie nach Überlebenden suchten. Hinter einem Schutzwall aus Sandsäcken blickte ein bewaffneter Posten hervor und salutierte stramm, als Steiger und seine Gruppe vorbeieilten. Dietrich senkte seine Maschinenpistole und grinste. »Die Herrschaft wechselt wieder einmal, scheint mir!«

Überrascht sah Steiger ihn an. Dietrichs Stimme klang, als bedaure er es geradezu, daß der Posten keinen Widerstand geleistet hatte. Bestimmt hätte er ihn im selben Augenblick erschossen.

Diese Gedanken gingen Steiger durch den Kopf, als er die Tür zum Besprechungszimmer aufstieß. Bredt saß noch immer an seinem Schreibtisch, und im ersten Augenblick hielt Steiger ihn für tot oder bewußtlos. Ein Telefon schnarrte ungeduldig, und an einem anderen blinkte ständig ein rotes Licht. Die Offiziere des Stabes standen unentschlossen herum, den Blick auf die Eintretenden gerichtet. Steiger bemerkte an der Wand ein großes helles Rechteck, wo vorher Bredts kostbare Karte gehangen hatte. Der Luftdruck einer detonierenden Bombe mußte sie zerfetzt haben.

Von Lehmann war nichts zu sehen. Als Steiger näher trat, blickte Bredt auf, das Licht der Sturmlaternen fiel auf sein tränenüberströmtes Gesicht. Mit seltsam kindlicher Stimme sagte er: »Es war nicht mein Fehler! Ich *mußte* tun, was sie befahlen!« Er blinzelte und rieb sich die Augen. »Sie verstehen das doch, nicht wahr?« Sein Ton war bittend, und er schien sich der anderen gar nicht bewußt zu sein. »Ich tat, was ich für das Beste hielt. Aber jetzt ist es zu spät.«

Steiger zügelte seinen Zorn. »Was hat sich hier abgespielt?« Und als Bredt ihn nur wortlos anstarrte, beugte er sich über den Schreibtisch und schlug ihm mit aller Kraft ins Gesicht. »*Antworten* Sie, und hören Sie auf, sich selbst zu bemitleiden!«

Überrascht betastete Bredt die roten Fingerabdrücke auf seiner Wange. »Lehmann hat versichert, alles liefe wie geplant.« Noch immer wirkte er völlig verwirrt. »Dann sind verschiedene Funksprüche gekommen.« Er wies auf das Telefon, das sein Schnarren jetzt eingestellt hatte. »Ich konnte sie nicht entschlüsseln, weil Lehmann sagte, sie wären nur Bluff.« Kopfschüttelnd wiederholte er: »Jetzt ist es zu spät!«

Steiger packte den Rand des Schreibtischs. »Was sind das für Funksprüche?«

»Befehl vom Oberkommando, den Stützpunkt zu räumen. Die Boote sollen auslaufen und versuchen, die deutschen Häfen zu erreichen oder sich selbst versenken, wenn ihnen der Treibstoff ausgeht.« Mit leerem Blick sah er sich in dem verwüsteten Raum um. »Die Leute, die im Stützpunkt zurückbleiben, sollen alle Einrichtungen zerstören und sich zur Hauptmacht des Heeres durchschlagen.«

Steiger holte tief Atem. »Also ist die Front zusammengebrochen?«

Bredt schien seine Frage nicht zu hören. »Major Reimann ist mit seiner Kompanie auf der Hauptstraße. Vor kurzem kam die Meldung, daß amerikanische Fallschirmjäger abgesprungen sind und sich mit den französischen Terroristen vereinigt haben.« Erregt hob er die Stimme. »Lehmann hat ganz anderes gesagt! Ich habe diese Funksprüche nicht beachtet, weil ich *ihm* glaubte! Jetzt haben die Terroristen die Brücke gesprengt und die Nebenstraßen vermint! Wir sitzen hier in der Falle!«

Steiger straffte sich. Der Stützpunkt war also abgeschnitten und wohl vom Oberkommando bereits vergessen. »Und was ist aus dem großen Putsch geworden?« fragte er.

Bredt hob die Schultern in einer hoffnungslosen Geste. »Hitler lebt, die Verschwörung ist fehlgeschlagen.« Er starrte das Telefon an. »Lehmann hat *gelogen*!«

Steiger wandte sich an die anderen Offiziere. »Und wo ist er jetzt?«

Ein älterer Fregattenkapitän antwortete ihm. »Tot. Er hat sich erschossen.«

Dietrich setzte sich auf den Schreibtisch und wischte sich den Staub aus den Augen. »Gott schütze Deutschland vor den Deutschen!«

Scharf sagte Steiger: »Wir müssen Major Reimann finden, uns wieder organisieren und versuchen, mit der Gruppe Meteor Kontakt aufzunehmen!«

Bredt murmelte: »Reimann will sich in der nächsten halben Stunde ergeben.«

»Niemand wird sich ergeben!« Steiger gab Dietrich ein Zeichen. »Kommen Sie, wir wollen ins Hinterland zu Reimanns Kommandostand. Und Sie,« mit einem Blick umfaßte er die schweigenden Offiziere, »bleiben hier, bis ich zurückkehre. Liegt Lehmanns Boot noch an der Pier?« Vielleicht konnten sie damit auslaufen.

Dietrich richtete sich auf. »Nein. Schon die ersten Bomben haben es versenkt.«

Also waren jetzt nur noch vier Boote übrig. Und im Augenblick waren sie ohne Führung.

Bevor sie hinausgingen, rief er: »Später werden Sie mir eine Menge Fragen zu beantworten haben! Im Augenblick gibt es Wichtigeres zu tun!«

Dietrich warf einen letzten Blick in den schlimm zugerichteten Raum. »Dann wird es möglicherweise zu spät sein.«

Als sie die Stadt verlassen hatten, war es, als kämen sie aus einem Nebelgebiet heraus. Bei der ersten Rast im schützenden Wald fand Steiger endlich Muße, sich über die umfangreiche Zerstörung klarzuwerden. Er saß in Schweigen versunken da, während seine Männer sich dankbar in das warme Gras fallen ließen. Die Bäume über ihren Köpfen spendeten Schatten, aber am blauen Himmel darüber hingen noch die leuchtenden Kondensstreifen, bewegungslos und drohend.

Steiger fühlte, wie ihm der Schweiß über den Rücken lief, und sah hinunter auf die erschöpften Matrosen. Sie waren zu lange auf U-Booten gefahren, um für so einen Marsch über Land gerüstet zu sein. Schon nach einer einzigen längeren Feindfahrt war ihnen ein Gewaltmarsch über unbekanntes Gelände so gut wie unmöglich. Hohläugig und schwer atmend lagen sie im Gras, und das gelegentliche Rattern von Maschinengewehrfeuer vor ihnen ließ sie offenbar gleichgültig. Das ferne Dröhnen der Artillerie war ohnehin zu einem Teil ihres Lebens geworden.

Dietrich lehnte an einem Baum und tippte mit dem Pistolenlauf gegen seinen Stiefel. Er schien so ungeduldig auf das zu warten, was vor ihnen lag, als treibe ihn ein innerer Zwang. Resch saß mit fleckigem, schweißüberströmtem Gesicht auf einem Baumstumpf, weder entspannt noch wachsam. Mit offenem Mund starrte er vor sich hin und schnappte nach Luft wie ein Fisch. Obermaat Hartz stand ein wenig abseits und stopfte sich in aller Ruhe seine kleine Pfeife.

Steiger dachte auch an den Matrosen König, der desertiert war. Ohne sein Verschwinden wäre vielleicht manches anders gelaufen. Bei Lehmanns vorzeitiger Rückkehr hätte er Alarm geschlagen, und dann wären die Offiziere des Stützpunkts nicht so willfährig Lehmanns Anordnungen gefolgt. Soviel war im Zeitraum weniger Stunden geschehen: Hitler tot, Hitler wieder lebendig ... Gerüchte, die wahrscheinlich nicht einmal alle Stellen erreicht hatten. Steiger fiel erst jetzt auf, wie seltsam unberührt ihn die Meldung vom Tod des Führers gelassen hatte. Niemand war unersetzlich. Müde fuhr er sich mit der Hand über das unrasierte Kinn. Es gab jetzt vieles zu bedenken und zu planen.

Der Hafen war so gut wie unbenutzbar; Lehmanns Boot lag auf Grund, zusammen mit den halbversunkenen Steinen der zerbombten Pier. Kräne lagen umgekippt neben den verlassenen Bunkern, und einer der großen Flaktürme war mitsamt seiner Geschützbedienung ins Wasser gestürzt.

Für Hessler mit seinem Boot wäre ein Einlaufen bei Nacht fast unmöglich und bei Tageslicht sehr gefährlich. Aufgetaucht in dem trümmerübersäten Hafenbecken war er ein leichtes Ziel bei jedem Fliegerangriff. Steiger sah auf seine Uhr. Bis zum Einbruch der Dunkelheit war noch eine Menge zu tun, und selbst dann konnte es zu spät sein, wie Dietrich gesagt hatte.

Angenommen, Hessler entschied sich dafür, nicht zurückzukehren? Niemand konnte ihn tadeln, wenn er die offene See suchte. Doch dann erinnerte er sich, wie Dietrich die Tür seines Gefängnisses geöffnet hatte, und schämte sich. Hessler *würde* zurückkehren, mit oder ohne Rückrufsignal. Was er hier vorfand, war dann eine andere Sache.

»Klar zum Weitermarsch!« Er gab Hartz ein Zeichen, der sofort seine Pfeife ausklopfte und hinüberging zu seinen Männern.

Matrose Müller stand auf und warf einen Blick zurück zur Stadt. »Ich wette, die brauchen jetzt ein paar Särge, stimmt's? Ich hätte in meinem Gewerbe bleiben sollen.«

Jung erhob sich taumelnd und rieb sich die rheumatische Hüfte. »Es ist in jedem Krieg dasselbe, mein Lieber. Nur die Unternehmer sind am Ende die Gewinner.«

Teils scherzend, teils nörgelnd, nahmen sie ihre Waffen auf und warteten gehorsam auf den Abmarschbefehl.

Eine verirrte Kugel pfiff über ihre Köpfe und riß ein paar Blätter ab. Dietrich schien wieder zum Leben zu erwachen. »Lassen Sie die Männer ausschwärmen, Hartz! Bestimmt sind hier allerhand Hekkenschützen!«

Steiger fragte sich zum ersten Mal, wohin er seine Männer eigentlich führte. Vielleicht war es falsch, Major Reimann zu unterstützen. Was machte es schließlich aus, wenn ein paar deutsche Truppen sich ergaben oder ein paar nutzlos gewordene Einrichtungen in Feindeshand fielen? Seine Lippen wurden schmal, als er sich an die verstümmelte Leiche des französischen Mädchens erinnerte. Nein, es war richtig. Er warf einen Seitenblick auf Dietrich und fragte sich, ob dieser wohl auch gerade daran dachte.

Auge um Auge . . .

Sie standen in einem Raum, der früher das Schlafzimmer einer schönen Villa oberhalb des Hafens gewesen war. Jetzt glitzerte in seinen leeren Fensterhöhlen die ferne See, während die angekohlten Dachsparren immer noch qualmten. Die altmodische Tapete hing in Fetzen herunter, und das breite Messingbett schwebte in einem gefährlichen Winkel halb in der Luft. Es war heiß in der Ruine, die Sonne brannte durch das aller Ziegel beraubte Dach.

König hockte auf dem zerbrochenen Fensterbrett und blickte hinüber zum Hafen, erkannte aber nichts außer dem zerbombten U-Boot und der offenen See dahinter. St. Pierre war eine tote Stadt, die nur noch auf die Eroberer zu warten schien.

Hinter ihm lehnte die junge Frau erschöpft an der Wand, die Augen in der grellen Sonne geschlossen, vielleicht auch vor Erschöpfung nach ihrem schnellen Lauf durch die zerbombten Straßen. Ihr schlichtes graues Kleid war an verschiedenen Stellen zerrissen, eine Schulter war völlig frei und von Blut gesprenkelt. In der einen Hand hielt sie einen kleinen Koffer.

Nach einer Weile sagte König langsam: »Das Boot ist weg. Der Kommandant muß wohl andere Pläne gehabt haben. Kein Wunder, nach all diesen Vorkommnissen.« Eine Staubwolke wirbelte auf, als unten auf der Straße ein Lkw voller Matrosen um die Ecke bog und in Richtung Hauptstraße verschwand. »Das Stützpunktpersonal scheint ebenfalls abzuhauen.«

Verzweifelt sah er die junge Frau an. Ohne sie hätte auch er die Stadt längst hinter sich gelassen. Mit seinem hochtrabenden Ehrbegriff war er jetzt schlimmer dran als vorher. Selbst Kapitän Steiger hatte es geschafft, den Hafen zu verlassen. Der lächerliche Putsch war wohl im Sande verlaufen, aber für die Alliierten waren sie allesamt noch dieselben Feinde. Der erbarmungslose Luftangriff hatte ihn verwirrt. Trotz aller deutschen Siegessicherheit war St. Pierre ausradiert worden – mit einer Leichtigkeit, wie ein Elefant einen Käfer zertritt. Um die kleine U-Boot-Basis zu zerstören, hatten sie eine ganze Stadt ausgelöscht. Haßten sie die Deutschen so sehr, daß eigene Verluste und die ihrer Verbündeten sie nicht kümmerten?

Schließlich sagte er: »Wir sollten hinuntergehen und versuchen, für Sie einen Platz auf einem Lastwagen zu finden.« Ihm war klar, daß sie die Hoffnungslosigkeit aus seinen Worten heraushören mußte. Denn keiner der Wagen würde für sie anhalten. Dies war keine planmäßige Evakuierung, sondern eine panische Flucht.

Sie schüttelte den Kopf. »Ich will nicht mehr weglaufen. Ich möchte nur Kapitän Steiger sagen, daß ich ihn nicht belogen habe. Er muß mich für eine Verräterin halten.«

»Ich glaube, da irren Sie.« König stellte sein Gewehr auf den Boden und rieb mit den Händen das warme Metall. Plötzlich wurde ihm vieles klar. Da sie von den Putschplänen ihres Mannes gewußt haben mußte, hatte sie sich in gewissem Sinne mitschuldig gemacht. Aber trotz dieses schrecklichen Wissens hatte sie fest daran geglaubt, daß Rudolf Steiger draußen auf dem Atlantik verschont werden würde. König wußte, daß sie versucht hatte, Trost bei ihm zu finden. Aber selbst sie mußte doch begreifen, daß Steigers Stolz und unbeugsames Pflichtbewußtsein stärker waren als alle Gefühlsbande, stärker sogar als Liebe.

König sah einer einzelnen Möwe zu, die über der Villa kreiste. Steiger glaubte viel zu fanatisch an seine Überzeugung. Aber Deutschland würde leiden müssen, und dann würde Steiger die ganze Kraft brauchen, die diese seltsame, verzweifelte Frau besaß. Denn seine eigene Kraft würde den Zusammenbruch seiner Ideale nicht überstehen.

Als könne sie seine Gedanken lesen, sagte sie: »Ich werde hier warten. Irgend etwas wird geschehen. Ich warte!«

König öffnete den Mund, um zu antworten, merkte aber, daß sie mit sich selbst sprach. Er hob die Schulter und wandte sich ab. Im Grunde hatte sie recht. Was für einen Zweck hatte das Weglaufen? Jahrelang hatte er Männer wie Fischer gehaßt und gefürchtet; Männer, deren Grausamkeit Deutschland gespalten hatte. Jetzt wurde ihm klar, daß andere, die genau solche Idealisten waren wie Steiger, genauso getäuscht worden waren wie er selbst.

Aus dem Augenwinkel bemerkte er eine Bewegung zwischen den Ruinen. Es war eine Gruppe von Männern, die sich, offenbar erwartungsvoll, auf der Straße zwischen den Trümmern aufstellten. Im Sonnenschein leuchteten ihre Waffen und die bunten Armbinden.

Königs Mund wurde trocken, als ein deutscher Soldat in zerfetzter Uniform und ohne Mütze um die Ecke gerannt kam und von den Wartenden angehalten wurde. König griff nach der jungen Frau, drückte sie fest an sich und preßte ihr die Hände auf die Ohren, damit sie nichts hörte von dem grauenhaften Drama dort unten.

Benommen beobachtete König durch das zerbrochene Fenster das entsetzlichste Schauspiel, das er je erlebt hatte. Die Franzosen hatten den Soldaten gepackt. Die Sonne glitzerte auf ihren Messern, als sie immer wieder auf den zuckenden Körper einstachen.

Bald war alles vorüber. Die Männer gingen weiter und ließen den Ermordeten im Staub liegen. Kollaborateure, Prostituierte und die letzten der flüchtenden Deutschen würden diesen Terror zu spüren bekommen. Was würden sie wohl mit einer deutschen Frau tun, bevor sie sie endlich sterben ließen?

Nachdenklich sah er sein Gewehr an. Wie sie so richtig gesagt hatte: Weglaufen war sinnlos.

Die Sonne stand schon hoch über der See im Westen, während die Stadt immer noch unter dichten Qualmwolken lag. In der Sommerluft hört man sporadisches Maschinengewehrfeuer und das gelegentliche Krachen einer Handgranate, aber unten am Hafen klatschte das Wasser friedlich gegen die warmen Steine. Steiger lehnte an einer halb eingestürzten Mauer und starrte hinüber zur düsteren Ruine des Hauptquartiers. Es war ausgebrannt, außer ein paar Räumen im Erdgeschoß standen nur noch geschwärzte Mauern. Seltsam, daß in seinen Kellern noch immer Männer an ihren Funkgeräten saßen. Sie waren ihm vorgekommen wie Wesen aus einer anderen Welt.

Zwei der drei Offiziere des Stabes hatten sich noch einmal an den Getränkevorräten gütlich getan und saßen jetzt zusammen mit ein paar französischen Beamten, einschließlich des Bürgermeisters, im Keller. Noch immer waren sie außerstande, die Endgültigkeit ihrer Niederlage zu erfassen.

Obermaat Hartz kam staubbedeckt aus den Trümmern. »Die Posten sind aufgezogen, Herr Kapitän. Den übrigen habe ich gesagt, sie sollen versuchen zu schlafen.«

Steiger nickte. »Haben sie zu essen bekommen?«

»War nicht mehr viel Proviant übrig, Herr Kapitän. Alles geplündert.« Er zwang sich zu einem Grinsen. »Nur noch massenhaft Getränke sind da!«

Steiger schloß die Augen. »Gut, Hartz. Veruschen Sie auch ein wenig zu schlafen.« Als er wieder die Augen öffnete, war der Unteroffizier verschwunden.

Er horchte auf das an- und abschwellende Gewehrfeuer und dachte an Trudi Lehmann. Vielleicht fuhr sie schon in einem von Major Reimanns Lastwagen der Sicherheit entgegen. Sicherheit? Wer konnte die jetzt noch garantieren?

Steiger hatte Reimann in seinem Unterstand weit vor der Stadt gefunden, nach einem mühsamen Marsch zwischen desorganisierten Truppen, rollenden Transportern und zerstörten Fahrzeugen. Der Major hatte auf einer Munitionskiste gesessen und Bohnen aus einer Dose gelöffelt. Selbst jetzt noch wunderte sich Steiger über die Veränderung, die mit dem beleibten Major vor sich gegangen war. Er war nicht mehr der empfindliche und ewig beleidigte Veteran auf einem Druckposten im Hinterland.

»Ich habe meine Männer gut vorbereitet, Herr Kapitän!« Reimanns heisere Stimme dröhnte in dem kleinen Bunker. »Diese Soldaten, die Sie glaubten, lächerlich machen zu müssen! Aber jetzt sieht das alles anders aus, wie? Meine ›dümmlichen, feigen‹ Soldaten bereiten sich auf ihren letzten Kampf vor – für Deutschland!« Einen Augenblick umwölkten sich seine Schweinchenaugen. »Alle bis auf zwanzig, die ich verloren habe, weil diese Narren im Stützpunkt meinten, das Reich retten zu müssen.« Grimmig hatte er hinzugefügt: »Zwanzig getäuschte Soldaten! Sie wurden in einer Reihe neben der Straße aufgehängt!«

Hinter Steiger fragte Dietrich scharf: »Von Partisanen?«

Nun lachte Reimann, verzweifelt und bitter. »Nein, mein junger Freund! Von Sturmbannführer Fischers SS! Während die Wehrmacht sich zurückzieht und ich Befehl habe, diese Straße hier bis zum letzten Mann zu verteidigen, haben Fischers Schlächter zwanzig davon hingerichtet! Sie fanden sogar noch Zeit, ihnen Schilder um den Hals zu hängen: ›Ich bin ein Verräter!‹« Reimanns Äuglein funkelten böse in einem schmalen Streifen Sonnenlicht, der durch eine Schießscharte hereinfiel.

»Wo ist Sturmbannführer Fischer jetzt?«

Der Major griff nach seinem Helm. »Tot, nehme ich an. Mein Feldwebel hat versäumt, ihm mitzuteilen, daß die Straße, auf der er flüchten wollte, stark vermint ist.« Er lachte wieder. »Fischer lief nämlich auch weg, der große Held!« Lange blickte er dann in Steigers ernstes Gesicht. »Hier sind wir also. Sie, die Elite der deutschen Marine, verlassen sich auf mich und meine Männer, den Abschaum einer längst vergessenen Armee.« Er schob sich an den beiden Marineoffizieren vorbei ins Sonnenlicht. »Als wir uns das erste Mal trafen, sagten Sie mir, meine Küstenbatterien seien sinnlos. Sie behaupteten, der Feind würde über diese Straße hier kommen. Nun, Sie haben beinahe recht behalten, nur daß die Feinde jetzt überall sind und von allen Seiten auf uns losgehen: Fallschirmjäger, Partisanen und Heckenschützen. Aber eins schwöre ich Ihnen: Wenn ich falle, nehme ich eine ganze Menge von ihnen mit!«

Steiger hatte ihm nachgeblickt, als er davonging: eine feiste Gestalt in Stahlhelm und verschmutzter Uniform, die Karikatur eines bewaffneten Deutschen, aber ein *Soldat.*

Er fuhr sich mit der Hand über die Augen und lauschte dem plötzlichen Knattern von Gewehrfeuer ganz in der Nähe. Vielleicht vergoß Reimann in diesem Augenblick sein Blut auf der verdammten Straße. Sie hatten seinen Leuten geholfen, sie notdürftig imstandzusetzen, damit die Flüchtenden darauf abrücken konnten. Von Übergabe war keine Rede mehr.

Dietrich lag auf dem Bauch und hielt einen Grashalm zwischen den Zähnen. Er schmeckte nach Salz, und Dietrich wußte, wenn er den Kopf nur ein wenig drehte, konnte er die leere Wasserfläche des Golfs von Biskaya sehen.

Seltsam, wenn man es sich recht überlegte: Da lagen sie mit dem Rücken zum Meer wie die Helden der alten Griechen, nur mit dem Unterschied, daß diese auf ihrem eigenen Boden gekämpft hatten. Er sah zwei Staren zu, die verstört um eine schwelende Ruine flatterten. Nun, ihnen ging es nicht allein so.

Obermaat Hartz glitt an seine Seite und starrte mit ihm auf die verlassene Stadt. Leise sagte er: »Oberleutnant Resch ist nicht mehr da.«

Er sagte es mit dieser seltsamen Ruhe, die sich hier an Land jetzt alle angeeignet zu haben schienen.

Dietrich fragte: »Haben Sie es dem Kommandanten gemeldet?«

»Ja, Herr Oberleutnant. Er sagt, Sie sollen hierbleiben und unsere Flanke decken.«

Flanken decken! Wir benehmen uns schon wie Infanteristen, dachte Dietrich. Laut sagte er: »Wohin Resch wohl will?«

»Vielleicht will er sich zum Divisionsstab durchschlagen, Herr Oberleutnant.« Hartz' Worte klangen ziemlich desinteressiert.

Er konnte nicht schnell genug laufen, um mit uns Schritt zu halten, dachte Dietrich böse. »Wie ist die Stimmung unter den Leuten?«

»In Ordnung, Herr Oberleutnant.«

»Die sind wohl sauer auf mich, weil ich sie mit an Land genommen habe?«

»Wenn Sie nicht so rasch gehandelt hätten«, der Unteroffizier zeigte mit dem Daumen auf das zerbombte U-Boot im Wasser, »wäre es uns genauso ergangen.«

Dietrich hob die Schultern. Das U-Boot hatte sich zwischen den Trümmern der Pier aufgerichtet wie ein zerfallendes Denkmal für Lehmann und seine Ideale. »Ich hasse diese Stadt.« Er sprach leise, aber seine Finger krallten sich in den sandigen Boden, der sich so warm und friedlich anfühlte. »Ich kann nicht gegen Feinde kämpfen, die man nicht zu sehen kriegt!«

Hartz richtete sich ein wenig auf, ließ sich aber sofort wieder fallen, als eine Kugel über ihre Köpfe pfiff und laut klatschend ins Mauerwerk schlug.

Dietrich sah auf. »Sie kommen!« Er lachte kurz. Aber wer kam und wie viele? Eine Armee vielleicht? Oder das ganze, im Haß vereinigte Frankreich, das beschlossen hatte, sie ins Meer zu jagen und sich vom Feind zu reinigen?

Arme Odile. Er war nicht einmal bei ihrer Beerdigung dabeigewesen. Er dachte an Steiger und an das seltsame Grab auf dem Hügel. Was hatten sie vor ihm zu verbergen versucht?

Ein plötzlicher Feuerstoß aus Handfeuerwaffen beharkte die Ruinen in ihrer Nähe, und ein paar Schüsse der versteckten Matrosen antworteten. »Sagen Sie ihnen, sie sollen Munition sparen!« befahl er dem Oberbootsmann.

Verdammt sollen sie sein, dachte er. Ich wünschte, ich wäre dort unten im Keller bei diesen blöden Kerlen und würde mich besaufen. Eine Kugel traf die Bank vor seinem Gesicht, und er spürte Holzsplitter gegen seine Stirn prallen. Vielleicht versuchten die Männer, die Odile ermordet hatten, jetzt auch ihn umzubringen? Der Gedanke brachte ihn derartig in Rage, daß er zur Pistole griff.

Ein Seemann rief heiser: »Ich sehe Schützen dort oben in der Seitenstraße, Herr Oberleutnant!«

Dietrich blinzelte. Das war Müller. Er hatte einen Feldstecher organisiert, der sich nun als äußerst nützlich erwies.

Keuchend stolperte Resch durch die leeren Außenbezirke der Stadt. Sie wollten sich alle absetzen und ihn zurücklassen, damit er hier umkam. Er verfluchte den Kommandanten mit seinem übertriebenen Pflichtgefühl. Sollten sie doch in St. Pierre verrecken! Stumpfsinnige, arrogante Narren, die sie waren!

Töricht musterte er zwei Soldaten, die am Wegesrand lagen, die toten Augen bereits durch Fliegenschwärme verdeckt. Uns allen wird es so gehen wie diesen hier, dachte er. Panik überwältigte ihn wieder, und er zwang sich zu schnellerem Lauf.

Weiter unten auf der Straße lag eine tote Frau mit einem Kind im Arm; sie war über und über mit Trümmerstaub bedeckt, und neben ihr stand, völlig unberührt, eine Vase mit Blumen.

Eine Gestalt trat aus dem Häuserschatten ins Sonnenlicht, und Resch glaubte, sein Herz würde stillstehen. Es war weder ein Deutscher noch ein Partisan. Als er nach Luft ringend stehen blieb und den Mann anstarrte, der einen ihm unbekannten Tarnanzug und einen fremdartigen Helm trug, wurde ihm klar, daß er einem amerikanischen Soldaten gegenüberstand. Ein paar Sekunden waren beide wie gelähmt.

Die überraschte Miene des Fremden änderte sich langsam, und ein träges Grinsen breitete sich auf seinem unrasierten Geischt aus. Er war groß, und der Kinnriemen seines Fallschirmjägerhelms hing ihm lose auf die Brust. Resch war fasziniert von dem Riemen, der sich im heftigen Atemrhythmus des Mannes auf und ab bewegte.

Alle Angst war vergessen. Für ihn war der Krieg aus! In Gefangenschaft mußte er keine Schikanen mehr erdulden, dort konnte er sich verbergen und in Vergessenheit geraten, bis der Krieg vorbei war und niemand mehr nach Deserteuren fragte.

Er hob die Hände und versuchte zu lächeln, aber der Mann machte einen Schritt rückwärts, seine verschnürten Kniestiefel quietschten dabei. Dann hob er den kleinen Karabiner, der an seiner Seite hing, und richtete ihn auf Reschs Magen. Zu spät wurde diesem klar, was der Amerikaner vorhatte. Er stieß einen verzweifelten Schrei aus.

Er spürte keinen Schmerz, sondern stellte nur fest, daß er auf dem warmen Kopfsteinpflaster lag und daß sich eine wachsende Taubheit in seinem ganzen Körper ausbreitete, bis die Adern in seinem Kopf anschwollen und ihn blendeten.

Er versuchte, den Kopf zu heben und den fremden Soldaten anzusehen. Es war alles ein Irrtum, vielleicht war es noch nicht zu spät! Aber die Anstrengung brachte den Schmerz zurück und mit diesem den langgezogenen Schrei. Zuckend rollte Resch auf die Seite und tastete nach den Beinen des Amerikaners. Mitten in der Bewegung jedoch sanken seine Arme herab, die Finger zeigten auf die noch rauchende Mündung des Karabiners. In den Ritzen des Kopfsteinpflasters bildete sein Blut ein leuchtendes Karomuster, das in der Sonne schimmerte.

Der Fallschirmjäger entspannte sich und blickte hinunter auf den Toten zu seinen Füßen. Er war genauso erschrocken gewesen wie der Deutsche, denn er hatte sich verirrt und suchte seine Kameraden. Ein Sonnenstrahl reflektierte von Reschs Armbanduhr, der Amerikaner bückte sich und nahm sie ihm ab. Seine Bewegung war automatisch und ohne bewußte Absicht.

Oben in der zerstörten Villa hielt König den Atem an und drückte auf den Abzug. Der Schuß krachte laut in der stillen Straße und ließ die Vögel ängstlich aufflattern. Blauer Rauch hing in der Luft, während unten der amerikanische Fallschirmjäger Reschs Leiche umarmte, als wolle er ihn noch im Tode besänftigen.

Müde wandte König sich der jungen Frau zu, die aber blickte an den beiden Toten vorbei die Straße hinunter.

»Ich kannte diesen Offizier!« Ihre Stimme war nur noch ein Flüstern.

König nickte. »Ja. Die anderen müssen auch in der Nähe sein.« Er packte sie am Handgelenk und zog sie zu der beschädigten Treppe. »Kommen Sie! Wir müssen sie suchen!«

Es war wohl doch besser, bei den eigenen Leuten zu sein, wenn es zu Ende ging. Das andere war ein verhängnisvoller Irrtum, den auch Resch begangen hatte; aber es war sein letzter.

Eine langgezogene Detonation übertönte sekundenlang alle anderen Geräusche. Vom beschädigten Dach des Hotels lösten sich durch den Luftdruck ein paar Mauerstücke und landeten krachend auf der gefliesten Terrasse, während der einsame Posten hinter einer abgebrochenen Säule Schutz suchte und verständnislos auf die gewaltige braune Rauchsäule starrte, die senkrecht zum klaren Himmel aufstieg.

Steiger unterbrach seinen Lauf. *Das Arsenal!* Reimanns Pioniere mußten es gesprengt haben. Es war sowohl ein Zeichen des Trotzes als auch der Niederlage.

Er wischte sich den Staub aus den Augen und tastete sich die Stufen hinunter in die labyrinthartigen Keller des Hotels. Da die Stromversorgung nicht mehr funktionierte, wurden die groben Steinmauern schwach von Sturmlaternen erleuchtet; ein offenes Feuer verbreitete starke Hitze; darin wurden die Geheimpapiere und vertraulichen Akten verbrannt.

Kapitän Bredt stand über das Feuer gebeugt und harkte mit einer langen Eisenstange in der glühenden Asche herum.

Aufmerksam musterte ihn Steiger. »Sie wollten mich sprechen?«

Bredt richtete sich ruckartig auf, seine Augen glitzerten im Feuerschein. »Ja. Natürlich wollte ich Sie sprechen!« Das klang beleidigt. Er schien außerstande, ein heftiges Zucken seines linken Mundwinkels zu beherrschen. »Ja. Kapitän Steiger, lassen Sie mich sehen.« Er runzelte die Stirn, so daß seine Augen fast unter den buschigen Brauen verschwanden. »Ich möchte sicherstellen, daß jeder hier genau weiß, was er zu tun hat.«

Müde antwortete Steiger: »Das Arsenal ist in die Luft geflogen. Die Alliierten werden bald angreifen.« Er bemerkte Bredts Verständnislosigkeit und fuhr fort: »Meine Leute halten Ausschau nach *U 991*. Sobald das Boot in Sicht kommt, werde ich es mit dem batteriebetriebenen Scheinwerfer hereinlotsen.«

»*U 991*?« Bredt sah ihn scharf an. »Und was ist mit dem anderen Boot?« Er kicherte verschlagen. »Aha, ich merke, daß Sie das übersehen haben! Aber schließlich kann man von Ihnen nicht erwarten, daß Sie sich daran erinnern. Ich bin eben für so etwas besonders ausgebildet: Methode, Planung und Disziplin!« Herablassend lächelte er in Steigers Pokergesicht. »Ja, niemand kann sagen, daß ich hier nicht gute Arbeit geleistet habe. Und dazu ohne Hilfe von außen, das kann ich Ihnen versichern!«

Steiger fuhr zusammen, als der Feuerstoß einer Maschinenpistole durch das Gewölbe hallte. Einer seiner Männer draußen mußte bemerkt haben, daß sich jemand ihrer Verteidigungslinie näherte.

Bredt schien es überhaupt nicht zur Kenntnis zu nehmen. »Ich hoffe, daß man in Berlin meine hiesige Tätigkeit gebührend anerkennt!« Herablassend klopfte er Steiger auf den Arm. »Macht nichts. Sie können das klügeren Köpfen überlassen. Erfüllen Sie Ihre Aufgaben, dann bin ich schon zufrieden.«

Steiger nahm die Mütze ab und fuhr sich mit den Fingern durchs Haar. Er hatte keine Lust mehr, sich Bredts Irrsinn anzuhören. Es wäre vollkommen sinnlos gewesen, ihm zu erklären, daß das andere U-Boot vernichtet war, was er doch selbst mit angesehen haben mußte.

Bredt fummelte mit der einen Hand an seiner Jacke herum. »Ich übernehme persönlich das Kommando auf *U 985*!« Verschmitzt sah er Steiger an. »Ich mag schon vom älteren Kaliber sein, habe es aber keineswegs verlernt!« Dann wurde er wieder ernst. »Als dienstältester Offizier laufe ich als letzter aus. Ich übernehme Lehmanns Boot und decke damit Ihren Rückzug.«

Steiger wandte sich ab. Der Schock und die Flut der Ereignisse hatten Bredts Verstand verwirrt. Er hörte ihn noch immer erregt vor sich hinplappern, als er sich zwischen Ausrüstungsstücken durchtastete, die auf dem Fußboden verstreut lagen. Ich könnte ihn festnehmen lassen und mitnehmen, dachte er, wenn wir auslaufen ... *Falls* wir auslaufen.

Weitere Detonationen erschütterten die Keller. Steiger spürte, wie die Niederlage seinen Verstand zu blockieren drohte. Er trat beiseite, als Bredt leichtfüßig die Stufen hinaufrannte.

Warum sollte er eigentlich nicht hierbleiben, wenn er das wollte? Es wäre ein gnädiges Ende für ihn. Wenn er nach Deutschland zurückkehrte, würde man ihn unter Anklage stellen, sobald seine Rolle bei der Meuterei bekannt wurde. Vielleicht war es diese Erkenntnis, die seinen Verstand endgültig zerrüttet hatte.

Zum ersten Mal betrachtete Steiger den älteren Offizier mit Mitleid. All seine Pläne und Hoffnungen auf Beförderung waren zerronnen, selbst seine absurde Personalpolitik war ihn teuer zu stehen gekommen. Er war ein Nichts.

Bredt verschwand nach oben und rief mit schriller Stimme Befehle. Steiger hob die Schultern und ging langsam hinter ihm her. Bis auf Dietrich und seinen Landungstrupp sowie ein paar Verwundete war der Ort verlassen. Dennoch war Bredt fest davon überzeugt, sich auf dem Gipfel der Macht zu befinden.

Obermaat Hartz starrte erschüttert hinter dem einarmigen Stabsoffizier her. »Soll ich mich um ihn kümmern, Herr Kapitän?« fragte er besorgt.

»Lassen Sie ihn, Hartz. So ist er glücklicher. Wir haben im Augenblick genug anderes zu tun.«

Beide richteten sich auf, als jemand rief: »Unser Boot kommt in Sicht, Herr Kapitän!«

Es war Michael, der ehemalige Polizist, der heftig gestikulierend aus einem leeren Fenster auf die glitzernde See zeigte.

Steiger zitterte vor Erleichterung. Hessler kam wirklich in allerletzter Minute. Aber selbst das war mehr, als er eigentlich hätte riskieren dürfen. »Gehen Sie an den Scheinwerfer, Hartz! Lotsen Sie ihn zur Slipanlage, dort ist tiefes Wasser, und er läuft keine Gefahr, mit den Wracks und Trümmern zu kollidieren.«

Die Detonationen waren vorübergehend verstummt, deshalb vernahmen sie beide den einzelnen Gewehrschuß; er klang wie der Knall einer Peitsche. Ohne einen Laut fiel Michael, der Ausguckposten, von seinem Fenster herab in die Trümmer. Das letzte, was er im Leben gesehen hatte, war der schlanke Rumpf des U-Boots, das um den Kopf des Wellenbrechers bog.

Steiger blickte hinauf und rief gepreßt: »Und sagen Sie Hessler, er soll das Feuer auf die Stadt eröffnen!«

Hartz zögerte: »Auf welchen Stadtteil, Herr Kapitän?«

Steiger starrte noch immer hinauf zu dem leeren Fenster. »Das ist mir egal. Auf alle! Mir scheint, die ganze Stadt ist voller Heckenschützen!«

Er dachte an Bredts Irrsinn und an Reimanns Tapferkeit, als es dem Ende zuging. Er dachte an all die Männer, die sich auf ihn verließen, und an die junge Frau, die ihm das Schicksal verweigerte. Seine Stimme übertönte alles andere, als er brüllte: »Verdammt sollen sie alle sein!« Aber dann, als der Rauch abzog, entdeckte er das Boot.

Es war inzwischen nähergekommen, und er konnte das Blinken eines Scheinwerfers ausmachen, der die Signale von Hartz beantwortete. Er erkannte auch bereits die ameisengleichen Gestalten rund um das Geschütz. Dann kam der Blitz, der dem Heulen der Granate über ihren Köpfen vorausging. Das Geschoß detonierte irgendwo in dem endlosen Trümmerfeld.

Er winkte mit der Mütze, um die winzigen Gestalten an Deck zu ermutigen. »Schießen Sie, Hessler! Schießen Sie!« Das Rattern einer Maschinengewehrgarbe übertönte ihn, aber trotzdem rief er weiter, bis seine Stimme versagte.

Noch waren sie nicht besiegt. Sie konnten noch immer zurückschlagen.

Die hohe Häuserfront zu beiden Seiten der schmalen Straße wirkte wie ein Bollwerk gegen das Kampfgetöse, das den übrigen Stadtteil füllte.

Plötzliches MPi-Feuer zerriß die verhältnismäßige Ruhe, aber keiner der Männer, die den Abzugshahn ihrer Waffen betätigt hatten, konnte hinterher sagen, wie lange der Feuerstoß gedauert hatte. Dann war die Straße wieder still, und der blaue Qualm hing unbeweglich über dem Durcheinander verstümmelter und verkrümmter Körper.

Dietrich und seine drei Männer hatten sieben französische Partisanen überrascht und standen nun keuchend mit ihren rauchenden Waffen vor den Toten. Dietrich wartete halb darauf, daß einer davon aufsprang und zurückschoß. Aber nichts bewegte sich.

Hinter sich hörte er ein Schluchzen: Richards. Als er sich umwandte, sah er einen Leichnam, fast noch einen Knaben, der durch ihre MPi-Garbe nahezu halbiert worden war. Er lag mit weit offenem Mund da, man glaubte noch seinen Schrei zu hören; die Finger hatte er in die rote Masse gekrallt, die durch seine Lederjacke sickerte. Der schluchzende Richards sah vermutlich in dem Jungen sich selbst. Dietrich vergaß ihn jedoch, als eine Gestalt zu seinen Füßen sich stöhnend auf den Rücken wälzte. Obwohl sein blutleeres Gesicht bereits vom Tode gezeichnet war, erkannte er es. Den Mann hatte er bei Marquet, Odiles Vater, gesehen. War er es, der ihn verraten und seine Tochter ermordet hatte?

Er gab Richards ein Zeichen. »Rasch, helfen Sie ihm! Er ist noch am Leben!«

Richards legte dem Franzosen den Arm um die Schultern und versuchte, ihn aufzurichten. Der Mann schrie jedoch vor Schmerzen auf, und Dietrich sah einen rasch wachsenden Blutfleck in der Gegend seines Rückgrats.

Er kniete neben dem Partisanen nieder und brachte sein Ohr dicht an dessen Mund. »Sie kennen mich, nicht wahr?« fragte er auf französisch.

Der Mann nickte schwach.

»Sagen Sie mir, warum Sie Odile umgebracht haben.« Er packte die Lederjacke des Partisanen. »Sagen Sie's mir, verdammt noch mal!«

Ein grausiges Grinsen verzerrte die blutleeren Lippen. »Ich habe euch schon in Spanien bekämpft!« Keuchend entrangen sich die Worte seiner Kehle. »Überall auf der Welt habe ich euch Faschistenschweine umgebracht!«

Dietrich stand auf. »Lassen Sie ihn los und treten Sie zurück, Moses.«

Entsetzt sah Richards, daß Dietrich die Maschinenpistole hob. »Bitte nicht, Herr Oberleutnant! Vielleicht ist er nur ein Patriot!«

Richards sah die Waffe in Dietrichs Hand schwanken. »Vielleicht.

Aber Leute wie er benutzen immer andere für ihre Zwecke, Moses! Für diese Fanatiker gibt es keine Vernunft. Sie glauben nur an sich selbst!«

Mit einem unterdrückten Stöhnen rief er: »Warum hast du Odile ermordet?« Aber als er die Pistole hob, um zu feuern, merkte er, daß der Mann ihm zuvorgekommen war. Mit grinsendem Gebiß und noch immer haßerfüllten Augen lag er tot neben seinen Genossen.

Jung und Müller sahen vom Rand der Straße aus zu, und Dietrich gab ihnen nur wortlos ein Zeichen. Sie folgten ihm zum Hafen zurück, ihre Stiefel hallten laut auf dem warmen Kopfsteinpflaster.

U 991 manövrierte vorsichtig an zwei umgekippten Kränen vorbei zur Einfahrt des großen Betonbunkers. Das Geschütz blieb während des letzten Teils der gefährlichen Ansteuerung unbesetzt, weil das Boot auf jedem Meter mit Schüssen aus der Stadt eingedeckt wurde. Stahl klirrte gegen Stahl und prallte mit schrillem Heulen von den Panzerplatten ab, während die versteckten Schützen sich bemühten, die klägliche Evakuierung zu verhindern.

Die ersten Wurfleinen flogen an Land, und der überhängende Steven verschwand im Schutz des Bunkers. Steiger sprang an Bord und kletterte auf die Brücke zu Hessler. All die Spannung und Ungewißheit schien von diesem abzufallen wie ein Vorhang, als er die Hand seines Kommandanten ergriff und immer wieder schüttelte.

Steiger blickte über Hesslers Schulter hinweg auf die Verwundeten, die bereits zum Hauptluk geschafft wurden. Die bärtigen, vertrauten Gesichter, die ihn dankbar ansahen, verstärkten noch das Gefühl der Heimkehr.

Hessler sagte: »Wir müssen gleich wieder auslaufen, Herr Kapitän, und tauchen. Überall sind Flugzeuge. Die ganze Küste ist voll Qualm.« Er warf einen Blick auf die zerbombte Stadt. »Aber das wissen Sie ja selbst.«

Zwei ältere Reserveoffiziere wurden über Deck geleitet. Sie wirkten verwirrt, vielleicht vom Schock, vielleicht aber auch vom Alkohol.

Steiger kehrte ihnen den Rücken und packte den Handlauf des Brückenschanzkleids. Das Boot vibrierte ungeduldig unter seinen Füßen, und er mußte sich zwingen, den Blick von den wenigen Überlebenden abzuwenden. Eine Handvoll nur, aber immerhin mehr, als er zu hoffen gewagt hatte.

Schmerzerfüllt dachte er an die Niederlage und an die junge Frau, die er hier für immer verloren hatte. »Macht die Luken dicht!« Er mußte die Vergangenheit vergessen und sich ausschließlich auf das Auslaufen konzentrieren, denn das würde schwierig genug werden. Sie mußten mit Rückwärtsfahrt bis zu dem zerbombten Wellenbrecher manövrieren und dann ganz eng um das U-Boot-Wrack zur Ausfahrt drehen.

Auf der Turmleiter hörte er Stiefel, Dietrichs schmutziges Gesicht erschien über den verbogenen Platten. Steiger riß sich zusammen. Ihm war, als stünde er nackt im eisigen Wind, und er hatte Schwierigkeiten, sich auf Dietrichs erregtes Gesicht zu konzentrieren.

»Alles an Bord?« Steiger erkannte kaum seine eigene Stimme. Der ständige Beschuß von Land zerrte an seinen Nerven. Dietrich sah ihn immer noch an. »Ich habe sie gefunden!« Heftig nickte er. »Sie versuchte, an den verfluchten Partisanen vorbeizukommen.«

Steiger ballte die Fäuste, um ihr Zittern zu unterbinden. »*Wen* haben Sie gefunden?«

Dietrich packte ihn am Arm und zeigte hinunter auf das Vordeck, wo ein paar Gestalten am Hauptluk warteten.

Da stand sie, vollkommen regungslos, den Blick fest auf die Brücke gerichtet; das Haar hing ihr offen ums Gesicht und wehte in der Brise.

Wie aus weiter Ferne hörte er Dietrichs Stimme: »Sind Sie gesund, Herr Kapitän?« Das klang nicht mehr erregt, sondern ernstlich besorgt.

Steiger sah, wie Trudi warnend einen Finger an die Lippen legte, sah ihre entblößte Schulter im Abendlicht schimmern; er versuchte zu sprechen, ihren Namen zu rufen, aber er konnte sich nicht mehr auf seine Stimme verlassen.

Mehrere Sekunden lang sah sie ihn an, dann ließ sie sich von unsichtbaren Händen nach unten geleiten. Der Lukendeckel knallte zu, das Deck war wieder leer. Wie gehetzt eilte Steiger nach vorn und beugte sich über das Brückenkleid, die Augen weit aufgerissen. Vielleicht war er schon genauso irrsinnig wie Bredt? Da war keine Frau auf dem narbenbedeckten Deck, nichts!

Aber Dietrich neben ihm sagte: »Sie ist jetzt in Sicherheit, Herr Kapitän. Sie hat es geschafft.« Vorsichtig fügte er hinzu: »Soll ich das Boot rausfahren? Wenigstens bis wir aus dem Hafen sind?«

Steigers hageres Gesicht sah an ihm vorbei. »Nein, Heinz. Lassen Sie die Hauptmaschinen anstellen.« Als Dietrich sich abwandte und nach unten gehen wollte, fügte er hinzu: »Aber bleiben Sie hier bei mir.« Nur mit halbem Ohr lauschte er dem polternden Anspringen der Diesel und dem Blubbern der Auspuffgase an der Steinmauer.

Scharf rief Dietrich ins Sprachrohr: »Beide langsame Fahrt zurück!« Er beobachtete, wie die letzten Leinen durch die Klüsen glitten. Neben ihm beugte sich Steiger vor, um zu prüfen, wie das Boot von der Bunkermauer freikam. Mit Schaudern erinnerte sich Dietrich an all das hier vergossene Blut. Wenigstens ich bin heil davongekommen, dachte er, und ungebrochen. Dann warf er einen raschen Blick auf Steiger. Während *er* um sein wiedergefundenes Glück zu bangen scheint, dachte er. Denn er hat immer noch nicht gelernt zu verlieren.

Wachsamkeit ist nicht genug

Trudi Lehmann ließ sich vorsichtig von der hohen Koje herunter. Einen Augenblick starrte sie in die kleine überfüllte Messe, ihre Nase rebellierte gegen die schlechte Luft und den Gestank nach Dieselöl und Schweiß. Die grobe Seemannsbluse und die Sergehose, die sie über ihrem zerfetzten Kleid trug, erinnerten sie brutal an die letzten Stunden in St. Pierre. Sie setzte sich an den kleinen Tisch und lauschte den unbekannten Geräuschen der Motoren, dem sanften Klicken der Kontrollgeräte und dem gelegentlichen Getrappel draußen im Hauptgang. Die Uhr über ihr mußte falsch gehen, denn danach hätte sie bereits vierzehn Stunden an Bord zugebracht. Aber das war doch nicht möglich?

Sie stützte den Kopf in die Hände, schloß die Augen und sah wieder den Halbkreis wartender Gestalten vor dem zerbombten Haus, das Glitzern des Sonnenlichts auf ihren Waffen, und vor allem die unmenschliche Grausamkeit in ihren Gesichtern, als sie aus dem Schatten hervortrat. Der Seemann, der sie bisher behütet und seine eigene Flucht um ihretwillen aufgegeben hatte, lag besinnungslos in dem Gebäude hinter ihr. Die wackelige Treppe war unter ihm zusammengebrochen, und er war ziemlich tief abgestürzt, nachdem er sie mit mächtigem Schwung auf ein sicheres Podest geworfen hatte. Vielleicht hatte dieser Lärm die Männer der Résistance herbeigelockt, vielleicht hatten sie aber auch schon vorher dort gelauert.

Plötzlich war ihr klar, was sie tun mußte. Erst hatte sie Rudolf Steiger im Stich gelassen, nun würde der hilflose Seemann ihrer Selbstsucht und Dummheit wegen grausam umgebracht werden. Sie sagte sich, daß diese Männer im selben Augenblick, da sie allein aus dem Haus trat, sofort vergessen würden, nach weiteren Leuten zu suchen. Dadurch wurde König vielleicht erspart, ebenso furchtbar zu enden wie der einsame Soldat, dessen grausige Ermordung sie beide miterlebt hatten.

Sie ballte jetzt noch die Fäuste, als sie an das Schweigen in der verlassenen Straße dachte. Es war der schreckliche Augenblick, bevor Dietrichs verborgene Schützen die Szene vor ihren Augen in ein Blutbad verwandelt hatten. Was dann kam, war ein Alptraum. Sie glaubte noch immer die rasselnden Feuerstöße aus den Maschinenpistolen zu hören, erlebte noch einmal ihren rasenden Lauf in allerletzter Minute, hinein in diese Welt der Ordnung und ruhigen Befehle.

Sie hatte Steiger nur zweimal gesehen, einmal an Deck und einmal in der Messe, wo es zu einem Händedruck gekommen war und zu einem kurzen Blickwechsel, bevor er wieder hinaufgerufen wurde in seine Welt, die er mit keinem anderen teilte.

Beim Gedanken an ihren toten Mann empfand sie nichts, weder Trauer noch Ärger; er war schon lange für sie ein Fremder gewesen.

Sie schluckte, spürte dabei den widerlichen Geschmack von Diesel und fragte sich, wie es König wohl ging, nachdem ihn seine Kameraden mit den anderen Verwundeten an Bord geschafft hatten. Nie hätte sie geglaubt, daß ihr Mann und die anderen U-Bootfahrer, die sie kannte, unter derart harten Bedingungen lebten. Das Boot schien eine Macht für sich zu sein und die Besatzung lediglich Bedienstete, die leise hin und her gingen, als fürchteten sie, seinen Zorn zu erregen. Das Deck bewegte sich kaum, aber die stählernen Bordwände vibrierten ständig, als wollten sie alle daran erinnern, daß sie das einzige waren, was sie vor der erdrückenden Gewalt der See ringsum beschützte.

Irgendjemand stöhnte in seiner Koje, und ihr wurde klar, daß sie bald den anderen gegenübertreten mußte. Da war einmal die kleine Schar unglücklicher Franzosen und ihre Frauen, die wegen ihrer Zusammenarbeit mit den Deutschen um ihr Leben fürchteten. Ferner befanden sich zwei oder drei Offiziere aus Kapitän Bredts Stab an Bord sowie eine größere Zahl von Verwundeten, die man auf jeden freien Platz im Boot gepackt hatte.

Wenn sie doch endlich Gelegenheit bekäme, einmal mit Steiger allein zu sein, und sei es nur für einen Augenblick!

Hinter dem schmutzigen Kojenvorhang hörte sie einen Mann husten, dann klapperte Geschirr. Bei dem Gedanken an Essen zog sich ihr Magen zusammen, und ihr wurde übel. Wie ein verängstigtes Tier kletterte sie zurück in ihre Koje und zog sich die Decke über den Kopf.

Mit einem Mal hatte sie schreckliche Angst.

Steiger beendete die Eintragung im Logbuch und rieb sich die Augen. Abgesehen von dem gelblichen Schein seiner Schreibtischlampe war die Kammer dunkel. Einer der älteren Stabsoffiziere lag in seiner Koje, den Mund offen wie ein schwarzes Loch, während er stundenlang schnarchte.

Steiger sah noch einmal die Funksprüche durch. Ihre geplante Vereinigung mit Meteor war nicht möglich, denn die Gruppe bestand nicht mehr. Alle drei Boote waren vernichtet. Weiß und Wellemeyer waren versenkt worden beim Angriff auf einen Geleitzug, Otto Kunhardt und seine Besatzung waren bei einem Luftangriff umgekommen. Während Lehmann versucht hatte, ein anderes Deutschland zu schaffen und Bredts kleines Reich im Bombenhagel zusammengebrochen war, hatte der Krieg diese Menschen ausgelöscht wie Worte auf einer Schiefertafel. Nun ruhten sie im zeitlosen Schweigen des tiefen Atlantiks.

Mit den Fingern glättete er einen anderen Funkspruch. Er enthielt den Befehl, daß Kapitän zur See Rudolf Steiger so schnell wie möglich nach Deutschland zurückzukehren habe. Er sollte sich nicht mit Angriffen aufhalten, nur wenn diese unvermeidlich waren, da er in Kiel dringend gebraucht wurde. Er warf einen Blick auf den Tochterkompaß am Schott. Die erleuchtete Scheibe sagte ihm, daß jede Umdrehung der Schrauben sie weiter nach Südwesten brachte, also *weg* von Deutschland.

Wie sollte er wissen, ob er richtig handelte? Angenommen, Sturmbannführer Fischer oder einer seiner Kameraden war bis zum Oberkommando in Deutschland vorgedrungen. Nach dem gescheiterten Attentat auf den Führer mußte es in der Heimat Repressalien geben; und wenn bekannt wurde, daß *U 991* einige Leute an Bord hatte, die an der Verschwörung beteiligt gewesen waren, konnte das grauenhafte Folgen haben.

Er dachte an den verwundeten Matrosen König, der anscheinend nur deswegen desertiert war, um mit Trudi Lehmann wieder aufzutauchen. Beide würden sofort verdächtigt werden, und natürlich auch die Offiziere des Stützpunkts, die untätig zugelassen hatten, daß Lehmann das Kommando übernahm.

Je mehr er darüber nachdachte, desto überzeugter war er, daß er richtig handelte. Mit etwas Glück würde ihr Treibstoff bis Kiel reichen, selbst wenn sie durch die gefürchtete Dänemarkstraße zurückfuhren. Aber bevor er auf Nordkurs drehte, wollte er ein neutrales Schiff finden und ihm die junge Frau an Bord geben. Auch die Verwundeten und Verdächtigen konnten hinübergeschafft werden. Einige von ihnen würden kaum in der Lage sein, die lange gefährliche Fahrt durch das Nordmeer zu ertragen.

Der Vorhang bewegte sich, und Hesslers Gesicht erschien in dem Spalt. »Schwaches Licht am Horizont, Herr Kapitän. Peilung eins-neun-null.«

Steiger stand auf und griff nach seiner Mütze. Hatte er wirklich noch vor wenigen Stunden hinter den Ruinen des alten Hotels Deckung gesucht, während die Gewehrkugeln den Staub zu seinen Füßen aufwirbelten? Er dachte an den verzweifelten Spurt zur Hafenausfahrt, als beide Maschinen äußerste Kraft voraus liefen und die rasenden Schrauben vom Boden Schlamm aufgewühlt hatten wie flüssiges Gold. Aber am deutlichsten erinnerte er sich an Kapitän Bredt. Der stand einsam und aufrecht im Turm des U-Boot-Wracks, neben sich als einzigen Gefährten einen toten Seemann, der über der Brückenreling hing. Schon schlichen mehrere geduckte Gestalten auf der Mole entlang, und andere sprangen über die Steine im Wasser hinüber zum Wrack.

Steiger hatte kurz daran gedacht, längsseits zu gehen und Bredt mit Gewalt herunterzuholen. Jetzt war er froh darüber, daß er ihn dortgelassen hatte. In Deutschland hätte er nur den Sündenbock abgegeben. Sein Wahnsinn hatte ihm dagegen einen letzten stolzen Augenblick ermöglicht, und er hatte Steiger herablassend zugewinkt, als die beiden Boote sich endgültig trennten.

Steiger merkte, daß Hessler auf Antwort wartete. Rasch fragte er: »Ein Licht, sagen Sie?«

»Jawohl, Herr Kapitän. Für die Morgendämmerung ist es noch zu früh, und es ist auch gleichmäßiger als ein Signalfeuer.«

Steigers Gesicht erhellte sich. »Ein Neutraler vielleicht?«

Hessler nickte nachdenklich. »Kann sein. Hier fahren ja viele spanische und portugiesische Schiffe, halten sich weitab von den gefährdeten Geleitzügen und sind immer darauf bedacht, sich bei Dunkelheit im vollen Licht zu zeigen.«

»Ausgezeichnet! Wir wollen Kurs ändern und näher herangehen. Ich möchte ihn mir genauer ansehen.«

Hessler zögerte ein wenig, als bezweifle er die Richtigkeit dieser Entscheidung. Er kannte den Inhalt der Funksprüche und fürchtete, daß Steiger sein eigenes und damit ihrer aller Leben aufs Spiel setzte, wenn er dem Befehl zur Heimkehr nicht gehorchte. Aber er seufzte nur und ging zurück in die Zentrale.

»Hier spricht der Kommandant.« Überall an Bord unterbrachen die Leute ihre Arbeit, hoben den Kopf und lauschten den Worten aus den Lautsprechern.

Der getauchte Rumpf rollte in einer Querströmung, während sie mit ganzen sechs Knoten durchs Wasser schlichen. Über ihnen saugte der Schnorchel kostbare Luft zu den stampfenden Dieselmotoren, und die soeben geweckte Besatzung starrte trübsinnig auf ihre Frühstücksteller. Das ganze Boot roch nach fettigem Essen, war aber trotzdem kalt und feucht, so daß die Männer sich eng zusammendrängten.

Unbemerkt von allen außer dem wachhabenden Offizier, der regelmäßig einen raschen Rundblick durch das Sehrohr warf, hatte sich der Himmel über der dunklen See bereits aufgehellt, sodaß die Sterne immer mehr verblaßten. Die Wellen trugen weiße Schaumköpfe. Schon war die bittere Kälte zu ahnen, mit der sich der Sommer für ein weiteres Jahr verabschieden würde. Hier auf dem Atlantik gab es so gut wie keinen Herbst, sondern nur wenige warme Sommermonate, in denen die wilden Stürme für kurze Zeit aussetzten, und danach brach fast übergangslos der Winter herein.

»... Der zunehmende Druck des Feindes in ganz Frankreich hat unsere Lage dort aussichtslos gemacht. Wir werden jedoch den Kampf von neuen Stützpunkten aus fortsetzen, mit neuen Kameraden ...«

Trudi Lehmann lag in der Koje und starrte hinauf zur Decke über ihrem Kopf, während sie Steigers Worten lauschte. Seine Stimme klang gelassen, aber sie konnte seinen mühsam beherrschten Atem hören. Am Tisch saßen die Passagiere steif und verständnislos, jeder mied den Blick des anderen, während er zuhörte. Hier und da spielte eine Hand mit einer Tasse oder legte eine Gabel auf den schmutzigen Tisch.

Sie straffte sich, als Steiger fortfuhr: »Wir haben soeben ein spanisches Schiff gesichtet, und sobald wir dicht genug heran sind, werden wir versuchen, die Verwundeten und einige Passagiere hinüberzugeben. Als Kommandant spreche ich im Namen meiner ganzen Besatzung, wenn ich Ihnen sage, wie leid es uns tut, Sie von Bord gehen zu sehen ...«

Sie biß sich auf die Finger, während ihr die Tränen in die Augen stiegen. Damit spricht er *mich* an! dachte sie. Er versucht, mir zu sagen ...

In seiner Koje versuchte König den Kopf zu drehen, aber der Schmerz in seinen gebrochenen Rippen ließ ihn erschöpft zurücksinken. Niemand hatte auch nur ein einziges Wort mit ihm gesprochen, seit er aus der Bewußtlosigkeit erwacht war. Aber das hatte er vorausgesehen. Er hatte ihren Ehrenkodex und ihr Vertrauen verraten und war weggelaufen. Obgleich viele von ihnen gern dasselbe getan hätten, waren sie doch viel zu gebunden durch ihre ihm unverständliche Kameradschaft und Disziplin.

Die junge Frau würde auf das spanische Schiff übergesetzt werden und war dann endlich in Sicherheit. Er selbst würde nach Deutschland zurückkehren, und dort erwartete ihn ein so schreckliches Geschick, wie es sich keiner an Bord vorstellen konnte. Vielleicht konnte er rasch einen Brief schreiben und ihn der jungen Frau mitgeben, bevor sie von Bord ging? Sein Herz klopfte schneller bei diesem Gedanken. Seine Eltern würden ihn zwar erst bekommen, wenn alles vorüber war, aber sie erfuhren dann wenigstens, daß er versucht hatte, in ihre Nähe zu kommen. Um sie zu trösten.

Neben seiner Koje saßen Müller und Richards und beobachteten Jung, der einen Verwundeten fütterte und dabei dem Kommandanten zuhörte. Ohne es voneinander zu wissen, dachten beide an Michael, der gestorben war, nachdem er als erster das zurückkehrende U-Boot gesichtet hatte.

»... In allen Kriegen gibt es Verrat und Verwirrung auf jeder Seite«, fuhr Steiger fort. »Historiker mögen später herausfinden, wer recht hatte, wer unschuldig verurteilt und hingerichtet wurde. Niemand von uns ist dafür verantwortlich. Wir müssen unsere Pflicht tun, so wie wir sie *jetzt* erkennen. Wenn wir den Feind im Kampf töten, geschieht es aus Notwendigkeit und nicht aus Haß!«

In der Zentrale klang Steigers Stimme noch deutlicher und persönlicher. Dietrich stand neben dem Sitz des Rudergängers, seine Augen lagen im Schatten, während er den tickenden Tochterkompaß beobachtete. Im ganzen Raum war es still bis auf ein gelegentliches Drehen des Ruders oder ein Flackern der Kontrollgeräte. Dietrich blickte hinüber zum Kartentisch und meinte noch Resch über die Karte gebeugt zu sehen, die Unterlippe vorgestreckt, während er mit Stechzirkel und Lineal hantierte. Er dachte daran, wie er ihn zuletzt gesehen hatte: tot unter einem toten amerikanischen Fallschirmjäger in einer kleinen namenlosen Seitenstraße.

Irgend etwas ließ Dietrich aufschauen und den Kommandanten ansehen, als dieser sagte: »Was auch vor uns liegt, niemals werde ich Ihre Treue vergessen. Manchmal werden Sie hassen oder verachten, was Sie im Namen der Pflicht tun müssen. Aber eines Tages werden Sie mit Stolz sagen können: ›Ich habe bei den *Grauen Wölfen* gedient!‹ Und wenn dieser Tag naht, wird die ganze Welt uns verstehen.« Blindlings reichte er das Mikrophon einem Seemann und blickte hinauf zur verschmutzten Decke.

Zuerst übertönt vom Stampfen der Dieselmotoren, dann immer stärker ertönten im Boot Hurrarufe.

Steiger sah über die gebeugten Köpfe der Wache hinweg. Wußten sie wirklich, was sie taten? Die Welt würde sie niemals verstehen. Wie konnte sie auch, da sie doch selbst ihre Zweifel hatten?

Er zwang sich, zum Sehrohr zu gehen. Bald wurde es Zeit, sich von dem einzigen Menschen zu trennen, den er liebte. Aber vielleicht war das besser als die ständige Qual, das ewige Sehnen und Wünschen, das er doch nicht erfüllen konnte.

»Sehrohr ausfahren!« Er packte die Handgriffe und zwinkerte, bis seine Augen von dem feuchten Schleier befreit waren, dann sah er durch die beschlagenen Linsen.

Dort war es, groß und unwirklich vor dem blassen Himmel. Die rotgelbe Flagge war gut sichtbar auf die Bordwand gemalt, die Bogenlampen der Neutralität beleuchteten den Spanier. Sein Fadenkreuz lag genau über der Flagge, aber endlich einmal harmlos und ohne Feindseligkeit. Bald würde es vorbei sein, der graue Bootsrumpf würde wieder abdrehen, während der Frachter seine unerwarteten Passagiere in die Sicherheit trug.

Er preßte die Stirn gegen die kühle Gummimanschette und bekämpfte die Erschöpfung, die ihn mit einem Mal überkam.

»Sehrohr einfahren! Klar zum Auftauchen!«

Die Befehle wurden im ganzen Boot wiederholt, und gehorsam rannten die Männer auf Station.

Die nervösen Passagiere wurden im Hauptgang zusammengetrieben, einige von ihnen sahen jetzt zum ersten Mal das Innere des Bootes. Die Verwundeten, zum Teil auf improvisierten Tragbahren, andere von je zwei Besatzungsmitgliedern geführt, wurden in die Zentrale gebracht, wo sie schweigend warteten, während die Brückenbesatzung am Fuß der glänzenden Leiter Aufstellung nahm.

Steiger trat zwischen sie, blieb dann aber stehen, als Trudi Lehmann auf ihn zulief.

»Boot liegt auf vierzehn Meter, Herr Kapitän!«

»Alles klar zum Auftauchen, Herr Kapitän!«

Ringsum hörte er die Stimmen und vertrauten Geräusche, aber ein paar Sekunden hatten sie für sich allein.

Leise fragte Dietrich: »Soll ich übernehmen, Herr Kapitän?«

Steiger hörte sich antworten: »Nein, Heinz. Alles in Ordnung.«

Ein letzter Blick, dann war keine Zeit mehr.

Ihre Lippen bewegten sich. »Ich warte auf dich!«

Er nickte. Warten? Wir alle warten, dachte er.

»Sehrohr ausfahren!« Mein Gott, sie steht so dicht neben mir, daß ich sie in die Arme nehmen und an mich drücken könnte.

Das Periskop zischte aufwärts. Der spanische Frachter war bereits sehr nahe. Er hatte sie noch nicht bemerkt.

Steiger versuchte, sich auf das verschwommene Bild zu konzentrieren, seine Verzweiflung zu unterdrücken. »Sehrohr einfahren!« Er wandte sich ihr zu und suchte ihren Blick, um ihr eine Botschaft zu übermitteln. Die wartenden Gestalten ringsum sahen zu, ausdrucks- und verständnislos.

Er streckte die Hand aus und berührte ihren Arm. Das war alles. Dann trat er zur Leiter.

»Auftauchen!«

Die Luft donnerte in die Tanks, das Boot füllte sich plötzlich mit Lärm und drängender Bewegung.

Er stieg die Leiter hoch und griff über seinen Kopf zum Verschlußrad. Hinter ihm drängelten sich die Ausguckposten, er spürte ihre stützenden Hände, während er das Luk öffnete.

Die Detonation kam völlig überraschend und warf ihn zurück in die Luke. Keuchend vor Schmerz fiel er hintenüber, als etwas hart gegen den Turm schlug und dann heulend weiterflog in den blassen Himmel.

Noch immer benommen, zog er sich wieder hoch, als ein neuer Stoß den Bootsrumpf erschütterte. Mit ungläubigen Augen blickte er auf die braune Rauchwolke, die querab vom Bug des U-Boots schwebte.

Verzerrte Stimmen drangen in sein halb betäubtes Gehirn: »Vorderer Torpedoraum macht Wasser! Tiefenruder blockiert!«

Er hörte entsetzte Ausrufe, als zwei mächtige Wassersäulen neben der Brücke aufstiegen, und durch den herabstürzenden Gischt sah er zum ersten Mal den Gegner. Er versuchte, seine letzte Kraft zusammenzunehmen, sich auf das zu konzentrieren, was nun zu tun war, aber die ganze Zeit schien ihn eine innere Stimme zu verhöhnen. Der eine, entscheidende Augenblick der Unvorsichtigkeit. Er hatte ihn so oft bei anderen erlebt. Immer versuchte er, sie zu warnen vor dem Zeitpunkt, an dem Wachsamkeit allein nicht mehr genügte.

Dietrich stand neben ihm und überschrie den Lärm: »Was sollen wir tun, Herr Kapitän?«

Weitere Detonationen folgten.

Steiger versuchte, klar zu denken. Wir können nicht tauchen, dachte er. Die Tiefenruder funktionieren nicht mehr. Ein Wunder, daß die Torpedos im Bugraum nicht explodiert waren. Das Deck fühlte sich bereits unbeweglich und schwer an, während Lüth mit seinen Leuten darum kämpfte, den Wassereinbruch unter Kontrolle zu bringen.

Er merkte, wie er abrutschte. Der Schmerz wurde fast unerträglich.

Er sah Hartz und seine Geschützbedienung über die Brücke nach unten klettern, hörte das Ausrutschen ihrer Stiefel auf dem nassen Deck. Irgendwo schrie ein Mann vor Schmerz, und Steiger dachte an die dichtgedrängten Passagiere unten im Boot. In den nächsten Minuten würden sie alle für seinen Augenblick der Unaufmerksamkeit büßen müssen.

Er konnte noch immer nicht fassen, daß es tatsächlich *ihm* passierte, *ihm*!

Im Augenblick des Auftauchens war die See leer gewesen bis auf den spanischen Frachter. Jetzt war dieser bereits im Qualm verschwunden, ein Zuschauer, wie er selbst es so oft gewesen war beim Sterben eines Schiffes.

Dietrich beugte sich über ihn, sein Gesicht hob sich weiß von den rostigen Stahlplatten ab. Steiger konnte sich nicht erinnern, hingefallen zu sein, und starrte überrascht zum hellen Himmel auf.

Die Detonationen hörten auf, Schweigen senkte sich über die kleine ovale Welt, die von den hohen Seiten der Brücke eingefaßt wurde. Steiger sah die verzweifelten Gesichter, sah das nutzlose Sehrohr himmelwärts zeigen, durch das er den einen Fleck auf der Linse hätte entdecken müssen. Vielleicht hatte er nur gesehen, was er sehen wollte?

Undeutlich hörte er das Knallen des Verschlußstückes an Deck und versuchte wieder aufzustehen. Erschrocken rief er: *»Nicht feuern!«* Er bemerkte das Begreifen in Dietrichs Gesicht. »Es wäre sinnlos!«

Die Detonationen gingen weiter, und Steiger fuhr zusammen bei jeder Druckwelle, die den schwankenden Bootsrumpf schüttelte. Es war, als erhielte er jedes Mal einen Todesstoß.

Männer hetzten durch das Turmluk und warfen sich über das Brükkenkleid, während sich unten im Boot die Motoren noch einmal schüttelten und dann stillstanden.

Dietrich sagte: »Boot macht rasch Wasser, Herr Kapitän! Soll ich den Befehl zum . . .«

Stöhnend zog Steiner sich den letzten Meter bis zur Vorkante Brücke. »Verdammt, *nein*! Ich gebe die Befehle!«

Dietrich trat zurück und legte die Hand an die Mütze, während der Turm sich stärker überlegte. Ihr Todfeind, der britische Zerstörer, wurde jetzt hinter dem Qualm seiner Geschütze sichtbar.

U 991 schwankte einige Male und legte sich dann ganz auf die Backbordseite. Im Druckkörper steigerte sich der Lärm der entweichenden Preßluft derartig, daß es klang, als würde der Rumpf mit Hammer und Amboß bearbeitet.

Bei der ersten Detonation war der größte Teil der Beleuchtung ausgefallen. Bei jeder weiteren Explosion regneten die Glassplitter der zerbrochenen Lampen und Kontrollgeräte auf die Köpfe des vorbeieilenden Lecksicherungstrupps, der von einer Gefahrenquelle zur anderen hetzte.

Max König richtete sich mühsam auf, geblendet vom Schweiß, den ihm der Schmerz der gebrochenen Rippen aus den Poren trieb. Halb betäubt von den Detonationen, spürte er, wie Panik nach ihm griff, zumal sich die Luft mehr und mehr mit erstickendem Gasgeruch füllte. All die Schreckensgeschichten, die er über U-Boote im Todeskampf gehört hatte, schossen ihm durch den Kopf. Er versuchte, über den Kojenrand zu klettern, und starrte ungläubig in den leeren Mannschaftsraum und auf den Tisch, von dem gerade alles herunterrutschte.

Das Licht einer Stablampe stach durch die raucherfüllte Luft, und er sah Oberleutnant Lüth zusammen mit Obermaschinist Richter durch die öffene Tür kriechen. Beide warfen nur einen kurzen Blick auf ihn, anscheinend ohne ihn zu erkennen, dann waren sie wieder verschwunden. König hörte in der Ferne schwere Hammerschläge und das Zischen einströmenden Wassers. Es war sinnlos, Beistand zu erwarten. Diejenigen, die noch hier unten waren, hatten anderes zu tun, als sich um ihn zu kümmern. Er lag jetzt auf der Seite, fast blind vor Schmerz und Verzweiflung. Der verwundete Seemann aus der Unterkoje war verschwunden, und er hörte auch nicht mehr das entsetzliche Schreien der französischen Frauen in der Messe. Was er jedoch hörte, war das Knirschen von Stiefeln über seinem Kopf und das Quietschen des Deckgeschützes, das auf den Feind gerichtet wurde.

Ich sollte oben bei ihnen sein, dachte er. Ich gehöre zu Jung, Richards und zu Obermaat Hartz. Alles war besser, als hier unten allein zu sterben. Auch der Kommandant würde kämpfen, würde sich nicht um die verrückten Frauen und hilflosen Verwundeten kümmern.

Er merkte, daß jemand neben seiner Koje stand. Blinzelnd blickte er auf und sah in Jungs faltiges Gesicht.

Laut sagte der Boxer: »Komm, Max, mein Sohn! Wir bringen dich nach oben, und das so schnell wie möglich.«

König entspannte sich, als Hände an seiner Decke zerrten und ihn hinunterhoben. Benommen starrte er die Beine seiner Freunde an, die in unmöglichem Winkel auf dem schrägen Deck standen. Das Boot ging bereits unter, aber diese Männer riskierten ihr Leben für ihn. Verschwommen sah er Jung, die Zähne gefletscht beim Fluchen und bei den geknurrten Anweisungen an seine Kameraden. Er sah Moses Richards, bleich wie der Tod und bebend vor Angst, sah Müller mit seinem verschwitzten, aber grimmig entschlossenen Gesicht.

Eine Perlenschnur blauer Funken, blendend wie Diamanten, tanzte wild über die Schalttafel in der Zentrale und zerstörte ein weiteres Kontrollgerät. Das Steuerrad ruckte vergessen hin und her, denn der Gefechtsrudergänger war umgekommen, als ihm der Tochterkompaß ins Gesicht hinein explodierte.

König merkte, daß weitere Hände ihn zum Fuß der Turmleiter zerrten, und starrte nach oben auf den ovalen Fleck Himmel. Dann erreichten sie die Brücke, die leer war bis auf einen toten Seemann, den I. W. O., der unsichtbaren Männern an Deck etwas zurief, und Kapitän Steiger, der, dunkel vor dem hellen Himmel, den Blick auf die Flagge richtete.

Eine Granate detonierte neben dem Rumpf, und weitere Splitter prallten kreischend gegen den Turm.

Die Männer legten König auf die Stahlplatten, und er hörte Dietrich rufen: »Sie werden weiterfeuern, solange die Flagge weht, Herr Kapitän!« König lauschte mit wiederkehrendem Verständnis. In Dietrichs Stimme lag keine Panik, kein Vorwurf. Irgend jemand hatte die Flagge gehißt. Wenn es ein Kampf bis zum Ende sein sollte, dann war dies die entsprechende Geste. Die Flagge jetzt wegzunehmen, hätte nicht Niederlage, sondern Übergabe bedeutet.

König richtete sich ein wenig auf, um Steigers Gesicht zu sehen. Ihm war klar, daß dieser etwas viel Schrecklicherem ins Auge blickte als dem Verlust seines Bootes. Aber wenn er am Leben bleiben sollte, würde er diesen Augenblick niemals vergessen.

Das U-Boot holte noch stärker über, und durch das offene Luk hörte König das gierige Wasser eindringen.

Steiger rief: »Lassen Sie das Boot räumen, Oberleutnant Dietrich! Holen Sie alle Mann an Deck!«

Danach bahnte er sich entschlossen den Weg zum Flaggenmast und fing an, die durch Gischt und Salz gequollene Leine aufzuknoten, wobei er den Blick fest nach oben auf die rote Flagge mit dem Hakenkreuz gerichtet hielt.

König bemerkte dabei zum ersten Mal, daß Steiger verwundet war. Jetzt hatte er den Knoten gelöst. Mit einem einzigen Schwung fiel die Flagge herunter und bedeckte die rostigen Stahlplatten wie mit Blut.

Sofort wurde das Feuer eingestellt. Übers Wasser klang der Jubel der Briten herüber. Er klang fern und unwirklich, seltsam unangemessen.

Hessler befahl: »Rüber mit euch! Legt eure Schwimmwesten an!« Lautes Geschrei ertönte, als die Besatzung sich anschickte, von Bord zu gehen.

König wurde als einer der letzten hinaufgehoben und hörte Dietrich fragen: »Kommen Sie, Herr Kapitän?«

Steiger antwortete: »Gleich, Heinz. Ich brauche noch ein wenig Zeit . . .«

»Sie haben richtig gehandelt, Herr Kapitän. Es gab gar keine andere Möglichkeit«, sagte Dietrich.

Steiger trat an die vordere Brückenreling, den einen Arm fest an den Körper gepreßt, und blickte hinunter auf die Köpfe der Schwimmer, die bereits neben dem Boot im Wasser tanzten. Dann sah er Trudi. Sie stand auf dem obenliegenden Satteltank und wirkte sehr zierlich zwischen den beiden kräftigen Seeleuten, die sich bereithielten, um mit ihr hinüberzuschwimmen in die Geborgenheit.

Sie versuchte sich loszureißen, als sie Steiger sah, aber die Männer hielten sie fest, während ihre Blicke bereits an dem grauen Schiff hingen und an den Kuttern, die stampfend herankamen.

Steiger hob grüßend die Hand und wandte sich ab. Als er wieder nach vorn blickte, war der Bootsrumpf leer.

Mit einer Schwimmweste in der Hand stand Dietrich neben ihm. Steiger hob resigniert die Schultern, als habe er sich erst in diesem Augenblick zu einem endgültigen Entschluß durchgerungen.

»Bleiben Sie bei den Männern, Dietrich. Sie brauchen jemanden, zu dem sie aufschauen können.«

Dann war er allein auf der Brücke bis auf den toten Seemann, der den Kopf auf die Arme gebettet hatte, als schliefe er.

Es war vorüber.

Der Zerstörer gierte stark im Seegang, sein Deck war voller Seeleute und leerer Munitionshülsen. Von der hohen Brücke herab beobachtete der Kommandant, ein stämmiger rotgesichtiger Fregattenkapitän in verblichenem Dufflecoat, die Schlußszene durch sein starkes Glas. Der letzte Kutter wurde längsseits gepullt, vollgepackt mit Deutschen und diesen mysteriösen Zivilisten, die sofort nach den ersten Salven des Zerstörers aus dem Innern des U-Bootes herausgequollen waren.

Der junge Leutnant neben dem Kommandanten rief erregt: »Donnerwetter, Herr Kapitän, was für ein Glück!«

Der Kommandant verzog sein Gesicht zu einem schiefen Lächeln. Glück? Er hatte wegen Maschinenschadens gestoppt gelegen, mitten im feindlichen Atlantik, und besorgt auf den Anbruch des Tages gewartet. Am Horizont war der hell erleuchtete spanische Frachter vorbeigezogen. Neidisch warteten die britischen Seeleute an ihren Geschützen darauf, daß er endlich verschwand. Er gehörte nicht in ihre Welt, und sie mußten sich auf die Gefahren konzentrieren, die das Tageslicht bringen würde.

Dann hatten sie bei zunehmender Helligkeit den dunklen Schatten unter der Oberfläche entdeckt, und gleichzeitig meldete der Mann am Horchgerät ein verräterisches Echo, das nur von einem U-Boot stammen konnte.

Jetzt passierten zwei Dinge auf einmal: Der Leitende Ingenieur meldete seine Maschinen wieder fahrbereit, und vor ihren Augen begann das U-Boot aufzutauchen.

Ohne das spanische Schiff, das unwissentlich gerade in den entscheidenden Sekunden die Konturen des Zerstörers verdeckt hatte, wären die Rollen von Angreifer und Opfer wahrscheinlich vertauscht gewesen.

Der Kommandant seufzte: »Seit fünf Jahren bekämpfe ich U-Boote, aber dies ist das erste Mal, daß ich eins zu Gesicht bekomme.«

Er hörte die Rufe der atemlosen Schiffbrüchigen und die rauhen Ermutigungen, die seine eigenen Matrosen von sich gaben. Die sehen ja aus wie unsere, dachte er. Und dennoch ...

»Darf ich weiterfahren, Sir?«

Der Kommandant nickte überrascht. War alles schon vorüber? Aber es stimmte, die Boote wurden bereits wieder aufgeheißt und die Davits eingeschwungen, auch die Rettungsflöße waren schon festgezurrt. Er hätte eigentlich überschwengliche Freude und Stolz verspüren sollen. Aber als er die hochgewachsene, einsame Gestalt mit der weißen Kommandantenmütze gewahrte, die bewegungslos an der Reling stand, empfand er nur eine unerklärliche Verlegenheit.

Es war doch besser, wenn der Feind gesichts- und gestaltlos blieb.

Bei engerem Kontakt konnte beim Sieger leicht der Eindruck entstehen, er sei um seinen Triumph geprellt worden.

Die Maschinentelegrafen schepperten, und unter dem Heck des Zerstörers quoll kräftiges Schraubenwasser hervor. Rudolf Steiger wandte die Augen von seinem sinkenden Boot ab und sah hinauf zu der hohen Brücke. Für ein paar Sekunden begegneten sich die Blicke der beiden Kommandanten über die Länge des Vorschiffs hinweg; aber diese Sekunden genügten. Jeder verstand den anderen, zumindest in diesem Moment.

Als Steiger sich wieder dem U-Boot zuwandte, ragte dessen Heck schon hoch in die Luft. Die Schrauben standen still, das schwerbeschädigte Unterwasserschiff wirkte häßlich mit seinem schleimigen Bewuchs. Und dennoch ging für ihn von dem sterbenden Boot eine gewisse Würde aus, als es jetzt hochaufgerichtet in dem wirbelnden Wasser stand, umgeben von dicken Blasen aufsteigenden Öls.

Hinter sich hörte er die junge Frau leise schluchzen und war sich klar darüber, daß nur sie für sie beide einen Weg in die Zukunft finden konnte. Aber diesen Augenblick wollte er nicht einmal mit ihr teilen.

Dietrichs Stimme klang heiser und fern. »Da geht es hin . . .«

Als der Zerstörer Fahrt aufnahm und quer durch den großen Ölfleck fuhr, wankte das Heck des U-Boots und tauchte dann endgültig hinab in die Tiefe.

Eine Weile noch trieb die blutrote Flagge auf dem blasenbedeckten Wasser, dann sackte auch sie ab, und der Atlantik glättete sich wieder einmal über den Zeugnissen menschlicher Torheit.

Steiger drehte sich um und schritt langsam auf den britischen Offizier zu, der am Fuß der Brückentreppe auf ihn wartete.

Trotz seiner Trauer war ihm klar geworden, daß das Leben weitergehen würde. Sogar für ihn.

Alexander Kent
17 marinehistorische Romane um Richard Bolitho und 18 moderne Seekriegsromane

Ursel und Friedel Klee
... und immer mal wieder liegt Land im Wege (20354)

Wolfgang J. Krauss
Seewind (20282)

Seetang (20308)

Weite See (20416)

Kielwasser (20518)

Ihr Hafen ist die See (20540)

Nebel vor Jan Mayen (20579)

Wider den Wind und die Wellen (20708)

Von der Sucht des Segelns (20808)

Sam Llewellyn
Laß das Riff ihn töten (22067)

Bernard Moitessier
Kap Hoorn – der logische Weg (20325)

Der verschenkte Sieg (20369)

Wolfram zu Mondfeld
Das Piratenkochbuch (20869)

Nicholas Monsarrat
Der ewige Seemann, Bd. 1 (20227) und Bd. 2 (20299)

Hank Searls
Über Bord (20658)

Antony Trew
Regattafieber (20776)

Karl Vettermann
Barawitzka segelt nach Malta (20383)

Die Irrfahrten des Barawitzka (20568)

Hugo Wehner
Tagedieb und Taugenichts (20432)

James Dillon White
7 Romane um Roger Kelso

Richard Woodman
Die Augen der Flotte (20531)

Kutterkorsaren (20557)

Kurier zum Kap der Stürme (20585)

Die Mörserflottille (20666)

Die Korvette (20742)

Die Wracks von Trafalgar (20787)

Der Mann unterm Floß (20881)

In fernen Gewässern (22124)